当代诗人自选诗

罗振亚——著

与诗相约

《星星》历届年度诗歌奖获奖者书系

梁　平　龚学敏　主编

四川文艺出版社

星星与诗歌的荣光

梁 平

《星星》作为新中国第一本诗刊，1957年1月1日创刊以来，时年即将进入一个花甲。在近60年的岁月里，《星星》见证了新中国新诗的发展和当代中国诗人的成长，以璀璨的光芒照耀了汉语诗歌崎岖而漫长的征程。

历史不会重演，但也不该忘记。就在创刊号出来之后，一首爱情诗《吻》招来非议，报纸上将这首诗定论为曾经在国统区流行的"桃花美人窝"的下流货色。过了几天，批判升级，矛头直指《星星》上刊发的流沙河的散文诗《草木篇》，火药味越来越浓。终于，随着反右运动的开展，《草木篇》受到大批判的浪潮从四川涌向了全国。在这场声势浩大的反右运动中，《星星》诗刊编辑部全军覆没，4个编辑——白航、石天河、白峡、流沙河全被划为右派，并且株连到四川文联、四川大学和成都、自贡、峨眉等地的一大批作家和诗人。1960年11月，《星星》被迫停刊。

1979年9月，当初蒙冤受难的《星星》诗刊和4名编辑全部改正。同年10月，《星星》复刊。臧克家先生为此专门写了《重现星光》一诗表达他的祝贺与祝福。在复刊词中，几乎所有的读者都记住了这几句话："天上有三颗星星，一颗是青春，一颗是爱情，一颗就是诗歌。"这朴素的表达里，依然深深地彰显着《星星》人在历经磨难后始终坚守的那一份诗歌的初心与情怀，那是一种永恒的温暖。

时间进入20世纪80年代，那是汉语新诗最为辉煌的时期。《星星》诗刊是这段诗歌辉煌史的推动者、缔造者和见证者。1986年12月，在成都举办为期7天的"星星诗歌节"，评选出10位"我最喜欢的中青年诗人"，北岛、顾城、舒婷等人当选。狂热的观众把会场的门窗都挤破了，许多未能挤进会场的观众，仍然站在外面的寒风中倾听。观众簇拥着，推搡着，向诗人们"围追堵截"，索取签名。有一次舒婷就被围堵得离不开会场，最后由警察开道，才得以顺利突围。毫不夸张地说，那时候优秀诗人们所受到的热捧程度丝毫不亚于今天的任何当红明星。据当年的亲历者叶延滨介绍，在那次诗歌节上叶文福最受欢迎，文工团出身的他一出场就模仿马雅可夫斯基的戏剧化动作，甩掉大衣，举起话筒，以极富煽动性的话语进行演讲和朗诵，赢得阵阵欢呼。热情的观众在后来把他堵住了，弄得他一身的眼泪、口红和鼻涕……那是一段风起云涌的诗歌岁月，《星星》也因为这段特别的历史而增添别样的荣光。

成都市布后街2号、成都市红星路二段85号，这两个地址已经默记在中国诗人的心底。直到现在，依然有无数怀揣诗歌梦想的年轻人来到《星星》诗刊编辑部，朝圣他们心中的精神殿堂。很多时候，整个编辑部的上午时光，都会被来访的读者和作者所占据。曾担任《星星》副主编的陈犀先生在弥留之际只留下一句话："告诉写诗的朋友，我再也不能给他们写信了！"另一位默默无闻的《星星》诗刊编辑曾参明，尚未年老，就被尊称为"曾婆婆"，这其中的寓意不言自明。她热忱地接待访客，慷慨地帮助作者，细致地为读者回信，详细地归纳所有来稿者的档案，以一位编辑的职业操守和良知，仿佛春风化雨，润物无声地温暖着每一个《星星》的读者和作者。

进入21世纪以后，《星星》诗刊与都江堰、杜甫草堂、武侯祠一道被提名为成都的文化标志。2002年8月，《星星》推出下半月刊，着力于推介青年诗人和网络诗歌。2007年1月，《星星》下半月刊改为诗歌理论刊，成为全国首家诗歌理论期刊。2013年，《星星》又推出了下旬刊散文诗刊。由此，《星星》诗刊集诗歌原创、诗歌理论、散文诗于一体，相互补充，相得益彰，成为全国种类最齐全、类型最丰富的诗歌舰队。2003年、2005年，《星星》诗刊蝉联第二届、第三届由中宣部、国家新闻出版总署、国家科技部颁发的国家期刊奖。陕西一位读者在给《星星》编辑部的一封信中写道："直到现在，无论你走到任何一个城市，只要一提起《星星》，你都可以找到自己的朋友。"

2007年始，《星星》诗刊开设了年度诗歌奖，这是令中国诗坛瞩目、中国诗人期待的一个奖项。2007年，获奖诗人：叶文福、卢卫平、郁颜。2008年，获奖诗人：韩作荣、林雪、茱萸。2009年，获奖诗人：路也、人邻、易翔。2010年，获奖诗人、诗评家：大解、张清华、聂权。2011年，获奖诗人、诗评家：阳飏、罗振亚、谢小青。2012年，获奖诗人、诗评家：朵渔、霍俊明、余幼幼。2013年，获奖诗人、诗评家：华万里、陈超、徐钺。2014年，获奖诗人、诗评家：王小妮、张德明、戴潍娜。2015年，获奖诗人：臧棣、程川、周庆荣。这些名字中有诗坛宿将，有诗歌评论家，也有一批年轻的80后、90后诗人，他们都无愧是中国诗坛的佼佼者。

感谢四川文艺出版社在诗集、诗歌评论集出版极其困难的环境下，策划陆续将每年获奖诗人、诗歌评论家作品，作为"《星星》历届年度诗歌奖获奖者书系"整体结集出版，这对于中国诗坛无疑是一件功德无量的举措。这套书系即将付梓，我也离开了《星星》主编的岗位，但是长相厮守15年，初心不改，离不开诗歌。我期待这套书系受到广大读者的青睐，也期待《星星》与成都文理学院共同打造的这个品牌传承薪火，让诗歌的星星之火，在祖国大地上燎原。

2016年6月14日于成都

目录

重铸古典风骨

——中国现代主义诗歌对传统诗歌接受管窥

新诗的引发模式特征与反传统的姿态，很容易让人感到自20世纪20年代的象征诗派、现代诗派、九叶诗派、台湾现代诗、朦胧诗至第三代诗的中国现代主义诗歌（第三代诗以后的中国先锋诗歌已进入后现代主义时代，不在本文论述范围之内），与古典诗歌之间是无缘而对立的。其实这是一种错觉。有些现象颇为耐人寻味。为什么鲁迅、沈尹默、刘半农、郭沫若等很多新诗人后来都走回头路去写旧诗？为什么新诗至今已有半个多世纪的历史，一般研究者却难以完整地背诵出来几首，而对旧诗佳句即便是几岁的孩子也能倒背如流？为什么赵毅衡、石天河等研究者发现庞德、马拉美使用的新玩意——意象，原来竟是我们老祖宗的遗产，人们都"疑是春色在邻家"，可事实上却是"墙里开花墙外香"？我想它们不外乎都在证明一个命题：在新诗，包括那些极具先锋色彩的中国现代主义诗歌中，古典诗歌的传统仍然强劲有力，它对现代主义诗歌的影响虽然比不上西方现代派诗歌那样直观显豁，但却更潜隐，更内在，更根深蒂固，渗透骨髓。只要仔细辨析就会捕捉到其影响的种种痕迹。

论及诗人戴望舒时，苏珊娜·贝尔纳说其"作品中西化成分是显见的，但压倒一切的是中国诗风"①，法国学者米歇尔·鲁阿更直接地称卞之琳、艾青等受西方文学影响的现代主义诗人在思想本质上都是中国式的。这些都是很有见地的学术判断，它们概括出了中国现代主义诗歌的一个共性风貌，那就是多数作品只承袭了西方诗歌的技巧，而象征思维、意象系统尤其是情感构成，都是根植于东方式的民族文化传统的。事实上在精神情调方面，中国现代主义诗歌与古典诗歌有着深层的血缘联系。一般说来，传统诗歌主要包括进与退两种言志感受，即达则兼济天下，穷则独善其身，而在这儒道互补的文化结构中，它一直重群体轻个体，以入世为正格。中国现代主义诗歌从个体本位出发，似乎与任个人、排众数的西方文化相通。但它心灵化的背后分明有传统诗精神的本质制约与延伸，所以也始终流贯两股血脉，一是入世情怀，一是出世奇思。第一股倾向是其主流，穆木天的《心响》、王独清的《吊罗马》、辛笛的《巴黎旅意》、余光中与洛夫等大量的台湾思乡诗，都隶属于这种主题，它们悲凉格调里的深层文化意蕴，是以家、国为本的入世心理。袁可嘉的《上海》、杜运燮的《追物价的人》、洛夫的《剔牙》等则以个人化视境承担非个人化情感，突进并揭露了现实黑暗，像《剔牙》这样写道，"全世界的人都在剔牙／以洁白的牙签／安详地在剔他们／洁白的牙齿／依索匹亚的一群兀鹰／从一堆尸体中飞起／排排蹲在／疏朗的枯树上／也在剔牙／以一根根瘦小的／肋骨"，酒足饭饱和饿殍遍野对比，与"朱门酒肉臭／路有冻死骨"异曲同工，那种忧

---

① 苏珊娜·贝尔纳：《生活的梦——载望舒的诗》，《读书》1982年第7期。

患的人生担待，那种对芸芸众生的终极关怀，正是传统诗歌人文精神的感人闪烁。至于朦胧诗的文化取向更与民族命运相联系，诗人们常从自我意识出发，用心灵的痛苦之火，去点燃人类、历史、时代之火，把"人"放在民族和历史的场中，发掘人的价值，这种追求使朦胧诗形成了独特的心理机制——诗人心灵走过的道路，就是历史走过的道路。听听舒婷的《祖国啊，我亲爱的祖国》中"沸腾之我"的深情咏叹，看看顾城的《那是冬天的黄土路》上"迷惘之我"的忧郁歌吟，想想江河的《太阳和他的反光》里"沉思之我"的雄浑鸣奏，读者就会触摸到诗人们钟情时代的心音。即便是人生低音区的个人哀痛，也折射着国家与民族灾难的投影，同样是青年一代怀疑传统、思考现实、瞩望未来心态的重铸。他们诗中那种执着奋斗的精神，那种入世济世的意识底色，那种对现实诗性介入焕发的崇高使命感与悲剧美，都宣告着传统诗美学的复苏与胜利。就是20世纪90年代王家新的《帕斯捷尔纳克》为时代和历史说话的悲天悯人的情怀，为对命运浑然不知者的忧患气质，使其文本的真诚自身就构成了对残忍虚伪、缺乏道德感的时代的谴责鞭挞。甚至伊沙的《中国诗歌考察报告》里包孕的清醒的厌倦贬斥，又何尝不是传统忧患意识的现代变形，何尝不是知识分子批判精神的个人化弘扬？入世不见容于社会，逃于佛老超脱境界的出世奇思，便不绝如缕地在中国现代主义诗歌文本中弥漫开来。象征诗派的李金发、胡也频等对爱情的沉迷，现代诗派典型的系列"山居"诗，"第三代诗"的个体孤独与自恋情结，台湾现代诗的生命本质异化的沉思，包括后来某些70后诗人对肉体乌托邦的迷恋，无一不与陶渊明的采菊东篱、魏晋文人的扪虱而谈等崇尚通脱、重妙悟禅机的传统风尚内在地牵系着，表面悠闲超然，实则为希冀超越现实的苦难风雨、郁郁不得志而故作洒脱。中国现代主义诗歌的入世情怀与出世奇思，正是传统诗精神的一体两面，是屈宋以来"忧患之思"与"摇落之秋"精神的对应变格。并且它深厚、悲凉的色调，虽与现实的纷乱苦难、诗人个体的敏感弱质相关，但更本质、深隐的根源还在于时代氛围与诗人身世以外的传统诗抒情基调的影响，因为古典诗歌在"欢愉之辞难工，而穷苦之言易好"的定向审美选择原则支配下，千年来一致地悲凉。对于这个问题，看看戴望舒《生涯》的缠绵悲怨，再想想李煜《浪淘沙》等晚唐五代诗词的凄清悱恻，答案就会不宣自明（当然第三代诗及其后来诗歌的审丑与琐屑，更多的是向西方现代主义、后现代主义诗歌倾斜的结果）。

其次，古典诗歌陶冶了中国现代主义诗歌含蓄蕴藉的审美趣味。谈到新诗和古典诗歌的关系时，老诗人郑敏说"评价古典诗词的最高审美指标就是'境界'"①，这话说到了点子上。在体验情感的问题方面，中国人不像西方人那样常常把心灵放在首位，而是善于使情感在物中依托，或者说是进行主客浑然的心物感应与共振。这种情景交融、体物写志的赋的精神，是东方诗歌意境理论的精髓，对之南北朝的刘勰就给予了高度重视，提出了神与物游理论，后经意与境谐的观念过渡，至清代的王国维径直提出了意境说；所以纯粹一维的中国"古诗之妙，专求意象"，如雾里观花，水中望月，透着一种光色隐约的朦胧美。对于意境这种

---

① 郑敏：《在传统中写新诗》，《河北学刊》2005年第1期。

传统法度的精华，中国现代主义诗歌自然加以承袭，并在实践中自觉将它与西方的意象艺术沟通，用外在物象整体地契合、烘托内在情思，求超逸象外、言近旨远的效果。象征诗派流行的20世纪20年代，李金发诗的意象细节间缺少浑然的和谐，所以意境支离破碎，堕入了晦涩的渊薮；穆木天的《落花》等诗已较好地统一了情景关系。到现代派的田埂、牧歌、园林时期，因注意了肌理的整体性，骨子里总能透出古典美学意境一般的完整的精神氛围或情调，如卞之琳讲意境，何其芳讲情调，戴望舒兼而有之。九叶诗人辛笛《秋天的下午》等诗同样使众多意象向情思定点敛聚，构成物我交融、意蕴丰厚的复合有机体，郑敏的《金黄的稻束》中的"稻束""母亲""历史""人类的思想"等等，它们在逻辑上是毫不相干的，可是受"伟大的疲倦"这一贯穿全诗的哲理命题的统摄，却意外地粘合在一起，熨帖、紧密、和谐，不但毫不杂乱，反倒共织成一座静穆深沉的秋天雕像，获得了一个相同的情思空间，那是在歌颂母亲，那是对劳动者勤劳却贫穷这个颠倒社会问题的间接反诘。在这一点上，台湾现代派诗歌更为显明，郑愁予的《边界酒店》、痖弦的《伦敦》、罗门的《小提琴的四根弦》等都倾向于古典诗歌技巧、意象、意境、语汇的翻新转化，"多想跨出去／一步即成乡愁"（《边界酒店》）可视为这方面的综合标本，它能够让人想起韦应物的佳句"春明门外即天涯"。认为诗歌永久唯一不变的是诗的意境的羊令野，把《秋兰》写成了典型东方诗，古典式的诗情画意流淌其间，香色俱佳；叶维廉对王维诗歌浑然气象的推崇，似乎更倾向于思维方式的影响再造；尤其是皈依过道教神宗的周梦蝶，名字本身就源于周公梦蝶的典故，他对王维诗歌的禅趣十分倾心，其诗作《刹那》寄寓着东方禅宗悟性之妙，"当我一闪地震栗于／我是在爱着什么时……永恒——／刹那间凝驻于'现在'的一点／地球小如鸽卵／我轻轻地将它拾起／纳入胸怀"，那是在人生体验与感性爱情中悟出的哲思：刹那即永恒，永恒即刹那，它情也纯真，理也超然。就是朦胧诗人舒婷的《思念》、顾城的《冬日的温情》也或有媚态的流动美，或如印象派画面。前者动用九个毫无干系的意象，注释、具象化了思念这一无止期待又永难如愿以偿的痛苦心灵旋涡，明晰又绵邈，可望不可即，如同咏愁佳句"一川烟草／满城风絮／梅子黄时雨"一样，只提供了一种情绪氛围；后者在严寒清冽的画面中透露出几缕温情春意，凸现了诗人灵魂的颤音，让人感受出某种情绪又说不真切。即便是反意象、重叙事的第三代诗以及20世纪90年代的个人化写作，仍然有一些诗人坚守着古典的意境、意象范畴，或在物的呈现与澄明过程里内在地承继着中国古诗含蓄蕴藉的审美趣味。一叶知秋，戴望舒的《雨巷》整首诗的意境是李璟《摊破浣溪沙》中"丁香空结雨中愁"一句的稀释与再造，手法上以丁香喻美人与古诗用丁香花蕊象征愁心的内在精神极其一致，构思也暗合了《诗经·蒹葭》的"求女"与《离骚》用"求女"隐喻追求理想的模式。何其芳、余光中、郑愁予等人的古诗意境、意象翻新更不必说。中国现代主义诗歌对主客契合、物我同一的古典意境承继，一方面使艺术走向了外简内厚、蕴藉含蓄、张力无穷的世界；另一方面又使诗的意象、象征手法也都古典气十足，让人备感亲切。

再次接受古典诗歌启迪后的中国现代主义诗歌极其崇尚音乐

性与绘画美。很多人在阅读中国现代主义诗歌时，总是挥赶不去音乐性、绘画性仍大有市场的直觉印象。这自然与瓦雷里、兰波等象征诗人有瓜葛，几乎所有的象征主义诗人都发过形式主义的感慨。魏尔伦说"万般事物中、首要的是音乐"，马拉美要创造能引发不同幻象、体味的音乐般的"纯诗"，兰波则偏好色彩与幻觉，认为诗人应是"通灵者"，他们已把音乐等形式因素提高到空前位置，作品的一个基本趋向就是形式具有明显的自足性。但是这种印象的发生更应归功于古典诗歌的隐性辐射。因为从诗经、楚辞、乐府到唐诗、宋词、元曲，中国诗歌走了一条与音乐、绘画联姻的道路，所以白居易的《琵琶行》音节之悦耳才饮誉古今，苏东坡才大加称道王维的诗画一统。中国现代主义诗歌继承并发扬了古典诗歌音乐乐感节律的可唱性与画面色调的可视性特点，努力实现形式自觉，甚至有时候力图凭借艺术品类间的交互融汇，与音、色、形的系统调动，促使诗向音乐与绘画靠近，在音乐性与画意美中收回自己的全部价值，抵达形式即内容的境地。脱离文化母体与民族语言环境的李金发对这个问题没引起足够重视，纯西方式的驳杂意象与寻常章法的丧失使他的诗缺少音乐美；但较好的悟性与绘画训练，也使他写出《律》《故乡》等一些音色相融、节奏整齐的诗篇。而创造社后期三诗人则较自觉、规范、完善。穆木天针对诗坛形式粗糙、平面、东鳞西爪的散漫无序，创作上总能"托情于幽微远渺之中"，强调诗应是"一个先验状态的持续的律动"，"达到统一性与持续性统一"，"诗要兼造形与音乐之美。在人们神经上振动的可见而不可见，可感而不可感的旋律的波，浓雾中若听见若听不见的远远的声音，夕暮里若飘动若飘不动的淡淡光线，若讲出若讲不出的情肠才是诗的世界"[①]，即用物的波动表现心的波动，他的《苍白的钟声》等诗里微风雨丝、暮霭轻烟、远山幽径等渺远迷朦意象的律动，的确与朦胧哀怨、惆怅轻思的心之律动达成了契合。而王独清的《玫瑰花》则交错音色感觉，结合动静效果，创造了"色的听觉"，即"音画"的高美境界，其《我从Cafe中出来》的音色、律动、情调实现了本质上的统一，诗的外观完全是醉汉摇摇晃晃的身心行程轨迹的复现，语无伦次的断续无疑是醉后断续起伏思想、现代人无家可归流浪感心灵碎片的载体。台湾现代诗人林亨泰的《风景（二）》、白萩的《流浪者》等以图示诗，混合着读与看的双重经验。《风景（二）》就谐和了意味与形式，诗意葱笼，它那不能再单纯的句式，不能再朴实的语言，丝毫看不出象征与暗示的妙处，可是几何空间的句式构图，串连句法的空间层叠，却给人防风林般无休无止、层层叠叠、绵延不绝之感。后两行大海波浪的排列更衬托强化了这种感觉，无限的空间叠景，有种风光无限之美。第三代诗的某些图像诗探索也属于这一范畴。如果说上述的作品多侧重于绘画美的营造，那么戴望舒的《雨巷》，则是靠占压倒优势的音乐性而被人誉为"替新诗的音节开了一个新的纪元"，贯通全篇的六江韵部与复沓的旋律，将诗人萦回不绝的感伤表现得起伏婉转，之后创作的《我的记忆》虽然反叛了音乐性，可是20世纪40年代写的《我思想》又重新向音乐性回归，并且他流传下来的又恰是诗人自己反对过的音乐诗。

---

① 穆木天：《谭诗》，《中国现代诗论》上册，广州：花城出版社，1985年，第98页。

舒婷的《双桅船》、余光中的《乡愁》、郑敏的《池塘》也或对仗对偶或回环重叠，是音乐与绘画织就的华章。第三代诗人甚至推崇语感，即用语言自动呈现一种生命的感觉状态，如于坚《远方的朋友》仿佛给你的全部东西就是语言，就是生命节奏的自然奔涌：一个不曾谋面的朋友信中说要来访，一瞬间诗人脑海迅速闪过几种见面时的情景设想，每一种都滑稽可笑又都合理可能，这是生存方式平心静气的观照，这一代人表面热情平静内心却孤独无依，头脑善于幻想行动却手足无措，无端地对世界怀着某种莫名的期待与恐惧。它将语感视为诗之灵魂，并借它达到了诗人、生存、语言三位一体的融合，有时甚至语义已不重要，语感成为自足的语言本体，音响形象的建构就是语义信息的完成。从中国现代主义诗歌对音乐性与绘画美的追求不难看出，诗应该像下棋一样讲些规矩，规矩不仅可以增加形式美感，有时还能起到对意味的增殖作用。需要指出的是，中国现代主义诗歌对古典诗歌的接受从来不是孤立、单向进行的，相反它始终和对西方现代派诗歌的汲纳伴生，或者说中国现代主义诗歌是对古典诗歌、西方现代派诗歌两个参照系统双向开放，自觉结合横的移植与纵的继承、东方智慧与西方艺术，从而以背离性的创造，实现了西方诗歌的东方化与古典传统的现代化，形成了优卓的审美个性：它倾心于西方现代派诗歌注重整体思维、形而上抽象思考的品质，又不原装贩运异域文化食洋不化，而剔除了其自我扩张、虚无情调与异化的荒诞；它共鸣于古典诗特有的忧患与悟性、意境与凝炼，又不炫耀传统绚烂泥古不前，而摆脱了它的呆滞韵律与忘情自然；它择取中西遗产同时融入新机，用极具现代风韵的艺术技巧传达现实感受，创造了中国式的现代主义诗歌。如果说现代主义诗歌对西方现代派诗歌的借鉴开拓了诗人的视野，丰富了诗的艺术技巧，那么它对古典诗歌的继承则保证自身逐渐摆脱了对西方诗的搬弄和模仿，走向独立自主的民族化道路。中国现代主义诗歌对古典诗歌的继承也提供了丰富的历史启迪：越具有民族性的诗歌越具有生命力，越能获得读者的广泛认同；新诗只有保持开放气度，博取古典诗歌之长，才能得到汇入世界艺术潮流的"入场券"；但在开放过程中应该培养消化能力，像使外国艺术经验本土化一样，努力使传统艺术经验现代化。

日本俳句与中国"小诗"的生成

　　"小诗"虽然在1917年沈尹默的《月夜》发表时即告诞生，但作为一种特指概念出现还是20世纪20年代之后的事情。1921至1924年间，用一到数行的文字即兴地表现一点一滴的感悟、一时一地的景色，成为诗坛一种十分走俏的写作潮流，人们习惯上将之称为"小诗"运动。对于"小诗"这"风靡一时的诗歌体裁"、"新诗坛上的宠儿"[①]，学术界曾给予过及时的关注，周作人、成仿吾、朱自清、梁实秋等批评家纷纷撰文，1924年胡怀琛还专门出版专著《小诗研究》，探讨"小诗"的诗学特征、"小诗"与传统以及国际诗坛的关系。而后近百年间这种关注一直持续着，只是成果多停浮于冰心、宗白华等代表性诗人的个体解读，和泰戈尔对"小诗"的影响等局部研究层面，"小诗"形象还没被全方位地凸显出来，关于"小诗"的传统渊源、艺术影响与当下价值等研究盲点，至今尚需进一步的发掘和照亮。这里且不说胡怀琛等人的研究还简单地将"小诗"理解为诗形短小、随意自然，在一定程度上混淆了诗与诗意的区别，远未确切标识出"小诗"的诗学内涵和艺术规范的特质，周作人对"小诗"表达对象和范围的圈定、诗体内在规定性的把握和合法性的寻求也不无偏颇；就

---

① 任钧：《新诗话》，上海：上海国际文化服务社，1948年，第56页。

是对一些基本问题的看法也姚黄魏紫，难以达成共识，如在"小诗"诗形的认识上，周作人等肯定论者指认其短小、没有形式是自由的表现，成仿吾等否定论者则批评其风格甚低，甚至连抒情诗都够不上，犯不着去模仿，观点的对立势若南北两极。即便是对"小诗"运动生成资源与生成机制的论述，仍显芜杂与薄弱，仁智各见。论及"小诗"的发生，除个别诗人、批评者以为其内驱力主要是传统诗词中的绝句、散曲和小令，域外诗歌只是外在的刺激力量；大部分学者都承认其殊于整个新诗的西方诗歌引发模式特征，而源于东方性的影响，"这里边又有两种潮流，便是印度和日本"①，"一方面是翻译过来的日本的短歌和俳句的影响，一方面是印度泰戈尔诗的影响"②。但是具体到"小诗"究竟从根本上接受了日本的短歌、俳句还是泰戈尔诗歌的影响，在什么层面上接受了对方的影响，影响的效果到底如何？论者大都一般性地泛泛而谈，过于笼统、模糊，存在着许多思想误区，多是一窝蜂似的推崇泰戈尔及其《飞鸟集》的作用，很少有人真正注意到俳句在"小诗"体式建构中的重要性。在他们看来，和歌、俳句对小诗"所影响的似乎只是诗形，而未及于意境与风格"③。众口铄金，仿佛"小诗"的突起主要得力于泰戈尔的促发，和歌、俳句只在形式范畴内发挥了边缘、次要的作用。事实果真如此吗？回答是否定的。无论怎么说，如同唐人绝句被视为"小诗"的本土传统一样，日本俳句乃"小诗"域外传统的主体，至于一再被抬高的泰戈尔，只是俳句和

---

① 仲密（周作人）：《论小诗》，《觉悟》，1922年6月29日。

② 冯文炳：《谈新诗·湖畔》，北京：人民文学出版社，1984年，第112页。

③ 佩弦（朱自清）：《短诗与长诗》，《诗》第1卷第4号，1922年4月。

"小诗"之间的一道桥梁，这是必须澄清的一个历史事实。那么，俳句与"小诗"具有什么精神、艺术关联，它在"小诗"建构过程中扮演着怎样的角色，"小诗"对当下生活能构成哪些启示和作用？对这些问题的回答将赋予本文无可置疑的学术价值。

两座"文化桥"：周作人和泰戈尔

鸦片战争后，中国开始睁开眼睛看世界。为推进传统诗歌向现代转换，一些有识之士出于增多诗体和提高新诗表现力的考虑，开始在艺术上"别求新声于异邦"。"小诗"的勃兴在某种程度上，就是对印度诗歌、日本诗歌译介与吸收的结果。东瀛俳句一翼的传入，主要凭借周作人的译介。当时留学东京的周作人，在接触落语、川柳、狂言等体式后，对日本文学的俳谐发生浓厚的兴趣，一度醉心于松尾芭蕉、与谢芜村、正冈子规、永井荷风、小林一茶等构筑的俳句世界，流连忘返。他虽知诗歌尤其是俳句不宜翻译，稍有不慎即会形存神失。但建设新文学愿望之热切，改变中国诗表现力贫弱现状思想之急迫，使他仍铤而走险，在1921—1923年间翻译了一百多首短歌和俳句，除独立发表的《杂译日本诗三十首》《日本俗歌四十首》[①]外，它们多夹杂在《日本的诗歌》《一茶的诗》《日本的小诗》[②]等文章内。周作

---

① 分别见1921年《新青年》第9卷第4号、1922年2月《诗》第1卷第2号。

② 分别见1921年5月《小说月报》第12卷第5号、1921年11月《小说月报》第12卷第11号和1923年4月3—5日《晨报副刊》。

人的翻译，没有严格遵守俳句十七个音数和五七五分行的规定，而做了舍形似求神似的中国化处理，即从日语词汇音节偏多和人的呼吸节奏特点出发，挖掘白话文的潜力，以现代口语的自由句法，凝练地传达俳句丰富的内在神韵；同时尽量启用双音节词，不时配加"呀""罢""了"等语气助词，以对应俳句中固有的"切字"，保持俳句舒缓阴柔、余音缭绕的美感。如他翻译的"同我来游嬉罢，没有母亲的雀儿"（小林一茶），"易水上流着，叶的寒冷呀"（与谢芜村），"比远方的人声，更是渺茫的那绿草里的牵牛花"（与谢野晶子），尽管淡化了俳句并置的意象间相克相生的妙处，偶尔还画蛇添足，用括号将他认为作者没明言的内容补上；但基本把握住了俳句精髓，字里行间跳荡着摆脱韵律和体式羁绊的自由气息，充满人与自然、动物和谐的趣味，诗意充盈，完成了文类的民族化转换。所以在一些行家看来，他的翻译更是创作①。而他那些《论小诗》等文章则系统详尽地介绍了俳句、和歌的形式、性质、文化背景、流变历程，和宗鉴、贞德、芭蕉、芜村、一茶、子规、碧梧桐等人的俳句以及香川景树、和泉式部、与谢野晶子等人的和歌作品，因看好俳句简练含蓄的暗示力，和"有弹力的集中"，适于写一地的景色、一时的情调和刹那的印象，而称其为"理想的小诗"②，并最终使中国的"小诗"成了20世纪20年代诗坛的一个特指概念。

引进俳句之时，新诗在胡适等人的拓荒下已经闪出一条新路。周作人的倾心译介，一方面因运用白话，符合当时诗体解放

① 参见朱自清：《中国新文学大系·诗集》导言，上海：良友图书印刷公司，1935年。

② 仲密（周作人）：《论小诗》，《觉悟》，1922年6月29日。

的形式自由理念，一方面让人备感俳句自然、人文风味的清新，确为理想的"小诗"。于是"有数不清的人去摹仿"[1]，连诗坛宿将朱自清都发出感慨，"从前读周启明先生《日本的诗歌》一文，便已羡慕日本底短歌，当时颇想仿作一回"[2]。至于年轻的仿效者更多，这从应修人给周作人的信即可窥见一斑。"前几天买来几本去年的《小说月报》，重看了两遍你底论日本诗歌文，细领略了些俳句，短歌底美……纵是散文而且是译的，但诗味洋溢之外，也更有一些诗音可听，终不能不说是诗"[3]。渐渐地俳句已"内化"为许多作者表达情感的一种思维和写作方式，所以"可以说小诗运动是从周作人的短歌、俳句的介绍开始的"[4]。泰戈尔作品译介那一翼人数众多，其中尤以郑振铎为最。泰翁1913年以东方作家的身份首获诺贝尔文学奖后，引起中国诗坛的关注。1918年8月《新青年》上刊载刘半农译的泰戈尔九首诗；1920年2、3月《少年中国》的八、九期发表黄仲苏译的《园丁集》中的二十三首诗；1922年郑振铎翻译的《飞鸟集》出版；1923年《小说月报》14卷4、5号开设"泰戈尔"专号，以迎接泰翁次年访华。这期间，泰戈尔充溢哲理趣味和宗教意识的诗歌，因暗合"五四"退潮后很多青年孤寂迷惘的内省情感结构，接近初期新诗的言理思路，能给人一定的精神慰藉和思想启迪，遂产生广泛影响。"小诗"运动的领袖冰心为其澄澈、凄美、天然的境界感

---

① 成仿吾：《诗之防御战》，《创造周报》第1号，1923年5月。

② 朱自清：《杂诗三首·序》，《诗》第1卷第1号，1922年1月。

③ 《应修人致周作人》，《鲁迅研究资料》第8辑，天津：天津人民出版社，1981年，第41页。

④ 吴红华：《周作人与江户庶民文艺》，（日本）东京：创土社，2005年，第61页。

染，从性灵深处流淌出缥缈神奇、无调无声的情思音乐——《繁星》和《春水》①，宗白华被《园丁集》"那声调的苍凉幽咽，一往情深"所俘获，引起"一股宇宙的遥远的相思的哀感"②，仿作者甚众。因这个问题非本文的重心所在，其细枝末节此处不再赘述。正是以"享乐"为特质的俳句的译介，和以"冥想"为特质的泰戈尔诗歌的译介两翼合流，开启了"小诗"运动的序幕，使俞平伯、康白情、郭绍虞、郭沫若、邓均吾、徐玉诺、沈尹默、冰心、宗白华、应修人、潘漠华、冯雪峰、汪静之、谢采江、何植三、钟敬文等作者纷纷青睐于"小诗"，竞相写作，热闹非凡；并且随着冰心的《繁星》《春水》，宗白华的《流云》，俞平伯的《冬夜》，谢采江的《野火》，湖畔诗派的《湖畔》《春的歌集》，何植三的《农家的草紫》等诗集的陆续出版，"小诗"创作进入了鼎盛状态，当时的专门性诗刊《诗》也不得不从1922年7月第1卷第4期起特别开设"小诗"栏目，为其提供生长园地。而后，批评家们又从理论上加以总结。在翻译、批评与创作的"合力"作用下，"小诗"完成了自己的命名，关于"小诗"的来源"有两种潮流，便是印度与日本"亦成定论。从表象看去，"小诗"运动的兴起的确由两翼东方诗歌的译介共同促成，周作人的判断也客观公允；但时隔八十多年后再仔细推敲，就会发现他的结论并不周延，在某些方面偏离、遮蔽了历史的本来面目。严格地说，"小诗"的本质不是源于两翼，而是一翼，那就是俳句与和歌，至少是主要源于俳句与和歌。因为周作人当时置身于"小诗"运动的浑沌之中，缺乏必要的审视距

---

① 阙名（冰心）：《遥寄印度哲人泰戈尔》无，《燕大季刊》第1卷第3期，1920年9月。

② 宗白华：《我和诗》，《文学》第8卷第1号，1937年1月10日。

离，忽略了一个必须提醒人们充分注意的重要事实：若追根溯源，曾被许多人奉为"小诗"影响源的《飞鸟集》，其艺术故乡同样是日本的俳句。或者说"泰戈尔写小诗，也是受日本俳句的影响"[①]。具体情形是这样的：获得诺贝尔文学奖后的1916年，泰戈尔出访日本，在四个多月的居留时间里，他大量接触、阅读松尾芭蕉、与谢芜村、小林一茶等人的俳句，深为人与自然谐和的《古池》等诗折服，赞叹不已，情不自禁地在日记中表露对俳人的敬意，"这些人的心灵像清澈的溪流一样无声无息，像湖水一样宁静。迄今，我所听到的一些诗篇都是犹如优美的画，而不是歌"，而"这些罕见的短诗可能在他身上产生了影响。他应（日本）男女青年的要求，在他们的扇子或签名簿上写上一些东西，……这些零星的词句和短文，后来收集成册，以题为《迷途之鸟》（现译成《飞鸟集》）和《习作》出版"[②]。经许多研究者确认，泰戈尔那些简短美妙的哲理诗是受日本俳句体启示、在俳句影响下写成的，其清新的自然气息、浓郁的宗教氛围和频发的哲思慧悟，有梵文化和"偈子"背景的制约成分，但更多来自于日本俳句自然观和禅宗思维的隐性辐射。

如果沿着这一线索推理，可以断定那些自以为受惠于泰戈尔滋养的冰心、郑振铎等大量诗人，实则是间接承受了日本俳句的影响和洗礼。周作人和泰戈尔，堪称现代史上中日交流的两座"文化桥梁"，一显一隐地存在着，正是分别借助他们的传导力，受过中国古典诗歌扶持的俳句，在1921年后又开始"逆输入"的

<hr />

① 林林：《扶桑杂记》，天津：百花文艺出版社，1982年，第25页。
② 克里希纳·克里巴拉尼：《泰戈尔传》，倪培耕译，桂林：漓江出版社，1984年，第316–317页。

"出口转内销"进程，引渡出流行一时的"小诗"运动，为其生长提供了丰厚的思想与艺术源泉。

观念与情调的浸染

沿续朱自清的"所影响的似乎只是诗形，而未及于意境与风格"观点，一些论者再三申明俳句对"小诗"的影响只在"简洁"和"含蓄"①。如果说朱自清下这番结论的1922年，"小诗"还有待于全面展开，他未及看到对象全貌，观点出现偏颇尚情有可原，"似乎"二字也隐含了猜测的成分；而当"小诗"运动尘埃落定后再重弹单纯形式影响的老调儿，就只能说是过度倚重权威、缺乏艺术判断力的表现了。事实上，俳句是一种有意味的形式，周作人的翻译也把握了它的精髓，它对"小诗"就势必产生"综合性影响"。大量文本证明，俳句在艺术观念、精神内涵、审美情调方面，对"小诗"都构成了深刻的精神浸染。

一是对诗意纯粹性的构筑。公元后的一千五百余年间日本一直太平，外无异族侵略，内少激烈变革，缺乏重大的社会震荡，久而久之，影响了艺术的生成和感知方式。所以与"关于国家与政治、战争与民众的生活以及知识人的责任等主题占有相当大的比重"的中国诗相比，"日本的和歌则是一种更为纯粹的诗"②。

---

① 在这方面草川未雨的观点最具代表性，见草川未雨：《中国新诗坛的昨日今日和明日》，北平：海音书局，1929年，上海：上海书店影印，1985年，第49页。

② 川本皓嗣：《日本诗歌的传统：七与五的诗学》，王晓平等译，北京：译林出版社，2004年，第109页。

而从和歌中剥离出来的俳句，过于短洁的结构难以承载宏大的叙事涵量，内容愈加纯粹，多数俳人将它定性为书写内心的艺术，主张从自然物象和日常生活攫取诗意，表现个人情感；甚至有人把观照社会现实看作是俳句的自戕行为。打开俳句集，这样的作品随处可见，"无人探春来，镜中梅自开"（松尾芭蕉），"吊瓶被朝颜花缠住了，只得向人家去乞井水"（加贺千代女），"不要打哪，苍蝇搓他的手，搓他的脚哪"（小林一茶）……它们或展示对季节的敏感与亲和，或回眸生活中琐碎的温情细节，或以幽默的笔触书写对小动物的爱怜；但无不经过自然化方式经营自我的诗意空间，"即景寄情"，充满自然的意象和情趣，视域相对狭窄，精巧而纯粹。

受俳句观念的启示，"小诗"也不再以利、德为旨归，承载过重的行动功能，而注意构筑少与现实直接碰撞、淡化政治与实用情结的个人情思世界。"悔煞许他出去；/ 悔不跟他出去。/ 等这许多时还不来；/ 问过许多处都不在"（应修人《悔煞》），寥寥四句，把一个思妇后悔、寂寞、期盼、等待与焦灼复合的心灵隐私传达得曲折而满爆，苦涩又现代，透明的语境里包孕着一定的情感冲击力。"我冒犯了人们的指摘，/ 一步一回头地瞟我意中人，/我怎样欣慰而胆寒啊！"（汪静之《过伊家门外》）只是一个典型微小的细节择取，就把大胆、叛逆、执着之爱渲染得淋漓尽致，十分炽热，"胆寒"却"欣慰"。湖畔诗人冯雪峰和潘漠华也一样专心致志地作情诗，带着青春的温热和天真，率直地"歌哭"与"歌笑"。至于冰心"小诗"的灵魂就是爱，"这些事/是永不漫灭的回忆/母亲的膝上/明月的园中/藤萝的叶下"

（《繁星·七十一》）。月儿朗照，世界银白一片，树影斑驳，微风吹拂，诗人依偎在母亲温暖的膝前，听日月星辰自然天籁的呢喃与絮语，那和谐、温暖又美妙的时光，和温馨的母爱、童真怎不令人怀想？就是哲思型的宗白华，也常咏叹情爱、母爱与童真，"月落时／我的心花谢了，／一瓣一瓣的馨香／化成她梦中的蝴蝶"（《月落时》），情至婉约，爱也朦胧，精致的体验耐人寻味。周作人的《饮酒》《花》《小孩》等诗也都瞩目于具有纯粹性品质的人性题材。"小诗"书写的不论是人间温情的回味，还是瞬间灵魂思绪的涌动，抑或是纯粹感悟的捕捉，都将个人作为诗的发源地，个体飘忽的意向与心灵感应，赋予了诗歌明显的内倾性，这种观念的革命在契合真正的诗皆"出于内在的本质"的特征，抵达普遍化和永恒化境界的同时，促成了诗从"言志"的载道传统向言我、言景观念的位移。

这种观念转变的直接反应是写景诗异常发达。日本人对自然季节的感觉敏锐细腻，俳句就素有季节的诗歌、自然的诗歌、咏景色的十七字诗歌的说法。如"终日撞窗上玻璃的蜜蜂，正如我徒然的为了你烦恼"（藤冈长和）、"多愁的我，尽让他寂寞吧，闲古鸟"（松尾芭蕉）等俳句，都以四季物色、人事作为书写资源，表现人和自然的关系，并形成了"无季不成句"的季题规范，至今俳句仍以春夏秋冬四部结集。与之相应，因国事频仍而萎缩的中国自然诗传统在20世纪20年代后开始复苏，写景诗异常发达，这是古典山水田园诗传统的延伸，很大程度上更源于俳句的外力刺激。郭沫若耳濡目染，《春之胎动》《浴海》《雪朝》的创作已把捉俳句季题的精髓，《鸣蝉》中的"声声不息的鸣蝉呀/秋/一声声长此逝了"，还有季语、切字，深得俳句旨趣。冰心和自然关系密切，"大海啊／那一颗星没有光／那一朵花没有香／那一次我的思潮里／没有你波涛的清响？"（《繁星·一三一》）海已融入诗人的目光与心灵，成为人化的自然，具有母亲般的温柔慈爱与严肃博大。"无力的细柳，懒懒的随风俯仰，你是沐着自然的恩惠吗？"（谢采江《野火·四》）那份柔韧、恬静，让人感到自然的妩媚和温情。湖畔诗人的景物诗多并且有特色。"几天不见，／柳妹妹又换了新装了！／——换得更清丽了！"（应修人《柳》）"杨柳弯着身侧着耳，／听湖里鱼们底细语，／风来了，／他摇摇头儿叫风不要响"（冯雪峰《杨柳》）……他们"把一切都看作有情的，都看作情人，无论是自然，或自然中的万物，和她说话，和她融合"①，这些诗和小林一茶孩子气的诗异曲同工，出自童心的眼光、视角和思维，没有矫情，天真活泼，拙朴生动，对动、植物的人的情感赋予，充溢着谐趣之美。这些纤小阴柔、婉转秀逸的写景诗，在以高扬人道主义、启蒙主义与民主科学意识的主旋律之外，为诗坛增添了一份妩媚和活气。

二是激发出"冥想"的理趣。中国诗歌整体上走的是感性化道路，抒情维度相对发达，可是在"小诗"中却隆起一种饱含理性因子的"冥想"特征，这种异质诗意的加入，不排除传统天人合一、神与物游的悟性智慧影响，但主要受惠于泰戈尔诗歌，从根本上说受惠于俳句的引导和催化。俳句最初以滑稽机智为主，作为捕捉瞬间情感和思想火花的利器已含思考成分；而至17世纪

①草川未雨：《中国新诗坛的昨日今日和明日》，北平：海音书局，1929年，上海：上海书店影印，1985年，第72页。

"俳圣"松尾芭蕉仿效中国唐宋时期的引禅入诗，"以禅兴俳"，将它提升为严肃高雅的艺术形式时，则使禅的精神成为它的内在灵魂。所以尽管俳句本身只是一种不表达思想的直觉形式，但在禅宗崇尚的直觉中，诗人可以"置身于对象的内部，以便与对象中那个独一无二、不可言传的东西契合"①，透过事物的表层和芜杂，进入本质的认知层面，仍使俳句包孕着深邃幽微的情思。如松尾芭蕉的名篇"万籁闲寂，蝉鸣入岩石"和"古池——青蛙跳到水里的声音"，都以禅与道做底子。前者写于奥州小径的旅行途中，静极之时，突然的蝉鸣打破空寂，仿佛穿进了岩石，人虫兼有，动静相宜，物我两忘，人、蝉、石已浑融无间，理趣和禅意的体验中闪回着神秘的生命跃动。后者是清心静虑的人生感悟，大、古、静的池水，和小、鲜、动的青蛙对照叠合，构成空灵闲寂的禅境，青蛙入水的以动写静，愈显其静，在苍茫悠远的宇宙、历史面前，人生的命运与喧嚣即是青蛙入水的瞬间，反之灵音骤起的刹那使时间定格的瞬间成为永恒，貌似平淡实则隽永。而像与谢芜村的"春去何匆匆，怀抱琵琶犹沉重"，小林一茶的"吾乃漂泊星，莫非宿银河"，正冈子规的"我庭小草复萌发，无限天地行将绿"等，都是对超验命题的触摸与洞悉，充满或浓或淡的高远清淡的俳境。

在俳句的熏染下，"小诗"虽然没入禅宗堂奥，但仍滋长出一种以诗言理、通过诗歌思考之风。来自无意得之的灵感的冰心"小诗"，常因顿悟、直觉突破事物的表面和直接意义，从平凡事

---

① 柏格森：《形而上学导论》，《西方现代文论选》，上海：上海译文出版社，1983年，第83页。

物中发掘深邃的感受和哲理。如"墙角的花/你孤芳自时/天地便小了"（《春水·三十三》），一改温情脉脉的姿态，有一种讽刺批评喜欢孤芳自赏、自以为是者的作用。《繁星·十》以花儿从发芽、开花、结果的现象入手，参悟青年人应该怎样生存的道理，暗示出只有付出努力，才能品尝到成功的果实甘甜。自曝没受过俳句影响的宗白华，所写的《夜》倒在意象、情调上都通过泰戈尔间接俘获了俳句的禅趣，"黑夜深/万籁息/远寺的钟声俱寂。/寂静——寂静——/微眇的寸心/流入时间的无尽！"夜之静谧与心之苏醒互动，昭示出思想的流动、辽阔和自由，也夹杂着人和天地时空相比过于微弱、渺小的慨叹，微妙而空灵。周作人的《过去的生命》"在我床头走过去了"，也满载着时不我待的生命沉思。和冰心、宗白华等注重精神思想感悟的一脉相比，倾向于生活体验的湖畔诗人和谢采江、何植三等，在性灵之河的流淌中也不时闪露出理意的石子。"灵巧的巢筑成了，/便呢喃呢喃，/长在人家檐下呢喃；/娇小的乳燕满巢了，/便飞翔飞翔，/不停地为哺饲而飞翔。/燕子呵！燕子呵！/这便是你们的一生吗？"（应修人《一生》），诗是借燕子的寄人篱下、为养育乳燕奔波思考人生，反诘式空间里蛰伏着乐观、向上的思想观念。汪静之的《伊底眼》以"伊底眼"和"温暖的太阳"、"解结的剪刀"、"快乐的钥匙"、"忧愁的引火线"四个意象关系的分别建立，形象地阐释爱情本质，爱就像五味瓶酸甜苦辣咸俱有，能给人带来温暖和快乐，也能给人带来痛苦和忧愁，辩证的思维走向为诗平添了几许智慧之美。可喜的是"小诗"的理趣追求没写成冷冰冰的格言，它们那种由自然感悟生发的哲理，那种以意象暗示、烘托乃至象征的写法，比同时期胡适等人具体的说理诗耐人咀嚼。朱自清感叹"中国缺少冥想诗，诗人虽然多是人本主义者，却没有去摸索人生的根本问题的"[①]，"小诗"对人和自然、生命、宇宙等抽象命题的探索，弥补了这一遗憾，打破诗歌只是激情流露的迷信，是"小诗"的一大亮点。

三是精神情调上充满感伤的气息。"小诗"的感伤气，和抒情主体处于"为赋新诗"的多愁善感年龄、五四运动落潮后的悲剧氛围笼罩、古典诗歌悲凉抒情基调的定向支配，都不无联系；同时更与俳句的"物哀"传统休戚相关。日本人的敏感纤细，使其在审美意识中觉得越是细小、短暂的事物越具有纯粹的美感，在他们看来樱花灿如云霞的绽放和落英缤纷的凋谢同样美丽，绚烂的瞬间将美推向了极致，毁灭的片刻是生命价值的庄重实现。这种带有悲剧趣味的"物哀"传统，决定俳句常常选择空灵淡雅、清幽闲寂的物象，显现季节的荣枯，咏叹生命的短暂无常。松尾芭蕉在大自然跋涉苦旅中的"旅心"开启了这一源头，《奥州小路》中外化精神孤独和乡愁的青色调，悲秋的"寒鸦宿枯枝，深秋日暮时"，和伤春的"春将归，鸟啼鱼落泪"，都典型地体现了日本式的感伤主义情怀。而后俳人们的作品如"柳叶落了，泉水干了，石头处处"（与谢芜村），"黄昏的樱花，今天也已经变作往昔了"（小林一茶），"等着风暴的胡枝子的景色，花开的晚呵"（正冈子规），或以枯败景色透露心之荒凉，或怅惘美好时光的逝去，都不同程度地印证着"物哀"意识。

---

① 朱自清：《中国新文学大系·诗集》导言，上海：良友图书印刷公司，1935年。

俳句情调在"小诗"中有明显的回应。郭沫若那段话"要在苦闷的重围中由灵魂深处流泻出来的悲哀,然后才能震撼读者的灵魂"①,这也是"小诗"情感特质和价值取向的写照,他自己俳味十足的《静夜》即包裹着惆怅的氛围,"月光淡淡/笼罩着村外的松林。/白云团团,/漏出了几点疏星。/天河何处?/远远的海雾模糊。/怕会有鲛人在岸,/对月流珠?"置身静夜,仿似解脱,实则隐藏着以往梦想幻灭的清愁。冰心和宗白华的诗都涉足过感伤、苦闷、孤独乃至死亡的境界。"光阴难道就这般的过去么?/除却缥缈的思想之外,/一事无成!"(《繁星·三〇》),字里行间充满对生命状态的不满和责问,对光阴虚度的叹息和悔恨;有宗教色彩融入的"死呵!起来颂扬他,是沉默的终归;是永远的安息"(《繁星·二十五》),把死亡看作人类一去不返的精神归乡,平静达观的背后有消极避世倾向。现实感很强的谢采江,面对军阀混战的凋敝民生自然会深陷苦闷,"只有远村的鸡声,/能使心中空阔,/忘了悲愁"(《野火·九》),而麻痹只能是暂时的,忘却之后的清醒会愈加悲愁。至于潘漠华诗歌"最为凄苦"更是公开的秘密,"脚下的小草啊,/你饶恕我吧!/你被我蹂躏只一时,/我被人蹂躏是永远啊!"(《小诗两首·一》),这是偶然瞬间引发出的人生哀叹,堂堂之人尚且不如一芥小草,人与草的境遇对比使人顿觉人生苦不堪言。爱上一个礼教和世俗不许他爱的女性经历折射,注定他的诗尽是坟墓、残梦、骷髅、死亡等意象,表现出"歌哭"的调子。其他湖畔诗人"笑中可也有泪",如"伊

---

① 郭沫若:《文艺论集》,上海:光华书局,1925年,第178页。

长日坐在房中哭泣"，"鸟儿去了，／只剩下静寂和悲哀"（冯雪峰《幽怨》）；"月月红在风中颤抖／我的心也伴着伊颤抖了"（汪静之《月月红》）。看来"幽怨""颤抖"的感伤气在"小诗"中绝非一二处的点缀，而是一种到处存在的流行症。"小诗"的感伤情调，曾一度被人诟病，但它恢复了现代人真实的心理存在，并以悲苦低沉的阴暗面吐露，构成了对时代心灵历史的必要反映与修补，消解了当时处于类似情思状态心灵的饥渴。

形式与技巧的导引

如果说俳句对"小诗"诗意、诗质建构的影响，因比较潜隐内在而使学者们认识不一，那么俳句对"小诗"形式、技法的"输入"和导引要清楚显豁得多，评价也出奇地一致。几乎所有研究者都承认俳句短小的诗形和含蓄的抒情方式对"小诗"有启迪作用，只是说到具体的影响表现时又多语焉不详。我以为俳句在"小诗"中催生出的艺术相通处很多，如切字的运用、心物相应等等，但最本质的特征大体可从三方面认识。

一是崇尚简约，"以象写意"。日本诗歌素以简练著称，"短歌大抵是长于抒情，俳句是即景寄情，小呗也以写情为主而更为质朴；至于简洁含蓄则为一切的共同点"[①]，其中俳句尤甚。因日语常常是一词多个音节，俳句仅有的十七个音节转换成汉字不过

---

① 仲密（周作人）：《论小诗》，《觉悟》，1922年6月29日。

十个左右，在"如此狭小的表现空间，既要使表达迂回委婉，又要向读者提供能够理解诗意的启示和线索，其表达技巧实在是至难无比"[①]。为获得相对丰富的诗意，俳人们惜墨如金，注意开发和自然亲和的得天独厚的先在资源，从俳句因物生情、生意、生思的特质出发，突出具象性和即物性，"以象写意"，和比喻、象征的方法配合，追求"一沙一世界，一花一天国"的效果，凝练又含蓄。因空间限制，他们更重视突出瞬间的感悟和定格，讲究"余情"的效果。如小林一茶的"这是我归宿的住家么？雪五尺"，"故乡呵，触着碰着都是荆棘的花"，诗借鲜明的意象婉转表达了他一瞬间对家乡的复杂情感。家、故乡乃温暖的象征，花亦美丽的代指，然而它们和寒冷的五尺之"雪"、扎人的"荆棘"两个品性悖反的意象并置，相克相生，则将诗人矛盾的心境表现得到位而有力度。试想父亲死后，一茶常年漂流异乡，返乡后继母、兄弟的冷漠令他鞋带未解就愤然离家，故乡和家对他不就是冰冷、苦涩的吗？与谢芜村的"菜花（在中），东边是日，西边是月"，使用典型的季语，增加姿色美，日月同辉的早晨，金黄的菜花生机一片，如画的场景里寄寓着诗人的欣悦和喜爱。再有松尾芭蕉的"坟墓也动罢，我的哭声是秋的风"，坟墓、哭声和秋的风三个不乏象征色彩、清冷萧瑟意象的流动、叠加，组构起的可见的景背后，隐约暗示出作者不可见的情，给人一种悲凉的感觉。

其实以物化方式抒情，凝练蕴藉，原本也是中国古典诗歌的主要特征。但中国古诗还未简洁到一句成诗的俳句那个程度，也

[①] 川本皓嗣：《日本诗歌的传统：七与五的诗学》，王晓平等译，北京：译林出版社，2004年，第87页。

不像俳句那样更强调瞬间性，并且中国"一切好诗，到唐已经做完"①，辉煌至极难再超越，之后虽然依旧凝练含蓄，却被文言和格律束缚得逐渐凝定、僵化，至五四时期更因满足不了现代人的精神需求，失去有效性，成为新诗革命的对象。而受过中国古诗中柏梁体和绝句、小令艺术影响的俳句，此时在周作人的形态自由散化、格调清新的现代翻译策略下"复出"，因其契合着中国古诗的精神本质、审美标准，容易唤醒新诗人蛰伏在心灵深处的稔熟记忆，同时其无韵、自由的写法，又和新诗努力去掉词曲气味、声调的发展方向相一致，所以"日本的诗歌以及受日本诗歌影响的泰戈尔的《飞鸟集》就成了小诗的最好的蓝本"②，被广泛的效法和模仿。也就是说，"小诗"接受俳句影响"是在深层意识上对我国古典诗歌中凝练、含蓄的审美标准的认同"③，但最主要、最直接的根由还是因为被俳句的短小诗形和含蓄抒情方式的魅力吸引。受俳句导引，"小诗"常以暗示、弹力为要义，在"集中"上下功夫，用意象将从瞬间的情景、悟性或心境中捕捉的诗意定型，将那一刹那浓缩为"最富包孕的时刻"，以少胜多，求话短意长之效。如汪静之的《波呀》以意象呈现自然美感，高度内敛，"风吹皱了的水，/莫来由地波呀，波呀"，它如同一句成诗的俳句，简净无比，起得突兀，结得陡峭，展开迅疾，读之仿佛可以看到微风轻拂，吹皱一池清水，小小的波浪层

---

① 鲁迅：《书信·致杨霁云》，《鲁迅全集》第12卷，北京：人民文学出版社，1981年，第612页。

② 王向远：《中国现代小诗与日本的和歌俳句》，《中国比较文学》1997年第1期。

③ 杜荣根：《寻求与超越——中国新诗形式批评》，上海：复旦大学出版社，1993年，第81-82页。

层叠叠，绵延不绝，形式本身直接外化了诗的内涵。即便面对瞬间感悟，诗人也不直说，而是努力为其寻找感性的衣裳。"从堤边，水面／远近的杨柳掩映里，／我认识了西湖了"（应修人《我认识了西湖了》），无须更多着墨，正如一片嫩芽可以预示整个春天一样，长长的石堤、静静的水面、远近高低错落掩映的杨柳三个意象，已使西湖婉约恬淡的柔媚尽展眼底，虽无一赞美之词，赞美之情已溢满诗间。冰心善于使景语成情语，承载人生悲凉思考的《繁星·八》仍是具象化的，"残花缀在繁枝上；／鸟儿飞去了，／撒得落红满地／生命也是这般的一瞥么？"鸟儿将繁枝上的残花惊落，隐喻着生命是否如残花、落红一般短暂凋零的哲思，因意象的介入，淡淡的愁绪、清丽的景象和瞬间的感悟三位一体，简短却深邃。再如诗是什么？抽象难解，可宗白华的《诗》却把它写得诗意盎然，十分具体。它避开理性对答方式，启用诸多意象，由近而远，由日而夜，由雨而晴，经时空和情感上的跳跃组合，创造出一个细腻轻柔、悠远深邃的境界，曲折寄托对美的向往和追求。"小诗"的崇尚简约和物化抒情方式，因让意象自行表演，不时将意象间的关系线索省略，提高了诗的暗示力和含蓄程度，最终激活并强化了中国诗歌凝练、含蓄的传统。

二是淡泊、平易、纤细的审美趣味。这种趣味显然源于中国古典诗歌和俳句内在精神的共同影响，本文无意论述绝句、小令在其间占有何种分量和位置，只想指出俳句在"小诗"审美情趣建构上发挥作用的事实。结构空间的狭小，日语音节发音的平缓单纯，神道的真、情和佛教的清、幽观的深层制约，加上对政治的超离态度，使俳句不求画面的宏阔纵深和主题的宏阔雄浑，而把淡泊、平易、纤细的审美趣味，日渐衍化为一种不自觉的"种族记忆"和艺术取向：它在表现题材上比所学的中国古诗更狭窄，多表现清纯的自然景物和日常生活，流连于周作人说的一地的景色、一时的情调或刹那的感兴；对应于主题类型的意象选择，取境偏逸，很少像中国诗歌那样去瞩目高山大川、太阳寰球等博大雄健的景观，更多钟情同自然、季节相关的小桥流水、雾霭流岚等秀丽、温婉、纤小的事物，意象系统相对稳定，如春季之莺、蛙、阵雨，夏季之杜鹃、嫩竹、蝉，秋季之七夕、稻穗、白菊，冬季之山茶花、枯木、冬蔷薇等，基本在雪、月、花、时范围内的物象中抒放淡泊、唯美或闲寂的幽情；和相对宏观的中国古诗相比，俳句的具体手法一般都更纤细、精致、工巧，常求禅宗一即多、有限即无限的效果，让人一叶知秋，带着一定的哀婉之气。如小林一茶表现同情弱者情怀的"瘦蛤蟆，不要败退，一茶在这里"，太岛蓼太展示爱心细节的"秋风——芙蓉花底下，寻出了鸡雏"，高井几董书写离别惆怅的"短夜呀，——伽罗的香味，反引起了哀愁"，都是日常化的取材，琐碎而微小，感情纤细哀婉，观察精致入微，体现了典型的日本趣味。尤其是松尾芭蕉的很多俳句都达成了萧索、淡然之情和空寂、清幽意象的契合，忘却物我，淡泊至极。

受俳句风格的鼓动，中国诗坛1920年代初出现大量体式、气魄、格局、情调均"小"的诗歌，甚至很多人不敢相信以往一直居于附属地位的零碎感受或景致，"在古诗中难以独立的'比'、'兴'独立成诗了"①。如"'花呀，花呀，别怕罢'，／我慰着暴

---

① 王向远：《中国现代小诗与日本的和歌俳句》，《中国比较文学》1997年第1期。

风蛮雨里哭了的花，／'花呀，花呀，别怕罢'"（汪静之《慰花》）"七叶树呵，／你穿了红的衣裳嫁于谁呢？"（潘漠华《小诗两首二》），湖畔诗派这些"孩子气"的思想和景色片断，天真烂漫，情感与联想都甚为自然，句后"呀""罢""呵""呢"等切字明显有周作人译诗的影响痕迹。直领俳句熏香的周作人对俳趣参悟得更深，写下《饮酒》《昼梦》《山居杂诗》和数首《小孩》诗，仅题目便渲染出一份淡泊闲适、和平幽远的士大夫情调，文本更具高远清淡的俳境。"一丛繁茂的藤萝，／绿沉沉地压在弯曲的老树枯株上，／又伸着两三枝粗藤，／大蛇一般地缠到柏树上去，／在古老深碧的细碎的柏叶中间，／长出许多新绿的大叶来了"（《山居杂诗·一》）。苦枯的老树、深碧的柏树、新绿的藤萝虽然性质与颜色有别，但都按客观逻辑自然适意地伸展着根须，获取着自由与永恒，诗人在同自然事物的精神对话中发现了生命的律动和神秘，宁静而富有禅机。再如"落日斜照到秋柳上，／看哪，／黄叶要在残光中飞舞了"（谢采江《野火·三》），"一步一步的扶走／半隐青紫的山峰，／怎的这般高远呢？"（冰心《春水·七》）也完全是瞬间感性的直接书写，或心平气和，心为自然所俘获，或隐伏着人和山之间距离的微妙思索。就是以激越豪迈为基调著称的郭沫若，因在俳句趣味中浸淫多年，也写下过《白云》那样清丽、淡雅的柔性之诗。在人们的艺术经验中，事物有诗性与非诗性之分，受俳句影响后的"小诗"从日常生活中细微、琐屑的事物发掘诗的材料，包藏感觉情绪和玄想思理，在庄重或崇高的题材之外开辟新的抒唱空间，这种凡俗化追求，在一定程度上真切恢复了世俗生活的本来面目，轻松自然，具有十足的人情味和生命活力。

三是充满再造空间的瞬间"写真"。常有人将松尾芭蕉、与谢芜村的俳句和王维的古典诗歌相提并论，阐释其共有的画意美，其实这是一个认识误区。因为俳句与其说像绘画，确切地不如说更像直感的"写真"（日语的摄影、照片之义），具有一种特别讲究瞬间凝聚的摄影倾向①。从时间长度看，短小的俳句既难像中国诗那样用多重意象表现复杂的情思流动过程，也不比绘画那样注重起承转合、浓淡错落的工笔细描，而往往以一个瞬间、片断或场景的聚焦"写生"，定格瞬间的思绪和感悟，不求升华，有时甚至不求语句、内容的完整。也就是说，它在很大程度上依靠读者进行审美再创造。这种有广阔想象余地的"空白"艺术，正暗合了禅宗思维，灵动而有神韵。禅宗认为在玄旨面前一切文字都苍白无力，即便非运用文字不可时也该曲折表达，点到为止，其言外之意需对方顿悟。妇孺皆知的"古池——青蛙跳到水里的声音"，即以美妙瞬间定格永恒，只古池、青蛙、水里的声音三个形、色、音意象，就融虚实、动静、大小于一炉，好似一幅浓淡相宜、幽喧互衬的水墨画，形外之神、画外之音余味无穷。画家的出身使与谢芜村的俳句形象感更强，"我踩了亡妻梳子，感到闺房凉意"，我、亡妻、梳子、闺房几个关键词的连缀，迅捷而真实地道出了诗人睹物思人刹那的凄清与思念，真如一张返璞归真的"写真"，浑然天成，尺短意丰。小林一茶的"我杀死一只蚂蚁，发现三个孩子正看着我"，也是一个细节与场

① 参见蔡宏：《简论中日诗歌的自然美意识》，《华侨大学学报》2002年第1期。

景的聚焦，激发出思想的战栗，小景物里包含着人道怜悯的情怀。难怪郁达夫叹服于短短的俳句"若仔细反刍起来，会经年累月的使你如吃橄榄，越吃越有味"[1]。

仿效俳句的"写真"倾向，"小诗"也纷纷将目光聚焦于情思、景象的瞬间、刹那和片断，打造诗歌的余韵和"空白"之美。汪静之连意象、句式都日本化的《芭蕉姑娘》深得俳句的此中三昧和天籁之妙，"芭蕉姑娘呀，/夏夜在此纳凉的那人儿呢？"芭蕉姑娘、夏夜、那人意象和纳凉事态，熨帖地同处于共时性的"场"中，一个镜头的摄取，已把"场"外信息也尽收囊中，那人是谁？是男是女？今在何处？和芭蕉姑娘有什么关系？芭蕉姑娘又怎样作答？一切都是未然态的疑问，启人寻思，时间的转换对比与结尾的问号更加大了诗的空间张力。冰心的《春水·二〇》提供的阐释空间似乎更大，"山头独立，/宇宙只一个人占有了么？"不过是倏忽意念的一闪，你可以说它委婉批评遗世独立的孤傲，也可以说它是对自立自信的寻找，还可以说它昭示了愿望实现后的志得意满。它有很多解儿，对之可做或A或B、亦A亦B的分析。何植三的《夏日农村杂句》也是风情、心情高度凝聚而又余音缭绕的诗，"清酒一壶/独酌/伴着荷花"，只是画面轮廓一角的摄取，已透出难得的幽雅，是衬托清静，是流露孤独，是揭示满足？需读者耐心参悟。宗白华的《晨兴》也是诗人瞬间思绪的拼贴，"太阳的光/洗着我早起的灵魂。/天边的月/犹似我昨夜的残梦"，实体意象太阳、月亮和抽象意象早

---

[1] 郁达夫：《日本的文化生活》，《宇宙风》第25期，1936年9月。

晨、夜晚、灵魂、梦互动，使诗的词语间获得了复义内涵，对其寄寓的人生看法读者也可以见仁见智。冯雪峰的《山里的小诗》、应修人的《妹妹你是水》、郭沫若的《新月与白云》等，也都具弦外之音，体现出类似的艺术走向。这种瞬间的"写真"追求，以不说出来的方式造成让人说不出来的奇妙效果，再次证明在艺术世界中说的过多过满就失去了咀嚼的可能，越是凝练含蓄可待驰骋的想象空间越大。

变易、消隐及启示

雷克·韦勒克说，"艺术品绝不仅仅是来源和影响的总和，它们是一个整体。从别处获得的原材料在整体中不再是外来的死东西，而已同化于一个新结构之中"[①]。俳句的影响使"小诗"出现了许多新质，并在20世纪20年代晋升为一种独立的审美形态和诗歌体式，风靡一时，其中有不少可圈可点之处。一是"小诗"作者清楚借鉴绝不意味着全盘吸收，面对异质文化系统时应各取所需，"六经注我"，而不能允许对方反客为主的同化。所以他们接受俳句影响时都做了中国化处理，如摆脱俳句的季语、切字、以名词结尾等规范的限制，和思想、观念的认同相比更侧重艺术形式和手法的"拿来"等等。这些主观的偏重取舍和变易，都使"小诗"在大多数情境下，只承袭了俳句的外衣，骨子

---

① 雷克·韦勒克：《比较文学的危机》，张隆溪编：《比较文学译文集》，北京：北京大学出版社，1982年，第24页。

里的意象体系乃至情感构成仍然回荡着强劲的中国风（所以读者还能隐约感觉到俞平伯诗集《冬夜》中的"乐府精神"、宗白华诗里唐人绝句的潜在意境和冰心诗间的旧诗词气息），这种移植、借鉴的态度对后来者都不无启迪作用。二是接受渠道、视野和接受个体性格、趣味的差异，使俳句对"小诗"的影响并非整齐划一，而体现出一定的多元性，形成了"小诗"个人化的创作景观，如冰心的纯洁柔美、汪静之的直率真切、宗白华的清瘦理性、周作人的淡泊幽雅和潘漠华的凄婉缠绵，都各臻其态，增加了"小诗"肌体的绚烂美感，昭示一个流派的形成并非是众多个体求同的过程。三是如果把俳句对"小诗"的影响置于当时特定的诗歌语境中，它的价值也许更为清晰。"小诗"出现前后，胡适讲究科学精确的经验主义理论大行其道，人的情感、传统的情景交融观被不同程度地忽视。受俳句影响的"小诗"追求天人合一的和谐，追求"现代绝句"和"意象体操"的简约，即是对诗坛过度散文化、自由化流弊的一种补正、反拨，对诗坛冗赘诗风的一种"消肿"；而"小诗"与哲理自觉而成功的联姻，无疑又超越了初期白话诗中说理诗晶莹透彻却缺少余香和回味的状态，在提升思维层次同时，正式开启了新诗知性化的艺术传统。但是客观地说，俳句的影响效应不都是正面的，或者说"小诗"在接受俳句的过程中还存有不少明显的遗憾。首先，虽然俳句的滋养为"小诗"带来了理趣和禅悟倾向，却还不纯粹，不到位，"小诗"对俳句幽深的余韵没有很好地吸收，更没从深层获得俳句审美品质的核心——"闲寂的精神"。因为"小诗"作者不像日本的俳人那样，日本的俳人如松尾芭蕉、小林一茶、西行、慈圆等，大多出身于僧侣，有缘在宗教氛围中出入，擅长于宇宙、自然、人生等抽象领域的妙悟，以至于使整个日本俳句的历史里始终浸淫着浓郁的禅宗趣味。而中国的"小诗"作者别说没有出家修禅之人，就连虔诚地信仰宗教者都很少见；并且他们处于纷乱的世道之中，很难完全保持淡泊的姿态，敛心静气地思考那些抽象的命题，而总是不由自主地去关注现实和时代风云，自然也就难以抵达俳句境界的纵深之处。像应修人、潘漠华等抒情分子后来直接投身于革命之中，与俳句疏离政治的那种淡远境界就更为隔膜了。

其次，"小诗"借鉴俳句的创作问题严重。很多作品因为没有真正领会俳句"以象写意"方法的要义，没有把握俳句颇有禅意的精髓，所以或忽视"瞬间性"的集中凝聚，或弱于意象的选择和组接，经常混淆"小诗体"和"小诗形"的差别，把诗体的要求降格为大小体积的概念，只图"小诗"的方便而丢了"小诗"的含蓄。许多作者觉得"小诗"写作自由、容易、好玩，所以常常不是有感而发，因情造文，而是信手拈来，随便涂抹，这种大面积的粗制滥造行为，给一些非诗因素的介入留下了可乘之机。譬如有的诗人对生活不加任何筛选、过滤，将一些琐屑、平庸的日常细节、形象直接搬入诗中，像人人唾弃的"拦路睡着的黄狗/当我走过的时候/（其实我并不惹它）/只是向我抬着头啊"这类"抒情"，鸡零狗碎，苍白无聊，无病呻吟，居然堂而皇之地走进了缪斯的空间，严重损害了诗歌的健康和尊严。再如受当时直抒胸臆的风气影响，不少诗人的作品流于一般的说理和抒情，一些零星的感悟未经想象力的转换提升，即以裸露的"格言"状态呈现出来，单调浅露，缺少余韵。连"小诗"领袖冰心的诗，在晶莹纯美丽之外也时有理智与情感悖裂的"格言"的枯燥，宗白华的诗集《流云》也存在境界单一的雷同化之嫌，湖畔诗人清新质朴歌唱的另一面即是简单和幼稚，至于大量模仿者的创作成色就更大打折扣了。还有一点常被人忽视，那就是当初周作人将"以文为诗"作为俳句的翻译导向，仅仅是权宜之计，目的不过是要竭力摆脱旧诗格律的束缚，事实上受之影响的"小诗"的确和"自由诗"一道，是那时最像白话的诗，只是这种导向也是不无偏颇的"误导"。像冰心那些自视为"小杂感"的零碎思想，能够在《晨报副刊》不断被以分行的"诗"的方式顺利刊出，足以表明周作人的散文化策略未将新诗引向形式建设之路，倒潜伏着走向"歧途"的危机，它让一些人觉得"小诗"仿佛就是任意而为、没有形式的灵活诗体。它影响之下的"小诗"也真的大多重"文法"，轻"诗法"，缺少诗体的自觉意识，诗文混同，忽视诗的特有节奏，一点规矩不讲，加重了新诗形式上的散漫。诗不像诗而像散文，无论怎么说都是诗的一种悲哀，如此说来就难怪有人批评那时的白话诗"注重的是'白话'，不是'诗'"[①]了。种种症状的交叉出现，使"小诗"贵凝练、反曼衍、尚含蓄、忌直说的美学原则被无形地搁置，使周作人试图通过构建中国俳句——"小诗"，以提高新诗表现力的企望日渐落空，这是"小诗"运动的倡导者们始料不及的。

再次，随着现实语境的转换，俳句及"小诗"的品质愈加不

---

① 梁实秋：《新诗的格调及其他》，《诗刊》创刊号，1931年1月20日。

合时宜，自身的缺陷也开始显露出来。进入1924年以后，中国革命虽然仍然处于低谷，但已在酝酿一种新的高潮，特别是次年的"五卅"惨案再度激起了反帝反封建的狂飙巨澜，时代在呼唤着洪钟大吕和杜鹃啼血，在呼唤一种高扬民族精神的战歌突起。面对宏大的历史气象和纷纭复杂的革命情绪，本就过于玄幽、清淡的"小诗"在表现上更加力不从心，也现出了俳句传统本身固有的视境狭窄和趣味单调的致命伤。必须承认，俳句适应书写对象的幅度是严重不足的，它容量有限，只适合表现刹那的感兴和一时一地的情感、景色，而难以承载阔达繁复的生活、深邃复杂的现代意识和恢宏澎湃的灼人激情，而那些刹那的感兴和一时一地的情感、景色说穿了仅仅是生活的一部分，是属于个人精神"内生活"的小思想、小情感。正因如此，很多"小诗"作者面对失效的创作，或则彻底搁笔，或则改弦易辙，转写"大诗"、散文与小说，"小诗"创作队伍逐渐星消云散。同时俳句传统不适合中国国情的一面也愈加清晰地显露出来，不用说那份禅宗的旨趣在中国找不到生长的理想土壤，就是它闲寂的精神也和亢奋向上的时代精神相背反，当然也只能被残酷的现实挤压得无处落脚了。

正是接受俳句影响的"小诗"创作弊端重重，才招来文学研究会的朱自清与叶圣陶、创造社的成仿吾与郭沫若、新月社的梁实秋与闻一多等大批理论家的实质性攻击。他们严厉地批评俳句"多是轻浮浅薄的诙谐"，是犯不着去模仿的"风格甚低的诗形"，受之影响的小诗"用过量的理智来破坏诗歌的效果"，流于"浅薄"，对于这种诗体每个有责任感的青年都应该起来"防御"①；

他们指认冰心的《繁星》《春水》缺乏想象力，情感匮乏，技术含量低，她所代表的"小诗"是"一种最易偷懒的诗体，一种最不该流为风尚的诗体"②，它到后来已平庸浮泛，"不能扑捉那刹那的感受，也不讲字句的经济，只图容易，失却了那曲包的余味"③，"甚者乃类小儿说话"，"简单的写生，平庸的感想，既不能令人感生兴趣，复不足令人驰骋玄思，随随便便敷敷衍衍"④，对之"看的越多，兴味越淡"⑤；断定如果这类诗歌继续流行，那只能使本来已空虚纤弱、偏重理智的诗坛"变本加厉，将来定有不可救药的一天"⑥。在一浪高过一浪的质疑和声讨面前，"小诗"几乎失却了进一步拓展空间的可能，连引进俳句最勤的周作人也不得不承认，包括"小诗"在内的整个诗坛态势可用"单调二字涵括，一切作品都像一个玻璃球，晶莹透彻得太厉害了，没有一点朦胧，因此也缺少了一种余香与回味"⑦，"俳句之于中国的诗，虽稍有影响之处，可是诗的改革运动并未成功"⑧。

在内在危机和外来批评的夹攻之下，1924年后"小诗"运动即告消退，作为一过性的俳句影响在中国也基本上走向式微、停滞。需要指出的是，"小诗"运动的消隐并不就意味着接受俳句影响的"小诗"粉失灭绝，相反"小诗"自身潜藏着蓬勃光大的

---

① 成仿吾：《诗之防御战》，《创造周报》第1号，1923年5月。

② 梁实秋：《〈繁星〉与〈春水〉》，《创造周报》第1集第12号，1923年。

③ 朱自清：《中国新文学大系·诗集》导言，上海：良友图书印刷公司，1935年。

④ 郭沫若：《郭沫若致洪为法信》，《新潮》第1卷第2期，1923年3月25日。

⑤ 叶圣陶语，云菱：《小诗的流行》，《诗》第1卷第3号，1922年3月。

⑥ 闻一多：《泰戈尔批评》，《时事新报·文学》，1923年12月3日。

⑦ 周作人：《扬鞭集》序，《语丝》第82期，1926年5月。

⑧ 周作人：《闲话日本文学》，《国闻周报》第11卷第38号，1934年9月。

可能性，它对同时代乃至后来者的影响所及，构成了一脉绵长顽韧、不绝如缕的"小诗"诗学谱系。由于它在艺术上的精湛表演博得过诸多的喝彩之声，合理吸收它的内核就成为许多追随者的共同追求，如稍后海音社的"短歌"创作，20世纪30年代卞之琳的《断章》、田间的《假如我们不去打仗》等富于鼓动性的街头诗，20世纪40年代鲁藜的《泥土》、臧克家的《三代》，新时期诗人韩瀚的《重量》、孔孚的《山水灵音》、顾城的《远和近》与《一代人》等灿若群星的佳构，皆为"小诗"在不同时段里激发出的奇妙音响。并且后来者大都能够注意突破"小诗"表现个人感触的局限，拓展视野，在"小诗"的静思、玄想与秀丽气息基础上，兼容雄浑、硬朗之风，实现了一次又一次的艺术超越，使"小诗"不再仅仅是小摆设、小饰物的代名词。韩瀚、赵朴初、林林、袁鹰、晓帆等当代诗人甚至还学写汉俳，以另一种方式为现代汉诗和俳句的深度融合做出了不懈的尝试和努力。而如今，千千万万的农民纷纷离开挚爱的乡土，涌入钢筋和水泥支撑的空间，和都市人一道承受着精神流浪和文化孤寂的折磨，他们恐怕更需要俳句影响下的"小诗"蕴含的那种心灵慰藉与命运关怀。新世纪以来诗歌与新兴传媒结合后的"变体"——手机短信诗歌空前崛起所带来的"小诗"再度勃兴的机遇，就是有力的明证。同时，"小诗"本身短小简洁的形式、抒情的瞬间性与凝练而不曼衍的艺术品质，对当下新诗的诗体、诗歌精神、传播方式的重建，也饱含着诸多可待发掘的启迪质素。

在"挑战"面前：从容应对与积极反思

新诗革命本来就是奔"冤家对头"旧体诗词去的，可是近百年过后，旧体诗词这个"敌人"非但没在诗坛销声匿迹，反倒因为经过一番外力刺激而生命力愈加强盛。其具体表现多元并且显豁：新诗的研究者们也很难完整地记住十首八首自由诗，但牙牙学语的孩童却能对许多唐诗宋词倒背如流，据统计，爱诗的人里喜欢古典的约占71%，喜欢现当代的加起来不足29%；全国各地旧体诗词社团林立，刊物繁多，写作者早逾百万，每年推出几十万首新作，袭人的热浪逼得《诗刊》《诗潮》等新诗园地也不得不为其辟出一方空间。人们在日常生活中引用的诗歌多为旧体，裴多菲那首关于爱情和自由的诗，翻译到中国时有几种版本，可最终被人接受的却是传统的五言体式。旧体诗词也的确曾在天安门诗歌、汶川地震诗歌运动中风光一时，尤其是同章太炎、王国维、陈寅恪、唐圭璋、钱钟书、程千帆、沈祖棻、赵朴初、叶嘉莹等国学大家始终坚守旧体诗词阵地并行，鲁迅、郁达夫、俞平伯、闻一多、施蛰存、聂绀弩、郭沫若、臧克家、沈尹默等许多新诗名家后来竟然都走回头路，"勒马回缰做旧诗"，更令人煞费思量……总之，似乎是现代旧体诗词已经形成自足的历史谱系，不仅依然拥有着强大的生命力，而且正在时时挑战新诗存在的合法性，不乏最终取而代之之意。难怪不少批评者为20世纪旧体诗词未能进入文学史大鸣不平。

对于新诗来说，形势真的那么严峻、可怕吗？回答是否定的。的确，内涵着民族精神气韵的旧体诗词有其长处，它体现了汉字音、形、义合一的特质，意境深邃，格律谨严，具有超越时空的穿透力。所以在它辉煌的潜在参照系面前，毛泽东妄下了以白话语言写作新诗始终都未成功的断言，朱光潜则误以为新诗多一览无遗之感、少"言有尽而意无穷"的胜境，双双违背了历史真实。但是，必须澄清，旧体诗词曾经的繁荣和当下的繁荣完全是两码事，它在当下的有效性、承载力以及处理生活的表现力方面都远逊于新诗。正如鲁迅所言中国诗歌到唐代已经做完，闻一多所言宋代以后的中国古诗都是多余的，不论你承不承认，旧体诗词的艺术水准总体下颓的趋势却是不争的事实。一方面，旧体诗词有先天不足的隐忧，窄小的体积难以表现宽阔的生活场面、情境和气势，离现代民族、国家的意识形态建构甚远，其严格的韵律和整饬的体式，无法契合现代人瞬息万变的繁复、微妙的心灵世界，而其含蓄晦涩的风格，也让多数读者望而生畏。如果说一个时代有一个时代的文学，那么一个时代的文学就有一个时代的文学体式，在田园诗式微、现代文明风行天下的生活和心灵面前，旧体诗词常常表现乏力。另一方面，如今旧体诗词又未注意融入新机，多在乡愁、爱情、历史人文等传统题材上寻求情调、趣味的翻新，在应酬、唱和的过程中生长和传播，风花雪月味儿十足，其"阳春白雪"的高雅贵族形态自然曲高和寡，长此以往，只能成为与读者特别是年轻读者隔膜的新的"士大夫"体。

当下旧体诗词创作存在的更大问题是功力深厚者过少，堪称经典的文本寥若晨星，影响力微乎其微。我曾经多次说过，任何时代文学繁荣的一个表现，就是要拥有自己的偶像和权威，比如闻一多、郭沫若对于二十年代，戴望舒、艾青对于三十年代，穆旦、郑敏、李季对于四十年代，贺敬之、郭小川对于五六十年代，北岛、舒婷、顾城对于七八十年代，这20世纪以来新诗的蜿蜒胜景，都有力地证明了这一点。而现代旧体诗词呢？别说在纵向上比附难以企及唐宋乃至明清的高度，即便和同时期大家辈出、佳构纷呈的新诗景象也无法进行横向的抗衡。从作者数量上考察，上百万的写作队伍似乎已经相当壮观，但和新诗几千万作者的庞大阵容相比恐怕仍是要相形见绌、自叹弗如的；从作品质量上打量，现代时段尚可选出称得起大家的鲁迅、沈尹默、沈祖棻、聂绀弩等几位风格殊异的歌唱者，而新中国成立之后就几乎再也找不出在世间流行、足以服众的拳头诗人与拳头诗作，多数写作者技艺娴熟，产量丰赡，但就是在风骨和思想上弱于前人，持有现代知识分子独立批判精神者更是鲜有闪现。

按照上述思路推衍，可以断定：现代旧体诗词不乏出色的表演，但基本上还处于圈子化的自给自足之中，在某种程度上说它是当下文坛一种边缘化的"潜在写作"也绝不为过。所以面对旧体诗词的挑战，新诗理应充分自信，从容处之，根本没必要虑及自身的合法权问题。可以肯定，要是不拿古代诗歌的辉煌作比，仅仅从新诗出发考察，就会发现新诗的成绩是谁也抹杀不了的。它不但在短短的一百年里把西方诗歌的历史进程几乎很完全地操演了一遍，以其形象化的方式凝聚、构筑了一个多世纪的民族心灵的历史，艺术上比起其他文学样式来最为先锋、最为前卫，而且新诗不论在任何时期都是非常敏锐的，往往能够在有意无意间传达出时代的先声，同外国的诗歌探索保持相对稳定的呼应和联系，艺术派别与群落多得数不胜数，而每个重要的诗人又都有自己出色的表现。特别是进入改革开放的新时期以后，新诗更是取得了长足的发展，许多写作者把诗歌当作一种精神宗教，放在心里最神圣的位置供养，力求摆脱新中国成立以来那种将诗歌降低为工具的反映论思维，尽力凸出新诗独立的品性和地位。既把现实世界的人间烟火、芸芸众生作为不断摄取思想和精神营养的创作源泉，又注意心灵内宇宙、个人情怀的经营，并努力沟通大小视界之间的联系，经过主观视角去折射现实和历史风云。每个诗人、每种诗美都获得了自由生长的空间，在驱赶掉单一化的审美风气同时，提供出了许多令读者认可的拳头诗人和经典作品。所以对新诗的优劣得失进行评判时，我觉得那种把成就和缺点三七开的做法是不符合历史实际的，说新诗有六分成就绝不为过。

当然，旧体诗词的热闹、进逼也应当引起新诗对自身的缺点严肃积极的反思：至今为止，新诗尚有许多不尽人意之处，更难说已经真正地深入人心。如新诗在所有的文学样式中第一个向旧文学决裂、开战，但是却始终没有将旧体诗词打倒、取代，而新诗的引发模式特征，又使之时而流露出欧化的痕迹。因之，新诗宜自觉结合东方智慧与西方艺术，注意从旧体诗词特有的忧患与悟性、意境与凝炼中汲取营养，同时摆脱它的呆滞韵律与忘情自然，倾心于西方诗歌注重整体思维、形而上抽象思考的品质，又自觉剔除其自我扩张、虚无情调与异化的荒诞，进行创造性的背离转换，借鉴徐志摩、戴望舒、余光中、舒婷等提供的成功启示。新诗语言的运用还没有进入出神入化的娴熟地步，许多作品是新的而非美的，是白话的而非诗的，表现上过于散漫，诗味儿浅淡，可以穿越历史时空的、人人服膺的经典文本较少，能够和中华民族在世界上的地位相匹配的大诗人更是寥若晨星，所以它应该接受古体诗词的正面影响，在含蓄蕴藉和音乐性上有所加强。另外，新诗的教育现状也令人悲哀，和新诗创作的日新月异相比，新诗的理论还一直没有在体制内确立其独立、自足的系统理论，结果很多读者甚至是教师只能套用旧体诗词的审美特质，来解读、鉴赏新诗，别说不贴切，还时有笑话发生。从这个向度上说，建立新诗解读学就极为迫切、意义重大。

为什么像五四前后新诗对旧体诗词强烈"革命"一样，有些人非要将当下旧体诗词和新诗对立，使人们再度被新诗与旧诗矛盾的问题所困惑？我想说穿了它就是新、旧对立的二元思维在一些人心中作怪的结果。其实，在诗歌创作问题上，有多种美学形态存在，哪种形态都不会挡另外一种形态的道，并且诗歌创作不是拳击比赛，非得把对方打压下去不可，各种形态之间是不能做硬性比较的，创作大河奔腾是一种美，小溪潺潺也是一种美，每个诗人都拥有自由选择、创造美的权利，每个领域都应供创作者们尽情地驰骋，诗人之间谁也代替不了谁的位置和价值。何况，评判诗歌价值的标准只有好坏之分，没有新旧之别。新的不等于好的，旧的同样也不就是坏的，新诗和旧体诗词本是文艺百花园中平等的两支力量，它们之间也并非水火不容的两极。在这个问题上，叶公超20世纪30年代那篇《论新诗》中的态度是可取的，他以为"新诗和旧诗并无争端，实际上很可以并行不悖"，以旧诗的尺度臧否新诗和用新诗的标准衡量旧诗，同样都不科学。如若新诗和旧体诗词之间能够取长补短，相生相克地良性互动，中国诗歌的整体生态就会以海纳百川的气度，兼容并包，达成真正的繁荣。

燃烧的圣火：百年中国爱情诗简说

男女者，宇间之阴阳两极，阴阳合始生万物与世界；故两性之爱乃成了人类文明史链条的不二维系，古往今来骚人墨客精神漫游的永恒空间。

早在人类童年爱情的时代，《诗经·国风》就与爱情结下了不解之缘，它以爱情底蕴的原态袒露与天籁舒放，凝聚成最初的美好记忆。可惜，后来随着封建礼教与儒家精神的确立，尤其是自宋代起程朱理学显居统治地位，爱情仿佛成了一块文学中的罪恶领地，即便有诗人"染指"，也多发乎情止乎礼。世俗情爱在不可遏止地本能汹涌，情爱艺术却多了诸多规范与限制，冲突的结果是在长达两千余年的时间里，中国爱情诗日渐失却自由、天然的本性，异化为高度伦理化的思妇诗的畸形发展，以至于有人不无夸张地断言"中国缺少情诗"。直到古老中国向现代中国艰难转型的五四时期，应和封建主义的解体与个体爱情意识的觉醒，中国爱情诗才为忆内、寄内之情泛滥的传统歌唱画上了句号。

爱情书写贯通了近百年的新诗历史，并在每个时段内均有不同的艺术气象：五四时期，恋爱自由的个性解放思想在诗中激起了强烈的回声；二三十年代很多诗人躲在时代主潮外，以圆熟精美的缠绵，咀嚼、玩味着现代情爱；抗战时期爱国之情对儿女情长的放逐，造成爱情诗的整体断裂；四十年代解放区的爱情诗，是爱情与革命合一；新中国成立初情诗的政治烙印深刻，是另一种"颂歌"（同期台湾情爱诗表现出一定的愉悦性，比较纯粹）；文革十年，爱情诗园地凋零不堪，爱情咏叹沦为蜷缩于地下的"潜在写作"；新时期后，爱情诗才彻底迎来了春天。但是，在向揭示情爱底蕴的中心意旨趋赴进程中，情爱诗的每个时段与取向又都殊途同归，至少达成了三点"共同语言"。

一是多元开放的抒情个性与真挚自然的整体风格统一。百年情爱诗构筑了一个色调斑斓的繁复世界，那里有初恋的朦胧迷惑，也有热恋的爱火喷发；有幽会的甜蜜，也有等待的焦灼；有思念的缠绵，也有失恋的折磨；有温情的祝福，也有痛切的遣责。驰骋在这一世界中的诗人，每人都在追逐个性的"太阳"，练就了自己的拿手好戏。郭沫若炽烈奇幻，冰心细腻典雅，应修人活泼率真，冯至含蓄幽婉，徐志摩空灵飘逸，闻一多谨严热诚，纪弦诙谐怪诞，陈敬容清倩婉约，郑敏精警洒脱，流沙河沉郁恳挚，昌耀悲凉深邃，北岛沉雄傲岸，李琦纯净温暖，于坚客观平易，韩东直接质朴，王家新内敛深沉，伊沙机智浑然，王小妮澄澈从容……魏紫姚黄，各臻其态。正是众多诗人个性飘落的缤纷花雨，共织起百年情爱诗的星河灿烂。可贵的是无论哪个诗人、哪种情思的舒放，都因其璞玉浑金般自然、真挚的本质，蛰伏着夺人的魅力，饱含感动读者心灵的情绪机制。

如戴望舒的《雨巷》，借雨巷中徘徊的诗人等待的"丁香"姑娘来而又去的外在视像及其流程，隐约透露出了诗人对爱情、理想、光明等美好事物追寻而不可得，对黑暗现实有所不满又无可奈何的愁苦心境与幻灭情绪。那是一种失落后的渴望，更是一种感伤中的挣扎，"我""雨巷""姑娘"等象征性意象寄托，与内在旋律、复沓手法造成的音乐美遇合，将诗的惆怅渲染得含蓄朦胧，萦回不绝。谛听着诗中抒情主人公迟缓的徘徊足音，那汩汩流淌出的愁苦、忧郁的潜流，谁的心都会被踏起一阵凄动。又如回味刘半农的《教我如何不想她》中触景生情、睹物思人的心理体验，哪个读者都会被其感染。羁旅英国的孤独的诗人无时无刻不在思念梦中的故国、故国中的恋人，所以看见什么有关的事物，都会唤醒过去沉睡的记忆：微风吹动浮云，吹乱了他头发般的思绪，顿起浮云游子的漂泊之意；海洋与月光浑融的夜晚，也引动了他与恋人相处的甜蜜；暮春燕归加剧了他的思念；向晚残霞更促动了他的乡愁。诗启用了传统的比兴手法，言近旨远，在眷念情思的渲染上以时间的推移相暗示，一二节写昼夜，三四节写春秋，巧妙地道出游子不论何时何地，看到什么景物，都会引起对恋人乃至祖国的怀念，情思非但优美，而且饱满，难怪经赵元任谱曲后它会名噪一时了。再如舒婷的《致橡树》中，作为抒情主体的隐喻，"木棉"表白"我必须是你近旁的一株木棉，/做为树的形象和你站在一起"，甘苦与共，风雨同舟，但绝不做对方的附庸和点缀，而有自己独立的思想和位置。诗对恋人矢志不移的温柔倾诉，对坚贞、平等爱情观念的张扬，对爱的本质严肃而深切的探询，感人肺腑又启人心智，如果将之和目下人情冷漠、充满铜臭与世俗气息的爱情景状相比，谁都会因其纯洁、专一、独立的品质暗施敬意。席慕容的《盼望》同样具有纯粹的力量，"其实　我盼望的//也不过就是那一瞬/我从没要求过你给我／你的一生／／如果能在开满了栀子花的山坡上／与你相遇　如果能／深深地爱过一次再别离／／那么　再长久的一生／不也就只是　就只是／回首时／那短短的一瞬"。诗人内心的独语虽然轻悄舒缓，却有如胁迫，内蕴着强劲的情思冲击力，辩证的思维似乎赋予了诗歌一股淡淡的禅意。不是吗，真正的爱情不在时间的短长，肉体是否结合，而在于其质的真挚醇厚，精神的可靠尺度和爱的无条件，如果是真爱瞬间就是永恒，可以照亮一生，即便离别的苦涩与忧伤，日后也将成为甜蜜的回忆。总之，百年情爱诗中多有心灵的忠实自白，灵魂的纯净袒露，沿着它们现代、诚挚、健康的情思昭引，即可走进一个个生命本身，捕捉到诗与诗人真实、自然品格的辉光。

二是多重因素的合力，使百年的情爱歌唱染上了或浓或淡的感伤色调。百年情爱诗虽然写了不少甜蜜、纯洁、幸福的爱情感受和体验，但在大多时候、大多诗人那里都弥漫着一定的感伤气息。如何其芳的整本诗集《预言》都患了"刻骨的相思，恋中的症候"的青春季候病，具体的《预言》一诗把爱拟为"年轻的神"，"我"热切地盼望她来临，好向她表露爱恋，可她却"无语而来"又"无语而去"，消失了骄傲的足音，空留下"我"之感叹与无望，有种可望而不可及的惆怅，在情调、氛围乃至构思上，都与《蒹葭》惊人相似。又如郑愁予，少年在国内的漂泊，青年在台岛的流落，终日在海上的浪游，投影于心灵回音壁，使他的诗歌以浪子意识见长，充满追忆与思归情结。其《错误》既是倦守春闺的少妇寂寞、期盼与失望情怀的抒写，又寓寄着难以归国的某种心态，少妇情怀的抒写正是诗人心理的折射。从表层看，诗似传统的闺怨再现。一个倦守春闺的思妇，时刻盼望心上人的身影出现，但却足音不闻，于是她情灰意懒，云鬓不整，心如寂寞的小城，容颜似莲花般开落，好不容易盼来的马蹄声却是路过，重逢的喜悦顿时化为失望的惆怅。但透过思妇盼归的古典题材帷幕，人们发现它那种游子无家可归的惆怅，恰好暗合了许多台湾人对大陆的情绪体验，所以该诗才扣动过不少漂泊孤岛或异域的"浪子"思念故乡的心弦。再如海子的《四姐妹》，尽管仍和善、美、纯洁等古典理想密切相连，在纯净生动意象的流转和自言自语的述说里，凸现着崇高的爱情观念，纯洁得不闻粗俗之气。但它在表现人和自然的生灭流转时，更展示了死亡，"四姐妹抱着这一棵/一棵空气中的麦子/抱着昨天的大雪今天的雨水/明日的粮食和灰烬/这是绝望的麦子"，代表自然和生命的主体意象指向着"灰烬""绝望"，流露出一种凄凉的美丽和强烈的世界末日感，甚至可以说是无限的欲求把海子引向了死亡的尽头。还有夏宇的《爱情》，竟然把美好的爱情比喻成"为蛀牙写的/一首诗"，爱情与丑陋的蛀牙捏合一处本身，就仿佛让人窥见了一场并不成功的爱、一颗受伤的心灵。失恋与分离也便如同被蛀空的牙"拔掉了还/疼 一种/空/洞的疼"，怪异的联想外化出了爱情短暂而痛彻心扉的特有滋味和悲剧本质，结结巴巴、吞吞吐吐的节奏，不均匀的令人灵魂颤动的旋律，把蛀牙般凝滞的爱情体验抒发得极具张力。还有穆旦的《诗八首》中爱的沉重又残酷，丁当的《背时的爱情》里语言狂欢背后的人生大悲凉……

爱情一向与温馨、甜美相伴而行，即便淡淡的苦涩也给人以美的陶醉。可它为何在现代爱情诗里发生了变异？这源于多重因素的消极辐射。首先是悲剧主体的心灵外化所致。百年情爱诗的创作主体不少有过失败或惨痛的人生与爱情味经验，多愁善感，像胡适、潘漠华、徐志摩、戴望舒、陈敬容、徐迟、曾卓、郑愁予、流沙河、夏宇、顾城、海子等都出奇的坎坷。这样的体验经历牵制，使诗人们只能发出沉痛的鸣唱。其次源于理想与现实、现代性爱与封建文明的冲突。对内向性心理的现代情爱观照本身，已决定难有高昂的格调，因为人类向内做深入的感情拓进容易走向感伤。特别是现代情爱意识觉醒了，可现代中国的土壤上封建主义仍阴魂不散，主宰着青年的恋爱与婚姻命脉。理想与现实的反差，精神自由与行为限制的矛盾，使百年情爱诗在冲决礼教束缚的同时，势必伴着难言的孤寂与感伤。再次是传统情诗"以哀为美"抒情基调的影响。在欢愉之辞难工、穷苦之言易好的定向审美积淀支配下，古典诗歌几千年来一致地悲凉，自屈宋而陈子昂而唐宋诗词，无不为忧患之思与摇落之秋精神的变格。这种蛰居于民族文化心理中的集体无意识，延伸在百年情爱诗中，使许多处于"为赋新诗强说愁"年龄时段的歌者自然表现出感伤情调，只是其情调中已融入了新的时代内涵。

三是应和着现代人情爱心理微妙幽婉、秘不示人的特质，百年情爱诗的作者少数直抒胸臆，大多注意抒情方式、构思技巧、语言搭配的艺术打磨，以婉转或间接的言说策略，营造含蓄美的境界。如冯至的《蛇》化丑为美，使恐怖的蛇变得通晓人性，百般温柔，主要得力于意象抒情方式和不落俗套的构思。诗选择蛇意象为构思突破口，再经繁复的想象展开优美的意境，它以虚拟的蛇意象状绘寂寞和相思之苦，并通过感情的变形处理，使之新颖贴切，具体说是淡化蛇之花纹、角头、长信等可怕的视觉形象，取其与青年人处于爱情中心理曲线运动的相似特征，从而外化了主人公寂寞与相思的情怀。蛇静默、阴冷、修长，内心却害着热烈的乡思（相思的谐音），相思的对象是茂密的草原——姑娘浓密醉人的乌发、多情美丽的梦境，蛇的乡思与人的相思已水乳交融，虚实相映。这种定格抽象事体寂寞与化丑为美的功夫令人叹为观止。纪弦的《你的名字》形随意移，以语汇句子的调试，使形式增殖、形意相彰。为表现对恋人刻骨铭心、难舍难分的缠绵之情，诗通过复沓回环的手段，创造了一个惠特曼式铺排的浓郁的艺术氛围，优美的旋律，使诗回肠荡气，风情万种，有如深情曼妙的谣曲。在十八行的诗中连用十五个"你的名字"可谓破天荒，首尾两段的呼应、二节与三节间的近距回环、四节与二节间的远距回环，使回环成为压倒之势也是"前所未有"。但这种手法却把缠绵之情传递得淋漓尽致，不着一个"爱"字，痴爱之情却溢满字里行间。闻捷的《苹果树下》则靠象征、暗喻取胜。它善于捕捉热恋中的少数民族姑娘复杂、微妙的心态，巧妙地以苹果象征爱情，以春天、夏天、秋天的时序，对应苹果从含苞、开花到结果的过程，暗喻爱情的孕育、发展和成熟，一边是小伙子急躁而粗心的热烈追求，一边是姑娘从不懂得、猜不着到"整夜地睡不着"的心理变化，二者的"矛盾"把诗激发得生动、风趣，洋溢着西北边地的民族风情。这种欲说还休、含而不露的言情方式，东方味十足。而很多诗的精神情调、艺术取向，更回荡着古典诗美的音响，像婉约朦胧的《雨巷》用卞之琳的话说它是李璟的《摊破浣溪沙》中"丁香空结雨中愁"一句诗的现代稀释与延伸。以丁香结象征诗人的愁心，本是传统诗歌的拿手戏，在《雨巷》中却成为现代人苦闷惆怅的情思抒发机缘点。当然古诗用丁香结喻愁心，它则把丁香与姑娘形象联结，赋予了艺术以更为现代更为丰富的内涵。它的意境、情调也都极其古典化，浸渍着明显的贵族士大夫的感伤气息，诗中映出的物象氛围是寂寥的雨巷、绵绵的细雨、颓圮的篱墙，它们都凄冷清幽，浸渍着淡淡的忧伤与惆怅。

百年情爱诗在宏阔的历史面前，显得视境狭窄，声音纤弱，甚至还偶有庸俗、色情之作。但作为一种艺术类型，它丰富了现代诗的品种与题材的多元性，把现代人的深层情爱内涵揭示得绵密、细腻、繁复，打开了比现实生活广阔十倍的空间。百年情爱诗的创作主体多为艺术探索者，他们注重发掘与表现现代人情爱的情绪、感觉与想象，在背离泥实黏滞的现实主义缺憾同时，拓宽了新诗的内涵素质；而它为传递现代情爱内涵所进行的艺术创造，更丰富了新诗的表现手法，提高了新诗的艺术素质。当然百年情爱诗留给后人的教训也不容忽视。

相爱的人会一天天老去，而人的爱情却将永不衰亡，只要还有人类存在，就会有优美的情爱诗不断出现。

论 "前朦胧诗" 的意象革命

意象派诗人庞德曾说，与其写万卷书，不如一生只写一个意象。这种主张虽然不无夸张之嫌，但却道出了一个实情，那就是作为人类情志的建筑物，诗歌是要凭借意象说话的。事实上，古今中外优秀的诗派、诗人也的确都十分注意在客观世界中，选择、建构自己相对稳定的意象符合与情感空间，如大海之于埃利蒂斯、荒原之于艾略特、月亮之于李白、麦地之于海子、故乡之于台湾现代派诗、黑夜之于新时期女性诗歌，都已浑融为其艺术生命的一部分，成为某种精神的象征符号。这些沉淀着诗人经验与情绪的"主题语象"，在一定程度上就是作品内涵和风格的主要构成。正因如此，它们也便理所当然地成为走进诗歌艺术王国的理想通道，测试诗歌群体、流派乃至个人成就高下的一个重要指标。

面对"文化大革命"的政治高压和喧嚣矫情的"红色战歌"，对抗主流意识形态的"前朦胧诗"[①]，以象征、暗喻等手法委婉

---

① 作为文学史概念，"朦胧诗""后朦胧诗"已约定俗成，它们分别指代七八十年代之交和1980年代中期之后的现代主义诗歌现象，"前朦胧诗"则特指萌动于1960年代末至1970年代前期、兼具启蒙思想与现代艺术倾向的部分诗歌，它主要由黄翔、哑默、食指等为开创者，和根子、芒克、多多等白洋淀诗人以及钱玉林、张烨等部分上海诗人的创作构成。这个概念的提出出于两方面的考虑：一是为凸显时间和血缘上的联系，取得与前两个概念的内在呼应；一是意在表明即便在"文革"时期，仍有从形到质都具有现代主义端倪的诗歌生长。

地抒发诗人的内心之情，即通过意象革命的方式，催发了鲜活、簇新的艺术萌芽，弹拨出了超越时尚的不和谐音响，并在无意间成为引渡"朦胧诗"的桥梁。

"心象"原则的断裂与修复

说诗歌属于内视点的形象艺术似乎无需多论，中国诗歌史上诸多"一切景语皆情语"的文本都已做出充分的证明，现代新诗虽然历史短促，但仍在象征诗派、新月诗派、现代诗派、九叶诗派等群落中，形成了绵延的"心象"传统。可是，"从五十年代的牧歌式欢唱到六十年代与理论宣言相似的狂热抒情，以至于到'文革'十年中宗教式的祷词——诗歌货真价实地走了一条越来越狭窄的道路"[①]，表现外在世界、高扬群体意识被奉为圭臬，自我表现则成了非神圣性的离经叛道之举。那时的诗虽然也有意象书写，但由于政治生活上的"唯美"追求，主流诗坛的意象选择形成了许多不成文的"规矩"，太阳、红梅、东风、铁拳、春天等明亮、雄健的意象备受青睐，那些黯淡、消极者则被排除在外。只是意识形态话语的强行渗透和超载滥用，已使其意义指涉变得日趋板滞、僵化、空洞，不仅千人一面，写来写去就那么多语象，魔方一样地反复拆装、组合；而且贫乏单调的语象和现实生活之间几乎完全处于一种对等的关系，缺少回味。而其间的

---

① 徐敬亚：《崛起的诗群》，《当代文艺思潮》1983年第1期。

"新民歌运动"和小靳庄赛诗会，更加速了诗歌"集团化"的进程。

　　生活远非像诗歌中的意象那么美好，"莺歌燕舞""春意盎然"仅仅是共和国景象的一个侧面，饥馑与残酷也是否认不了的事实。面对那种流行的所谓宏大"叙事"，和出于诗人跟风或自我保护的伪饰、虚假艺术趋向，何其芳、卞之琳、田间等一批曾经的抒情能手纷纷"失声"。而"前朦胧诗"分子却不同，他们或如黄翔、哑默似的身处社会边缘，不愿闭上良知的眼睛，或像食指和白洋淀诗群一样，出身于北京的高知或高干家庭，阅读精神史比同龄人丰富敏锐，即便在别人手里拿着红宝书的1968年，他们依然能读到康德、别林斯基和普希金，他们频繁参与北京的一些艺术沙龙活动，获得了更多的西方文学和哲学熏陶，山高皇帝远的白洋淀社会自然环境，也相对优美宽松。多种因素聚合，使"前朦胧诗"的诗人很快从红卫兵运动蒙昧的宗教狂热中清醒。哑默在《美与真》中说，"我是一个诗人"，"我的诗是人类永恒的期待和向往……是心灵和情感的呼唤"，矢志高扬心灵与自我，芒克更强调"诗是诗人心灵的历史"，将之作为救赎的工具。他们意识到人之主体才是诗歌天国的支撑，诗不应镜像式地直接摹写生活，而必须经过心灵的溶解与重组。但他们更清楚，在当时的政治情境下，硬碰硬地直接传达内心深处迷惘、渴望与反叛的情思，对抗主流意识形态，是危险又愚蠢的，而必须起用一种含蓄、婉转的艺术方法，于是断裂已久的"心象"原则和传统，在他们手中被弥补、修复了。

　　意象化思维的统摄，使"前朦胧诗"忠实于自我，一切从诗人的心灵出发，书写精神世界的体验和情绪，除却偶尔的直抒胸臆外，基本上是通过思想知觉化的方式进行抒情，即以个人化的情思对应物——意象去呈现"心象"，实现心灵与外物的全息共振，使情感获得委婉、间接的表达，从而完成了意象从再现型向表现型的转换，规避了直白说教和客观描摹的窠臼。在这方面黄翔、食指做出了很好的表率，后来者也都有出色的表现。黄翔最早在当代诗歌史上发出个人的独立声音，1962年就写道："我是谁/我是瀑布的孤魂/一首永久离群索居的/诗/我的漂泊的歌声是梦的游踪/我的唯一的听众/是沉寂"（《独唱》），深入的自我内向探索的结果必然会走向孤独，作为没有听众的歌者和离群索居的孤独者，抒情主人公的特立独行、傲岸不羁以及充满潜台词的意象在当时都与众不同。作于1968年的《野兽》"虽从自我经验出发，却与'文革'的语境完全吻合"①，"我是一只被追捕的野兽/我是一只刚捕获的野兽/我是被野兽践踏的野兽/我是践踏野兽的野兽"，它意欲表达对人被异化现实的批判，但诗人没有让其沦为赤裸的情绪喷射，而是借助"野兽"这一情思对应物，以其被追捕、被践踏和践踏，曲现人性沦丧的残酷，以暴抗暴，亦见出对恐怖时代的激愤与反抗情绪。"像白云一样飘过送葬的队伍/河流缓缓地拖着太阳/长长的水面被染得金黄/多么寂静/多么辽阔/多么可怜的/那大片凋残的花朵"（芒克《冻土地》），该诗貌似是对土地的观察、描绘，实则内里已融入心灵的隐秘，所以送葬的队伍、河流、太阳、凋残的花朵等凋敝、暗淡的乡村

---

① 柏桦：《左边：毛泽东时代的抒情诗人》，南京：江苏文艺出版社，2009年，第37页。

意象流转，在诗人心灵的地平线上，都纷纷转化为哀伤、寂寥、低抑的心灵符号。"大雁孤独的叫声，/像挽歌一样凄楚而哀痛"（林莽《深秋》），也完全是个人化视境，大雁叫声不再只是外在景观的摹写，它已内化了诗人置身特殊处境的悲凉感受，和个体的精神觉醒。

可见，穿过"前朦胧诗"设置的意象林莽，便会找到一条条通往诗人们心灵的小路，触摸到他们复杂多端的心理感受、体验和思考。具体来说，这些意象承载着两方面的内涵，一方面是对荒诞时代的冷静审视和批判。如"死去的死去了。活着的依然活着。/岁月把脸拉长，空间结下破壳。/荒坟、墓碑、化石、骨灰盒……/禁书、藏书、遗书、绝命书、自白书……"（哑默《苦行者》）"像火葬场上空/慢慢飘散的灰烬/它们，黑色的殡葬的天使/在死亡降临人间的时候/好像一群逃离黄昏的/音乐标点"（多多《乌鸦》）。当人们沉浸在国家"繁荣昌盛"的神话里时，诗中伤残、沉寂、破败的"非完美"意象，却展现出"文革"社会真实的另一面，这种"呈现"本身即是无言而有力的批判。"文化大革命"风起云涌的1966年，柔弱的女诗人张烨却写下，"又一个年轻的女人从高高窗口跳下，/像飘落一块血红的手帕。/人们城墙般围观，/没有人奔去呼唤一辆救护车，/没有人上前去试摸那女人的气息。/突然，窜出个熊腰豹眼的家伙/臂上缠着蛇一样的皮带，/对准女人的乳房踢了几脚，/邪笑着叫骂……"（《血城》），诗所揭示的血腥、冷漠、残暴令人不寒而栗，生活在这样的血城无异于置身在枯寂绝望的荒原，虽走笔冷静，但否定的意向不宣自明。根子的《致生活》以"狗"与"狼"两个鲜活的意象创造，寄托一腔反叛的情怀，"以前/我的大脑像狗一样伴随我/机警，勤勉，驯良"，"我的眼睛倒是一只狼/愚蛮，爽直不羁"，但"我"的大脑和眼睛并不和谐，狼提醒"我"不要冒险，狗却说"水是甜的，可见岸并不远"，"我"顺从狗的意志进入黑冷的海上，狗被淹死，断定一切都是骗局的狼和"我"在暗礁上幸存下来，"从今/我只是一条狼"，冷漠、冷静、冷酷，不再相信一切，从狗到狼的转化，曲折地表达了对时代和生存境况的强烈否定。另一方面更多地体现为"混杂着青春、理想、郁闷、茫然"①的情绪。"受够无情的戏弄之后，/我不再把自己当人看，/仿佛我变成了一条疯狗，/漫无目的地游荡人间"（食指《疯狗》），疯狗意象乃诗人的自喻，它缔结着在人妖颠倒的反常时代诗人被异化的痛苦经历、体验和思绪。"从那个迷信的时辰起/祖国，就被另一个父亲领走/在伦敦的公园和密支安的街头流浪/用孤儿的眼神注视来往匆匆的脚步/还口吃地重复着先前的侮辱和期待"（多多《祝福》），"祖国"一直是母亲形象的代指，可在这里却成了流浪的孤儿，这一反差强烈的转换，内隐着对"祖国"的讽喻，更流露出诗人灵魂深处浓厚的孤独感觉和危机意识。钱玉林的《故园》尽管给人留下一缕期盼，但仍掩饰不住入骨的怆然，"丁丁，丁丁……/幽谷里传来死亡的声音，/一棵棵大树悲伤地倒下，/流着白色的液汁，躺在乱草荒荆！//再也不见了，绿色的波涛，/再也不见了，雄伟的巨人！/你们可能将种子留下，/等待又一次春天来临？"大树的倒下，让人无法不想

---

① 齐简：《飘满红罂粟的路：关于诗歌的回忆》，《思想的时代》，长春：吉林文史出版社，2000年，第157页。

到葱郁、绿色和希望的死亡。"日子像囚徒一样被放逐。/没有人去问我，/没有人去宽恕我"（芒克《天空》），青春一去不返，心如死寂的城，无人叩问，那种孤寂是怎样的可怕。原来，"前朦胧诗"的意象连缀在一起，折射出的就是时代的心灵历史啊！

象征之道：解构与建构

如果"前朦胧诗"的意象艺术仅停浮于表现心灵的陌生鲜活，魅力会大打折扣，因为黑格尔早就断言"东方人在运用意象比譬方面特别大胆。他们常把彼此各自独立的事物结合成错综复杂的意象"[①]，陌生鲜活的意象在新诗史上也已似曾相识，更不用说古诗之妙专求意象，西方象征主义诗歌提出的诗歌应该为意象组合的情绪方程式理论了。那么"前朦胧诗"意象艺术的立身之本何在？阅读"前朦胧诗"的最直观感觉是，它的许多意象里蛰伏着启人深思的知性因子。这种倾向固然来源于时代氛围、艺术影响等多种因素，但其中最重要的根由是诗人们注意寻找意象和象征的联系，靠象征性想象的飞升建构情思空间，使意象熔铸了丰富的理趣。人所共知，象征是意象化写作的基石，意象本身在一定情境下就具备某种象征品格，有一种借有限表无限、借刹那表永恒的意义。作为人类基本修辞手段的隐喻、象征，则突破了单纯比喻的藩篱，基本上隐去了喻体，凭借象征性想象对客观

---

① 黑格尔：《美学》第2卷，北京：商务印书馆，1981年，第134页。

事物进行观照，便能入乎其内又超乎其外，使之既是自身又具有自身以外的许多内涵，成为情知统一的载体。而意象和象征合成的象征性意象对诗文本的介入或贯穿，自然就使诗情在写实与象征间飞动，有一种言外之旨和"瞻之在前，忽焉在后"的朦胧美。"前朦胧诗"作者深谙此道，且又时值极左思潮甚嚣尘上，对曲折、隐晦、迂回的感情抒发渠道的寻找，使象征之道在它那里获得了生长的空间和可能。"前朦胧诗"在一破一立两个向度上，施行了对传统意象艺术的变革与超越。荒诞的时代给人带来痛苦，也催生了文学艺术上超前的反讽、解构思维。"前朦胧诗"的抒情主体是接受理想主义教育成长起来的，可是他们进入"文革"后却遭遇了理想和现实间不可名状的严重冲突，冲突的结果是使他们滋生出强烈的怀疑思想，试图以一种青春的反叛来化解生活和生命的沉重。这其中也包括向传统艺术"拧劲儿"地使坏，反其道而行，故意拆解、颠倒流行的话语模式和意象语义系统。具体策略不是彻底地沉入无意义的琐碎芜杂的意象中，而是强调对事物先在意义的反抗和拒绝，凭借自身经验思考的参与使其"去蔽"，从而赋予那些习见的意象以与原来相异甚至完全相悖的内涵，其中尤以对日常修辞学中"圣词"和公共象征的消解、颠覆为甚。

如太阳、春天和大地等意象，在中国文学历史上从来都是正面事物、力量的象征和指称，但在"前朦胧诗"中却发生了惊人的变奏。那个艾青诗中始终象喻着光明和希望、延安文艺座谈会以来常被用来形容领袖毛泽东的"太阳"意象，被多多这样重写，"查看和平的梦境、笑脸/你是上帝的大臣/没收人间的贪婪、嫉妒/你是灵魂的君王//热爱名誉，你鼓励我们勇敢/抚摸每个人的头，你尊重平凡/你创造，从东方升起/你不自由，像一枚四海通用的钱"（《致太阳》），能指和所指脱离一对一单纯关系的"太阳"意象，陡然获得了复杂悖谬的旨趣，它是上帝的大臣、灵魂的君王，神性仍在，但并不值得崇拜，一句幽默、滑稽的反讽联想"像一枚四海通用的钱"，就出人意料地祛除了它的正直品质，戳穿了肮脏、低贱的本质，它是借取神圣之名掠夺了一代人的青春和灵魂，所以诗人痛快淋漓地调侃"太阳像儿子一样圆满"（《蜜周》）。芒克更以越轨的想象处理"太阳"意象，"太阳升起来，/把这天空/染成了血淋淋的盾牌"，"天空，天空！/把你的疾病/从共和国的土地上扫除干净"，"天空，你要把我赶到哪里去？我为了你才这样力尽精疲"（《天空》）。"天空"冷漠、无情、恶毒，"太阳"走向了虚伪和欺骗，它们"勾结"制造的刺目、恐怖的血腥视觉冲击，和传统观念中神圣的太阳神话完全对立，说其是对"文化大革命"的形象化审判也不为过。在《清晨，刚下一场雨》中诗人称云"肚子大大的/如同临产的孕妇"，"太阳同血一道流出来"，像婴儿一样"被抱在我的怀里"，对至高无上的太阳恣意地戏耍、亵渎。"前朦胧诗"对"春天""大地"意象的解构也很彻底，根子的《三月与末日》就对"春天""大地"实行了文化清洗，"'春天'在这里是一个邪恶、狡猾、千篇一律的不负责任的诱惑者，而'大地'则失去了基本的判断力，在千篇一律的诱惑前面一再受骗上当而不觉醒"①。本该阳光明媚的"春天"，却幻化成"蛇毒的荡妇"、"冷酷的

---

① 刘志荣：《潜在写作1949—1976》，上海：复旦大学出版社，2007年，第407页。

贩子"、"轻佻的叛徒"、"妖冶的嫁娘"、"裹卷着滚烫的粉色的灰沙／第无数次地狡黠而来……这一次／是她第二十次把大地——我仅有的同胞／从我的脚下轻易地掳去，想要／让我第二十次领略失败和嫉妒"，它已从生机和希望的象征蜕变为虚伪阴险、擅弄权术的形象。而一向被视为母亲和人民的"大地"意象，也陷入了疯狂，对春天的残酷阴谋浑然不觉，它"在固执地蠕动，他的河湖的眼睛／又浑浊迷离，流淌着感激的泪／也猴急地摇曳"。诗人对"春天"和"大地"意象重述的冲击力简直是石破天惊，难怪多多初读这首诗时感到根子是"叼着腐肉在天空炫耀"，完全被它"雷"倒了。赵哲清浅的《丁香》影响力虽难和《三月与末日》抗衡，但借助丁香意象解构"春天"的企图与后者是一致的。"一群女孩子兴冲冲走过，／满怀盛开的丁香，／留下一路芬芳，一路欢唱。／生活里更多的是丁香叶子的苦味啊，／姑娘，／不信，你就尝尝"。偌小的丁香意象凝结着诗人心里的怀疑和清醒，它毁掉了"春天"一贯负载的欢快、希望的所指含量，也从一个细微的角度揭开了疯狂荒诞时代生活的虚假性面纱，露出惨淡的真相。"前朦胧诗"这种超前的解构意识和能力，和二十多年后的"后朦胧诗"及20世纪90年代民间写作相比也不逊色。

光破不立，就和新诗的始作俑者胡适无异，也难于抵达艺术的成熟境界，"前朦胧诗"没有重蹈历史的覆辙。诗人们不但在解构太阳、春天和大地等传统圣词、公共象征的过程中，留下许多流行时尚之外的文化反抗语码，同时更在自觉地创造私设个人象征意象，并以它们为中心建构深度的象征解构模式。如食指的"鱼儿"、黄翔的"火"、芒克的"秋天"、多位诗人的"黑夜"等意象，都堪称戛然独创的专利象征体。

提及长诗《鱼儿三部曲》，食指说"1967年初的冰封雪冻之际，有一回我去农大附中途经一片农田，旁边有条沟不叫沟，河不像河的水流，两岸已冻了冰，只有中间一条瘦瘦的流水，一下子触动了我的心灵。因当时红卫兵运动受挫，大家心情都十分不好，这一景象使我联想到在见不得阳光的冰层下，鱼儿（即我们）是怎样的生活"[1]，在这种经验的刺激下，他把有关自己这一代人的情思移诸"鱼儿"意象上表现出来，以"鱼儿"隐喻身处困境而不甘沉沦者，透视一代青年的精神迷茫。"冷漠的冰层下鱼儿顺水漂去，/听不到一声鱼儿痛苦的叹息，/既然得不到一点温暖的阳光，/又怎样迎送生命中绚烂的朝夕？"可它们得不到阳光的照射，一次次地弹跳、冲撞，弄得遍体鳞伤，也无法逃脱被封锁的命运，最终鱼儿死了，黑夜里白花绽放，夜波闪烁着磷光。这种对一代人未来幻灭命运的间接暗示，为诗增添了几许沉痛和悲凉。由于主体意象"鱼儿"有亦彼亦此、亦真亦幻的多层内涵，它对文本的贯穿就使诗的结构以及其他意象也相应获得了现实、象征中的多重涵义。和鱼儿构成紧张对立关系的障碍物——冷漠的冰层，当可理解为极左思潮和特殊时代的恶劣环境，暧昧、闪烁不定的"阳光"，也可视为无能的软弱者的代指。被称为自然诗人的芒克似乎对"秋天"情有独钟，再三书写，按照新批评派所主张的一个语象在同一作品中再三重复、或在一个诗人先后的作品中再三重复就渐渐积累其象征意义的分量理论衡

---

[1] 食指：《〈四点零八分的北京〉和〈鱼儿三部曲〉的写作点滴》，《诗探索》1994年第2期。

量，"秋天"当属芒克笔下典型的象征意象，它在某种程度上是诗人皈依、栖息的精神符号和思想依托。"在开花的时候/孩子们总要到田野里去做客/他们的欢乐/如今陪伴着耕种者？又走进这收割的季节/啊，秋天/我没有认错/你同样是开花的季节"（《秋天》），秋天温柔慈爱，静谧古朴，带着原始牧歌情调，"黄昏，姑娘们浴后的毛巾/水波，戏弄着姑娘们的羞怯"，"遍地是锅棚和火堆/遍地是散发着泥土味的男人的双腿"，"太阳像那红色的苹果/它下面是无数孩子奇妙的幻想"；所以诗人感激地呼喊，"秋天，你这充满着情欲的日子/你的眼睛为什么照耀着我"（《十月的献诗》）。和北方农村里河滩、门口、墙壁、农妇等寂寥和沉重的意象相比，"秋天"充满着温暖的诗意和美感，成了令失落的诗人沉迷和陶醉的精神家园。如果说芒克偏爱秋天，那么黄翔的诗歌则饱含着一种"火的精神"，他的《火炬之歌》《火神交响诗》组诗中不断出现"火"的意象。"照亮了那些永远低垂的窗帘/流进了那些彼此隔离的门扉//汇集在每一条街巷路口/斟满了夜的穹隆//跳窜在每一双灼热的瞳孔里/燃烧着焦渴的生命"（《火炬之歌》）。这个"火"象征着照亮，象征着燃烧，它显然是一个要"光照世界"的启蒙意象，承载着唤醒人性和理智、以光明驱走迷信，警示脱离狂热和愚昧等多重内涵，它为"前朦胧诗"的意象世界增加了热度、激情和力量。至于"黑夜"意象更被诗人们不约而同地瞩目，"太阳落了。/黑夜爬了上来，/放肆地掠夺"，面对被劫持后的黑暗，芒克愤怒地高喊"放开我"（芒克《太阳落了》）；多多清醒地感觉到，"当那枚灰色的变质的月亮/从荒漠的历史边际升起/在这座漆黑的空空的城市中

/又传来红色恐怖急促的敲门声"(《无题》);宋海泉要"给夜色增添黑暗",如"披斗篷的死神"一样将"黑色的宝剑",刺入"黑夜的胸膛"(《海盗歌谣》)。不论是顽强地面对面直接较量,还是一针见血地戳穿真相,抑或是采用以毒攻毒的方式进击,都对"黑夜"怀有一种反抗、斗争、批判的意念,"黑夜"的阴险、残暴和丑恶本质也便不言而喻了。这一暗指时代政治和变态现实的"反抗"意象铸造,颠覆了传统意象优美和谐的美学规范,它是"前朦胧诗"独到的思想发现,也表明了诗人们直面人生、不畏强权的可贵勇气。

"前朦胧诗"这些私人化象征意象的不断复现,延宕了读者阅读的心理时间,防止了诗的滥情。也许有人会说,十七年时期与"文革"时期诗歌也有象征意象,"前朦胧诗"的追求并非什么新玩意。但要知道前者象征两造之间的关系明晰、固定、单一,二者基本是对等的,比较容易把捉,而"前朦胧诗"象征两造之间的关系已趋于朦胧、多元、立体,是一而多的充满张力的复杂结构;而且由于渗透在意象思维中的理性因素强化,敦促"前朦胧诗"的很多文本渐渐由当时诗歌"颂"的情调,向更富包孕性和纵深感的"思"之品格位移,这是"前朦胧诗"了不起的艺术突破。

个体差异性的彰显

在主流诗坛的感情状态、想象路线乃至遣词造句都高度"类"化的"文化大革命"时期,意象创造自然也是高度雷同化的。大量诗人遵奉二元对立逻辑，在时空意象组合上将东与西、春与冬、红与黑都植入截然对立的象征意识内涵，动植物意象也常被划分为鲲鹏、雄鸡、金猴、骏马、雄鹰、松、竹、梅、白杨和乌鸦、苍蝇、蚂蚁、猫、狗、毒藤、荆棘、落叶、毒草等正、反面象征物，而上述充满意识形态隐喻功能的能指符号铺天盖地地过度指涉，最终都渐渐变成了空洞的虚指，或者说成了运动着的"死词"。对这种意象选择和组合模式化十足的局面，反叛意识强烈的"前朦胧诗"作者极端不满，因为在他们看来一个诗歌群落或流派的形成绝非众多个体求同的过程，只有在维系总体精神、风格一致的同时，最大限度地凸显每个抒情分子的差异性，才会增加群落或流派的肌体活力和绚烂美感。这种观念认识的笼罩，加之诗人个体审美习性、心理结构、情思调式的千差万别，使他们都注重用客观外物呈现心理世界的"心象"原则，讲究象征之道；但在具体的实践操作中，则有如缤纷飘落的花雨，姚黄魏紫，气象不一，各人有各人的呈现方式和表现形态，并且一个诗人个体也时常表现出多种风格。他们对意象差异性的努力彰显，为个人化写作的实现与到位提供了可能。

如作为"前朦胧诗"先驱的食指，"将后期浪漫主义的深度抒情和早期意象—象征主义的暗示性，化若无痕地融为一体，并能植根于中国现实土壤和民族诗歌追求完整'意境'的趣味"[①]，其意象重情感与感性，"燃起的香烟中飘出过未来的幻梦/蓝色的云雾里挣扎过希望的黎明/而如今这烟缕却成了我心头的愁绪/

---

① 陈超：《中国先锋诗歌论》，北京：人民文学出版社，2007年，第157页。

汇成了低沉的含雨未落的云层"（《烟》），诗的意象所指明确，有一定的抒情纯度。黄翔喜欢在社会现实的宏阔风景线上撷取意象，其意象常带有很强的历史感，凝聚着博大之力和狂放的激情，"千万支火炬的队伍流动着／像翻倒的熔炉　像燃烧的海"（《火炬之歌》），"以一千万吨的疯狂／混合着爆炸似的雷电的力量"的"大风大雨"（《世界在大风大雨中出浴》），都境界旷远，气势非凡，仿佛能够把人烧灼的情热酷似郭沫若。同是贵州诗人，哑默的意象则纯净而伤感，他似乎"略去了现实身边的一些暴力、血腥、黑暗"①，而用海鸥、大海、雪、启明星、绿色等亮色意象，诉说着青春、爱情和人生的喜悦和忧郁，"白色的闪电／划过阴沉的天／／柔软的羽毛／没有屈服在狂暴的雨前／／云海收下了这片帆／孩子听不见哨笛的音响"（《海鸥》），诗中简单纯净的鸽子，和他的海鸥、春天、大海一样，是对美好事物的一种坚守。

白洋淀诗群"三剑客"根子、芒克和多多的意象反差更大。根子冷漠而反诗意，《三月与末日》把娼妓、荡妇、贩子和经血等丑陋、肮脏、残酷的以往不入诗的病态意象，带进诗的殿堂，其狞厉、阴森与狠鸷暗合了祭奠青春消逝的黯淡情绪，颇似波德莱尔，最富于现代性的陌生之感。芒克的意象略显复杂，有自然诗的柔和清新一面，如"秋天"诗歌系列；也有阴冷沉重与隐晦奇崛，"街／被折磨得软弱无力地躺着／那流着唾液的大黑猫／饥饿地哭叫"（《城市》），那里满是茫然和绝望，"你又一次惊醒／你已满头花白"（《太阳》），非现实指涉的语象寄寓着精神的废

---

① 李润霞：《从潜流到激流：中国当代新诗潮研究（1966-1986）》，武汉大学博士论文，2001年，第52页。

墟感和韶光流逝的失落感，在情调上接近现代主义。相比之下多多的意象更荒诞神秘，他善于运用扭曲、变形的意象，传达灰暗绝望的心理情思，冷静而理性。"一个阶级的血流尽了／一个阶级的箭手仍在发射／那冷漠的没有灵感的天空／那阴魂萦绕的古旧的中国的梦"（《无题》），源自错位现实的荒诞、冷酷意象，蛰伏着诗人绝望的情怀，其锋利和尖锐宣显出诗人非凡的勇气。"歌声，省略了革命的血腥／八月像一张残忍的弓／恶毒的儿子走出农舍／携带着烟草和干燥的喉咙／牲口被蒙上了野蛮的眼罩／屁股上挂着发黑的尸体像肿大的鼓"（《当人们从干酪上站起》）。从歌声到血腥、弓、祖国、农舍、喉咙、眼罩，这紧凑、密集的意象一股脑儿地涌动、转换过于突兀，已超出正常的想象逻辑路线；但诗人正是凭这虚与实、大与小意象的反常扣接，和充满歧义性的组合，来隐喻人性救赎的主旨，才带来了原生性的思想、艺术冲击力。

其他诗人的意象营造也如八仙过海，各臻其态。依群诗作少，但特色鲜明，"奴隶的歌声嵌进仇恨的子弹／一个世纪落在棺盖上／像纷纷落下的泥土／呵，巴黎，我的圣巴黎／你像血滴，像花瓣／贴在地球蓝色的额头"（《巴黎公社》），且不说歌声嵌进子弹的生命全息通感，拉大了感知过程，单是把歌声与子弹、血滴和花瓣这向度相反或相对的两类意象拷合一处，相生相克，就给人以多重复调感，尺短意丰，深得象征主义艺术之妙。钱玉林一些诗的意象组合带有明显的"误读"性反讽特质，《命令》就是在"矛盾"情境中开放的智慧花朵，"让所有的鱼离开水，／住到树上，沐浴神圣阳光，／谁也不许可逃避，／偷偷在水下潜藏！//让花儿都改变习性/要不，它们就不要开放，/是花朵必须一概红色，/并散发药味的芳香"，用瑞恰兹的话说，它使"互相干扰、冲突、排斥、互相抵消的方面，在诗人手中结合成一个稳定的平衡状态"①，其对专制者口吻的戏拟模仿，以常规之外的另一种方式复现了时代的荒诞，含蓄而富于张力。而林莽则常瞩目静态物象，实现了意象雕塑的凝定和音乐的流动的统一，"城市冒着浓烟，乡村也在燃烧/一群瘦弱的孩子/摇着细长的手臂说/我们什么也没有，我们什么也不要"（《悼1974年》），表面平静舒缓，却把一代人漠然枯寂、无所牵念与渴望的生存状态，和深入骨髓的孤独凸现得力透纸背。

与十七年诗歌以及"文化大革命"时期的诗歌相比，"前朦胧诗"的意象追求称得上一场艺术革命。尽管它常和直抒胸臆搅拌，有不少像食指的《南京长江大桥》一类乏善可陈的廉价颂歌。但它以自觉的反叛意识，在红色主流文化盛行的时节，将情感定位于个人情感、灵魂骚动和生存体验，在一定程度上对抗、颠覆了同时期那种趋同、一体化的诗歌潮流，显示了诗歌本体的初步觉醒。它对断裂的意象抒情方式的修复，不仅还原了意象艺术固有的化抽象为具象、化虚为实的力量，克服了浅薄空洞的失控状态，而且通过意象呈现、象征的解构和建构，节制了抒情，以不说出来的方式达到了说不出来的含蓄、朦胧的效果，促成了把握世界方式的立体化、间接化和内部化。这种带有现代主义倾向的意象运用，今天看来已经十分平常，没什么惊人之处，可当

---

① 赵毅衡：《新批评·反讽》，北京：中国社会科学出版社，1986年，第179页。

时却是新锐而先锋的，并对后来的"朦胧诗"构成了深刻的启迪，如《鱼儿三部曲》寓言式的整体象征，就被"朦胧诗"发展为主要的抒情方式。甚至可以说，若没有"前朦胧诗"的拓荒，就不会有"朦胧诗"在意象艺术上的出色表演。

1978—2008：新诗成就估衡

　　1978—2008年间的新时期诗歌，截至目前仍然呈现为一种正在进行时的流动的历史形态，它易动善变，幻化多端，常常每一阶段的追求都和前一阶段的追求相对立，而后一阶段的追求又和该阶段的追求相对立，纵向上各时段之间的矛盾冲突激烈，横向里各种诗人、诗群、诗艺的斑斓繁复和多元混杂，都使它存在着难以归纳、整合的不确定性和不稳定性，在某种程度上拒绝、干扰着整体的认知与把握。但是，仍然可以断定：新时期诗歌是新时期文学中艺术成就最高的文体，它对自身品质的打造，对时代、心灵和文坛的影响，以及它自身艰难拓进的繁荣历程，都是清晰可辨的。

　　如果引入比较的视角，新时期诗歌的成就会愈加显豁。和新中国成立后的十七年诗歌、"文化大革命"诗歌比较，新时期诗歌给人最直观的印象是诗歌写作队伍和诗歌发表园地的不断扩大。从"归来诗歌"、朦胧诗、后朦胧诗，到90年代诗歌、新世纪诗歌，当代诗歌的写作潮流堪称波澜壮阔，浪头迭涌。现如今，一些老一代歌者雄风不减，不少朦胧诗人余晖依旧，第三代诗人（或曰后朦胧诗人）则势头正健，知识分子和学院派写作沉稳前行，民间口语化阵营的写作日趋热闹，前几年"中间代"又开始集体亮相，陆续加盟、崭露头角的70后、80后乃至90后来势凶猛，诗人们已经远不止"四世同堂"了。他们中除却组构的几百个诗歌沙龙和社团外，多数诗人完全以个体的方式歌唱，在题材、情感与风格方面如八仙过海，各臻其态，大有群芳荟萃、多元并举的鼎沸趋势。而诗歌的年产量更是呈几何倍数攀升，非常可观。据不完全统计，近几年每年至少有50万诗歌写作者的声音，通过各种报刊、杂志的渠道被传送出来，其作品之和甚至可以和全唐诗5万首的总量相媲美，诗人们不亚于大跃进时期热火朝天的写作劲头可见一斑。和不断壮大的写作队伍、诗歌产量相伴生，新时期以来诗歌刊物也如雨后春笋般地大量涌现，在老牌的《诗刊》《星星》的基础上，又相继创办了《诗潮》《诗林》《诗歌月刊》《黄河诗报》《绿风》《扬子江诗刊》《诗选刊》《汉诗》，到了新世纪后，各家刊物都积极扩容，《诗刊》《星星》《诗选刊》《诗林》纷纷办起了下半月刊，《诗探索》在理论版外也抛出了作品版。特别是文化语境的宽松和高科技的后台保证，使诗歌写作和出版变得容易起来，民刊的迅猛生长，和网络诗歌的空前升温，更使新世纪的诗坛拓展了基本生存空间，甚至可以说它们已支撑起当下诗歌写作的半壁江山，活力倍增。20世纪80年代和90年代，《非非》《他们》《现代汉诗》《倾向》《九十年代》《诗参考》《一行》等影响较大的民刊相继问世，21世纪又有《剃须刀》、《朋友们》、《撒娇》（复刊）、《诗歌与人》、《诗江湖》、《羿》《下半身》、《明天》、《新诗代》等许多印制精美、质量上乘的民刊不绝如缕地出现或复刊，它们和漫天飞的自印诗集、网刊媾和，差不多成为先锋诗歌传播的主要阵地。而网络诗歌作为一种成本很低的交流和传播通道，因为虚拟空间的开放、便捷、互动，和网络诗人写作心态的自由、放松、随意，就更为发达，星罗棋布，热浪逼人。据统计，2005年在乐趣园上注册的诗歌网站即有上百家，时隔四年后的今天已超过1000家，"界限""灵石岛""锋刃""诗江湖""诗参考""诗生活""东北亚""终点""扬子鳄""南京评论"等都是比较强劲、具有影响力的诗歌现场与阵地；诗人博客多得简直就不可胜数了。写作难度的降低，吸引了大量写作者卸下面具恣意狂欢，众多的网络写手弱化官方刊物，把诗歌变成了一次性消费的流行艺术。这种"江湖"对"庙堂"的对抗与取代，掀起了诗歌书写方式的一次新革命。并且，随着市场化程度的进一步加深，诗歌在维护自身存在的合法性同时，也在顺应时势地和流行文化、大众生活接轨，以求发展。它"在招贴、台词、明信片、圣诞卡、贺年卡、MP3、广告、手机短信里"①大量充塞，不时闪回，虽然是以泛诗和准诗的碎片方式出现，但是那种无孔不入的诗性仍让人感到"诗意盎然"，使不少人不由地感慨，如今生活无时无处不飞诗。 也许有人会说，上述的一切都属于表征范畴，和新时期诗歌的繁荣之间构不成必然的联系，那么下面一系列谁也无法否认的深层脉动的事实，则充分体现了新时期诗歌的繁荣。

首先，新时期诗歌确立了一种诗歌精神，那就是多数诗人都能够把诗歌视为一种神圣的宗教，视为自己的精神家园，以虔诚的心态写作。他们把诗歌当作生命意义的寄托形式，供奉在心灵

---

① 陈仲义：《诗歌的出逃、承载、挣扎》，《探索与争鸣》2007年第11期。

的殿堂，不让世俗的尘埃玷污；他们用生命和心血去写作，对每字每句都一丝不苟，绝不敷衍，生怕因一丝的粗心草率而损害了诗歌的健康和尊严；他们虽然置身于物质欲望的潮流中而又能拒绝其精神掠夺，置身于日常生活的诸多琐事之后又能以脱俗的勇气出乎其外，保持自己独立的精神空间，致力于日常性的生活的提升。如女诗人李琦从登上诗坛那天起，始终保持一种习惯，总是抖落尘埃、洗净双手，然后从坐在静谧的桌前，享受写诗的神圣和安详，到每写完一首诗都有经历大病一场的感觉。因为她把写诗当作了自己的生命和宗教，当作了一项神圣的事业。新世纪的王小妮，也很好地协调了诗与日常生活的关系，置身于生活的琐屑里，仍能在心灵的一角固守独立的精神天地，在家庭平淡庸常背后保持一颗诗心，在身边的生活海洋里寻找诗情的珠贝。"米饭的香气走在家里/只是我试到了/那香里面的险峻不定/有哪一把刀/正划开这世界的表层。//一呼一吸地活着/在我的纸里/永远包藏着我的心"（《活着》），诗对凡人俗事、卑微生活细节的抚摸，已由恬淡平静的顿悟取代了诗人早期诗中的纯真清新之气，蛰伏着"纸里包不住"的理想之火。就是世纪初"下半身写作"的中坚朵渔，2003年后也逐渐"从身体缩回心脏"，更重视生命体验，把诗歌作为生命的寄托和良知的武器，"像一枚光明的钉子 嵌入/城市肉体的深处 揭示着/空洞、冷漠和卑微的真相"（《2006年春天的自画像》）。在敛静、节制而低抑的语词下面，不难窥见诗人的精神疼痛。诗人们这种精神立场，无形中使诗歌摆脱了"文革"诗歌乃至十七年诗歌的工具论窠臼。

其次，诗人们普遍都能平衡协调好人生与艺术、诗和现实的关系，力求坚持诗歌内视点的艺术本质，以人性与心灵作为诗歌的书写对象；同时又能执着于人间烟火，进一步寻找诗歌介入现实的有效途径，从而使他们心灵走过的道路，在某种程度上成为历史、现实走过的道路的折射。这种追求保证新时期诗歌为诗人们保留了一份份鲜活、绚烂的情思档案，而众多情思档案的聚合、连缀，则是从另一个向度上完成了对时代、现实的心灵历史的重塑。当初朦胧诗、归来诗群那种怀疑、感伤、沉思、追求的思想轨迹，即契合了时代心灵的发展进程，深刻积极地表现了人与现实。那一系列盗火的普罗米修斯式的反抗英雄、普渡众生的救世主似的形象塑造自不待言，即便是低音区的情思吟唱，充斥的也是理想的痛苦与英雄的孤独，在悲怆中凸现着向上的力度。第三代诗的生命意识革命和感性精灵的释放，在朦胧诗对人类本质的社会属性恢复外，实现了对人的心理和生理另外两种属性的回归，还原了人类更现代、更自由的世俗本质。进入20世纪90年代后，诗人们意识到以第三代诗歌为代表的80年代诗歌存在着两种偏向。一种以为"非"诗的社会层面因素无助于美，所以尽力疏离土地和人类，在神性、幻想和技术领域高蹈地抒情，充满圣词气息；一种坚持诗和时代现实的高度谐和，穿梭于脚手架、敦煌壁画、恐龙蛋等意象织就的宽阔雄伟情境中，大词盛行。从第三代的"大词"和"圣词"弥漫的氛围走出后，那些坚守的诗人意识到诗歌不去谛听存在之音，不去关注芸芸众生，最终必将自生自灭。于是和网络写作的伦理下移走向相反，诗人们有策略地"及物"与

"深入当代"，注意在日常生活中挖掘诗意，表现生存的境遇和感受，以经自身把握处理"此在"处境和经验的立场，去规避乌托邦和宏大叙事，提高了诗歌处理现实和时代语境的能力。就是70后的创作，也因生命和肉体本然态的开释，一定程度上增加了诗歌的世俗性活力。也就是说，不论是在哪一个时段，还是哪一个诗群，虽然不乏一些纯粹的"小众"、一己心灵波澜的咀嚼，但多数诗歌都能在心灵和现实、时代之间寻找恰切的抒情位置，为解决现代人心灵生活的"失调"、紧张做出自己的努力，同时让诗歌秉承着一种艺术良知。越到后来这种倾向越发强化，特别是进入新世纪后，深入底层和平民的打工诗歌、乡土诗歌那种对普通生活、心灵细节的具象抚摸，那种深挚的人道情怀，那种亚麻一样纯朴清新的风韵，都传递着这种可贵的精神和艺术气息。它令人欣喜的伦理承担已引起李少君、柳冬妩、程光炜、张清华等一大批批评家的关注。如出身底层并且一直生活在底层的郑小琼在《表达》中写到："多少铁片制品是留下多少指纹／多少时光在沙沙的消失中／她抬头看见，自己数年的岁月／与一场爱情，已经让那些忙碌的包装工／装好……塞上一辆远行的货柜车里"。诗歌介入了时代的良心，显示出诗人对人类遭遇的关怀和命运担待，从个人写作出发却传达了"非个人化"的声音。这就是女工青春的现实，寂寞与忙碌是生活的二重奏，爱情和青春只能在机器的流水线上被吞噬和埋葬。钢铁与肉体两个异质意象并置，赋予了诗歌一种无限的情绪张力，底层的苦楚与艰辛不宣自明。并且由于诗人们非凡直觉力的介入和对感受深度的强调，保证了文本能够超越片断的感悟、灵性和小聪明，抓住、抵达事物的本质属性，折射出作者人性化的理解与思考。

再次，新时期诗歌中的任何时段、诗人和诗派，基本上都将创新作为崇尚的生命线，致力于对自身本质和品性的构筑，几乎每一次新浪潮的喷发，都会引起读者空前的关注和反响，这使当代诗坛出现了少有的蓬勃情境和活跃氛围，逐渐形成了自己独立的艺术精神和特质。从归来诗人的现实主义精神的回归与深化，朦胧诗派对抒情主体——人的张扬和诗歌的本质确认，到第三代诗对意识形态写作的反抗，90年代写作的个人化话语塑形，再到70后诗歌身体诗学的大面积崛起，以及女性主义诗歌对抒情空间——"自己的屋子"的寻找和出离，新时期诗歌在它短暂而辉煌的历史进程中，输送了诸多宝贵的艺术经验，留下了《神女峰》（舒婷）、《结局或开始》（北岛）、《内陆高迥》（昌耀）、《面朝大海，春暖花开》（海子）、《尚义街六号》（于坚）、《有关大雁塔》（韩东）、《中文系》（李亚伟）、《在哈尔盖仰望星空》（西川）、《帕斯捷尔纳克》（王家新）、《车过黄河》（伊沙）、《女人》（翟永明）、《十枝水莲》（王小妮）等一批优卓的精神化石。特别是自"盘峰诗会"的争鸣和激烈中走脱出来的诗人们，更安于在寂寞中坚守，返归艺术自身。意识到不论到什么时候诗歌创作都必须靠文本说话，而不能主义先行；都是非常个人化的寂寞行为，而不能走集体起义的"革命"路线。获得这样的认识后，诗人们纷纷以一颗平常之心对待诗坛残酷的流转变幻，顽韧地坚守清洁的诗歌精神。就不再追求打旗称派、搞诗歌运动的激情和锐气，甚至不再关心流派和主义的名分，而是使写作日趋沉潜，悄然回到诗本位的立场，从多方面寻找着诗歌艺术的可能性，使一切变得沉稳内在，并在静寂平淡的真实局面中专注于写作自身，使技艺晋升为主宰、左右写作的主要力量，迎来了一个从形到质完全个人化的写作时代。进入新世纪后，这一追求更为普泛和显在。如80年代中后期张曙光、孙文波等人开启的"叙事"写作意识，而今更加坚定自觉。为取得和日常生活的应和，加强处理复杂事物的能力，诗人们注意将叙述性作为改变诗歌和世界关系的手段，以口语化的词语本身和叙述联姻介入生活细节，去恢复、敞开、凸显对象的面目，敲击存在的骨髓，使叙事文本成为新世纪诗坛的独特景观。再有许多诗人注意多元技巧综合的创造与调试。如小说、戏剧包括散文这几种文体，在话语方式的此在性、占有经验的本真性方面均优越于诗歌，而诗歌要介入、处理具体的人事和当下的生存以及广阔的现实，就势必去关注、捕捉生活俗语中裹挟的生存信息，讲究对话、叙述、细节的准确与否。因此那些优秀的坚守者常常敞开自身，融戏剧化叙事、小说化叙事、散文化叙事资源于一炉，借助诗外的文体、语言对世界的扩进，来缓解诗歌内敛积聚的压力，使自身充满了事件化、情境化的因子。如陈先发的《最后一课》，"那时的春天稠密，难以搅动，野油菜花/翻山越岭。蜜蜂嗡嗡的甜，拌在明亮的视觉里/一十三省孤独的小水电站，都在发电。而她/依然没来。你抱着村部黑色的摇把电话/嘴唇发紫，簌簌直抖。你现在的样子/比五十年代要消瘦得多了。仍旧是蓝卡基布中山装/梳分头，浓眉上落着粉笔灰/要在日落前为病中的女孩补上最后一课/你夹着雨伞，穿过春末寂静的田埂，作为/一个逝去多年的人，你身子很轻，泥泞不会溅上裤脚"。这首诗已有浓厚的小说化、戏剧化倾向。在江南雨后美丽的春天，一位老师穿过田埂去为病中的女孩补课，诗歌叙述的是敬业的故事，其中有环境交代，有"他"打电话、夹雨伞，穿过田埂的动作，有"他"焦灼心理的凸现，有"他"认真整洁、儒雅、庄重、认真的性格和细节刻划；更有"我"的旁观分析和怀念，显示了诗人介入复杂微妙生活的能力之强。新时期诗歌在清醒的语言本体意识统摄下的艺术解构与建构实验，对诗歌本体的坚守和对写作本身的探求，如意象和哲学的联姻、事态意识的强化、语言意识和语感的强调、反讽的大剂量投入、叙事诗学的构筑、文体间的互动交响、多元技术的综合调适、个人化写作立场的张扬等等，都在延续新诗先锋精神传统的同时，丰富、刷新或改写了新诗艺术表现的历史，提高了表现生活和灵魂的深厚度，耕拓、启迪了新诗可能的审美向度和走势。

另外，新时期诗歌一个突出的贡献是以多元审美形态的并存竞荣，打破了现实主义被定于一尊的诗坛抒情格局，以文学个人化奇观的铸造，为新诗引渡出一批才华、功力兼俱的诗人和形质双佳的优卓文本，也为后来者设下了丰富的艺术"借鉴场"。如果说1976年（确切说是1978年）以前很长的一段时间里，在诗坛上是现实主义主打天下，那些政治和现实色彩浓郁的诗人、作品理所当然地被视为主流；而进入新时期后，现实主义、浪漫主义、现代主义乃至后现代主义等多元路向和风格的异质同构，则迎来了新诗史上一个繁荣的时间持续最长、美学形态最绚丽最丰富的艺术时代。正如新诗在现代时段形成了李金发的怪诞、戴望舒的凄婉、何其芳的缠绵、杜运燮的机智、余光中的典雅、纪弦的诙谐景观一样，新时期的诗坛也是千秋并举，各臻其态，尤其是进入20世纪90年代以后，个人化立场的高度标举，更使诗坛上群星荟萃，众语喧哗，纯文学、主旋律、消费性的作品几分天下，每位诗人都拥有各自的位置和空间。也就是说，在新时期三十年有限的时空内，诗人们都在努力追逐着自己个性的"太阳"，如舒婷的优雅柔婉，北岛的沉雄傲岸，昌耀的悲凉深邃，海子的浪漫妩媚，于坚的客观平易，韩东的直接质朴，李亚伟的戏谑智慧，西川的沉静精致，王家新的内敛深沉，伊沙的机智浑然，翟永明的复调象征，王小妮的澄澈从容……堪称魏紫姚黄，精彩纷呈。其实，在艺术创作的问题上，每个人都有自己的运行轨迹，谁也不会挡谁的道，而美学原则、文学形态共时性的良性竞争，相对稳定的偶像时期和天才代表的"经典"的确立，十分有助于诗坛理想格局的形成，也正是一个时代诗歌繁荣的标志。尤其是第三代诗以来，先锋诗歌那种边缘思想和反叛立场所带来的自我调节与超越的能力机制，更是既利于消解中心和权威，营造诗坛平等活跃的氛围，保证主体人格与艺术的独立，同时又对抗了狭隘的激进主义因子，构成了诗坛活力、生气和希望的基本来源，以对缪斯的发展具有启迪意义的因素的提供，让人们对新诗的未来充满信心。

但是，我们说新时期诗歌在新时期所有文体里取得的成就最为辉煌和显豁，对时代、心灵和文坛都有深刻的影响，并非就意味着它构成了高度理想的发展状态，相反它还存有不少遗憾或隐忧。必须承认，诗坛如今空前的热闹和喧嚣背后是一种本质上的空前寂寞。一方面诗人们在"悲壮"地前行，诗歌在无所不入地渗透着人类的日常生活，生气四溢；另一方面诗歌的命运却愈加黯淡，日趋远离新时期之初的社会文化的主流与中心地位，走向了边缘化和圈子化。新时期诗歌输送了一批优秀的诗人和优秀的文本，令人欣慰，但是它贯穿始终的唯新是举的艺术实验，也使很多诗人心浮气躁，忽视艺术的相对稳定性，真正的家喻户晓的、能够被人引以为民族骄傲的经典和大师匮乏，"群星"闪烁而无"太阳"，已有的诗人外不能和马雅可夫斯基、洛尔迦、艾略特等世界级大师比肩，内愧对时代和中国伟大的诗学传统，处境尴尬。表面看去这三十年诗歌数量上连续"丰收"，新世纪后民刊和网刊的活跃更好像为诗坛打了一针"强心剂"；但是应该说它也时时助长着诗歌的良莠不齐、鱼龙混杂，使非诗、伪诗、垃圾诗纷纷获得出笼的可能，使经典作品和大诗人的成长遭受着很大程度的冲击。尤其是1980年代后受西方后现代主义的解构思维与艺术精神激励，中国先锋诗界的不少人走形式极端，大搞能指滑动、零度写作、文本平面化的激进语言实验与狂欢。这确实在一定范围内反叛、质疑了主流中心话语，可是也时而以纯粹的技术主义操作替代诗歌本身，把诗坛变成了各式各样的竞技实验场，既消泯了许多优秀的传统、意义和价值，造成诗意的大面积流失，又使许多诗歌迷踪为一种丧失中心、不关乎生命的文本游戏与后现代拼贴，不无文化虚无主义之嫌，实质上构成了对充满批判精神的西方后现代主义的误读。这无形中就形成了一种悖论，一方面诗人们在悲壮地前行，一方面诗歌的命运愈加黯淡。同时，也有为数不少的诗人常常极力标举诗的自主性和排他性，使他们的诗歌只为圈子和诗人自己而写，个人化写作成为躲避宏大叙事的借口，当下生存状态、本能状态的抚摸与书斋里的智力写作合谋，将诗导入了逃逸性写作的边缘，没有很好地传达出处于转型期国人焦灼疲惫的灵魂震荡和历史境况及其压力，对现实语境共同疏离、隔膜所造成的从自语到失语的遭遇，决定这些诗歌自然无法为时代提供出必要的思想与精神向度，难以产生轰动效应也就毫不奇怪了……诗坛辉煌背后的种种隐忧，让那些关心诗歌前途与命运的人们无法盲目乐观。当然，我们更不能因此而认同西方"后现代主义的终结"观（1991年后现代学者集聚的德国斯图加特研讨班即以此为题目），以现代主义、后现代主义为主体的新时期先锋诗歌在不久的将来必然寿终正寝的流行观点。因为21世纪的每颗灵魂都无法摆脱流浪的厄运，随着社会分工的加细与自我意识的膨胀，人际关系将日趋淡漠乃至异化，这为现代主义、后现代主义诗歌生长提供了理想的土壤与温床；工业革命和商品属性对原有价值判断的否定，和弗洛伊德潜意识理论对传统道德观念的诘问，以及人类思维的相对化、荒诞化、非理性化，都促使人趋向自然本能，它们都为现代主义、后现代主义诗歌的生长添加着思想和艺术的养分；诗坛百家争鸣、多元并举的自由格局，也为现代主义、后现代主义诗歌生长释放着众多伸展的可能性契机。何况现代主义、后现代主义诗歌还具有一种自身调节功能，在90年代中期，学者们对其一味进行"现代""后现代"解构批评后，已开始通过新的人文精神建立、现实主义回归等一系列实践，有意识地扬弃、超越自我，叩问终极理想，着手于自己的本体建构，这一切都正在赋予新时期以来的先锋诗歌一种长久的活力。

新时期女性主义诗歌论

　　女性诗歌的概念边缘模糊，它是指女性写的诗歌，还是指写女性的诗歌，抑或是女性写女性的诗歌？迄今仍无定论。我以为无须在这歧义丛生的称谓问题上纠缠，广义地说，凡是以女性的生理与心理世界为方圆，表现出女性特有的视角与风貌的诗皆可视为女性诗歌。而我们要言说的女性主义诗歌，则是一个狭义的批评视域，它特指20世纪80年代中期后形成的反抗男性话语、挖掘深层生命心理、具有先锋意识的女性诗歌群体创作潮流。

　　从生理特征上讲，女性似乎离诗歌最近：其感情的易动性、体验的内视性、情绪的内倾性、认知的形象性等特点，使女性在诗歌创作方面有一种先天的优势。可是遍检西方诗歌史，截至到20世纪60年代美国的自白派女诗人群崛起之前，女性却始终缺席或缄默，在菲勒斯中心的语言钳制下，女性想对自己重新命名也会陷入男性话语的圈套，因为她们没有自己的语言，"最出类拔萃的代表也从来没有产生过……任何堪称伟大和独具风格的作品"①。至于中国文学史上的女性诗歌虽然源远流长，但也始终只是一支涓涓细脉。漫漫三千年间只有蔡文姬、薛涛、李清照、秋瑾等少得可怜的几位女才子作为"补白"偶尔亮相表演，并且

---

　　① 瓦西列夫：《情爱论》，北京：三联书店，1984年，第52页。

充溢诗中的"多是相思之情，离别之恨，遭弃之怨，寡居之悲以及风花雪月引出的种种思绪"①，其诗歌发出的声音仍是男性"他者"话语的重复，性别意识一直被蒙蔽着。在现代诗歌史上，女性的觉醒获得了长足进步，陈衡哲、冰心、林徽音、陈敬容、郑敏等诗人，对女性主题的拓展与超越，扩大了女性诗歌的视野。然而与浩荡的女性解放潮流仍然极不相称，它稀疏的存在远未改变女性诗歌处于边缘的孱弱历史，真正的女性性别和书写意识的觉醒还相当微弱。20世纪70年代中后期的思想解放，唤来了女性诗歌的春天，舒婷、林子、傅天琳、申爱萍、王小妮等一长串名字轰然崛起于诗的地平线上，新一代夏娃觉醒了。一时间，张扬女性意识、呼唤女性自觉成为女性歌唱的抢手主题，傅天琳以崇高纯洁之情歌唱《女性，太阳的情人》，孙桂贞向整个世界宣布自己是一面《黄皮肤的旗帜》，舒婷更在《致橡树》中高扬"木棉"的爱的独立思想，在《神女峰》里呼唤灵肉一体的现代爱情。她们那种群体精神与个体经验的融汇，从男权社会"离析"后的绮丽、温柔、婉约的力量，对美、艺术与优雅的张扬，在唯我与无我间恰切抒情位置的寻找，都暗合了女性诗歌的情思与艺术走向。但这一切还只是女性主义诗歌的早期形态，她们关心的是整体的人的理性觉醒和解放，代表的还仅仅是一代人的觉悟，诗歌内质上仍受制于高贵典雅的古典主义、理性主义的精神理想，还属于女人化的情感写作。1984年，在中国女性诗歌史上是意义重要且值得记忆的一年。翟永明的组诗《女人》及序言

---

① 乔以钢：《低吟高歌》，天津：南开大学出版社，1998年，第9页。

《黑夜的意识》发表，是女性主义诗歌诞生的标志。此后，一股反抗男性话语、挖掘深层生命心理、具有先锋意识的女性诗歌创作潮流逐渐形成。

英国女权主义创始人弗吉尼亚·伍尔芙曾说一个女人如果想写小说"要有一间自己的屋子"[①]，为自己构筑一个情感和灵魂的空间，其实写诗又何尝不是如此。中国新时期女性主义诗歌走的正是这一出入于"自己的屋子"的创造路数。

解构传统的躯体诗学

在女性主义诗歌宣言式的《黑夜的意识》中，翟永明说"每个女人都面对自己的深渊——不断泯灭和不断认可的私人痛楚与经验……这是最初的黑夜。它升起时带领我们进入全新的、一个有着特殊布局和角度的、只属于女性的世界"[②]。说自己首先是一个女人，然后才是一个诗人，显示了女性生命意识和女性主义诗歌已由人的自觉进化到女性的自觉。以此为开端，翟永明又相继写出《静安庄》《黑房间》。紧承其后，几乎在1984—1988年的同一时段内，原以《我因为爱你而成为女人》《高原女人》等诗体悟高原女性的生存状态、本色纯朴的唐亚平，也推出黑色意象组诗《黑色沙漠》；孙桂贞则摇身一变为伊蕾，携组诗《情舞》

---

① 弗吉尼亚·伍尔芙：《一间自己的屋子》，北京：三联书店，1999年，第2页。
② 翟永明：《黑夜的意识》，吴思敬编《磁场与魔方》，北京师范大学出版社，1993年，第140页。

《独身女人的卧室》《流浪的恒星》，惊世骇俗地挺进诗坛；陆忆敏、张真、海男、林珂等在诗中也纷纷标举女性意识。这些女性诗人的渐次登场，以综合女性深层心理挖掘、女性角色极度强调与自我抚摸的自恋情结的躯体诗学，替代了舒婷一代的角色确证，以膨胀扩张和主动进攻的方式确立了性爱、情欲的固有存在意义。正是在进行性意识裸露表演的同时，女性主义诗歌才终于支撑起足以与男性对抗的话语空间，彻底浮出了历史的水面。

那么女性主义诗歌是如何建构躯体诗学的呢？埃莱娜·西苏说"妇女必须通过自己的身体来写作，只有这样，女性才能创造自己的领域，几乎一切关于女性的东西还有待于妇女来写"①。在人类社会里，过去的女性包括身体在内的一切都由男性书写，其鲜活的人体也只是男性鲜花、饰物等象喻系统中的"物"，是男性娱乐文化里的一个玩偶、一道风景。出于对这种可悲境遇的反抗，觉醒的女性认识到"我写世界/世界才低着头出来/我写你/你才摘下眼镜看我……我还要写诗/我是我狭隘房间里的/固执制作者"（王小妮《应该做一个制作者》）。由被讲述的女人变为书写主体，由红袖添香的失语者变为艺术"制作者"，已是众多女诗人的普遍愿望，她们把写作视为精神活动和生命方式的一部分。女性要改变被讲述的命运，但却没有自己能够沿袭的形象和话语积淀，借用异己的男性"他者话语"做参照，又只能变相地钻入男性思想欲望的圈套。于是唯一有效的出路就是摆脱属于男性的传统、历史和社会经验的纠缠，回归自己的躯体，将躯体作

---

① 埃莱娜·西苏：《美杜莎的笑声》，《当代女权主义文学批评》，北京：北京大学出版社，1992年，第191页。

为写作资源。因为在男性文化统摄下，女性属于自己的只有身体，用躯体写作也是突破传统躯体修辞的最佳角度；因为在"自己的屋子"里，女人的存在首先是身体的存在，逃离了他者的窥视，身体成为赖以确证自己存在和价值的尺度，成为灵感的来源、女性诗学话语建立的最适宜所在。翟永明说"站在黑夜的盲目中心，我的诗将顺从我的意志去发掘在诞生前就潜伏在我身上的一切"①，唐亚平在诗中描写和呈现了女性生命的躯体体验，并使其成为压倒一切的情思意向。如果说后朦胧诗歌主张"诗到语言为止"，那么此时的女性主义诗歌则有着"诗到女性为止"的倾向，它把世界缩小到女性的范围，把女性看作了诗歌生命的全部。

　　和女性躯体关系最密切的是什么？有许多。如梦、神话、飞翔、镜像、黑夜、死亡等，都是女性诗歌钟情的意象，但首当其冲的是黑夜，所以女性主义诗歌找到的第一个词语就是黑夜。翟永明的《女人》之后，其他诗人也都心有灵犀地操起"黑色"的图腾，释放女性生命底层的欲望和体验。黑夜直面着女性生命的本来状态，"我披散长发飞扬黑夜的征服欲望/我的欲望是无边无际的漆黑"（唐亚平《黑色沙漠》）；黑夜引得诗人心灵飞翔，"我是你的黑眼睛，你的黑头发……夜潮/来临，波中卷走了你，卷走一场想象"（沈睿《乌鸦的翅膀》）；黑夜包容着诗人复杂的想象和感受，"我插在你身上的玫瑰/可以是我的未来　可以是这个夜晚"，"一片黑色/可以折叠起来/使我的瞳仁集中这些世纪所有的泪水"（虹影《琴声》）……一般说来，诗人多瞩目太阳

---

① 翟永明：《黑夜的意识》，吴思敬编《磁场与魔方》，北京：北京师范大学出版社，1993年，第142页。

或月亮，为何女诗人偏偏钟情于黑夜，使其成为女性诗的共同隐喻？这要从诗人们隐秘的心理深层去破译。翟永明说"女性的真正力量就在于既对抗自身的命运的暴戾，又服从内心召唤的真实，并在充满矛盾的二者之间建立起黑夜意识……保持内心黑夜的真实是你对自己的清醒认识，而透过被本性所包容的痛苦启示去发掘黑夜的意识，才是对自身怯懦的真正的摧毁"[①]。显然，黑夜意象兼具表现女性在男性话语下深渊式的生存境遇，和在黑夜里摸索对抗的双重隐喻功能，象征着女性生命的最高真实。从审美的眼光看，"夜给人以特定的视觉印象和审美感受，它启示着文学作者们与白天不同的艺术想象与审美冲动"，夜"单一的深黑色可能会使人感到空间变得狭窄，而如果面对的是朦胧的黑色，由于看到的景物轮廓不分明，可能会产生空间扩大的感觉"[②]。从诗学的渊源看，太阳之神阿波罗掌管的白昼是属于男性为主体的世界，而作为中心边缘的女性，只能把视觉退缩到和白昼相对的世界的另一半——黑夜。黑色本身具有极强的包容性和遮掩性，和女性子宫的躯体特征及怀孕、分娩、性事的躯体经验的天然契合，能使女性回复到敞开生命的本真状态中深挚地体味；黑夜作为难以言明和把握的混沌无语空间，涵纳着女性全部的欲望和情感，那种万物融于一体的近乎"道"的感觉境界特性，与女性敏感善悟、遇事常隐忍于心、心理坚韧深邃的个性有着内在

---

① 翟永明：《黑夜的意识》，吴思敬编《磁场与魔方》，北京：北京师范大学出版社，1993年，第140—141页。

② 刘纳：《嬗变：辛亥革命时期至五四时期的中国文学》，北京：中国社会科学出版社，1998年，第336页。

的相通，容易激发女性的想象力，是女性填补历史的最佳想象通道；黑夜的黑色在色彩学上代表色彩的终结，也意味着开始和诞生，黑色的夜则幽深神秘，宜于潜意识生长，它喻示着女性躯体的浮现与苏醒。鉴于上述原因，女性诗人们普遍滋长出自觉的黑夜意识，并在黑夜意识笼罩下展开了躯体叙述。

一是女性隐秘的生理与心理经验的呈现。女人的生命经验首先源于身体的认知，月经、怀孕、流产、生殖、哺乳等生理特征和变化感受以及对身心的影响，是男诗人无法体察的。女诗人们正是"用自己的身体和眼光去发现事物，又通过这种种发现进一步肯定自己与世界的联系"[①]。"我的乳汁丰醇，爱使我平静/犹如一种情愫阻在我胸口/像我怀抱中的婴儿"（林雪《空心》），诗宣显着人类最崇高的母爱体验，体现了从女儿性到母性心理成熟的平静和自豪。成熟女性都恐惧青春的消逝，有种自恋倾向，从身体提取写作资源的视角更强化了这一特点。伊蕾在《独身女人的卧室》里注视自己，"四肢很长，身体窈窕/臀部紧凑，肩膀斜削/碗状的乳房轻轻颤动"，孤芳自赏的味道十足。在这方面，翟永明的组诗和长诗都以躯体讲述作为写作支点，是女性之躯的历险，并且都围绕女性身体的某一生命阶段而展开。《女人》初现女性的种种躯体姿态。《静安庄》在身体的变化和历史场景的变迁结合背景下，书写女人个体的身体史，通过19岁的女性之躯觉醒、受压、变形以及不可阻挡的欲望凸现，冲击并改写了知青生活中已有的文化构架。长诗《死亡的图案》表现母女深

---

① 唐亚平：《我因为爱你而成为女人》，《诗探索》1995年第1期。

爱又互戕，写母亲临终前七天七夜里的煎熬、残忍和女儿为之送终的过程感受。女性诗人凭借自身隐秘的生理和心理经验的优势，而将以往对母爱的神圣描述进行了去蔽澄明的处理，让人感到"自然母亲使千千万万的生命得以安全、健康的延续和生长，同时也削弱或牺牲着女性的个人人格及本位价值，因而它既是伟大崇高令人肃然起敬的，又是愚昧、非人性丧失自我的"①。与此同时，崔永明的《女儿》等诗则揭示了东方女性传统美德的悲剧性及在"我"身上的延续，质疑了母性贵重而可怕的形象，"你让我生下来/你让我与不幸构成/这世界的可怕的双胞胎"（《母亲》)，反母性的视角使母亲带上了平庸渺小、限制人拖累人的沉重阴影。

二是性欲望、性行为的袒露。作为"水做的骨肉"，女性主义诗人都为爱而存在，将爱视为宗教。只是她们不再像舒婷、申爱萍等人那样含蓄典雅欲说还休，或者带灵肉分离的柏拉图色彩；而是以女性生命之门的洞开，具现女性的精神欲望乃至隐秘飘忽的性体验、性行为，"总是有不合道德规范之处，不合法律之处，不合祖训祖教之处"②。在情欲性欲表现方面，伊蕾以歇斯底里的自虐式呐喊，希望有强有力的男性征服以印证自己的女性本质。那种对爱近乎率真紧张的疯狂传达，撕毁了礼教和道德虚伪的面具。她甚至为《独身女人的卧室》设计了封闭、幽暗、躁动、神秘而有诱惑力的空间，反复呼唤"你不来与我同居"，把一个"坏女人"的渴望激发得亢奋而饱满。和伊蕾的受虐心理相对，唐亚平则有施虐倾向，《黑色沙漠》组诗中沼泽、洞穴、

① 禹燕：《女性人类学》，北京：东方出版社，1988年，第50页。
② 伊蕾：《选择和语言》，《诗刊》1989年第6期。

睡裙等意象的大量铺展，在寄寓忧郁痛苦的宿命时也隐喻着女性器官，流露出女性身体的内在神秘，"是谁伸出手来"，"在女人乳房烙下烧焦的指纹／在女人洞穴里浇铸钟乳石"（《黑色洞穴》），诗已超出欲望范畴，成为性动作、性行为的隐曲展现。张烨的《暗伤》完全是性爱过程和感觉的陶醉。强烈的美感都是肉感的，没有情欲与性欲吸引互补的爱情只能是虚幻的，女性意识的自觉就包括对情欲与性欲的重新认识。女性主义诗人关于性的尽情挥洒，在一定程度上动摇了禁欲主义观念，那种热情奔放的情思涌动对每个人的艺术和道德良知都构成了一种严肃的拷问。但是某些过分的肉体化渲染、沉醉和挑逗，"性而上"地一味自我抚摸，则使情欲与性欲成了魔鬼，又重新落入了男性窥视目光的圈套。

三是死亡意识的挥发。对人类死亡宿命的深刻反省，是一切诗人的共同主题。对于过度敏感的女性而言，死亡更是她们生命中挥之不去的阴影。她们对死亡的体悟似乎比男性更加彻底，对和死亡密切相关的危机氛围异常敏感。对命运的敏锐预感，和连住三年的"病房内外弥漫着的死的气息和药物的气味"[①]，使翟永明总感到死亡的阴影在悄悄临近，"第一次我就赶上漆黑的日子……听见双星鱼的噪叫／又听见敏感的夜抖动不已／极小的草垛散布肃穆感／脆弱唯一的云像孤独的野兽，蹑脚走来"（《静安庄》），乡村平常的物象和夜晚，在进入诗人的眼睛和心里后却变得那么神秘恐怖，仿佛随时都会有意外发生。在陆忆敏那里死亡

---

① 翟永明：《面向心灵的写作》，《纸上建筑》，上海：东方出版中心，1997年，第197页。

意识似乎是与生俱来的，死亡一会儿成了装着各种汗液的小井，一会儿腥臭，一会儿甘苦，一会儿又变为难以逃避的终极，"翻到死亡这一页/我们剪贴这个词，刺绣这个字眼/拆开它的九个笔画又装上"（《美国妇女杂志》）。但好在不论是心怀恐惧，还是意欲征服，不论是视为本能享受，还是希求拯救方式，哪一种死亡观都和悲观厌世无缘，都指向着生命的自觉和生命意义的探求。如伊蕾的死亡意识常包孕着破旧立新的精神意向，能由死亡意识"从个人的隐秘世界出发，探讨了当代女性所面对的种种危机和困惑，思考了生命的本质问题"[①]，其《黄果树瀑布》中死亡的同义词是永生和再生，它使生命获得了形而上的意义。唐亚平的《黑色石头》中虽有面对死亡的千古浩叹，但是死亡是对人类精神故乡"返航"的彻悟，却赋予了诗歌宗教式的无悲无喜的平静豁达、超脱坦然。

女性独特的生命体验呼吁一种相应的文学文体、话语方式来承载。中国女性无自己语言的历史，始终陷于男性书写历史文本的黑洞中呻吟，使之渐成边缘化的"失声的集团"，直到新时期女性的话语意识才出现实质性的觉醒。为解构菲勒斯中心主义文化，使话语系统和躯体写作达成内在的呼应，她们不约而同地把目光移向美国的诗歌，寻找艺术援助，起用"偏执"自白的话语方式。因为在自白派中，罗伯特·洛威尔、西尔维娅·普拉斯和安妮·塞尔斯顿等人，都以自白式的表述为书写风格和抒情方式。这种神秘的女性自白现象适合于女性的天性，这种内心独白和中

---

① 张颐武：《伊蕾：诗的蜕变》，《诗刊》1989年第3期。

国女性主义诗人躯体、生命深处的黑色情绪存在着天然的契合，所以被中国女性主义诗歌所采用，许多作品干脆以《独白》《自白》为题，借以实现对自身经验和外在世界的再度命名。或者说，女性主义诗歌的言说对象是缩写的躯体秘密和内心真实，诗人把它们从灵魂里径直倾泻出来，就最接近生命的本真状态，倾诉和独白就足以撑起诗人和世界的基本关系。

这些自白诗的特点，一是第一人称"我"的使用频率极高，"我"始终像一块居于中心的磁石，将周围的世界吸纳浑融一处，形成穿透力强烈的叙述气势和语气。"我只为了你/以最仇恨的柔情蜜意贯注你全身/从脚至顶，我有我的方式"（翟永明《女人·独白》）；"我禁忌什么我自己也不知道/我无视一切/却无力推开压顶而来的天空/这一天我中了巫术"（伊蕾《情舞》）；"我不在你啜泣的风衣中死去/我不在你碎语的阴影中死去"（海男《女人》）……不论是冷静犀利的翟永明，报复情结浓郁的伊蕾，还是个人咒语般书写的海男，都"我"字当先，呼之欲出的激情烧灼，使她们抛开了象征话语，一律起用直指式的"我"字结构，一连串决绝强烈的表白和倾诉，有一气呵成的情绪动势和情思冲击力。二是以自白和诉说作基本语调，使诗从过去的歌吟走向自言自语，结构日趋意绪化、弥散化。女诗人性别感受、自我经验的私人化题材获取途径，和自白文体有着天然的亲和力，所以自白和诉说语调对她们有强大的诱惑力。如 "我希望死后能够独处……也没有人/到我的死亡之中来死亡"（陆忆敏《梦》）；"如果我的一生只能说一句话。只能活一秒钟/我想最后说一次我爱/听凭它在唇上呜咽着发出/又流贯我全身"（林雪

096

《爱娃》）。其语言都是生命欲的本色表演，氤氲着亲切自然之气。受西尔维娅·普拉斯的非规范的个人化语法影响，中国女性主义诗人滋长了一种毁坏欲和创造欲，伊蕾说崇拜语言又不得不打消对语言的敬畏而竭力去破坏语言，海男希望到一片可以使用女人语法、不用考虑规范的没有语言的地方去。这种个人化语法的拆解性、破坏性和前两个因素聚合，又铸成了结构开合、时空转换的自由和轻灵。"年迈的妇女／翻动痛苦的鱼／每个角落，人头骷髅／装满尘土，脸上露出干燥的微笑，晃动的黑影"（翟永明《静安庄》），人头骷髅上竟然露出干燥的微笑，荒诞离奇，但主客观世界沟通的幻觉，却使平淡静态的现象世界里容纳了心智的颤动，令人印象强烈，只是增加了理解难度。三是注意自白和叙述、议论、抒情等手段的呼应配合，克服了仅仅为表达痛快而忽视语言优美的弊端。一味直抒胸臆或一味用意象构造情绪世界，都容易失之肤浅和苍白，深解此中三昧的诗人们因之而变得节制，即便直面滚烫灼热的生命内蕴也会谨慎地疯狂。陆忆敏的诗里就很少看到撕心裂肺、呼天抢地的景象，其《我在街上轻声叫嚷出一个诗句》内向、节制、抑扬有度，让情感在混乱得难以自拔的情境下仍有殊于他人的"文明"色彩，连十二首涉足死亡的"夏日伤逝"也平静得出奇。而伊蕾也动用自白派诗的语言形式，但由叙事然后转入议论和抒情是其自白诗的一大特色，如《独身女人的卧室》每段结尾的"你不来与我同居"的呼喊，就兼具巴赫金的对话理论的妙处。

女性主义诗歌的自白话语方式，孕育了一批好文本，但无限制的运用也使其陷入了误区。一方面过于排斥外在世界和社会题材，在反抗男性主权话语的过程中不时显露出失常、失控和近乎疯狂之态，许多内向的挖掘常常滑向单调贫乏、歇斯底里和矫揉造作。另一方面过分抬高自白话语的价值，也让人常常误以为诗歌不是"经过技术的磨练而获得的艺术，而被兴奋地视为女性自身的一种潜在的天性"①，从而使诗歌失却了西方自白诗歌对日常经验的体认和捕捉后的分析、评论品质，排除了技术因素，降低了写作难度。仅仅为想象力操纵的词语狂欢，既容易造成诗源枯竭，也容易把语言本身引入不合语法逻辑的自言自语的困境。

总之，1980年代的女性躯体诗学，以男性话语霸权的解构，和女性自白话语方式的建构，改变了女性被书写的命运。它拓宽了内宇宙和人性内涵的疆域，实现了女性文学的真正革命。它扩大了女性解放的内涵，使诗人们把目光收束到女性世界自身，在狭窄却幽深的天地里尽情经营，感觉是女性的，思维是女性的，话语是女性的，使女性诗歌从思想到载体都烙上了女性主义色彩。这不仅使诗歌样态更加繁复，也以躯体符号为女性主义诗歌找到了自由恰适的精神栖息空间——"自己的屋子"。当然，女性躯体诗学的高度个人化和私语化，使诗人们多"只为少数人写"②，不乏片面的偏执的深刻，也减弱了共感效应。另外过度地制造性别的人为显示，也会陷入自我把玩、孤芳自赏的泥淖，甚至变男尊女卑为女尊男卑的挑逗，最终获得了运作技巧，却失去了写作的诗意。

---

① 臧棣：《自白的误区》，《诗探索》1995年第3期。

② 翟永明语，沈苇、武红编：《中国作家访谈录》，乌鲁木齐：新疆青少年出版社，1997年，第339页。

激情与技术共生的写作

在诗歌写作愈来愈个人化、边缘化，诗坛空前阵痛的1990年代之后，女性主义诗歌却相对平静，甚至有所发展，不但翟永明、伊蕾、唐亚平、陆忆敏、王小妮、林雪、张烨、海男等"老"诗人锐利不减，唐丹鸿、李轻松、丁丽英、鲁西西、周瓒、安琪、穆青等"新"诗人更源源不断，阵营壮观。而且置身于物质欲望的潮流里，诗人们普遍拒绝其精神掠夺，超然宁静，心怀高远，在寂寞中致力于女性主义立场上的日常生活提升，以精神创造的反消费力量为诗歌"招魂"。尤为可贵的是，出于对男权话语和西方女权主义话语的双重反拨，出于对自身1980年代缺陷的矫正，女性主义诗歌在"语言论转向"的全球化语境影响下，做了相应的诗学策略调整。记得法国女性主义理论家茱莉亚·克里斯蒂娃在《妇女的时间》一书中说，女性的写作要经历三个阶段，即对男性词语世界的认同——对男性词语世界的反叛，即二元对立式的词语立场——回到词语本身，直面词语世界。我以为在新时期的女性诗歌视野里，如果说舒婷一代和翟永明、伊蕾、唐亚平一代分别完成了女性写作觉醒、确认的前两个阶段，那么1990年代的女性主义诗歌则进入了回归词语本身、直面词语世界的语言写作时期，在1980年代关注"说什么"的激情本身基础上，又开始关注"怎么说"的技术问题。或者说已经进入了激情和技术对接、混凝的共生时期。

1990年代后的女性主义诗歌从躯体写作出离后，明显地出现了新的审美指向与形态。

　　一是淡化了性别意识。性别意识的确立、女性身体的开掘，使女性主义诗歌获得了成功，但对它的极端张扬则使女性主义诗歌破绽百出。"当西方的女权主义运动者唾弃一切传统留给妇女（出于保护她们）的权益，要求受到男子一样的社交待遇时，中国的一些女性反抗却表现在请将我当一个女性来对待"①，这种总想到性别的写作显然是低级的。因为真正的诗歌写作要维护一种标准，追求高尚的情感精神、敏锐的观察能力、超群的表达技巧的和谐共振。真正的女性诗歌写作要通过文本自身接近成功的境界，而不能借助和男性文化对抗的性别姿态，否则只能在肉体和廉价的情感里兜圈子。成熟的女性主义诗歌应该具有角色意识又能超越角色意识，打破性别的界限，着眼于女性，和全人类讲话，接通女性视角和人类的普泛精神意识，最终实现双性同体的诗歌理想。明了这一道理后，女性主义诗人在1990年代后有针对性地进行了超越性的努力。少数诗人仍承继翟永明、唐亚平们开辟的路子，对女性内在的神秘感受、体验、冥想进行言说。如唐丹鸿的诗围绕无所不在的性展开，"红窗帘扭腰站定到角落／白窗帘哗的一声敞开胸襟／扁平透明的玻璃乳房／朝老板和秘书响亮地坦露"（《看不见的玫瑰的袖子拭拂着玻璃窗》），诗表现了性在商品时代比在农业时代更具有诱惑力与伤痛感。李轻松的《被逐的夏娃》传达共性时空里女性受孕、生产中复杂而微妙的

---

① 郑敏：《诗歌与哲学是近邻》，北京：北京大学出版社，1999年，第395页。

感受。贾薇的《掰开苞米》《老处女》也以情欲与性欲作为诗中心。隶属于"下半身写作"群落的尹丽川，更从精神上的性呼喊、性渴求彻底游移到性的行为层面，《为什么不再舒服一些》把一次次的做爱与"按摩、写诗、洗头或洗脚"这些日常事物相勾连，舒适的造爱成为诗人追求的目标，肉体的在场感意味着精神的缺席，可谓典型的"肉体诗学"。但是这只是局部的表现，整个女性主义诗歌抒情群落普遍淡化了自赏、自恋和自炫意识，不再受制于性别局限，而是积极缓解性别的对抗，不仅言说女性，还以女性和诗人的双重身份，向女性之外的人群、女性问题之外的人类命运与历史文化，做更为博大的超性言说，而且别有洞天。在这一向度上，非但王小妮、翟永明、虹影、张真等自觉转向宽大的人文视野，如"现在我想飞着走/我想象我的脚/快得无影无踪"（王小妮《活着·台风》)，那对于诗意的不可落实的存在幻想，是人类不满庸俗尘世生活、渴望永恒超越的普泛心理的外化；翟永明的《壁虎和我》中悲悯壁虎的经验，不再为女性所独有，而成为笼罩全人类的伟大情怀，诗已上升到命运沉痛思索的高度。就是那些1990年代崛起的诗人也纷纷"有意地摒除明显地归属于'女性'的一些特征，尽量使文本显得缺乏直觉和经验的成分，同时又专著于某些'重大'的、所谓'超性别'的题材"①，创造超性别文本。海男放弃和男性决战的姿态，转而关注生存境遇，"硕大，年迈的心，终于想推卸责任。给予他们迟钝昏聩的神态一种慰藉/在盘桓中停下来，在安全中站住"（《在

---

① 戴锦华、周瓒、穆青：《关于〈翼〉与女性诗歌的对话》，《诗林》2000年第2期。

盘桓中》），原谅宽容的声音已被人性的理想洞察所替代，对生命有了更清晰、明达和宽恕的省察。周瓒的《窗外》是知识的底色和轻灵的感受并驾齐驱，虽然思维、语感和表达方式依旧是女性的，但节制内敛，处处闪现着智慧的辉光，本色的语言流动里寄寓的思考已攀缘到了完全可以和男性比肩的感知高度。

性别意识淡化后，女性主义诗人们以少有的冷静与睿智，通过非凡直觉力的介入和对感受深度的强调，打破了理性、知识、抽象等常常存在和男性必然联系、而和女性互相背离的迷信，从人性的观照中发现思想的洞见，超越片断的感悟、灵性和小聪明，抵达、抓住事物的本质属性，介入了澄明的哲理境界。"在春天的背面/有些事物简明易懂/类若时间之外的钟/肉体之上的生命/或是你初恋时的第一滴泪/需要谁的手歌唱它们 并把它们叫醒"（陈会玲《有些事物简明易懂》），对生命的思考已进入人类的生存和灵魂深处，说明人类的最高言说都存在于肉体之外。沙光的《灰色副歌》对人类共同处境的鸟瞰不再依赖性别角色，大地表象后短暂、破碎、不定因素的幽暗本质发现，和吁求拯救的灵魂承担，已有受难的基督徒的苦苦挣扎和上升的神性闪现。还有王小妮的《不要帮我，让我自己乱》中无可奈何的"烦"心理，契合了现代人渗透骨髓的空虚和绝望心理，和都市化压迫、异化、隔绝人类的残酷本质；还有小叶秀子的对《婚姻》存在"就像脚丫子穿鞋／舒不舒服／只有自己清楚"的理性阐释等等，都呈现了这一状态。

二是向日常化与传统的"深入"。1980年代的女性主义诗歌实现了"向内转"的革命。女性在"自己的屋子"内的生命痛苦

102

的呼喊、历史真相的思考和深细处经验的揭示，尤其是对性意识的大胆袒露，冲击了传统妇女的文化心理结构，也超越了五四以来女性文学"性恶"的圣洁模式，别具思想高度。但是翟永明、唐亚平、伊蕾等诗人的特立独行、嫉愤孤傲，和包括诗人在内的广大女性群体相比，却显得有些形单影孤，有些贵族化的落寞寡合之感。女性主义诗歌也因为过分自恋地瞩目思想感觉的敏感地带，而无法涵盖女性生理、心理和社会属性的全部特征，视野狭窄，而且局限于女性个体的生活经验，势必会走向自我重复和欺骗，失去获得独到体验的可能。1990年代后，诗人们意识到自己决不是什么"女神""圣女"式的超人，没有什么优越感、神圣感，诗人和其他女性并无根本区别。更年轻的诗人干脆不把自己当诗人，认为写诗和吃饭、睡觉、性爱、吃零食等生活中的其他事端一样，都是一种生存方式和自娱性行为。这种对尘世的认同、平凡心态的恢复，使她们响应理论家们"深入当代"的呼唤，将目光下移，向"自己的屋子"外的世俗现实人生、生活场景俯就，注意使经验日常化，在身边的生活海洋里寻找、挖掘诗意，写生存的境遇和感受。如此间的王小妮就把自己界定为家庭主妇和木匠一样的制作者，认为"诗写在纸上，誊写清楚了，诗人就消失，回到他的日常生活之中去，做饭或者擦地板，手上沾着淘米的浊水"①，协调了诗与日常生活的关系，置身于生活的琐屑里，仍能在心灵的一角固守独立的精神天地，保持一颗诗心。"一日三餐／理着温顺的菜心／我的手／漂浮在半透明的白瓷

①　王小妮：《木匠致铁匠》，《现代汉诗：反思与求索》，北京：作家出版社，1998年，第361页。

盆里。/在我的气息悠远之际/白色的米/被煮成了白色的饭",完全是一个家庭主妇的口吻叙述,琐屑而充实;并且还"不为了什么/只是活着。/像随手打开一缕自来水……一呼一吸地活着/在我的纸里/永远包藏着我的心"(《活着》)。诗对凡人俗事、卑微生活细节的抚摸,已由恬淡平静的顿悟取代了诗人早期诗中的纯真清新之气,蛰伏着"纸里包不住"的理想之火。"我拿着高级知识分子的工资/住着160平米的房子/衣食无忧/吃穿不愁/为什么我的缺憾总是很多/惊喜总是很少"(赵丽华《如果我不在家,就在图书馆》),诗是借琐碎而普通的生活细节,传达现代女性精神的忧虑、困惑和无奈,漫溢着和生活妥协和解的从容与"达观"。1980年代的心灵写作代表翟永明,也开始喜欢从日常经验中提取需要的成分,《小酒馆的现场主题》透过酒馆的灯红酒绿、五光十色,发现的是都市现代人精神的贫乏、无聊、虚夸和在困境中的无望努力。特别是进入新世纪后,深入底层和平民的打工诗歌、乡土诗歌那种对普通生活、心灵细节的具象抚摸,和深挚的人道主义情怀,更表现出一种令人欣喜的伦理承担。如郑小琼在《表达》中写到"多少铁片制品是留下多少指纹/多少时光在沙沙的消失中/她抬头看见,自己数年的岁月/与一场爱情,已经让那些忙碌的包装工/装好……塞上一辆远行的货柜车里"。诗歌介入了时代的良心,显示出诗人对人类遭遇的关怀和命运担待,从个人写作出发却传达了"非个人化"的声音。这就是女工青春的现实,寂寞与忙碌是生活的二重奏,爱情和青春只能在机器的流水线上被吞噬和埋葬。钢铁与肉体两个异质意象并置,赋予了诗歌一种无限的情绪张力,底层的苦楚与艰辛不宣自明。

女性主义诗歌向现实的"深入",还包括对过去的现实即传统题材和精神向度的回归。若说翟永明写赵飞燕、虞姬和杨玉环的《时间美人之歌》,写黄道婆、花木兰和苏慧的《编织行为之歌》,写孟姜女、白素贞和祝英台的《三美人之歌》,分别取材于中国戏曲、小说、民间传说,它们和张烨的《长恨歌》《大雁塔》、唐亚平的《侠女秋瑾》《美女西施》等一道,在选材上有传统音响的隐约回应,偏重于古典素材、语汇和意象的现代意识烛照与翻新,那么燕窝的《关雎》、安琪的《灯人》等则侧重于传统人文精神和情调的转化和重铸。如"灯火国度里被我们男子带走的/我饲养过的马匹和蚕/还好吧/一个人打秋千时//幸福的花裙子/飘到天上"(《关雎》),这是燕窝"恋爱中的诗经",含蓄精美。《灯人》让人读着仿佛走进了潇湘馆,"蟋蟀的洞窟里叫我一声的是灯人/没来得及回应梦就开了/天暗、风紧,喧哗缩手/百年前的一个女子持灯杯中/风中物事行迹不定/一小滴水为了月色形容憔悴?白马带来春天",女诗人心怀高洁又满腹心事的纤弱,犹似林黛玉再现。蓝蓝的《在我的村庄》那清幽质朴的感恩情怀,香色俱佳的宁静画意,浸满人间烟火又脱尽人间烟火的天籁生气,凝结温暖和忧伤的意境,似陶渊明再生。

三是进入了"技术性的写作"。女性主义诗歌在1980年代的当务之急是对抗男性中心文化,其自白似乎只是响应情感的呼唤从生命里奔涌而出,根本不顾及技法。虽然自然酣畅,却无法覆盖日常生活和历史因素,时时面临滑向歇斯底里或贫乏单调的威险,有一定的狭隘性。到了1990年代后,诗人们发现了抒情的缺失,并借助张曙光、孙文波等男性诗人的叙事性手段和空前提高的语言意识，既考虑那些体内燃烧的、呼之欲出的词语本身，又考虑怎样把它们遵循美的标准进行贴切安置组合的技巧问题，努力使技巧更贴近内心，从而转向了"更加技术性的写作"，并在一定程度上使技艺晋升为主宰、左右写作的主要力量。

这种技术至少包括两方面，首先是内省式的叙述。一叶知秋，翟永明的经历即透露着女性主义诗艺的变化讯息。绝望矛盾的1980年代，她在精神上认同了普拉斯，并长时间都无法摆脱自白派诗歌的影响，直到写《死亡的图案》《咖啡馆之歌》等诗时，才逐渐完成语言的转换，以细微而平淡的叙述替代受普拉斯影响的自白语调，即便再使用自白语式也加大了其抒情态度的客观性。也就是说，为消解对抗激情的弊端，女性主义诗人们日渐向日常叙述位移，将之作为改变诗歌和世界关系的手段，以口语化的词语本身和叙述联姻介入生活细节，去恢复、敞开、凸显对象的面目，敲击存在的骨髓，这一方面增强了诗歌对生活细致入微的观察、分析成分，和处理复杂事物的能力，一方面使日常生活场景大面积地在诗中生长。如翟永明借助《壁虎和我》两个生物的互视，写心灵和文化的隔膜，写在异邦的寂寞孤独，诗已由内心的剖述转为一种对话性的戏剧展开。出色的生活观察者丁丽英，将观察由诗歌方法晋升为认知态度，"音乐从高保真的音响里/流出来，仿佛自来水那么流畅。/缓慢而富裕的音乐。/就像栅栏中的一头鹿来回走动。/它的蹄子踢到了自由的极限。/却看不到自身可怜的装饰的纹路"（《一天早晨》），诗是对有限性的体认，但它自我思想的抒发已让位于精到的观察和细节的描绘，自我思想完全被对象化了。对无休止的内心独白感到厌倦的虹

106

影，试图将外部的某些片段、场景和内在的情感、体悟融合，锻造既有外部世界质感又涵纳精神世界的"意象诗"，"婚礼正在进行。电视等着转播它的结尾/新娘走了过来/她头顶一罐酒/人们逃走，比水银还快/胜利者从桌下爬了出来，独自关上厚重的铁门"（《老窖酒》），把局外的胜利者预谋破坏婚礼又不出面的活生生的闹剧，写得极具吸引力，画面后的旨意也颇费思索。就是海男这个一向在自我的臆想中写作的诗人，也汲纳了叙事成分。

其次这种技术表现为语言的明澈化。受中外诗学的启迪，女性主义诗人感到诗的使命就是对"在"的去蔽和显现，让语言顺利优卓地出场。她们中的大多数诗人都抵达了语言的自足化境界，实现了语言和诗人的生存、心理状态的同质同构，并且注意能指秩序，尽量避免紊乱和浪费倾向，向规范化、明朗化、澄澈化靠拢。如"推开东窗西窗/我把纤丽光洁的地板拖了十次/任敲门声不迟不早不偏不倚地滑进/任永恒的子夜情人的眼睛到处定格"（叶玉琳《子夜你来看我》），它朴素真诚地揭示对情人的诚挚，高洁动人，既把女性的尊严与细腻表露无遗，又有新奇的流动感，读着它仿佛能听到诗人微微的喘息心跳和灵魂的神秘震颤。海男的诗集《虚构的玫瑰》语言也一改佶屈聱牙的晦涩，语句趋于连续澄明，"爱人，待红色的墙下，我们松开手/一直走到花园的里面才开始亲吻/朗诵黎明到来之前天上的声音/出奇的生长，爱人，你让我学会宽恕"（《花园》第62首），生命本色的激动渐渐退去，理智和语言技艺的贯通，使诗不但具体可感而且优美耐读。翟永明更在诗中大量运用成语、引用或化用古诗名句，如《脸谱生涯》中的"穿云裂帛的一声长啸——做尽喜怒哀乐"，"穿云裂帛"和"喜怒哀乐"放在此语境里真是贴切至极。也许人们会问，女性主义诗歌这种转型和韩东、于坚等第三代诗的日常生活处理是否相同？回答是否定的。抛却它消除1980年代"诗到语言为止"实验的激进色彩、进入历尽沧桑后的超脱平静不说，仅仅是其寻找既和生活发生摩擦又符合现代人境遇的表现方法，就和第三代诗无谓的平民化展示，在取向上截然不同，那种更多着眼于生活中高尚、普遍、永恒事物的视点，也和第三代诗的丑的展览、死亡表演有本质区别，至于它接近诗歌的方式，就更和第三代诗的自我包装、商业炒作气息不可同日而语了。

走出"屋子"的得与失

对女性主义诗歌从1980年代走进"屋子"到1990年代后走出"屋子"的两极精神互动，人们评价不一，有人攻击它为一种对男权文化的投降，有人盛赞它是一种向成熟境界的趋赴，我以为对此应该辩证地加以认识。

必须承认，1990年代后的女性主义诗歌从呻吟中进行自审、调整是必要的，也是必须的，它兼顾人文性别立场与艺术诗性价值，以人的本质生存处境和诗歌规律技巧的双重关注及综合，结束了1980年代激情喷涌的单向追索的贫乏历史，逐渐步入了成熟。首先，其性别意识从自觉、强化到超越淡化后的理性意识苏醒，是对人类文化双性关系的改写，它在显示女性意识艰难嬗变的螺旋式上升轨迹同时，使诗人们得以突破二元对立坐标，摆脱性别限制，在更阔大的视界里从容地去拥抱社会，思考人类命运，并因和人类的永恒性关系的建立，而强化了诗歌厚重深刻的生命，告别了躯体写作中的急噪、焦虑和轻浮色彩，由"黑夜"走向了"白昼"。并且其性别意识的淡化不是消弭性别意识，而是由两性的对抗走向了两性对话，由注重"点"的力度走向"面"的宽度，贡献出一个更为广阔的诗学空间，使两性和谐的性别诗学建构具有了某种可能。其次，女性主义诗歌经验向日常化和传统的深入，是1980年代身体写作中个人化因子的顺向延伸，更是一种新气象的拓展。它来自日常境遇并充满焦虑的指向，真实地折射了现代人的生命和生活本质，在加强诗歌介入现实、叙述生活的适应能力和幅面同时，达到了对内自省和向外审视的结合，使诗人对感觉经验的驾驭变得异常自由。原来被人忽视、遗忘的日常细节和经验，被起用为诗人和时代、人性对话的载体和契机，"使诗与存在与日常生活统一于一身"①，增添了现实精神的活力，和1980年代那些不受制于文化传统的"超道德写作"划清了界限，也超越了以往那些大声疾呼的回归现实的诗歌。再次，女性主义诗歌的叙述选择，显然和同时期男性诗人的叙事性追求是声气相应的。它的戏剧感和现场感，使诗性从想象界转为真实界，直面人类生命生活的本真存在；叙述性的口语言说，貌似节制诗情实则使诗情愈加弥漫，为女性主义诗歌创作提供了观察生活和自我的新视角，开辟了更为广阔的前景；深化女性自身的语言探索，回击了女性在商业社会中的身份消费化倾

---

① 唐亚平：《语言》，《诗探索》1995年第1期。

向，使诗歌从沉溺的感情世界走向现代理性观照有了可能。另外，还有一点十分喜人的是，由于诗人们的突围注意了对技术因素和情思内涵协调的强调，注意平静沉潜的技术打造，就将女性主义诗歌从1980年代的破坏季节带入了1990年代后的建设季节，诗艺水准大面积、大幅度地向上攀升，同时保证了诗人风格的多元和繁复。那里有虹影式的敏锐而充满激情的超现实营造，有赵丽华式的来自日常生活的通彻表述，有周瓒式的依靠知识积累所获得的智性追踪，有胡军军式的在散漫和犀利之间的批判性精神漫游，有穆青感性又清醒的调侃，有安琪借助自我语言策略对现实、经验和历史的重构等等。这样就建立起了1990年代后女性主义诗歌的个人化奇观，使读者的关注目光逐渐从1980年代的舒婷、翟永明、唐亚平等"老"诗人那里，转移到了1990年代后崛起的新生代女诗人身上。

女性主义诗歌走出"屋子"选择的弊端也不容忽视。立足性别又超越性别，是女性主义诗歌自我拯救的不二法门，但女性主义诗歌也因之付出了感召力减弱的相应代价，不少诗人放弃女性立场后仅仅蜷缩在男权话语的大树下分一块阴凉，也放弃了对男权话语再次覆盖的警惕和反对。而在日常化的深入过程中，不少诗人过度倚重形而下的"此在"世界，淡化了对蕴含着更高境界的"彼在"的关注，因为表现的生活过于熟悉，无疑加大了写作难度，使表现存在的深度、走向大气的理想实现起来更加不容易。事实上1990年代后女性主义诗界也的确貌似热闹实为无序，诗人们普遍缺少博大的襟怀、理想主义的终极追求和高迈伟岸的诗魂支撑，所以震撼人心、留之久远的佳构难觅，读者一致企慕

110

的大诗人就更少见。如果说1980年代还能够看到翟永明、唐亚平、伊蕾、海男这样领潮的重量级人物胜出，到诗界整体艺术水平提高的1990年代后让读者心仪不已、能代表一个时代的有分量的大诗人却几乎没有显影，有不少写作者仅仅是一现的昙花而已；而真正的艺术繁荣是有相对稳定的偶像时期与天才代表，重量级诗人诗作的匮乏，无论怎么说也是一种不小的遗憾。再次，女性主义诗歌理论贫乏的老问题，一直未引起诗人们的充分重视，这注定她们的写作难以从感性阶段上升到智性写作高度，对生活材料提炼淘洗不够，组织随意，题材和主题常常互相生发，有重复叠合之嫌；而书写的轻松狂欢和解构传统的迫切心态更"火上浇油"，容易导致诗人滥用个人化的话语权利，写作粗糙、仓促，有时作品只具备反诗性的浅白、粗鄙、庸常，却少对生命本质的逼视和承担，自我情感经验无限度的膨胀漫游，即兴而私密，平面又少深度，使诗魂变轻，叙述和口语在扩大诗意空间的另一面则造成了诗意流失。观照对象对写作的高要求和写作手段的低质量的反差，把1990年代后一些女性主义诗文本推向了无效写作的灭顶深渊，这一艺术现象无法不让关心诗歌命运的人深思。

三十与十二①

　　写下《三十与十二》这个题目，脑海里首先浮现出十多年前的"文学大师排行榜"事件。1994年，北京师范大学的王一川、张同道两位先生为海南出版社编辑了一套《二十世纪中国文学大师文库》，他们完全是秉承一种审美标准，对20世纪文学史上的大师重新进行认定。没想到它在文学界引发了那么强烈的震动，极力赞成者很多，断然否定者也不在少数。其实，当人们回望当时的历史瞬间时就会发现，那次所谓的事件乃是一次比较专业的筛选，它之所以让某些人感到"吃惊"和"不舒服"，不外乎是它对有关作家、诗人定见的实质性颠覆，刺痛了他们超稳定的文学"传统"神经而已。

　　那么今天我们从新时期三十年浩如烟海的诗歌文本中，抽取出十二首诗进行专业性的赏评，是否在某种程度上也属于一种冒险的行为？为什么偏偏是三十年？又为什么只推出十二首诗？"胜出"的何以是这十二位诗人而不是其他的写作者？……面临诸多可能出现的质疑与拷问，首先必须申明：《名作欣赏》杂志开设这个栏目的出发点，绝非哗众取宠，以之吸引读者的眼球，也不是为当代诗歌史上的诗人们简单地排定座次，因为文学创作

_____

　　① 此文是为2008年第11期《名作欣赏》"寻找新诗经典（1978—2008）"专栏写的序论。

异于拳击比赛，诗人或作品之间有时原本就没有可比性，大河奔腾是一种美，小溪潺潺同样也是一种美；我们的目的仅仅是希求通过这样一种方式，为确立当代诗歌经典、解读当代诗歌文本、把握当代诗歌规律、推进当代诗歌发展，尽一份绵薄之力，寻找一种恰适的途径而已。

至于把"三十"与"十二"拷合、排列在一起，对时段与数量如此进行裁定，更多是出于文学经典化的深细考虑。我曾经不止一次地在文章中提到，一个时代诗歌繁荣与否的标志是看其有没有相对稳定的偶像时期和天才代表，如果回答是肯定的，那个时代的诗歌就是繁荣的，如果缺少偶像和天才的"太阳"，即便诗坛再怎样群星闪烁恐怕也会显得苍白无力。事实上，整个人类诗歌的辉煌历史，归根结底即是靠重要的诗人和诗作连缀、织就而成。因此，无论在任何时代，经典的筛选和确立对诗歌的创作及繁荣都是至关重要的。而大凡能够称得上"太阳"的诗人，决不是那种声名很大但却不具备文学本身价值的写作者；他（她）们必须是诗歌经典的创造者，是凭借优秀的文本，一点一点地铺垫成功的基石，最终支撑起自己的文学天空的。

说起经典，窃以为虽然经典的确立标准姚黄魏紫、仁智各见，同时经典又具有一定的相对性与流动性，在不同的时代和读者那里会有不同的经典，因而罗兰·巴特认为历史叙述有时就是想象力的产物，在诗歌史的书写中，主体的意识和判断在经典的建构方面自然会有所渗透或彰显；但是能够介入现实良心、产生轰动效应，或者影响了当时的写作方向和风气，可以被视为那个时代诗坛的拳头作品者即是经典。

也就是说，经典的确立需要历史主义的态度和立场，经典的确定不宜在短期内进行，它的产生必须经过时间的沉淀，只有读者与文学作品之间拉开必要的时间、空间乃至心理上的距离之后，再冷静客观地观照，真正的经典才会"尘埃落定"。对每首诗的评价都应该把它放在当时特定的文学和历史语境中加以考察，而不能完全用当下的经典标准去苛求。除此之外，一首诗的优秀与否更要注意从审美维度出发去评判和裁决。具体说来，首先它要以意象说话。直抒胸臆不是绝对写不出好诗，但诗歌的本性决定它应该借助意象之间的组合与转换来完成诗意的传达，好诗的意象本身具有原创、鲜活的特点；或者寻求意象与象征的联系，表现出一定的朦胧美，如果意象的创造能够做到隐显适度，和古典的意境传统相吻合，就更为理想。其次它能发掘语言的潜能，突破用词、语法和修辞方面的规范，以对语言自觉性与修饰性的重视，扩大语言的张力，使熟悉的语言给人以陌生的感觉，如通感、远取譬和虚实镶嵌等手法的运用等等；也可以走返璞归真的路数，挣脱修饰性的枷锁，还语言纯净的本色，平朴干脆，单纯简隽。再次它既要感人肺腑，这是一般的要求；更要启人心智，具备思想、智慧和理性的因子，或者说有诗情智化的倾向，因为诗歌从本质上讲不仅仅是一种情感，一种思想，更是主客契合的情感哲学。只是它的理意表达应该通过非逻辑的诗之道路产生，和情绪合为一体，还原为感觉凝进意象，或在内情与外物结合的瞬间直觉顿悟式地融入，在意象的推进中隐伏着情绪的流动，在情绪的流动中凸现思想的筋骨，达到形象、思想、情绪三位一体的重合。当然我所说的好诗标准是由多元因素合成的，一首诗如果能获得其中的一维因素已经不易，要兼具多种优长就绝对堪称经典了。

从这个意义上说，新时期诗歌尤其是当代诗歌，已经进入该提取自己经典的时候了。常言道，"五十而知天命"，进入知天命之年的人大多都会有一种清醒自知的状态；"三十而立"，进入而立之年的人也应该显现出一派成熟的气象。而不知不觉间已有三十年历史和艺术积累的新时期诗歌，理应回顾走过的道路，总结成败得失，从而确立自己的传统和经典。

不可否认，新时期诗歌时至目前仍是一个正在进行时的流动的历史形态，其易动善变，幻化多端，纵向上各时段之间艺术追求的矛盾与冲突，横向里各种诗人、诗群、诗艺的斑斓繁复、多元混杂，都使其存在着难以归纳、整合的不确定和不稳定性。并且新时期诗歌生气四溢的另一面是诗人们的心浮气躁，思想和艺术的实验也消泯了许多优秀的传统因子，特别是此间的生态环境决定了诗歌日趋远离社会文化的主流与中心，走向了边缘化，经典与大师不多。但是，新时期诗歌仍然是新时期文学中艺术成就最高的文体，它对自身品质的打造，对时代、心灵和文坛的影响，以及它自身艰难拓进的繁荣历程，都是清晰可辨的。

和十七年诗歌、"文革"时期的诗歌比较，新时期的诗歌的变化显豁而巨大。在这三十年里，诗歌刊物如雨后春笋般地大量涌现，在老牌的《诗刊》《星星》的基础上又相继问世了《诗潮》《诗林》《诗歌月刊》《黄河诗报》《绿风》《扬子江诗刊》《诗选刊》《诗刊》下半月刊等等，到了新世纪民刊的迅猛生长，和网络诗歌的空前升温，更使新世纪的诗坛活力倍增，作品的创作数量呈几何倍数攀升，据统计至今每年生产的作品总和可以同《全唐诗》5万首的数量相媲美。诗歌写作队伍愈发壮观，现在依然是老一代雄风不减，朦胧诗人余晖仍在，第三代诗人势头正健，知识分子和学院派沉稳前行，民间口语化阵营日趋热闹，中间代集体登场亮相，陆续加盟、崭露头角的70后、80后来势凶猛，诗人们已远不止"四世同堂"了。

如果说上述的一切尚属于表征范畴，不足以证明新时期诗歌的繁荣，那么下面一系列的深层脉动则充分体现了新时期诗歌的繁荣。首先，诗人们确立了一种诗歌精神，那就是坚持诗歌内视点的艺术本质，以人性与心灵为书写对象，同时执着于人间烟火，进一步寻找诗歌介入现实的有效途径，从而使他们心灵走过的道路在某种程度上成为历史、现实走过的道路折射，保证新时期诗歌为诗人们保留了一份份鲜活、绚烂的情思档案，而众多情思档案的聚合、连缀，则是从另一个向度上完成了对时代、现实的心灵历史的重塑。当初朦胧诗、归来诗群那种怀疑、感伤、沉思、追求的思想轨迹，即契合了时代心灵的发展进程，深刻积极地表现了人与现实，那一系列盗火的普罗米修斯式的反抗英雄、普渡众生的救世主似的形象塑造自不待言，即便是低音区的情思吟唱，充斥的也是理想的痛苦与英雄的孤独，在悲怆中凸现着向上的力度。第三代诗的生命意识革命和感性精灵的释放，在朦胧诗对人类本质的社会属性恢复外，实现了对人的心理和生理另外两种属性的回归，还原了人类更现代、更自由的世俗本质。进入1990年代后，和网络写作的伦理下移走向相反，诗人们有策略地"及物"与"深入当代"，注意在日常生活中表现生存的境遇和感受，以经自身把握处理"此在"处境和经验的立场，去规避乌托邦和宏大叙事，提高了诗歌处理现实和时代语境的能力。就是70后的创作，也因生命和肉体本然态的开释，一定程度上增加了诗歌的世俗性活力。也就是说，不论是在哪一个时段，还是哪一个诗群，虽然不乏一些纯粹的"小众"、一己心灵波澜的咀嚼，但多数诗歌都能在心灵和现实、时代之间寻找恰切的抒情位置，为解决现代人心灵生活的"失调"、紧张做出自己的努力，同时让诗歌秉承着一种艺术良知。越到后来这种倾向越发强化，特别是进入新世纪后，深入底层和平民的打工诗歌、乡土诗歌、"地震诗歌"，那种对普通生活、心灵细节的具象抚摸，那种深挚的人道情怀，都传递着这种可贵的精神气息。其次，是新时期诗歌中的任何时段、诗人和诗派都将创新作为崇尚的生命线，致力于对自身本质和品性的不懈构筑，几乎每一次新浪潮的喷发都会引起读者空前的关注和反响，这使当代诗坛出现了少有的蓬勃情境和活跃氛围，并且形成了自己独立的艺术精神和特质。从归来诗人的现实主义精神的回归与深化，朦胧诗对抒情主体人的张扬和诗歌的本质确认，到第三代诗歌对意识形态写作的反抗，90年代写作个人化话语，再到70后诗歌身体诗学的大面积崛起，女性主义诗歌对抒情空间——"自己的屋子"的寻找和出离，新时期诗歌在它短暂而辉煌的历史进程中，输送了许多宝贵的艺术经验，留下了一批优卓的精神化石。它们在清醒的语言本体意识统摄下的艺术解构与建构实验，对诗歌本体的坚守和对写作本身的探求，如意象和哲学的联姻、事态意识的强化、语言意识和语感强调的反讽的大剂量投入、叙事诗学的构筑、文体间的互动交响、多元技术的综合调适、个人化写作的张扬等，都在延续新诗先锋精神传统的同时，丰富、刷新或改写了新诗艺术表现的历史，提高了表现生活和灵魂的深厚度，耕拓和启迪了新诗可能的审美向度和走势，以一种新传统的凝结，实现了诗坛多元互补的生态平衡。

再次，以多元审美形态的并存竞荣，打破了现实主义被定于一尊的诗坛抒情格局，以文学个人化奇观的铸造，为新诗引渡出一批才华功力兼具的诗人和形质双佳的优卓文本，也为后来者设下了丰富的艺术"借鉴场"。如果说1976年（确切说是1978年）以前很长的一段时间里，是现实主义主打天下，那些政治和现实色彩浓郁的诗人、作品被视为主流；而进入新时期后，现实主义、浪漫主义、现代主义乃至后现代主义等多元路向和风格的异质同构，则迎来了新诗史上一个繁荣的时间持续最长、美学形态最绚丽最丰富的艺术时代。正如新诗在现代时段形成了李金发的怪诞、戴望舒的凄婉、何其芳的缠绵、穆旦的沉雄、杜运燮的机智、余光中的典雅、纪弦的诙谐一样，新时期的诗坛也是千秋并举，各臻其态，尤其是进入90年代以后，个人化立场的高度标举，更使诗坛上群星荟萃，众语喧哗，纯文学、主旋律、消费性的作品几分天下，每位诗人都有各自的位置和空间，都追逐着自己个性的"太阳"。其实，在艺术创作的问题上，每个人都有自己的运行轨迹，谁也不会挡谁的道，美学原则、文学形态共时性的良性竞争，十分有助于诗坛理想格局的形成，这也正是文艺繁荣的标志。

正是在诗歌个人化的潮流中，一批应合时代和艺术双重呼唤的优秀诗人脱颖而出，一批具有丰富诗学价值与审美意义的的经典被悄然确立。

在我们选择的十二位诗人中舒婷、北岛、昌耀在1970年代末即已产生广泛的影响。当时出于对十七年和"文化大革命"诗歌的逆反,诗人们按生活的本来面目表现生活,促成了现实主义精神的再生。一方面艾青、公刘、梁南等归来诗人和雷抒雁等一些现实主义诗人,说真话、抒真情,以《光的赞歌》《小草在歌唱》等优秀诗歌,显示了现实主义诗歌的生命力。另一方面,朦胧诗高扬主体个性,以忧患意识的凸现与抒情主体"我"之回归,恢复了诗歌情感哲学的生命,以意象思维恢复诗的情思哲学生命,以象征为中心,引进意识流、蒙太奇手法,探掘语言潜能,孕育出朦胧蕴藉的审美品格,实现了现代主义的一次辉煌定格。

浸满自传性色彩的舒婷,骨子里透着浪漫主义气息,对理想的追求和追求中的心理矛盾,经她细腻灵性的梳理便转化成美丽的忧伤,深情优雅,清幽柔婉。《神女峰》在承继爱的独立思想基础上,呼唤灵肉一体的现代爱情,煽动对男权的背叛,其从男权社会"离析"后的绮丽、温柔、婉约的力量,对美、艺术与优雅的张扬,都获得了引起读者共振的心理基础。与深情的舒婷、机智的顾城相比,北岛更像冷峻的兄长,他缺少婉约与缠绵,而擅冷静诡奇的哲学思辨与象征思维,沉雄傲岸。《结局或开始》就是真诚地为人性与爱招魂,呼唤人心与人心的对话,灵魂与灵魂的接近,呼唤恐怖消失,呼唤笑容与安宁的回归,这不是乌托邦式的幻想,而是对人性、自由与爱的神往。其思想的深邃和力度,意象的峭拔与独创,新诗史上几乎鲜有出其左右者。而昌耀则是与朦胧诗同步产生影响的"西部诗派"的重要诗人。当时在诗坛旋起男性风暴的西部诗歌，以其固有的旷达与雄浑制衡着诗坛向沉郁哀婉品格的倾斜。和杨牧的豪迈奔放、周涛的沉雄潇洒、章德益的恢宏奇诡相比，远在青海的昌耀在让人感受西部审美理想的近似性的同时，更触摸到了西部悲凉凝重却又向上奔突的精神内核。《内陆高迥》《慈航》《划呀，划呀，父亲们》等诗篇，都在雄奇的自然和生命体验之间寻找抒情机缘点，以开阔而沧桑的地域意识和博大生命视角的融汇，愈加平和浑厚，具有一种哲学的深邃和知性风骨，其思想的深刻度和艺术的感染力均超出当时现实主义诗歌的等高线。

海子、于坚、韩东、李亚伟、西川和王家新等诗人，是在1980年代中后期及1990年代初开始载誉诗坛的。和新时期之初的朦胧诗、归来派、边塞诗、学院诗几分天下，诗坛审美流向和线索的清晰可鉴辨相比，1980年代中期之后诗坛的明显特征，就是诗歌写作日益流派化、社团化甚至运动化，仅第三代诗里就有几百家无法胜数的诗歌流派与社团，真是"乱花渐欲迷人眼"了。它以对现代主义倾向的"反叛"赢得了"后现代"特征，反文化，反英雄，反崇高，反意象，竭力从日常立场出发，张扬生命意识，展示平民个体的下意识、潜意识，展示生存本质的孤独、荒诞、丑陋、死亡与性意识一类悲剧性宿命体验，在把诗引向真正人的道路的同时，也消解了崇高。在抒情策略上由意象艺术向事态结构转移，通过"反诗"（或曰不变形诗）的冷抒情、语言还原和语感等手段，呈现生命状态，吹送出一股对抗优雅的俗美的信风，审美情调渐趋俏皮幽默，在艺术形式上比朦胧诗有更多的拓展。

　　跨越第三代诗和20世纪90年代"个人化写作"的海子，置身于现代主义、后现代主义的"此在"尘世氛围，却执意地追寻"彼在"终极世界，在创作中关注生命存在本身，以对生命、爱情、生殖、死亡等基本主题及其存在语境庄稼、植物及一切自然之象的捕捉，在贫瘠的诗歌语境里寻找神性踪迹，挽留住了浪漫主义在20世纪的最后一抹余晖。《春天，十个海子》在攫取和麦地这个"词根"同样重要的语象粮食同时，弥漫着他诗中惯有的灵魂痛苦和死亡意识，其"死而复活"的浪漫奇思，死后幻象的越轨创造，死亡感觉的大胆虚拟，乃异想天开的神来之笔，那种幻象理论的运行，使诗的暗指多于实叙，有形象大于思想的朦胧理趣，在不羁的跃动中以实有和虚拟的交错增加了诗的妩媚。第三代时期的于坚堪称平民化、口语化的典型代表。他对俗事俗物凝眸，对平淡的生活絮絮叨叨，用口语书写昆明为模型的都市街道、社区场景中小人物的平民生活，有点新写实小说的味道。《尚义街六号》具有充满情节性的叙述特征，现场感极强，在事件、事象、事态构成的具象性挤压下，玄奥的意义与语言的意指、能指渐趋消失，直接呈现生活的语符移动，统一了写诗和说话的节奏，隐喻和想象的放逐，消除了主体意志对客体世界的干预和扩张，客观之至。其叙述性的追求也不乏可圈可点之处。作为《他们》刊物的实际主编、流派的"灵魂"和领袖，韩东虽然后来转到小说写作现场，但始终诗性浓郁。他那些世俗化和口语化色彩强烈的诗歌，关注生存状况和世界的流转，艺术上拒绝深度、夸张、矫饰与象征，讲究情感的节制和分寸感，朴质却具有

"直指人心的语言魔力"。《有关大雁塔》以淡漠的姿态指向文化的神秘与不可知，掏空了朦胧诗那种英雄、贵族之气，进入了宁静地品味生命原生态本身的境地，有一定的反讽意味。它以不事雕琢的口语摒弃个别词语的表现力，有不可句摘的总体效果。李亚伟是经过沉淀越发显示出重要性的那种诗人，他的《中文系》貌似幽默而荒诞，但在滑稽的外衣下面却隐藏着一些严肃的内涵，透过其对文化与自我的亵渎嘲讽造成的可笑效果，读者不难看到当代大学生玩世不恭、厌倦灰颓式的相对怀疑精神，感受到诗人对高校封闭保守的教学方式、以述而不作治学方式为特征的超稳定型文化传统的嘲弄与批评。其在崇高与优美之外的戏谑品格，是一种生活的智慧和风度，不仅改变了诗的生硬面孔，甚至成为影响1990年代诗歌的一种艺术趋向。

西川和王家新出道很早，但影响渐大还是1990年代以后的事情。如果说1990年代先锋诗歌阵营中以于坚、韩东、伊沙、李亚伟等为代表的民间诗人，一路张扬日常性，强调平民立场，喜好通过事物和语言的自动呈现解构象征和深度隐喻，有时干脆用推崇的口语和语感呈现个人化的日常经验，活力四溢；那么以欧阳江河、王家新、西川、张曙光、臧棣等为代表的知识分子写作一翼，则致力于思想批判的精神立场，语言修辞意识的高度敏感使其崇尚技术的形式打磨，文本接近智性体式。西川常在可以把握的日常事物里转化个人经验，以洞察事物内在不可知秘密为最高宗旨，对神性、秩序、永恒、终极一类的观念始终兴趣浓厚。程光炜在《西川论》中说他"长于用哲学的眼光来思考问题，同时又把激情隐藏在相当放松的形式、结构、节奏和语调之中",很有见地。其《在哈尔盖仰望星空》的"仰望"事件寄寓着对神秘、博大宇宙的敬畏,那种高度协调的控制力和恰到好处的分寸感,保证了艺术的沉静、简约和精致。王家新因为对现实的真诚承受与批判,被一些人称为时代道义、良知的承担者和见证人。《帕斯捷尔纳克》以自己和命运多舛却始终充满知识分子良知的异域诗人的精神遇合,触及了人在意识形态话语中的困境问题。诗中那种为时代和历史说话的悲天悯人的道义担待,那种为对命运浑然不知者忧患的优卓气质,借帕斯捷尔纳克的痛苦精神旋律宣泄奋然而出,文本的真诚自身就构成了对残忍虚伪、缺乏道德感的时代的谴责鞭挞;其多种修辞手段铸成的繁复语言,和丰满的意象、深沉的思辨融汇,使诗的意味内敛蕴藉。

我一直比较看重1990年代崛起的伊沙,用刘纳先生的话说他是典型的中国后现代的文本。作为戏拟反讽的高手,伊沙曾坦露要在诗里作恶多端,《车过黄河》将伟大民族源头和骄傲的喻体"黄河"与日常猥琐而毫无诗意的"小便"拷合,就已含向传统使坏之意,那种轻谩的写法和态度更是对正直事物的消泯,对物象背后文化内涵与深度象征的拆解,其解构崇高的恶毒深度,和匪夷所思的机智思维,令人折服;诗的口语注重原创性之外,又具备语言整体的浑然与自律。其实,在很多诗里伊沙都表现出"是个有血性、有思想、有现实责任感的青年诗人"。

翟永明和王小妮都隶属于女性主义诗歌群落。女性主义诗歌也是当代诗坛一处不打旗号而有流派性质的独立风景。它在1980年代正式诞生,以带有"诗到女性为止"倾向的躯体诗学,一反女性诗温柔敦厚的羞涩传统，将目光收束到性别意识自身，大胆祖露女性隐秘的生理心理经验、性行为、性欲望和死亡意识，通过倾诉和独白建构诗人和世界的基本关系，为女性主义诗歌找到了精神栖息的空间——"自己的屋子"。1990年代后则进入激情和技术混凝时期，开始努力淡化、超越性别意识，向"屋子"外的当下世俗现实人生、生活场景俯就，在坚守女性的敏感细腻之外发现思想的洞见，人文视境更加宽阔，抒情方式上转向更加贴近内心的技术性写作。翟永明的组诗《女人》中的情感和"自我"形象，因二元对立思维的渗透而充满复杂的张力，它是展示女性从女人到母亲各方面的性别体验、生命秘密，还是以潜在的心理情绪——性的张扬来制造女性命运过程的寓言；是表现女性心灵的骚动、渴望和对命运的悲叹认同，还是显露女人—母亲循环圈的忧伤和自卑？"复调"的情思意向让人很难说清。其大量投用的黑夜意象，也因象征意识的渗入带有多义性特点。你可以把它看成千百年来男性话语压抑、遮蔽下的女性隐蔽空间，女性悲剧命运和历史的存在象喻；也可以理解成对于女性自我世界的发现及确立，女性因两性关系的对抗、紧张，只能边缘化退缩到黑夜中编织自己的内心生活；还可以看作女性的一种自缚状态；甚至将其视为自我创造的极端个性化的心灵居所也未尝不可。王小妮1980年代就靠瞬间的眩晕感和北方农人的坚忍描述起家了，但变得气象非凡起来却是1990年代，并且越写越好。她很好地协调了诗与日常生活的关系，置身于生活的琐屑里，仍能固守独立的精神天地，保持一颗诗心。《十枝水莲》就诗心灿然，它以和一种植物之间的精神交流和参悟，传递出诗人特有的澄澈、悲悯心境，闪烁着母性体验的光芒，平静，淡雅，从容，出语朴素却常落读者的意料之外，获得了完全个人化的不可复制的意念、语言、想象和表达方式。

20世纪90年代先锋诗歌综论

精神断裂与历史转型

在先锋诗歌的历史上，1989年具有一定的象征和转折意味。这一年海子、骆一禾的相继夭折，令诗界茫然不已，许多先锋诗歌历史的亲历者敏锐地意识到在"已经写出和正在写出的作品之间产生了一种深刻的中断"[①]，诗歌中的神话写作画上了长长的休止符。此后诗歌的运动情结和先锋意识渐入消歇，而多样化的个人写作则悄然拉开了历史序幕。

20世纪八九十年代之交，先锋诗歌因为历史中断后的精神逃亡，遭遇了难以名状的命运颠踬。海子之死一方面是为诗坛献身精神的符号化，一方面也构成了文化诗性大面积消失的象征源头。尔后许多诗人纷纷踏上精神逃亡之路。他们有的去赴死亡的约会，如骆一禾、戈麦、顾城，有的改弦易张，扑入商海或者转写小说散文，如韩东、海男、张小波、朱文、叶舟，有的干脆逃亡去了海外，如北岛、江河、杨炼、严力、牛波、张枣等，队伍

---

① 欧阳江河：《89后国内诗歌写作：本土气质、中年特征和知识分子身份》，《今天》1993年3期。

126

分化、削减和流失的变异现实，使先锋诗歌经受了一次历史的强烈震颤。而更为深刻、本质的两种精神逃亡，则一是既成的诗学路向纷纷中断。后朦胧诗当初的文化神话、青春期写作、纯诗经营等写作方式，在1989年社会变动的现实冲击面前，均因在理解和表现时代方面的失效而宣告意义消弭走入终结。如以圆明园诗社等为代表的青春期写作常"一根筋"式毫无节制地倾泻感情，极容易在过分情调化的颓伤怀旧和过度狂欢的语言暴力中，滑向浮躁和急功近利的陷阱，由于对现实语境缺少关涉而失去了进一步伸展的可能。城市平民口语写作、纯诗写作也或渎神式的拒绝形而上神话，耽于能指迷恋和语言狂欢，弱化终极价值关怀，不无游戏之嫌，或坚守高贵的灵魂和语言的纯粹，在神性原则下建筑和谐、优雅、澄明的神话幻象，太超凡脱俗都同样悬置了和现实对话的机制。一是继起的新乡土诗热潮使诗歌精神走向了空前倒退。海子死后，在麦地诗歌启迪下，"一群城市里伟大的懒汉"纷纷做起"诗歌中光荣的农夫"（伊沙《饿死诗人》），掀起了一场农业造神运动。诗人们弯镰收割的乡土意象所渲染的农耕庆典，一定程度上以乡土闲静、优美、淳朴的认同皈依，暗合了现代人寻找精神家园的精神脉动，对抗了都市工业文明的喧嚣异化。但那种土地神话在后工业的社会里表演，总有些矫情，诗人们对其过度沉醉的结果是多数作品缺少深入的当代意识和哲学意识烛照，麦地主题浅表、世俗化为宣情的基调；除了曹宇翔、丁庆友等诗人之外，大批诗人先验地想象、炮制土地神话，优美地偏离了现代乡土古朴而悲凉的灵魂内核，尤其是诗人们一窝蜂地争抢乡土意象的趋时现象，使新乡土诗常常只能在单一指向上踯躅，稠密的国产意象里人气稀薄。这种逆现代化潮流而动的向"后"看的举措，在把新乡土诗推上历史舞台的同时，也把新乡土诗推向了没顶的泥淖。既成的道路中断了，新辟的道路又是向后看的，在这未死方生的悬浮"真空"之间，诗人们无所适从，茫然不已。他们虽依旧写作，却再也提供不出能够体现先锋进步趋势的新的价值指向。于是，在"写"还是"不写"的痛苦抉择中，诗界只能出现或搁笔或转行、或原地踏步或六神无主的精神大逃亡这条生路抑或死路了。

那么为什么自朦胧诗以来发展态势一向良好的先锋诗歌，在1989年出现断裂？这恐怕要从"无名"时代的诗歌边缘化历史文化语境说起。在被誉为诗歌国度的中国，诗歌历来是文学的正宗，可是从20世纪80年代中后期开始却地位旁落，走向了冷寂的边缘。因为随着计划经济向商品经济转轨、西方后现代文化对中心和权威的解构，当历史一经出离以改革开放为主导、充满二元对立观念的有共名主题的80年代，便进入了"多种冲突和对立的并存构成了无名状态"①的文学基本格局，主题繁复共生，审美日趋多元。而多名即无名，审美群体的分流注定先锋诗歌的黄金时代必然消逝；同时在市场、经济和商业主流话语的压迫下，精神渐轻，诗意顿消，每一个诗人都成了被边缘化的焦虑者，在完全被散文化的文学世界里，世俗、解构和琐碎的"金币写作"策略驱赶尽了神圣的价值诉求，这种欲望化的拜金语境和权力、技术三位一体地合纵连横，自然使诗歌艺术陷入了无边的灾难；另

---

① 陈思和：《试论90年代文学的无名特征及其当代性》，《复旦学报》2001年1期。

外，"当代文化正变成一种影像文化，而不是一种印刷（或书写）文化"，介入"无名状态"①的80年代末期后，大众文化媒体和影像艺术在民众生活中横冲直撞，尚未立体化、直观化的先锋诗歌艺术与其相比缺乏优势，抒情空间被挤兑、被漠视也就在所难免。

但是把先锋诗歌中断的肇因仅仅归结为一系列事件的压力是不能让人信服的，或者说是先锋诗歌内里的不足埋下了自己断裂的悲剧种子。诗的本质在于它是"诗人同自己谈话或不同任何人谈话"，"它是内心的沉思，或是发自空中的声音，并不考虑任何可能的说话者或听话者"②，这种特征内在地制约着诗歌适于在古典田园和桃花源似的人际间生长，而和散文化世俗化的环境氛围相抵牾，所以它置身于世纪末文化境遇本身就是生不逢时。尤其是后朦胧诗的重重弊端，招来了四面八方的声讨。有人批评它的先锋情结濒临绝境，必被社会群体所冷淡；它的绝对反传统必疏远民族文化，因袭西方现代传统，意蕴肤浅；它的片面技术和艺术竞新必淡化责任感，让社会群体的期待落空③，造成轰动效应也就无从谈起。更耐人寻味的是，80年代的先锋诗歌过于追求实验性，在写作的各种可能性上几乎均有尝试，却在哪一种可能性上也没有大的建树。所以当膨胀的可能性该收缩限制、向某种或某几种写作可能性方面深入挖掘诗意时，诗人们却因为个人写作经验的欠缺和个人话语场

---

① 丹尼尔·贝尔：《资本主义文化矛盾》，北京：三联书店，1992年，第156页。
② 格雷厄姆·霍夫：《现代主义抒情诗》，《现代主义》，上海：上海外语教育出版社，1997年，第287页。
③ 石天河：《重新探讨"前卫"的真谛》，《诗歌报》1997年1期。

尚未完全建立起来，而迷惑不已，该延续的诗写之路暂时中断了。尽管这期间有《北回归线》《倾向》《九十年代》《现代汉诗》等民刊的出色表演，但依然掩饰不住先锋诗历史中断的迹象，无法改变先锋诗冷寂的阶段性事实。

正是循着先锋诗歌"中断"和"失效"的思路，一些论者判定一进90年代先锋诗就走入了沉落期。其实他们只看到了一种假象。不错，在中国诗歌命运转折的十字路口，诗人们面临着是否要将写作进行到底、该如何进行到底这"噬心的时代主题"（陈超语）的考验。曾经历过短暂的焦虑和动摇。但伴随先锋诗写作始终的自省、自否精神，使他们很快又立稳足跟——沉落了先锋诗运动却没有沉落先锋诗本身，并在淡化先锋情结过程中注意90年代先锋诗和后朦胧诗中断性一面的同时，更注意寻找、深化90年代先锋诗和后朦胧诗间延伸连续性的一面，从而在1992年至1993年前后修复了断裂，完成了先锋诗向新样态的转型。诗人们自觉淡化80年代那种强烈的集团写作意识甚至先锋意识，不再追求打旗称派、搞诗歌运动的激情和锐气，甚至不再关心流派和主义的名分；而是使写作日趋沉潜，悄然回到诗本位的立场，在放大后朦胧诗已有的个体视角、艺术方式基础上，锐意开拓，逐渐促成了诗歌从意识形态写作、集体写作以及青春期写作向个人化写作的转型。转型后的先锋诗歌，一是普遍强调写作方向和方式上的个人语言转换，这一点在欧阳江河、王家新、西川、陈东东、翟永明、吕德安、于坚、张曙光等"跨时代写作"者身上表现得尤为突出。二是努力在语言和现实的联系中，寻觅介入现实和传统语境的有效途径和方法。有力体现这一倾向的是在海内外不声不响恢复、创办的民刊，如《今天》（在美国复刊）、《倾向》、《北回归线》、《九十年代》、《现代汉诗》等，它们无不以对抗非艺术行为的姿态，致力于诗歌精神和品格的建设，在平静中重视诗自身，向现实和传统回归，谛听静默的存在之音。这些诗或关注芸芸众生，饱含生命的体验和呼唤；或重新探索有效的话语方式，如张曙光、孙文波等人在20世纪80年代中后期就尝试的更加自觉的"叙事"意识，这种叙事话语的启用是技巧的外显，更是对存在状况的一种诗意敞开与抚摸。三是消解了曾经有过的骚动，告别了集体抒情运动的喧嚣，一切都变得沉稳内在，有条不紊；并在静寂平淡的真实局面中专注于写作自身，使技艺晋升为主宰、左右写作的主要力量，叙述的、分析的、抒情的、沉思的、神性的、日常的等各式各样的诗歌品类竞相涌现，姿态万千，迎来了一个从形到质都完全个人化的写作时代。

"个人化"诗学的构建

若问朦胧诗、"第三代诗"有何特点，谁都能就其意识形态主题或世俗化倾向略说一二；要想从众语喧哗的90年代先锋诗中整合出某些共同征候则很难。奇怪的是，将"个人化写作"作为进入90年代先锋诗歌的观照点，却因其标识出了90年代先锋诗歌和此前诗歌的本质差异，切合诗人间的差异性大于一致性的个人写作时代的诗歌实际，得到了多数人的首肯。

也许有人会说提出"个人化写作"是多余的，哪种写作不是个人行为？诗的本质不就是从个人的心灵出发吗？其实不然。作为一个特指概念和一种写作立场，"个人化写作"不能和风格写作画等号，也不能和个性写作相提并论，更不能和狭隘的一己表现的私人写作等量齐观。它是诗人从个体身份和立场出发，独立介入时代文化处境、处理生存与生命问题的一种话语姿态和写作方式，它常以个人方式承担人类的命运和文学的诉求，源自个人话语又超越个人话语。"个人化写作"的另一说法是多元化写作，它突出了个体生命的声音、风格、语感和话语差异。但这并非意味着个体诗人之间不存在着通约性。90年代先锋诗歌可称为一种通往"此在"的诗学，其本质化流向就是对"现时""现事"的格外关注和叙事话语的高度重视（其实是一个问题的两个方面，叙事的大量启用表现着诗人对现实存在状况的关怀）；所谓的"个人化"乃指在通往"此在"，在介入"现时""现事"方式和途径上的千差万别。

在如何处理诗与现实的关系问题上，包括"第三代诗"在内的80年代诗歌存在着两种偏向。一种以为"非"诗的社会层面的因素无助于美，所以尽力疏离土地和人类，在神性、幻想和技术领域高蹈地抒情，充满圣词气息；一种坚持诗和时代现实的高度谐和，穿梭于矿灯、脚手架、敦煌壁画、恐龙蛋等意象织就的宽阔雄伟的情境中，大词盛行。它们都没实现维护缪斯尊严的企图，反倒因所指的玄妙空洞加速了诗歌的边缘化。针对这两种偏向，90年代具有艺术责任感的先锋诗人强调：在真实大于抒情和幻想的年代，诗歌"永远离不开对现实生存的揭示"[1]，要尽量

---

① 陈超：《深入当代》，《磁场与魔方》，北京：北京师范大学出版社，1993年，第329页。

使语言和声音落实，"将半空悬浮的事物请回大地"（森子语），走"及物"路线。这种面向"此在"叙述的价值立场，使诗人纷纷规避乌托邦和宏大叙事，从身边的事物中发现诗，挖掘、把握日常的生存处境和经验；甚至对躲不开的历史题材也多从细节进入，尽量摹写历史语境里人的生存状态、精神风貌，把历史个人化，因为在他们看来历史乃任一在场的事件，个人日常细节植入诗歌就渗透着历史因子，就是历史的呈现。读着下面这样的诗，仿佛是在读世俗的世界，"一个女人呆坐在长廊里，回忆着往昔；/那时他还是个活人，懂得拥抱的技巧/农场的土豆地，我们常挨膝/读莫泊桑，紫色的花卉异常绚丽/阳光随物赋形，挤着/各个角落，曲颈瓶里也有一块/到了黄昏，它就会熄灭/四季的嘴时间的嘴对着它吹……"（桑克《公共场所》）医院、长廊的女人、阳光、广场的相爱者，一个个分镜头的流转，组构成了琐屑平淡又真切的生活交响曲，"现时"的当下反应和观照里，渗透着一缕似淡实浓的苍凉阴郁的人生况味。诗歌以这种姿态和日常生活发生关联，无形中加强了艺术的当代性，使个人写作获得了能够承受社会、历史语境压力的能力和品质。

　　90年代先锋诗歌抵达"此在"的目标时，诗人们八仙过海，各臻其态，谁都力争在体验、体验转化方式和话语方式上推陈出新，突出公共背景里个体的差异性，于是在个人化理论和差异性原则的统摄下，出现了抒情主体的个人化奇观。孙文波"经历过什么就说出什么"；臧棣对"生活表面"的着力陈述带着某种虚幻和"思辨"色彩；西渡骨子当中充满对幻美事物接近的企图①；陈东东常用唯美的目光扫视现实表象的色彩、质地，通过想象力灌注使其和汉语本身增辉；西川既投入又远离，感情节制，追求一种透明、纯粹的高贵的艺术质地……最具典型性的于坚，通过以零度情感疏离对象的"他者"想象方式进入对象，拒绝隐喻，将80年代对都市闲人的调侃深化为对社会历史的戏仿反讽。如反观成长史的《0档案》，不用具体数字而以不存在的代指"0"，来表现不是人在书写语言而是语言在书写人的语言暴力本质，表现特定年代体制对人的异化，就贯通了琐碎的个人细节和带文化意义的诗歌空间，以对语言和存在关系的超常理解，将历史个人化了。恰像有人所言，90年代先锋诗歌的差异性标志着个人写作的彻底到位。

"个人化写作"的意义不可低估。它超越了80年代带有自淫性质的"自我表现"。后者对人性和个性的张扬，多源于缺少理性支撑和阐释的直觉，并不乏自伤、自恋或自傲情怀；而它则指向着书写者独立的精神立场、自律的艺术操守和自觉运作的手段，饱含诗与现实关系的深度思索，并且常呼应着具体的历史情境和人类生活的普泛焦虑、深刻困境，以期"达到能以个人的方式来承担人类的命运和文学本身的要求"②。如朱文的《黄昏，居民区，废弃的推土机们》写"房地产"建设这个人们身边的事物，通过拆迁、投资商和居民的谈判、居民怒砸推土机等场面，介入了时代的良心，显示出诗人对人类遭遇的关怀和命运担待，不但没有陷进狭隘悲欢的吟咏，反而抵达了生活平淡真实的本质

---

① 敬文东语，见《对话：当代诗人的现实感》，《扬子江诗刊》2003年2期。

② 王家新：《夜莺在它自己的时代》，《诗探索》1996年1期。

深处，从个人写作出发却传达了"非个人化"的声音。其次，"个人化写作"以沉潜的技术打造气度，将技艺作为评判诗歌水平高低的尺度，回归了写作本身。它的个性化创造，保证诗歌完成了由"第三代诗"的自发语言行为向深思熟虑的自觉操作转移，标志着先锋诗歌的意识和艺术双双步入成熟；将诗歌从80年代的破坏季节带入了90年代的建设季节，艺术水准明显上升，这仅从伊沙、王家新、张曙光、臧棣等诗人普遍运用、形态纷然的叙述手法，即可窥见90年代诗艺娴熟和丰富之一斑。"个人化写作"对艺术思潮写作和文学运动写作历史终结的宣告，淡化了为文学史写作的恶劣风气，使诗人们不再借助群体造势，告别了大一统的集体言说方式，使诗歌写作远离了80年代的集体命名行为，走向了绚烂多姿的时代。再次，"个人化写作"那种历史存在于任何在场现时现事的诗歌观念，那种极力推崇张扬的差异性原则，本来是因延续、收缩上个时代的"写作可能性"而生，却又为诗的进一步发展提供了新的"写作可能性"。

当然，"个人化写作"的缺点也不容忽视。它仍未解决有分量的作品少的老大难问题，并且在拳头诗人的输送上还远逊于80年代的先锋诗歌。那时至少还有西川、王家新、翟永明、于坚、韩东等重要诗人胜出，而在诗界整体艺术水平提高的90年代，能代表一个时代的大诗人却几乎没有显影。诗歌走向个人写作后差异性的极度高扬，焦点主题和整体趋向的弱化，也使诗歌失去了轰动效应，边缘化程度愈深。虽然诗人们照样结社、办报、出刊，且印刷质量、装帧设计都日趋精美，但都不再流派化、集体化，也难再激起更多读者的阅读兴趣。尤其一些诗人借"个人化写作"之名，行滥用民主之事，将"个人化写作"当成回避社会良心、人类理想的托词，无限度地膨胀自我的情感与经验，甚至拒绝意义指涉和精神提升，剥离了和生活的关联，诗魂变轻。另外过度迷恋技艺，恣意于语言的消费与狂欢，也发生过不少"写作远远大于诗歌"的本末倒置的悲剧。从这个意义上说，"个人化写作"诗学就是一把锋利也容易自伤的双刃剑。

"叙事"在诗中成为一种可能

80年代诗歌的"不及物"努力，在一定程度上保证了诗歌纯粹的立场，恢复了诗歌的尊严。但也存在着许多弊端：它那种单向、冲动、自戕式的叙事方式，矢志于精神层面的孤绝高蹈，抽空此在细节的神话原型、操作智慧和文化语码的累积，在复杂的生活和心灵面前过于简单化理想化，忽视了写作本身所处的本土生存与历史境遇，对"不及物"写作的众多仿制也使它新鲜感顿失；"不及物"写作中的说话人往往是作为抒情主体的诗人自身，这种缺少戏剧性技术的写作对诗人要求太高，而且叙事技巧的缺席，也常使其诗学目标大打折扣。

为修正诗歌与现实的关系，90年代先锋诗人不再以"不及物"作为诗歌的主要手段、认识事物的有效方法，而是延续80年代几种诗歌写作可能性之一种，将叙事采纳为谐和主观与客观、文本与意义，同生存境遇对话的艺术法门，"叙事"遂成为一种方向性的艺术追求。这种"及物"写作主要有以下几点征候。

走向日常诗意。在现象学理论建构中，现象与本质间并无严格的区别，抵达表象也就占有了本质。因为现象学是种依靠直觉认识、发现事物本质的方法，它关心对象是如何呈现为对象，而不深究对象是什么，所以它往往追求"面向事物本身"的敞开。其具体的方法是通过对存在的、历史的观点悬置和对本质的、先验的还原，清除观念的虚妄和本质的幻念，从而实现"判断的中止"，让事物回到没有超验之物和先人之见的客体真在，最终澄明事物。在这种理论的悬置和还原原则驱动下，诗歌可以逃避意义先置和观念羁绊，仅仅在现象世界里游弋本身便能获得一种本真的魅力。受其影响，90年代诗人们纷纷瞩目日常领域，把外世界的一切都纳入观照空间，热衷于具体、个别、琐碎的记事。单看诗的题目就凡俗得可以，《对着镜子深呼吸》（翟永明）、《种猪走在乡间路上》（侯马）、《为女士点烟》（阿坚）……其平静又透明的语感、调式、情境在琐屑中的穿行，即裹挟着一股拂面的生活气息。不少诗以走向过程和现象还原的努力，挖掘在文字背后蛰伏着的可能的诗美生长点。如谢湘南的组诗《呼吸》，原生态地表现深圳打工族的快节奏生活，它不用诗人加入评价，仅是《零点搬运工》《深圳早餐》《一起工伤事故的调查报告》等题目就外化出打工生活的繁忙、辛苦和严酷。对"圣词""大词"清除的结果是大量时髦色情内容的融入，如"我感到愉快的是/黑夜还会持续很久/我会有一次/或许二次/比谁都疯狂的咳嗽"（贾薇《咳嗽》），已成为生活化的复制和展览。朱文的《让我们袭击城市》已触及日常生活最细微的皱褶之处，不乏异化痛感的心理咀嚼里也溢出了几许人性的温馨。根本无须作者做出情感判断，日常生活表象"资料"的自动敞开即透着平淡而丰满的诗意光芒。

"物"的本质性澄明。"物"并非只指语言之外的客观现实，"及物"也不能只理解为语言对"物"的关涉，也许把"及物"看成是文本和其置身的历史现实语境的相互渗透、修正更为恰适。90年代先锋诗歌常以直觉去触摸、揭示事物，使事物的纹理具体、准确、清晰地敞开或显现，有较高的能见度。可贵的是诗人们不以此为终极目的，而能将它们作为载体，寄寓对人类生活本质的理解和人性的内涵。如"历史和声音一下子消失／大厅里一片漆黑……我还记得那部片子：《鄂尔多斯风暴》／述说着血腥，暴力和革命的意义／1966年。那一年的末尾／我们一下子进入同样的历史"（张曙光《1966年初在电影院里》），从电影放映中偶然停电的瞬间捕捉历史巨变的信息，其"物"的背后流动的是个体和时代、历史遭遇时的心理痛感，不解和恐惧之中饱含着反思的意味。"排着队出生，我行二，不被重视／排队上学堂，我六岁，不受欢迎／排队买米饭，看见打人／排队上完厕所……有一天，所有的欢乐与悲伤／排着队去远方"（宋晓贤《一生》），用一个"排队"的细节贯穿人的一生和诗的始终，与人生相关的最普通的生活细节成了诗性最重要的援助，朴素的事项碎片后面接通的是无奈、沉重和感伤的生命表情。臧棣的《露水》撷取的是早晨去散步看到露水的一件小而又小的事，但它关涉的却是"品格"的大问题，构成了某种精神的隐括，"黑暗之后：它仍／清亮，饱满；尽管渺小／却自成一体，近乎启示"。可见，90年代先锋诗歌通过对日常公共事物或历史的走近、观察、提升等重新编码过程,最终澄明、发现了生命和存在中被常识和世俗遮蔽的诗意,并指向了超越细碎琐屑的本质性所在。

理性想象的"空间构筑"与"过程还原"。90年代先锋诗歌回归世俗本真的同时并未去翻版现实的"此在",而是借理性想象给诗歌涂上了一层幻想的光环,纳入诗歌的场景、事态皆为诗人的想象力抚摸过的存在。或者说诗人凭借想象力使场景、事态从凡俗平庸的日常经验中剥离而出,拥有了诗性的含义。这种建设性的想象和理性遇合的形态大致有两类。一类诗着力于"物"的片段,从日常瞬间清晰可感的凝视和场景细节的精确描摹切入感受,倾向于空间上宁静淡远的创造,有种雕塑的立体感。如"我看见卖熟食的桌案上/有什么东西闪光/走近才知道,一个猪头/眼眶下有两道泪痕……我走了过去。我想/或许有什么出了错"(徐江《猪泪》),一次偶然遇到的庸常场面,引发了诗人无限的联想和感慨,令平淡的生活和思想敞开了自在的诗意。"沃角,是一个渔村的名字/它的地形就像渔夫的脚板/扇子似的浸在水里/当海上吹来一件缀满星云的黑衬衫/沃角,这个小小的夜降落了"(吕德安《沃角的夜和女人》),细节、碎片、局部组构的画面,在静谧、旖旎、平和中展开的神秘,让人心里陡生流连和怅惘的复杂感受。另一类诗则注意容纳事件,节制想象,追求文本的整体效果,体现出一种叙事长度和冷静的真实。如肖开愚的诗追求事件的整体脉络,想象连绵不断,有叙事上的长度,《来自海南岛的诅咒》把海南开发的社会事件,和个体的经验整合在诗里,容载了更多的信息和技法。西渡的《卡斯蒂丽亚组诗》中的"卡斯蒂丽亚",完全是从阿索林的散文集《卡斯蒂丽亚花园》

借用而来，或者说完全是虚拟的产物，诗人"可以向这个虚拟的对象尽情倾诉，同时又不留过分暴露个人生活的危险"①，这使卡斯蒂丽亚成了超离具体女人的"象征"，使诗歌具有了一种"抽象的品质"。一般人以为想象和理性是一对相克的因子，可90年代先锋诗歌想象的具体性，不但没使诗陷于琐屑的泥沼，反倒应了画家塞尚的"在艺术中唯一的现实主义是想象"的怪论，保证了诗歌想象力的准确和活跃。

文本的包容性。诗歌文本的包容性，一方面指意味层面由线形美学原则到异质经验的包容，一方面指技巧范畴跨文体的混响包容的驳杂倾向。必须承认，小说、戏剧包括散文这几种文体，在话语方式的此在性、占有经验的本真性方面均优越于诗歌，而诗要介入、处理具体的人事和当下的生存以及广阔的现实，就势必去关注、捕捉生活俗语中裹挟的生存信息，讲究对话、叙述、细节的准确与否。因此90年代先锋诗歌常敞开自身，借助诗外的文体、语言对世界的扩进，来缓解诗歌内敛积聚的压力，使自身充满了事件化、情境化的因子。如西渡的《在硬卧车厢里》似一幕正剧。在南下列车的硬卧车厢里，手持大哥大操纵北京生意的"他"，和"异性的图书推销员"奇遇、交谈、融洽、亲密、提前下车。诗歌叙述的是一个可能的暧昧的男女故事，其中有客观的环境交代，有男女从礼貌到微妙的对话，有女人为男人泡方便面和男人扶女人的腰下车的动作，有女人不无好奇的轻浮的性格刻画，更有作为旁观者的"我"的分析、微讽和评价，日常情境、

---

① 西渡：《面对生命的永恒困惑：一个书生访谈》，《守望与倾听》，北京：中央编译出版社，2000年，第271页。

画面的再现和含蓄微讽的批评立场结合，显示出诗人介入复杂微妙生活能力之强。伊沙有首"杂感诗"，"一头黑猩猩／来到我们中间／他说他要逛一逛／世界上最大的动物园"（《风光无限37》），这首杂感诗的机智和幽默背后，隐伏着人比动物更动物的深刻批判。张曙光更深信诗"往往是回忆的结果，即使它描写的是眼前的情境"①，所以他常把自己当观察对象，通过探究自己来探究"大历史"的奥秘，有一种自我分析的倾向。他作品中常出现两个自我——叙述者和作者，叙述者和诗貌似客观地拉开距离，实则是对作者生活的深层参与。这种艺术表现的适度、深刻而残酷的自我分析的自觉，使叙事已浸染上了人性的困顿和诗人的宿命色彩。小说、戏剧和散文技艺融入诗歌的文体混杂，使诗逐渐摆脱了单一抒情表达的困境，也促成了组诗、长诗的空前崛起。

语言的陈述性。鉴于80年代的抒情诗涵纳不了当下和历史境遇的缺失，90年代的先锋诗歌多数不再走象征、隐喻、意象化等现代主义的技术路线，偶尔运用也多呈现为整体性的戏剧化象征，而是把叙事手法大量地引入诗中。王家新倡言要在诗中"讲出一个故事来"，张曙光甚至要完全用陈述句式写诗，臧棣干脆把自己的诗集命名为《燕园纪事》。孙文波的《在西安的士兵生涯》、肖开愚的《北站》、臧棣的《未名湖》、马永波的《小慧》等，基本上都放弃主观在场，采用客观的他者视角和纯客观叙述，按生活的本色去恢复、敞开、凸显对象的面目。这是对生活更老实的做法，因为生活始终是叙述式的，它适合于叙述描述而

---

① 张曙光：《肖开愚诗选·序》，北京：改革出版社，1997年。

不适合于虚拟阐释。为了取得和庸常烦琐而无聊的生活的应和，诗人必然起用细屑的叙说，有些长长的陈述句式絮絮叨叨，煞是饶舌。"清明时节多灰尘，草刚绿/远远的，一种酶/酸溜溜/蜜蜂因蜜而癫狂/孕妇情迷/满街追着消瘦男性……"（余怒《清明时节》）"我"的缺席或者说"我"的影子的完全抹去，遮掩了作者的写作意图，特别讲究的观察解剖，使诗只剩下了一些细节、碎片、局部，至于诗背后的意义得靠读者去猜测。王家新的《乌鸦》打乱时间线性结构的反结构叙述，也实现了"小小的叙述革命"。90年代先锋诗歌这种平和舒缓的陈述性语言，修正了80年代普遍存在的尖锐语调，提高了修辞手段在生活中的适应幅度。

叙事在90年代说穿了是个"伪"问题，它是一种亚叙事，或者说在本质上是一种诗性叙事，它摆脱了事件的单一性和完整性，不以讲故事、写人物为创作旨归，而是展示诗人瞬间的观察和体悟。作为一种探索，它的优长和缺憾同样显在。及物写作的日常性意识自觉，利于复杂经验的传达，使诗恢复并拓宽了介入处理现实和深广历史的能力，获得了自由叙述的维度和可能的发展空间，建立起了诗与当代生活的更加广泛的关系。这种带有叙事性质的写作，是对诗中浪漫因素的对抗和削弱，它解除了80年代诗歌中那种乌托邦式的假想情结，和朦胧诗崇尚的意象诗写的审美习气；它对具体事物和细节准确性的关注，保证了语言和认识世界的清晰、生动，形成了沉静而宽容的文体。一直以来，尚情的中国诗人处理现实的能力相对薄弱，在90年代诗歌写作直面世界而不知所措的窘境里，叙事大面积的移植诗中，不只增加了诗歌的创造力，更是一场叙述方式上的革命。但也不能过高评价

142

叙事性追求。许多诗人的叙事是借助他们内在的抒情气质和论辩性情思结构才成为可能，他们叙事宣告的正是完全叙事的不可能，叙事只是诗歌技术的一维，其功能是有限度的；对形下的"此在"过度倚重，使一些诗歌淡化了对"彼在"的关注，流于庸常平面，只提供一种时态或现场，叙事含混啰唆，结构臃肿，文体模糊。叙事性在90年代的走俏和日渐"经典化"，也使这种"个人化写作"暗含着被重新集体化的危险，导致伪、假的体验感受与本真的体验感受鱼龙混杂。

致力于智性思想批判的"知识分子写作"

"知识分子写作"乃特定称谓，它专指王家新、欧阳江河、西川、臧棣、孙文波、张曙光、陈东东、肖开愚、翟永明、钟鸣、王寅、西渡、孟浪、柏桦、吕德安、张枣等人的诗歌写作。西川在1987年8月诗刊组织的"青春诗会"上，最早提出了"知识分子写作"概念，阐明知识分子是"专指那些富有独立精神、怀疑精神、道德动力，以文学为手段，向受过教育的普通读者群体讲述当代最重大问题的智力超群的人，其特点表现为思想的批判性"[①]，把握住了知识分子概念的精髓所在。1988年陈东东等人创办民间诗刊《倾向》，在编者前记"《倾向》的倾向"中，陈东东指明知识分子写作应该上升为一种诗歌精神。1994年欧阳江河

---

① 西川：《答鲍夏兰·鲁索四问》，《中国诗选》，成都：成都科技大学出版社，1994年，第376页。

的《89后国内诗歌写作：本土气质、中年特征与知识分子身份》发表，标志有关知识分子写作的具体内涵、流变、意义的阐释表述，已走向系统、清晰化。后来程光炜在《90年代诗歌：另一意义的命名》等文中又对知识分子写作的实绩进行了梳理和批评。

从知识分子写作者的大量阐释中，不难透析出知识分子写作的真切内涵：它意指那些凭借知识优势，以批判、自由的个人化精神立场介入时代和社会，在艺术文本上精进的创作实践。它的终极目的是想以现代知识系谱和话语方式的重构，来重塑现代知识分子形象。检视90年代的知识分子写作，发现它具有独特的思想艺术个性。

其最主要的特征是具有致力于思想批判的精神立场。知识分子写作有过凌空蹈虚的时节，1989年前后"纯粹""文化"风尚的裹挟曾令其流连沉醉不已。但当时大量"农耕式庆典"诗歌那种逃避生存的流弊，也让一些知识分子写作者警觉到：先锋诗歌的纯粹不该自我封闭，而要深入当代，在打开的当代经验中获得；应在实践中走"及物"路线，关注人类命运和当下生存经验，切入时代精神及其内在焦虑的核心。他们的创作也抵达了这一目标。如臧棣就是从生存和日常生活细节的诗意捕捉中获得成功的，"她解开衣链，裙子像波浪一样滑下／她露出更完美的建筑；她坚定地说／这就是你的教堂。信仰我吧"（《关于波浪维拉的虚构之旅》），私人性的琐屑、具体的细节氛围和略带反讽的描述媾和，完成了书写维拉之美的沉潜主旨，又让人读之有身临其境之感，把与白领丽人相遇或可能相遇的奇异经验，传达得漫不经心却诗意盎然。张曙光的日常性意识

144

觉醒更早些，当多数诗人还在宏大主题和叙事中高蹈时，作为人类生存处境的自觉承担者，他已开始注意用细节表现人在当代境遇中的内心世界。"那一天我们走在街上／雪花开始飞舞／搅乱着我们的视线／于是街道冷冰冰的面孔／开始变得亲切"（《那一天……》），那一天的时间是以诗人的生活细节和内心经历部分的形式出现的，这种建立诗和时间关系的方式更可靠。黄灿然则把感情的日常状态伸向更具体的生活领域，《建设二马路》让最无诗意的事物入诗，恢复出了凌乱而实在的生活场景和感受，实现了对传统的诗歌题材观念的去蔽。尤为可贵的是，知识分子诗人们在介入现实过程中兼顾了思想的批判和建树。对当代现实毫不妥协的批评者孙文波，尽管以调侃、反讽作减压阀，可是调和冲突心理机制的缺乏和"反诗意"的视角，使他那些执着观照日常生活的反面及人在其中的羞辱存在的诗歌，依旧似一座座没有爆发的活火山，贮满火气。"我的姊妹们，从可爱的姑娘长成愚蠢的女人／势利地打量着世界。我的同伴们，在／商海里游泳，而我却为文字所惑，／在文字的迷宫里摸索。但我的笔却写不出／一个人失去的生活；我无法像潜水员／在时间的深处打捞丧失的记忆"（《梦·铁路新村》），从容的审视、叙述里所透出的沉痛而"恶毒"的立意，有种袭人的悲观。王家新更因为对现实的真诚承受与批判，被一些人称为时代道义、良知的承担者和见证人，他以文本触及了人在意识形态话语中的困境。"终于能按照自己的内心写作了／却不能按照一个人的内心生活"（《帕斯捷尔纳克》），诗中那种为时代和历史说话的悲天悯人的道义担待，为对命运浑然不知者忧患的伟大气质，借帕斯捷尔纳克的痛苦精神旋律宣泄奋然而出，文本的真诚自身就构成了对残忍虚伪、缺乏道德感的时代的谴责鞭挞。

90年代写诗已成为一项独立的精神探险，它要求每个写作者必须具有独立的见解和立场，所以西川说在中国要做诗人必须先做思想家、哲学家、神学家。这种认识曾引导过知识分子诗人们的集体审美趋向。诗人们重视复杂经验和"诗想"的开拓，孕育出许多从日常生活经验出发又与其保持一定距离、向宗教与哲学境界升华的文本。如以洞察事物内在不可知秘密为最高宗旨的西川，对神性、秩序、永恒、终极一类的观念始终兴趣浓厚，90年代一些诗人自杀后的特殊思想氛围，更在一段时间里主宰了他诗歌的生命意味。"你没有时间来使一个春天完善/却在匆忙中为歌唱奠定了基础/一种圣洁的歌唱足以摧毁歌唱者自身/但是在你的歌声中/我们也看到了太阳的上升、天堂的下降"（《为海子而作》），面对世界的喧嚣和裂变，诗人仍然固守沉思的风度和气质，是一种人生大智慧的表现。再如欧阳江河是玄学倾向和抽象能力俱强的诗人，一似沉迷于思想的哲学家。"从帝国的观点看不出小镇的落日/是否被睡在闹钟里的夜班小姐/拨慢了一个世纪。火星人的鞋子/商标上写着'中国造'"（《感恩节》），此在瞬间感受的世俗化抚摸，被一种机智的细节把握所包裹，每个句子显示的机敏的小思想或小思想在语词中的闪耀，充满快感。他那种带有反省和怀疑质地、对人类存在意义和悲剧内涵的持续思考，后来在王家新的《挽歌》、肖开愚的《国庆节》、翟永明的《咖啡馆之歌》等诗中，都激发出了强烈的回响。可以肯定，知识分子内质外化的对现实的批判性介入，对政治文化与道德命题

146

的直面言说，使其无意中暗合了伟大之诗的趋向，其在话语和现实之间确立诗与时代生存境遇关系的实践，是对诗坛的一个重要贡献。

二是崇尚技术的形式打磨。因为长期在艺术传统里浸淫，因为综合"知识气候"的科班训练，也因为喜欢向复杂经验和知识系谱问鼎，知识分子写作者更敬祈技术含量和文本形式的精湛。他们认为写作是一种技术，一种技术对思想的咀嚼，所以在技巧和心灵的相互磨砺中，创造了大量朝经典化方向努力的文本。首先他们普遍重视开发叙事性功能。他们注意将叙述性作为改变诗歌和世界关系的手段，并把这种手段调弄得异常娴熟。如学院派代表臧棣90年代后则开始祛除趣味主义因素，以"非诗"形式拓展经验世界的边线，诗集以《燕园纪事》命名即可窥见这种转换讯息。他的《戈麦》的过程切面、场景描述和冷静的议论，仿佛把诗变成了有条不紊的"无风格"的叙述之作，但其诗意却毫无遗漏地渗入了抒情空间，那种对现实的点化能力令人击节。如果说在叙事性追求上臧棣、孙文波分别以综合感和复杂多元的叙说方向强化引人注目，那么深刻自省的张曙光则在自我分析、叙事和抒情的适度调节方面堪称独步。"能够窥视到往昔的一切/我为什么这样想，也许我只是应该/跺跺我的脚，它的上面溅满了雪/我真的迷失了吗，在一场雪里？"（《序曲——致开愚》）克制内敛却深入异常的语言，在简洁紧凑的叙述笔调下直指普遍的人性困顿和诗人的心灵剖析，作者和叙述者两个若隐若现的"自我"距离的开合，强化了文本的低调和滞重，越是冷静震撼力越大，在这里以退为进的技术对人类精神困惑的容纳，已很难说仅仅是一种外在形式了。知识分子写作的叙事性强化，是对现实主动自觉的迎迓和介入，它拓宽了诗的题材、表现手法与时空幅度。其次是语言修辞意识的高度敏感和张扬。新的存在和生活经验的激发，原有狭窄艺术手段本身不堪重负的调整呼唤，和诗人加强和社会交流的渴望三者会通，敦促着诗人们寻找各自恰适的艺术通道，以适应大型的、微小的抑或中性的题材书写需要，于是反讽、隐喻、引文镶嵌、戏剧化、互文等技术因子，都纷纷落户于知识分子写作的文本中，灵活、复杂又有广融性。特别是知识分子诗人悟到：无论多么高妙的修辞和精湛的思想，都只能通过中介性的词和词的关系建立完成，所以对词语的选择、连缀和装饰格外讲究。欧阳江河习惯经过反词展开修辞，放大和升华其正面意义。《1991年夏天，谈话记录》第五节的旅途描写中，诗的主体写两个中外朋友中的中国朋友，要向另一个异性朋友表达爱情，但碍于身份和心情弱势不便交流，遂用反向词来突破心理障碍，以对词的正面意义扭曲和修改，把文化压力转移到了对方身上，使保持沉默、等级等有教养的辞令里，包含着内心的自尊和另一层不明含义的蔑视，这种处理在加大阐释空间同时，也容易激发读者对词语不同意义的想象力[①]。西川在《在哈尔盖仰望星空》时"听凭那神秘的力量/从遥远的地方发出信号/射出光来，穿透你的心"，诗人感受着大自然和星空的神圣，像一个领受圣餐的孩子，那种高度协调的控制力和恰到好处的分寸感，保证了艺术的沉静、简约而精致。技巧专家臧棣对语言和形式的敏感，使他将汉语本身音色造形的功能

---

① 参阅程光炜：《欧阳江河论》，《程光炜诗歌时评》，郑州：河南大学出版社，2002年，第189页。

发挥到极致，输送了不少瑰丽的语言钻石，"白纸比虚无进了一步，可用来/包装命运，或一些常常代替生命去死亡的/事物：比如信仰、爱"（《与一位女医生的友谊》），其文本语言给人的欢乐在当今诗界可比者甚少。知识分子写作语言上的另一个共性追求是喜欢用翻译语体，让外国诗歌中的一些语汇、语体进驻自己的诗里。这种翻译语体在一定程度上提高了消化异质成分的能力，使熟悉的言说愈加陌生化；但过分向外语诗歌看齐就容易在不自觉中混淆创作诗和翻译诗的界限，限制汉语固有的自动或半自动言说性质，也容易走向晦涩。再次是实行文体的自觉互渗。散文、随笔、小说乃至戏剧企图的凸起，促使知识分子诗人的文体走向了立体、自由和驳杂的境地。如西川90年代后发展了诗歌的跨文体倾向，长诗《厄运》叙写一个人从三十岁到七十岁的报废人生，被观照的漫游者按生活的逻辑丝毫不差地做事，却每一步获得的都是反向的结果，厄运自始至终的纠缠使他没有别的选择，根本拒绝不了难堪的生活。作品好像在揭示生活不在别处就在这里的真理命题，诗的韵味十足，但其表述方式却有明显的小说化痕迹。王家新在《词语》《谁在我们中间》等诗中，运用片断式的散文体，使独白之外又多了异质的经验和言说渠道。文体的互渗，使知识分子写作时时能跳出自我，视野开阔，并因为对人物、过程或细节因素的注重，强化了诗歌的整体性指向。

知识分子写作是通往成熟途中的智性写作。在20世纪90年代转型期严峻的境况下，知识分子写作者能保持一种思想操守，并且依然在艺术地把握复杂历史经验的基础上对人类的精神殷殷关怀，令人肃然起敬。他们那种理解事物、参与生活、写作旨趣上的方式与形态，对后来者形成了积极的启迪，与后来者共同组构成了知识分子写作谱系，代表着中国诗歌的生命力。但是其缺憾也不可忽视。知识分子写作走的知识化路线是一条理想的捷径，它能够增加诗歌翅膀的硬度和速度，但过分依靠知识，有时甚至靠阅读写作，也把活生生的诗歌实践改造成了智力比赛和书斋式的写作，大量充塞的神话原型、文化符码，使文本缺少生气，匠气十足。知识分子写作靠演绎知识以表现宏阔视野的行为，背离了诗歌的心灵艺术本质，在已有的知识层面驰骋想象也提供不出簇新的审美经验，渐进、温和而平庸，原创力萎钝；知识分子写作处置本地经验和事物时有一种明显的趋同国际化倾向，许多文本都大量运用与西方互文的话语，这种"翻译风"只能令人产生隔膜。另外知识分子写作也应该警惕技术主义和修辞至上。

"民间写作"的日常、口语、解构向度

在近百年的现代汉诗历史中，民间是诗歌的基本在场，民间写作的薪火承传从未中断过。新时期滥觞于民间的先锋诗歌，更是不论莽汉主义、他们、非非、下半身写作等特色突出的诗群，还是北岛、舒婷、韩东、于坚、杨黎、吕德安、柏桦、杨克等杰出的诗人，抑或是《今天》《他们》《非非》《诗参考》《一行》《锋刃》等深具影响的刊物，无不来自民间，它们共同支撑起最活跃的诗歌星空。民间源源不断地为诗坛输送新的艺术生力军和生长点，开放、吸纳而繁复的存在机制使其成了诗坛的生机所在。及至20世

纪90年代和世纪末，在电子技术和先进印刷术的支持下，数量急遽上涨的民刊日益精美大气，互联网上的诗歌网站多如牛毛，韩东、于坚等个别老牌歌者雄风不减之外，伊沙、侯马、徐江、沈浩波、巫昂、尹丽川等新锐又蜂拥而出，成为诗界的亮点。并且这些可以统称为民间写作的诗歌，一改另类姿态，在标准化、权威性和影响力上直逼体制内的多家刊物，大有取而代之、引领当代诗歌方向的趋势，它们和西方的达达主义、嚎叫派、德里达的解构思想隐性或显在地应和，还原生活，张扬原生和本真，以对文化霸权和主流话语的反叛、颠覆，赢得了许多诗人和读者的拥戴。

民间写作的诗人们注意在日常生活的泥土里"淘金"。"生存之外无诗"①的认识，决定他们不去经营抽象绝对的"在"，而是张扬日常性，力求把诗歌从知识、文化气息缭绕的"天空"，请回到经验、常识、生存的具体现场和事物本身，将当下日常生活的情趣和玄奥作为汉诗的根本资源。这一点只要漫步于他们诗歌题目铺设的林荫小路，想象《在发廊里》（伊沙）发生的那个猥亵的动作，或回味《李红的吻》（侯马）的滋味，或遇到《一只胡思乱想的狗》（李红旗），之后《乘闷罐车回家》（宋晓贤），或去找《福来轩咖啡馆·点燃火焰的姑娘》（沈浩波）……就会触摸到诗人敏感于当下存在的在场心灵，感受出日常生活的体温和呼吸，觉得仿佛每个语词都是为走向存在深处而生的。民间写作的诗人们就是这样在凡俗生活和事物表象的"泥土"里开掘诗意，锻造出一块块情思"金子"的。他们从现象学理论那里寻找思

---

① 杨克：《〈中国新诗年鉴〉98工作手记》，《1998中国新诗年鉴》，广州：花城出版社，1999年，第518页。

想援助，老实地恪守直面当下、即时的时空观，感兴趣于常识、生活和事物的具体或琐碎的形态，建设自己注重细节、置身存在现场、回到日常化和事物本身的诗歌美学，在当下生存境况的真实还原中，折射出人类历史的前景理想和作者人性化的理解思考。侯马的《种猪走在乡间路上》，冷静叙述一个以"操"为职业的动物和它主人的生活，丝毫无诗性和唯美的因子。在乡间的土路上，种猪在走，后面跟着主人，"自认为和种猪有着默契/他把鞭子掖在身后/养猪人在得钱的时候/也得到了别的"，诗在外观上显露给人的就是这些。但透过这琐碎、平庸而让人百感交集的景象，它已直指动物主人的隐蔽的猥琐心理和麻木混沌的生活本质，他在仰仗种猪这卑贱的畜生生存同时，也得到了自己同类的性。英国王妃戴安娜微妙之死乃小说、戏剧等叙事性文体都感棘手的社会新闻，但徐江的《戴安娜之秋》却对它迅速及时地做出反映，并从中把握住了公共人物的私生活在大众茶余饭后谈资快感中严肃而滑稽交织的真相，"秋风掠过衰草，掠过黄昏/开裂的快乐器/漏了的保险套"，这反讽技术的融入，有将被观照者凡俗化、让人一笑了之的神秘功能。题材本身即体现了诗人对社会生活极端关注的敏感，其幽默效果则是诗人将新闻提升为文艺作品能力的最好注脚。在这方面表现最突出的是伊沙，他那些审视当代诗人生活的作品堪称一部世纪末的《儒林外史》，一份当代诗界的病理学报告。诗人们的大脑是"一滩白生生的脑浆/比公狗的精液还难看"（《狗日的意象》）；"他们种植的作物/天堂不收　俗人不食"（《中国诗歌考察报告》），"只配放在卫生间供人排泄时浏览"（《在朋友家的厕所里》），诗里包孕的清醒的厌倦贬斥，何尝不是传统忧患意识的现代延伸和变形？诗外笼罩的搅拌着杀气的正气，又何尝不是鲁迅、北岛批判精神的个人化弘扬？是否可以说伊沙从鲁迅的《杂感》和《野草》受益最多。也就是说，很多民间诗人，更是承担文化批评职责和义务的批评者，他们游戏语言但从不游戏精神，调侃幽默甚至痞气的外表，都掩饰不住内里直面反讽历史、现实积垢的一团愤怒之火。记得当年维特根斯坦曾经感叹，要看到眼前的事物是多么难啊！而今民间写作者通过和日常生活的平行和谐关系的确立，在最没有诗性的地方重铸了诗性，这既证明日常生活对于缪斯的举足轻重，也恢复了语词和事物、生活之间的亲和性，使诗重获了对世界命名的能力。而且其介入生活的方式不再是剑拔弩张，也不再是满脸严肃，和直觉、机智等因素联姻呈现出的意会性、间接性和幽默性品质，使其独特的"软批判"为诗歌带来了新的艺术增长点。

民间写作体现了率性而自觉的天然解构特征。早在"第三代诗"时期，大学生诗派、他们诗群、非非诗群的诗人们，已不自觉地提出一些"非非式"的解构主张，掀起了一股解构主义浪潮，但其解构还处于自发、局部、表层的阶段。而90年代民间写作对汉语诗歌体系的解构，则趋于自觉化、体系化和本质化，并且在解构中已经有所建构。其具体表现：一是在于坚、杨黎、丁当等人那里，以事物和语言的自动呈现俘获天然性，解构象征和深度隐喻模式。如于坚尽力拒绝象征，回到隐喻之前，回到生存的现场和常识、事物本身，采纳能使诗歌澄明、充满人性和生动活力的口语，那些被称为直接写作的事件系列诗即是佐证，《一枚穿过天空的钉子》和《我梦想着看到一只老虎》都抑制着想象思维，在诗人笔下被拭去身上的文化尘土的事物露出了本貌，钉子就是钉子，老虎就是老虎，不高尚也不卑下，只是一种存在而已。符马活的《观看一只杯子》、刘立杆的《基督教女青年会咖啡馆》等主体仿如撤出的纯客观、非变形透视，也和世界与生活几乎毫无二致。这些作品对言此即彼的传统诗学消解带来的事物本质的去蔽显真，使诗摆脱了由文化和个人意识干涉的升华模式，事物得以按自身秩序有效地展开，恢复到了第一性的状态。这种细节化、生活化、人性化的说话方式，既激活了世界，也复活了词语自动言说的功能。二是一些诗人干脆从对口语和语感的推崇向后口语推进。第三代诗人用口语呈现日常经验的实验，已成当代汉诗重要的美学遗产。20世纪90年代后，出于对平面化口水化陷阱的警惕，于坚、伊沙、徐江、侯马、杨克、沈浩波等人，又以后口语写作开启了语言革命的一个新阶段。他们走自觉的口语化道路，但又不仅仅停留在口语状态，而是让口语接近说话的状态，保留诗人个体天然语言和感觉的原生态。由于90年代民间写作者对世界的关系是感知的，而不是思考的征服的，感受的冲动和体验，自然有一种独立的性情和风格，"我要快乐起来/为一粒糖果快乐/为一本小人书快乐……"（南人《我要让自己快乐起来》），完全是日常说话的样子，但那种对快乐的刻意追逐、强烈而快疾的语流调式、从诗人嘴唇滑动而出的秉性气质，恐怕是无法模仿的。后口语写作除了注重原创性，还注意语言整体的浑然与自律。诗人们深知后口语不是降低写作难度，它自然朴素、不露痕迹的无为境界，要求诗人有更高的点石成金的能力，所以都在内在技艺上下功夫。"结结巴巴我的嘴/二二二等残废/咬不住我狂狂狂奔的思维……"（伊沙《结结巴巴》）其源于于坚、韩东的口语却更结实有力，更富于口语的自律性。它既道出了当代诗人的精神偏瘫问题，又是对语言困惑命题的思考；它气势上的固执和硬度、流畅中的拗口，有狂欢倾向又更整齐，结巴而有秩序，这近似摇滚的口语本身就有一种让人哭笑不得的反讽意味。三是以一系列艺术探索增加解构力度，给诗涂抹上了一层超现实的色彩。其中有对语言的施暴扭曲，"傍晚，有一句话红得难受／但又不能说得太白／他让她打开玻璃罩／他说来了，来了／他是身子越来越暗／蝙蝠的耳语长出苔藓"（余怒《盲影》），"歧义"意识的突显，加大了超现实写作的荒谬力量。伊沙的《老狐狸》居然制造罕见的缺场，休说主体，连本文也不见了，诗人在这种本文放空的行为艺术中，领略解构传统语言的游戏快感。有对原文仿写和复制造成的反讽戏拟，伊沙的《中国诗歌考察报告》（1994年2月6日）完全戏拟毛泽东的《湖南运动考察报告》，可是在语气、视角、措辞、形式的表面同一背后，却掩藏着通篇曲解的险恶用心，他只是利用伟人的高度威慑力指出中国诗歌问题的严重性，表达诗人反神话的写作态度，以取得反讽的好玩的效应。侯马的《现代文学馆》味道也很特别，崇高神圣的地方和伟人，经他不雅的生理行为随随便便地一折腾，就被不知不觉、轻而易举地解构了。有身体写作的引入，90年代民间写作者写的性题材铺天盖地，"当樱花深处／那白色的光焰／神秘地一现／令我浮想联翩／想起祖先　想起／近代史上的某一年／怒火中烧　无法自抑／当邻人带来警察／破门而入／这朵无辜的樱花／已被掐得半死"（伊沙《和日本妞亲热》），诗的笔锋常在不离脐下三寸处周旋，说点脏话，寻点刺激，释放一下精神的苦闷和疲倦，也消除了性的神秘。

民间文学阵营的流动、开放，使它总是不断处于分裂的状态中，而每一次分裂都会造就一次革命，给文坛带来一次繁荣，甚至民间诗人对诗坛的每一次"捣蛋"，都可能孕育着现行诗歌外的另一种写法。民间视阈为先锋诗人提供了丰厚的精神源泉，民间立场也以对学院、传统、主流和体制精英化立场的抗衡，在消除狭窄的一元化思维和阐释模式的困扰，有效防止经典僵化的同时，使诗坛始终有如一潭活水，能容纳各种新的诗人、诗艺、诗作，保持多元均衡的健康格局，活力四溢。毫不夸张地说，90年代诗歌艺术生长点的发现和创造，都乃民间写作阵营的频繁裂变玉成。当整个诗界都被拖进意象和观念的麦地牧场里，当晦涩成为诗坛的流行色，当诗人们臣服于二手知识和阅读经验的空转时，是民间写作者一次次果断而及时地喊出要"饿死诗人"，回归当下生存的现实，以清水芙蓉般的朴素清朗姿态，输送出诸多平易可亲的文本，在某种程度上挽回了生活与诗的生命尊严。在这个意义上，说民间写作阵营是诗坛活力的象征一点也不为过。当然优长与缺憾正如硬币的两面。于坚的好诗在民间的论断，就要打对折理解，因为民间写作阵营是藏龙卧虎与藏污纳垢的复合体。与倾心文本的创作相比，民间写作对文化反叛的行为本身用力更多，注定了它难以逾越精品、经典稀少的大限，它虽然也有相对优秀的名作支撑门面，但从骨子里讲还不时停滞于虚空的先锋姿态中。不少作品在随意表述和泛滥的口语左右下，遁入了文本游戏……如此说来，就难怪许多民间诗人与诗作在诗学水准上明显塌方，仅仅表现为一种先锋姿态了。

读者反应与1990年代先锋诗歌的价值

现代文学批评理论主张，作者、文本与读者是一个完整的系统，三者共同构成了文学之"场"，其中任何一维因素置于"场"中才会发生意义。甚至罗兰·巴特以为作品完成即意味着作者死亡，艾略特断言"只是为作者自己写的诗根本就不是诗"①。上述说法虽然有点过于极端、绝对，却无不印证着一个事实：和其他的文体比较，个人化程度最高的诗歌，在严格意义上说也只能被称为半成品，它必须经过读者的阅读与再造才会变为成品，价值方可获得最终的实现。同时"文学作品的诱惑使读者不再是文本的消费者，而成为文本的生产者"②，作品一经问世，阐释权就已经归属于读者，读者对文本建设的参与，使他们在一定程度上掌握着决定文本"效果"的生杀大权，假若没有读者，再优秀的诗歌文本也会黯淡无光，与搁置山林或胎死腹中无异。如果从这一向度考虑，自然暴露出单纯就文本或作者探讨文学的传统批评方法有失全面和辩证的弊端，显现了将读者的阅读反应纳入估衡文学价值优劣重要维度的必要性。特别是在文化多元、中心与焦点消失的1990年代之后，日趋紧张的写作与读者关系这样"一

---

① 艾略特：《诗的三种声音》，《艾略特诗学文集》，北京：国际文化出版公司，1989年，第260页。

② 罗兰·巴特：《S/Z》，上海：上海人民出版社，2000年，第10页。

个无法回避的挑战性问题"①，就更应该晋升为我们介入1990年代先锋诗歌的重要视角。

三份"调查"背后

1990年代甚嚣尘上的大众文化冲击，势必会改变文学和读者之间对话、交流的原有状态。那么作为文学中最尖端形式的诗歌又将遭遇怎样的命运呢？重温那个时代的场景和细节，经常听到"写诗的比读诗的多"、"诗人是精神病"等诸如此类贬斥诗和诗人的声音，也不乏"诗歌写作队伍更纯洁了"、"诗人永远是高贵的"等类似的正面议论。当然，它们还仅仅停浮于日常生活的口头相传，不足为凭。而下面三则多次被人提及的问卷调查材料所显示出来的数字，或令人怵目惊心，或令人暗自欣慰。

第一则：1995年，某市曾针对18所大学的近万名学生做过一次问卷调查，调查的结果是，经常阅读诗歌的仅占被调查总人数的4.6%，偶尔读点诗歌的只有31.7%，从不接触诗歌或者对诗歌根本不感兴趣的竟超过了半数。而在阅读诗歌的人（包括经常读诗和偶尔读诗的）中间，也仅有不到40%的人表示对当代诗歌感兴趣②。

---

① 程光炜：《90年代诗歌：另一意义的命名》，《中国诗歌：九十年代备忘录》，北京：人民文学出版社，2000年，第173页。

② 参见《北京青年报》，1996年2月14日第3版。

第二则：1997年，零点调查集团对北京、上海、广州、重庆、厦门五个城市的1500名市民调查，结果表明，在所有的文学作品中新闻报道与小说类作品最受欢迎，人数分别为30.6%和35.6%，诗歌是受欢迎程度最低的一种文学作品类型，人数只占3.7%，有39.8%的人认为"很少再会有人去读诗歌"①。

第三则：1998年诗刊社对1600余位不同社会群体成员和诗歌读者、诗歌爱好者调查，从整理后的数据发现"被调查者中有94%的人认为诗歌在文学中的作用是非常重要的，诗歌发展与繁荣确实是一个国家文化与文明的重要标志"，"大家对现代派作品及80年代诗歌充分肯定"，"进入90年代以来，中国的诗人们变得沉静了起来。大家都在超越自己，在新诗创作的道路上各自汲取着写作的营养，相对于七八十年代有了长足的进步"②。

《北京青年报》《光明日报》《诗刊》是三家业内靠得住的媒体，它们调查的方式与渠道相似，设定的问题与焦点大体一致，时段基本上皆为当代诗歌，态度都严谨而认真，结果也全有确凿的百分比统计支撑，白纸黑字，铁证如山，不能不说都具有一定的权威性和说服力。可奇怪的是，为何置身于同样的社会、文化语境中，前两家媒体和后一家媒体得出的结论却公说公有理，婆说婆有理，几乎完全悖裂，判若云泥，有霄壤之别？其中哪一种结论更贴近事实本身，更值得人们信任？我以为：这三份调查见解纷纭、共识缺失的背后，说明1990年代的

---

① 参见《诗歌离都市人生活有多远》，《光明日报》1997年7月30日第5版。

② 参见诗刊社：《中国诗歌现状调查》，《诗刊》1998年第9期。

诗坛貌似纤毫可鉴的清水，实为冷幽难测的深潭，异常复杂、丰富与凌乱，以至于连最为敏锐、迅捷的媒体和记者也只能被局部蒙蔽，调查到各自不同的一部分读者，看到诗坛这个多棱体的一个或几个侧面，从而出现了印象各执一端、截然相反的局面。它们的判断不能说不正确，但也不能说完全正确，因为它们在捕捉并放大诗坛的部分实况同时，却忽视、遗漏了诗坛另外部分的实况所在。

从调查数量和数据上看，《北京青年报》《光明日报》的"悲观"结论似乎呈压倒之势。对当代诗歌感兴趣者远在4%以下的刺眼数字表明：和隶属于朦胧诗甚或第三代诗歌的年代相比，1990年代的新诗由于遭遇大众文化、学历教育的疯狂挤压，商品经济大潮的残酷冲击和工业技术对现实、心灵无孔不入的渗透，从曾经占据中心和焦点的位置无奈地退居到了边缘化的困境之中，随之而来的是新诗读者在大幅度地锐减，《诗刊》的订数也从50万份悄然滑向5万份左右的低谷，于是很多诗人或者被迫改行，或者主动缄默，把荣耀和光环留给记忆，即便发声也只能处于自说自话之中。整个新诗的写作与阅读现状已难容乐观，至于1990年代先锋诗歌则"以读者的缺席与批评的失语作为存在的标签"①，情形就更为惨淡尴尬了。特别是文化素质相对较高的大学生对当代诗歌的"集体"冷漠，愈加衬托出社会与读者对新诗的隔膜之深。如此说来，就难怪《星星》等一些大牌、老牌诗刊露出经营上的窘迫之相，一些省市级的诗

---

① 杨克、温远辉：《在一千种鸣声中梳理诗的羽毛》，杨克主编《九十年代实力诗人诗选》序言第1页，桂林：漓江出版社，1999年。

歌刊物渐次关停，各种报刊纷纷缩减或者取消诗歌发表园地。一句话，新诗进入了前所未有的沉寂期。但它们这种结论显然也在某种程度上误读、偏离了诗歌的本质，犯了仅以读者数量的多寡估衡诗歌是否繁荣的毛病。不错，诗歌需要读者阅读，但也不是只为读者而写，不应仅从读者评判优劣，再说诗歌的本质就是诗人个体的精神事业，寂寞是其常态，被人为地制造出很多热闹则是反常的。李商隐、卞之琳的诗压根没大红大紫过，阅读者难以企及他们的诗歌高度，但这丝毫未影响他们的诗品之高；大跃进民歌、小靳庄诗歌读者成千上万，不少人既是读者又是作者，但留下的只是一个笑话。若从这一向度考虑，就不能仅凭1990年代先锋诗歌被读者疏远即武断地断定它如何萧条，如何濒临死亡。不妨退一步假设，如果真像《北京青年报》《光明日报》调查的那样有近4%的人喜欢新诗，按这个数字推算，在有15亿人口的国度中新诗读者不但不少，反倒相当可观。而且读者较少也不就意味着诗歌质量差，有时也可能是1990年代某些先锋诗歌超出了读者的心理框架，读者的阐释背景一下子还适应不了它的个性，造成了诗与读者间的短暂性对抗。更何况诗坛的沉寂也不就是坏事，它会令那些为金钱、名誉或者消遣而写的人自动放弃诗歌，而凸显出真正将诗歌当成事业和生命的诗人风骨。事实上于坚、伊沙、侯马、王家新、张曙光、西川、欧阳江河、翟永明、王小妮等人的坚守，已经昭示了一种希望，证明人间需要好诗，读者需要好诗人。这两家媒体的悲观论调，显然是过分夸大了诗歌的危机。

　　《诗刊》问卷的面较宽，波及到"农村、工厂、学校、部队等不同的社会群体成员"，但调查还是"以文化程度较高的中、青年诗歌爱好者为主体"，也就是说他们多为中层读者，甚至不排除有少数高层读者，他们对诗歌业内的情形更为熟悉。所以这个调查虽然和《北京青年报》《光明日报》相比有点"势单力孤"，但其"乐观"理由也称得上充分、可信。它从读者的反馈信息里注意到了一些正面事实：如诗坛抒情队伍庞大壮观，几代同堂，梯队结构合理，"老、中、青三代诗人各占一定的比例"；"不同写作方式"均有用武之地，抒情的、哲理的、感觉的、文化的、心理的、生活的，多元并举；发表阵地有所拓展，已拥有10本诗歌期刊，并且在相同级别的刊物里"诗歌类的市场销量大都处于中等偏上的位置"；研讨会、诗歌活动频繁。种种迹象表明，"诗歌正在走向正常的秩序"，人们有足够的理由对诗歌充满信心。可惜，这份调查更多顾及的是诗歌圈内的"热"，很少涉猎诗歌圈外社会对诗歌的态度之"冷"，没有洞见喧腾、热闹后面深层的空寂和隐忧。的确，进入个人化写作的1990年代后，诗人的精神自由度日趋阔达，姚黄魏紫的个性呈现，也有利于百花齐放的健康生态格局的形成，但它给诗坛带来的诸多负面现象也很难令人认同。比如诗坛吸引读者眼球的一般不是文本品味提高、经典出现等有关诗歌内质的现象，而多是诗人自杀、文稿拍卖、诗人排行榜、派别论争等一系列流于浅表化、谈资化的话题，这本身即是诗歌的耻辱和滑坡。比如世纪末崛起的"下半身写作"和大量日常叙事，或主张以下半身的贴肉状态书写对抗上半身的思想精神张扬，或沉溺于人类吃喝拉撒睡等凡俗、琐屑细节和场景之中，其私密的肉体、感官排泄快感不能给读者提供丝毫的美感，反倒是无聊、粗鄙和恶心。比如世纪末发生的"民间写作"和"知识分子写作"的论争，驱赶着众多优秀诗人蹚入"浑水"中无法自拔，休说辩论的内容是否有价值，单是一些极端分子的风度姿态就叫人大跌眼镜，不敢苟同。内在的精神贫血和外在的形式飘移，里外夹攻，使1990年代的先锋诗歌不时面临着灭顶之灾，给人的印象不佳。清楚了这些背景我们就会发现，"诗歌死了"的声音也绝不是什么空穴来风、危言耸听了。

原来1990年代诗坛既不像《北京青年报》《光明日报》调查结果那样"悲观"，也不像《诗刊》调查结果那样"乐观"，它是乱象纷纭，苦乐参半，绝望与希望交织，沉寂和生机共在。

老问题与新困惑

即便抛开几份调查上的数字，但凡亲历过1990年代文学发展的人都会或深或浅地感觉到，读者和诗歌的双向疏离已成一个不争的事实，一方面许多诗人为诗歌殚精竭虑，左冲右突，一方面大量读者却不无失望地弃诗远去。圈内之"热"与圈外之"冷"的强烈反差，逼迫关心诗歌前途的人必须反思，为何一向被称为诗歌国度的读者偏偏从此开始兴趣位移，究竟是什么原因令诗歌彻底走向边缘，又是哪些元素导致从来都和高雅连在一起的诗歌书写被视为精神病、疯子的行为？如果说1980年代读者、评论家们因"看不懂"朦胧诗纷纷抱怨指责，是由于朦胧诗的簇新前卫和过度落后的诗歌教育的冲突，而至1990年代读者的普遍冷漠，到底说明了什么？我想大众文化、商品经济、学历教育等固然难辞其咎，但是把所有责任都归结于一系列外在压力的制约，显然违背了历史事实，不能服众。或者说，读者的强烈反应折射出1990年代先锋诗歌非但构不成高度理想的发展模式，相反由于先锋的本性就是不断求新，难得成熟是其本性，它的探索本身还存在着种种失误，不但"老问题"没得到实质性解决，还出现了一些意想不到的"新困惑"，其主要表现为以下几个方面。

第一，1990年代先锋诗歌最大的遗憾是整体平淡，拳头诗人和拳头作品匮乏的"心病"依旧，难以支撑起诗坛的繁荣。按理，进入个人化写作境地的诗人们，普遍沉潜于诗歌本体的打造，艺术上的平均成熟指数高于历史上的任何一个时期，理应有大诗人和好作品大面积突起。可是事实却并非如此，相反很多诗人追新逐奇、唯新是举，迷恋于技巧实验，这和第三代诗歌在本质上并无二致，它使诗坛看上去生气四溢，诗人和技艺不断流转，"你方唱罢我登场"，只是反映的另一方面则是诗人们的心浮气躁，以解构、反叛传统的艺术创新为快，忽视艺术的相对稳定性，最终导致在十年的时间里经典稀少大师虚位。休说能和里尔克、瓦雷里、艾略特、特朗斯特罗姆等世界级大师比肩的诗人没有出现，就是在优秀诗人和文本输送上也只能说是平庸的。我多次强调如果说一个时代的诗歌是繁荣的，那它必定有天才诗人和偶像代表，像1920年代有郭沫若、闻一多、徐志摩，1930年代有艾青、戴望舒、卞之琳，1940年代有穆旦、冯至、辛笛，20世

164

纪的五六十年代有郭小川、贺敬之，七八十年代还有北岛、舒婷、顾城、韩东、于坚等出现，而在他人看来转入诗艺建设时期的1990年代呢？除了伊沙、侯马、桑克等少得可怜的几位"新人"崛起之外，唱主角的王家新、欧阳江河、于坚、西川、翟永明等重量级诗人都是1980年代胜出的，数不清的诗人和诗作给人的印象都十分浅淡，并且有些诗人还自恋情结强烈，经常以大师自诩，从不承认自己以外的人为大师。试想，在一个整体艺术水准全面攀升的氛围中，具有影响力的大诗人寥寥可数，一片"群星闪烁"而"没有月亮"的诗国天空，充其量只能说是块繁而不荣的艺术地带，它又如何会引起读者们的广泛青睐？同时，诗歌从流派写作、群体写作走向个人写作，本是好事，但焦点主题和整体艺术趋向的瓦解丧失，差异性的极度高扬，也使诗坛在读者关注热情减退的无奈中，失去了轰动效应和集体兴奋，边缘化程度越来越深。虽然诗人们照样结社、办报、出刊，如北京的《诗参考》、《现代汉诗》、浙江的《北回归线》、河南的《阵地》、湖南的《锋刃》、南京的《他们》等刊物层出不穷，而且印刷质量、装帧设计都日趋精美，但是它们都不再集体化，也难再激起更多读者的阅读兴趣，这无疑也加深了诗坛的平淡特征，并且诗歌生产、传播方式的网络化、民刊化，也让一些非诗、伪诗、垃圾诗的因子被裹挟而入，助长了诗歌的良莠不齐，使经典作品和大诗人的成长受到了限制。

第二，1990年代先锋诗歌在文本的精神探索上缺陷更加显豁。出于对1980年代过于玄妙、纯粹、高蹈的"大词""圣词"的反拨，诗人们不约而同地将悬在空中的诗神请回大地，诗里又重新有了具象、质感的生活与生存气息拂动，有了个体生命喜怒哀乐情绪的多元展现。但是也有很多诗人因受身上那种从来不寻求"适应"性写作的异端心理驱动，过度标举诗的自主性和排他性，使他们的诗歌只为圈子和自己而写，个人化写作成为躲避宏大叙事的借口，当下生存状态、本能状态的抚摸与书斋里的智力写作合谋，将诗导入了逃逸性写作的边缘，没有很好地传达处于转型期国人焦灼疲惫的灵魂震荡和历史境况及其压力。如下面这样的作品俯拾即是："春天的狂热野兽在乐器上急驰，／碰到手指沙沙作响，／碰到眼泪闪闪发光。／／把远远听到虎啸的耳朵捂住，／把捂不住的耳朵割掉，／把割下来的耳朵献给失声痛哭的歌剧。／／在耳朵里歌唱的鸟儿从耳朵飞走了，／没有飞走的经历了舞台上的老虎，／不在舞台的变成婴孩升上星空。／／我听到婴孩的啼哭／被春天的合唱队压了下去——百兽之王在掌声中站起。／／这是从鸟叫声扭转过来的老虎，／这是扩音器里的春天。／哦歌唱者，你是否将终生沉默？"（欧阳江河《男高音的春天》）；"昨天女朋友带我去补一颗有了窟窿的磨牙／医生用精巧的机器和工具在我的嘴里／工作了十分钟左右／然后用一块东西堵住了我的窟窿／充实了的牙齿让身体觉得不大纯粹／医生还向我要去了十块钱／然后女朋友领着我回家／在回家的路上她亲了我的嘴／当时我的嘴还正麻醉／那个不经意的吻显得不同寻常很有滋味／医生吩咐我两天以后再去／我在今天想起昨天的事情记下来／觉得很好"（李红旗《一件小事》）。前一首将音乐、音乐的感受渲染得十分精湛，其思维之细敏、理意之深邃和传达之别致均可圈可点，读者如果能够跟上诗人

166

的精神步伐，可进入一个高度个性化的声音的奇妙世界；后者则记叙了生活中治疗牙齿的小事过程，细节之清晰、过程之完整都无可挑剔。虽然它们聚焦的都是人的情感、生活和心理感觉，但瞩目的对象都过于狭窄、私密，或耽于精致的小资的文化世界的品味，高雅却太诡谲，或做生活流水账式的自然主义的平庸展览，真实却太琐屑，缺少和人类的共同经验、情感沟通的可能性契机，它们从个人化出发，达到的基本上仍是个人化的效果，难以获得更多受众的认可。表达个人化的东西无可厚非，也完全能够走向成功，关键是它应该饱含一定的诗意，有精神提升或者与群体沟通的可能。如果所有人纷纷沉于琐屑无聊的日常生活和局促逼仄的情感空间，甚或低级庸俗的性感路线，本应最该受关注的民众的生活、情感和命运，就会退居诗外，成为"三不管"地带。何况诗人吃个比萨、摔个跟斗、和情人睡觉等琐碎和读者又有什么关系，读者对这类诗歌"敬而远之"也是一种必然。这些诗人的作品对现实语境疏离、隔膜所造成的从自语到失语的遭遇，决定它们自然精神贫血，无法为时代提供出必要的思想与精神向度，缺少力量和产生轰动效应的机制。正因如此，曾经先锋的孙绍振先生批评这些诗人对于自我的生命、诗歌本身和时代缺乏责任感和使命感，亵渎了诗歌①，他的棒喝不是无端而来，可惜当时并未引起应有的重视。

第三，形式至上倾向在不少诗人那里仍有增无减，为玩而

---

① 孙绍振：《后新诗潮的反思》，《诗刊》1998年第1期。

写的坏风气也没得到实质性的遏制。把技艺作为衡量诗歌水平高下的重要指标，这本是了不起的观念的进步，它以诗歌本体意识的自觉，打开了诗歌写作的各种艺术可能性，事实上也的确在一定程度上反叛、质疑了主流中心话语，将1990年代先锋诗歌的整体艺术水准推进到了最为成熟的阶段。可是物极必反，由于诗歌本身即充满强烈的易动性，特别是受西方后现代主义的解构思维与艺术精神激励，那些比较富于实验精神的诗人，开始走形式极端，大搞能指滑动、零度写作、文本平面化、文体互渗、游戏拼贴等激进的语言实验与狂欢，使诗歌创作有时就迷踪为一种丧失中心、不关乎生命的文本游戏与后现代拼贴，成了一个纯技术PK的竞技场。甚至本末倒置，通过技术操作代替诗歌写作，造成了诗意的大面积流失，严重误读了充满批判精神的西方后现代主义诗歌。如下面这种状态的诗普遍存在，"你一下子把我搞懵了。／这怎么可能？这一来现实和想象的界限何在？／他妈的！／我于是停止想象，开始对自己自言自语。／其实还是说说看得见的事物好一些。／绵绵的雨丝，泥泞的道路，以及／树的霉暗，瘟疫袭击的人群，有什么不好？"（孙文波《枯燥》）；"一朵花开在我的手心／另一朵花开在你的手心／两朵花都谢了，我们都陌生了／一个时代结束了／一个时代开始了／我把祠庙移到心中／在晨风轻拂里听不说的祈祷／对鸟说了，了"（默默《七无律·了》）。客观地说，诗的作者是我敬重的诗人，他们都写过不少优秀之作，可是这两首诗却不成功。前者亲切平实，节奏张弛有致，生活的烟火气也比较足，只是看不出太多的深意，除了摆在表面的道德意识，好像剩下的就是略

显笨拙的叙事技巧，读起来还真让人有点"枯燥"，一首诗情感
与思想平平，打动人之处全凭技巧和修辞能力，总不是十分可
取的。后者呢？恕我愚笨，每字每句全能读懂，可所有字句合
在一处后却云山雾罩，理不出明晰的思路，结构的跳跃远远超
出人的想象力，到底表达了什么我想作者也很难彻底讲清楚。
不错，晦涩是诗歌独有的权利，完全能够读懂的也绝非好诗，
只是总得留给人一点情思线索吧，尤其是在生活节奏日趋迅疾
的1990年代，本就心理焦躁的读者又有谁愿意费力地耐心解读
它们，做艰苦的精神爬坡呢？读不懂后唯一的选择就只有放弃。
如果说这类诗歌倾向于王家新、翟永明、陈超倡导的诗歌应效
法希门内斯为"无限的少数人"的写作，是把一些知识、修养
不深的读者挡在诗外的困难之诗，其读者意识淡漠，没顾及他
人的接受能力，圈子化色彩严重；那么在解构之路上一路狂奔
的大量口语诗歌，则属于无难度的写作。它们有些诗歌如
《0档案》（于坚）、《老狐狸》（伊沙）、《庞德，或诗的肋
骨》（安琪）等以接近说话状态的后口语，或反讽戏拟、本文
放空的缺场技巧，解构象征和深度隐喻模式，一派天然，活力
充沛，但大部分兜售的是近于口水的口语，选材及表达"跟着
感觉走"，随意浅淡，拖沓啰唆，滋味寡淡，只能是耍小聪明
地自娱，无法提供大智慧去娱人，玩的痕迹较重，而玩诗的结
果是最终湮没了诗意乃至诗歌，这类作品不胜枚举，无须引
证。其实，这里又隐含了作者与读者之间一直存在的矛盾，有
难度的诗不一定有前途，一味坚守"小众化"无异于自设陷阱，
同理，永远以读者为上帝的"大众化"的诗也很可疑，迁就读者

有时即是降低标准，只有不断提高难度和品位才能立于不败之地，明智的作者应虑及读者的接受能力，对自己的创作做出适当的调节。

在寻找可能性中提高品位

老问题与新困惑纠结，使1990年代先锋诗歌步履维艰，读者对之愈加隔膜与疏远。正是沿着上述逻辑思路，很多读者认同了一种比较流行的观点，那就是进入21世纪后先锋诗歌将退出历史舞台。而在一些"权威读者"或者说批评家、诗人那里，对1990年代先锋诗歌的印象结论则完全是相反的另一种样子，"诗歌在公众舆论中的衰败构成了世纪末一个小小的文化景观"。然而"正在衰败的不是诗，而恰恰是那种认为诗每况愈下的公众舆论，是这种舆论看待诗的一贯眼光，是形成这种眼光的内在逻辑以及将其与诗联系在一起的共同记忆。这里的'衰败'并不相对于'新生'。它仅仅意味着无效和言不及义"①。那么对不同层次的读者眼中折射出的复杂的诗坛现实，该如何把握？我想是普通读者和"权威读者"各自窥见并强调了问题的一方面，而忽视了问题的另一方面。历史已经证明，"死亡论"的估衡过于简单化，当然彻底无视、对抗读者反应也不无偏颇之处，前者看到的是诗歌的危机，后者看到的是读者的危机。的

---

① 唐晓渡：《重新做一个读者》，《天涯》1997年第3期。

确，现代主义、后现代主义先锋诗歌在中国缺少良好的土壤，东方文化中强大深厚的现实主义和浪漫主义传统的制衡与牵拉，它依托的民刊多数时断时续或昙花一现，再加上影视、录像、卡拉OK等文化和亚文化的冲击，尤其是它自身发展历史上没有经过充分现代主义阶段的先天不足，以及百病相扰的局限，都注定它难以根深叶茂。因此尽管1990年代它不断为主流诗歌输送艺术的营养，也从来没有成为社会文化的主流与中心，并且影响日趋边缘化、圈子化。但如果改换一下社会学批评的观察角度，完全从诗歌立场出发，就会发现1990年代先锋诗歌存在的合理性和价值所在，它在短暂的历史中留下了一批优卓的精神化石，如西川的《远游》、王家新的《帕斯捷尔纳克》、于坚的《0档案》、翟永明的《十四首素歌》、欧阳江河的《哈姆莱特》、伊沙的《结结巴巴》等，其中臧棣、伊沙、余怒等后现代倾向明显的"中间代"诗歌，和世纪末借助网络集体亮相的70后诗歌也十分引人注目。而且形成了自己独立的艺术精神、特质和传统，提供了诸多诗歌生长的可能性，构成了新诗史上最富有创造活力的一个时期，影响了中国诗歌当下和未来的走势，获得了和世界现代文学对话的资格与权利。

1990年代先锋诗歌最大的建树是以"及物"写作路线的选择，敞开了广阔的诗意空间，进一步加强了诗与现实之间的密切关联。对1980年代诗歌写作中"大词""圣词"的反思与祛除，使诗人们悟到诗歌虽然没有直接行动的必要，但也不能始终做空转的风轮，它总应该承担一点什么。于是他们主动放下纯粹、高蹈的贵族身份，努力在日常生活处境和经验的海洋中打捞诗的

"珠贝"，不但人间烟火气浓郁，还不时介入社会良知，赋予了诗歌一种行动化的力量。如"去年的村庄。去年的小店/槐花落得晚了。/林子深处，灰斑鸠叫着/断断续续的忧伤/一个肉体的忧伤，在去年/泛着白花花悲哀的盐碱地上/在小店。//一个肉体的忧伤/在树荫下，阳光亮晃晃地/照到今年。槐花在沙里醒来/它爬树，带着穷孩子的小嘴/牛铃铛 季节的回声/灰斑鸠又叫了——心疼的地方。在小店/离开的地方。在去年"（蓝蓝《在小店》）。该诗出自女性之手，它把镜头对准了诗人发现的真实世界抑或是虚拟的理想所在，小店、槐花、阳光、灰斑鸠、牛铃铛等乡村稔熟的物象元素，组构起一个令她心仪、牵念的场景。尽管走笔轻巧、内敛、平静，但读者仍能从中触摸到一种精神的疼痛，一种盐碱地和乡土的疼痛，"一个肉体的忧伤"源自自然的精灵，源自诗人的良知和乡土的深沉忧患，个人的体验、情绪同宽阔的历史境遇之间因之建立起了神秘又切实的关系，自然而具撼人的品性。不是吗，时光已进入工业文明高度发达的1990年代，可是乡土的贫瘠、落后依旧，农耕生态的损坏、破败令人揪心，原来外表柔弱的女性笔力并不柔弱，它伤感的情绪背后指向着严峻的社会现象。就是那些表面看去嬉笑怒骂、玩世不恭的作品，其骨子里仍流灌着难得的正气，如伊沙戏拟毛泽东《湖南运动考察报告》的《中国诗歌考察报告》就很典型，"同志们/中国的问题是农民/中国诗歌的问题也是农民/这是一个十分严重的问题/这是一帮信仰基督教的农民/问题的严重性在于/他们种植的作物/天堂不收 俗人不食"。诗曲解的险恶用心不言自明，举重若轻的反讽效果也很好玩，但它对当时中国诗歌存在问题的严重性的剖析，却是发人深省的。至于大量涌现的打工诗歌、底层诗歌促成当代诗歌伦理上扬的事实，则更是有目共睹的。并且，由于诗人超常的直觉顿悟力的渗透，很多诗歌不再仅仅是生活、情感或感觉，而渐渐走向理性深刻的经验的提纯与升华，走向主客契合的哲学境地。如"疲倦还疲倦得不够／人在过冬／／一所房间外面／铁路黯淡的灯火，在远方／／远方，远方人呕吐掉青春／并有趣地拿着绳子／／啊，我得感谢你们／我认识了时光／／但冬天并非替代短暂的夏日／但整整三周我陷在集体里"（柏桦《衰老经》）。该诗是诗人瞬间心理情绪和活动的捕捉，懒散的语调、飘忽的思维和自白式的口气聚合，营造出一种熟悉、亲切、似曾相识的氛围，又朦胧模糊得难以破译，说不真切。仿佛是在冬天的夜晚，诗人独居室内，远方呕吐掉青春的人，试图在寻求解脱，自我与远方人处境的对比，让诗人认识了"时光"的真相，原来"陷在集体里"是诗人衰老的根由。这里的主体"我"与"远方人"可以互换，或就是诗人的一体两面，"远方"可视为理想与梦的代指，"冬"则兼具自然和人生的双重内涵，全诗似乎在说经过为理想的打拼、失败，人生进入了疲倦和慵懒的冬天，对命运、时间、理想、理想幻灭以及几者间的关系获得了清晰的认识，它虽然泛着无奈和淡漠，却满含着人生经验的体味，能给人一定的思想启示。必须承认，1990年代先锋诗歌的及物追求，在一定程度上缓解了诗歌与现实紧张的关系。

其次的一个亮点是进入1990年代后，"边缘化的处境，这就从一定程度上否定了对于诗歌创作困境的担忧，诗歌因而获得了

173

一种新的发展契机"①，诗人们普遍淡化了第三代诗歌那种激进得近乎狂热的运动情结，悟出在诗歌的竞技场上打旗称派是无济于事的，进而潜心"注重诗学上的建设"②，而他们的边缘思想和反叛立场所带来的自我调节与超越的能力机制，既利于消解中心和权威，营造平等活跃的氛围，保证主体人格与艺术的独立，也带来了诗的技艺水准的大面积提升，对抗了狭隘的激进主义因子，构成了诗坛活力、生气和希望的基本来源。诗人们对诗歌本体的坚守和对写作本身的探求，是在事态意识的强化、反讽的大剂量投入、文体间的互动交响、多元技术的综合调适等多方面展开的。如"季节在一夜间/彻底转变/你还没有来得及准备/风已扑面而来/风已冷得使人迈不出院子/你回转身来，天空/在风的鼓荡下/出奇地发蓝//你一下子就老了/衰竭，面目全非/在落叶的打旋中步履艰难/仅仅一个狂风之夜/身体里的木桶已是那样的空/一走动/就晃荡出声音……剩下的日子已经不多了/落叶纷飞/风中树的声音/从远方溅起的人声、车辆声/都朝着一个方向//如此逼人/风已彻底吹进你的骨头缝里/仅仅一个晚上/一切全变了/这不仅使你暗自惊心/把自己稳住，是到了在风中坚持/或彻底放弃的时候了"（王家新《转变》）。传达季节转变、时代季节转变的过程、形态、反应，确切说传达经历1980年代末期精神震荡后人们复杂的心理感受和思考，是连戏剧、小说等叙事性文学都十分棘手的领域，可诗人却知

---

① 奚密：《从边缘出发——现代汉诗的另类传统》，广州：广东人民出版社，2000年，第53页。

② 张曙光：《90年代诗歌及我的诗学立场》，《中国诗歌：九十年代备忘录》，北京：人民文学出版社，2000年，第8页。

难而进。只是对诗歌在此在经验的占有性、情感思想在涵容量上远不及小说、戏剧等文类的认知，使他扬长避短，合理借鉴了叙事性文学的方法，以叙述作为维系诗歌和世界之间的基本途径，把事件、背景、人物、时间、心理等多维因素容纳一处，从容地表现出抒情主人公在穿越精神炼狱、选择方向上的坚毅和果决，它对每一个时代公民既构成了良知的拷问，又提供了思想的启迪。这种叙事性也是那时先锋诗人的普泛艺术追求，它扩大了诗歌的题材、情感疆域，提高了抒情文学处理复杂生活和社会语境的能力，有一种流动的旨趣和叙事长度，同时又注意诗人主观情绪、思想对细节或事件的诗性渗透，因此并未失掉诗歌自身的个性。再如"亲爱的妈妈呀?/为什么不把你的儿子?/生成一束花//一束花的痛苦/一束花的茫然/在清凉的早晨//假如你把我生成一束花/妈妈/我就可以用一把生锈的剪刀/剪断了我的腰/剪断了我的颈/浸透了自己的泪水/眨眼间/消失了我的美艳//可是我的妈妈呀/我问自己/为什么你不把儿子/生成他渴望的一束花呢"（侯马《一束花》），这首诗则在语言风格上进行探索。它打破诗语必美必纯的习惯，以"素面"姿态出现，本色简净的词语，拙朴无华的句子，貌似毫无知识趣味，却把对母亲特有的滋味、复杂的爱传达得煞是别致，直指人心，没有丝毫"累"人的感觉。当时，很多先锋诗歌都追求这种返璞归真又自有深度的艺术效果，犹如"天籁"一般迷人，也容易为读者接受。1990年代先锋诗歌还有不少出色的艺术探索，它们丰富、刷新或改写了新诗艺术表现的历史，启迪了新诗可能的向度和走势，抵御、带动了主流诗歌界，以一种新传统的凝结，和与现实主义、浪漫主义诗歌的共态融汇、异质同构，实现了诗坛多元互补的生态平衡。

在一首诗中，王家新写到"终于能按自己的内心写作了"，这句话代表了1990年代诗人的共同心声。对意识形态写作和道德、政治因素的对抗、规避，使诗人们被捆绑已久的心灵回归了自由，也即诗歌的本源状态，于是诗歌的各种可能性探索在不同创造者那里得到了伸张，个体差异性的缤纷"对话"成为诗坛的基本状态，个人化写作奇观翩然莅临。可以毫不夸张地说，每个抒情个体都在寻找着题材、情感、表达和风格上的独立和出新。如只为自己的心情写作立场驱动的王小妮，在诗里进行着事物的还原与去蔽，作品超然静美，能见度高，"土气"的语言散淡从容，如《我看见大风雪》技术上不显山不露水，完全是随意的、谈话式的语言，不温不火，但却直接、健康，十分到位地道出了灵魂的隐秘感受。徐江骨子里的讽刺天赋突出，常在凸显生活表象过程中因感受的深细，而洞见事物的核心属性，具有后现代倾向的《猪泪》就很精彩。平淡的庸常场面，竟被他赋予了自在的诗意，不但人猪"对视"的思维、场景匪夷所思，就是和人道相通的"猪道"情怀也催人深思。1990年代初大器晚成的张曙光，"在温和而睿智的外表下潜伏着知识分子的批判精神，其叙事性探索引领了全国风气。他的《1965年》对一些事件、细节、场景等因子的复现，展开的是某种生活本质以及作者在精神上对它们的人性理解，个体和时代、历史遭遇时的心理痛感的揭示不乏深刻的自省和反思的意味；自我分析、叙事和抒情的适度调节把诗歌的主旨传达得节制而含蓄"①。而在汤养宗那里读者见到的则

---

　　① 罗振亚：《龙江当代文学大系·诗歌卷》导言，冯毓云、罗振亚主编《龙江当代文学大系·诗歌卷》，哈尔滨：北方文艺出版社，2010年，第4—5页。

是有难度的写作，孤独安静的个性使他喜欢沉思，并且思维路线陡峭奇绝，常出人意料之外，用语很少因袭他人，极具创新色彩，其《琴十行》虚实结合，内涵隐蔽，语言既顺又涩，别具一格。也就是说，每个诗人都在追逐自己个性的"太阳"，互相间如八仙过海，对立互补，各臻其态，这种难于整合的"散"的状态正是个人化本质彻底到位的体现，因为多元化的个别就是个人化，而个人化的写作奇观，无疑将当代诗歌带入了最为宽松、自由的历史时期，为健康的诗学生态格局的形成奠定了坚实基础。

　　正是因为有1990年代先锋诗歌一系列优秀品质的支撑，新世纪的诗坛才逐渐告别低谷，重新升温，焕发出了勃勃生机。

寻求可能性的写作：梁平组诗《人物志》读后

印象中的梁平擅长宏大叙事，而他的组诗《人物志》却在日常生活的海洋中攫取诗情，把目光聚焦于几个小人物，状写邻居娟娟、好人张成明、痴人唐中正、刑警姜红、逝者甄怀远、知青王强等平凡而黯淡的生活际遇和悲欢离合，进而折射出人生的含混、无奈和世像的卑微、零乱，人间烟火气十足。因为观照对象同平常百姓的命运旋律切近，它更容易引起广泛的共鸣。

《邻居娟娟》中生活在暗处的娟娟年轻漂亮，只叹生在"巷子里"，为生计所迫当了坐台小姐，引来邻居暗地里无数的指点、冷眼，她不光昼夜颠倒，遭人凌辱，还要忍受心灵的折磨，最终被警察带走。对娟娟，诗人有着一腔怜悯，娟娟的哭让他"心生惊悸"，他平静的叙述里也掺杂着淡淡的无奈和忧伤；读者也会感觉复杂，对娟娟不知该恨还是该爱，该谴责还是该同情，美好、纯净的事物被玷污令人心痛。《好人张成明》更是充满悖论，张成明看重情义，工作踏实，官至企业"高管"仍平易近人，良善热情，"厂里老老小小都说他好"；可就是这个人人夸赞的"好人"下场却相当糟，得了直肠癌，最悲哀的是他并非死于癌症，而死于手术时"比癌细胞扩散更要命"的医疗事故，火化后"灰里，有一把化不了的手术刀"。尽管诗人像局外人一样客观叙述张成明的遭遇，还以诙谐的冷幽默收束，"他现在在另一个世界，我想，/肯定在学医，外科，将来是一把好刀。"但愤怒之情已似手术刀一样，力透纸背，锋利之刃对准了某些人低下的职业道德和社会良知，使诗获得了一定的介入生活的批评和行动力量。

梁平说过，诗人的价值就是担当。原来，他是在尽一个诗人关注当下的忧患之责，借普通人的命运揭示着一个一个严重的社会痼疾、时代病象，他笔写小人物的遭遇却心系人类命运、百姓生活的现实大问题。据诗人讲，这组诗源于他身边的"真人真事"，只不过做了一点处理而已。"我"的视角不仅强化了文本的真实性和亲历感，而且主体心智、体验的投注敦促着诗歌不时涉过情感的浅滩，进入思想发现的场域。《痴人唐中正》里中了文学之"魔"的唐中正酷似鲁迅笔下的孔乙己，为博得"作协会员"的虚名，他不惜"辞去了公务员"的职务，想方设法，把"几札百元大钞堆在桌上，/说，帮帮忙，/我此生一定要加入"，最终落得被人耻笑的凄惨结局。他的悲剧昭示出人和人之间就像城外和城内的关系，如不少作家羡慕处长地位的显赫一样，也有处长瞩目作家身份的荣耀，重要的是每个人都应有自知之明，找准适合自己的位置和职业，否则即是生命的悲剧。《刑警姜红》则不乏命运无常观念，姜红一表人才，业务精湛，却因涉黑成为阶下囚，"姜红的红，与黑只有一步，/这一步没有界限，/就是分寸"，对与错、善与恶、坦途与深渊常比邻而居，随时都有逆转的可能。应当说辩证法不是诗，但诗中若有辩证思维的灵光闪烁却是难得的智慧境界，该组诗中经验、思想因子的强化，对诗是生活、诗是情感传统观念构成了一种有益的拓展和补充。

人物诗在艺术上不好把握，稍有不慎就会陷入泥实的困境。这组《人物志》避开抒情诗意象寄托和叙事诗情节表现的老路，以"事态"的经营凸显人物特质，具有一定的叙事长度。《逝者甄怀远》似讲述"我"与鳏寡老人间的一段"故事"，只是没恪守叙事性文体谨严、完整的原则，详细铺排二人的"交往"过程和具体情境，而是截取最能体现人物心理、性格和命运的几个动作细节，如"土墙隔壁传来陈年的咳嗽"、"木门前，摆放了新鲜蔬菜"、"我敲过他的门，他不开"等，就透露出他孤僻冷清、人性未泯的灵魂隐秘和"我"忆念往事时的情感温热与愧疚。《知青王强》更像喜剧小品，彼此相恋的王强与村姑素芬上演了一场爱情滑稽剧。王强偷看素芬洗澡患了相思病，素芬虽怕"村里风大，／风可以把人的舌头拉长"，还是忍不住去看他，当他坦白病因后，素芬却气得周身发抖，将"裹着愤怒的鸡蛋砸向王强"骂他"流氓!"。滑稽事相的延展本身，已蛰伏着对特定的愚昧保守时代和环境的讽刺、否定，诗中心理、对话、动作均有，人物、事件、场景兼出，仿佛诗的特征在淡化，其实不然。这种事态诗的文体扩张只是合理吸收了诗外文类的一些笔法，以应对更加繁乱、复杂的日常生活现象与事物的表现，缓解诗歌内部的压力，并且在跳跃的叙事中注意情绪对叙事性因素的渗透，所以其叙事仍是情绪叙事、诗性叙事，它利于人性人情的深度挖掘、人物形象的传神塑造、自然朴素风格的生成，也提高了诗歌容纳、处理复杂生活题材的能力，让读者既能感觉到人物性格和命运的轮廓，又拥有着审美再造的含蓄空间。

写"大诗歌"者同样注意艺术小节，《人物志》不但讲究叙述节奏的张弛舒缓，还或者通过白描手法凸显细节，令文本在故事、人物命运铸成的流动感基础上，有种雕塑、绘画的凝定之美，如"摇晃的灯光，摇晃的酒瓶，/摇晃的人影摇晃的夜，/摇晃的酒店，/摇晃的床。"（《邻居娟娟》），仅仅一个"摇晃"的细节，足以道出娟娟的职业、处境与内心的苦涩。或者巧于构思，在有限的结构空间内俘获丰富的诗意，像《逝者甄怀远》就发掘对比的能量，先以夜的惊悚、恐怖和送菜事件的温情、感动明比，再以"我们很近，但是很远"到"从此我们很远，我们很近"远近关系的逆转同当下的世态炎凉现状暗比，形成一种结构张力，在人性的咀嚼中扩大诗的含量。或者在硬朗大气的叙述语言上不时穿插幽默的叙述调式，进行句子的别致停顿与组合，增加灵动、新鲜和活力。《著名孙律召》通篇运用"大家都不熟悉他的名字，/但名字前面的'著名'，/很著名"这种调侃方式，戳穿了一类文人嘴脸，对文坛不学无术的混混们的挖苦、嘲讽和厌恶不宣自明；《邻居娟娟》对娟娟的坐台说"娟娟在夜店的台面上，坐"，或《痴人唐中正》把特殊的"会所"作协解构为"很少去那会的所"，也和作者的其他探索一样有较强的陌生感，为诗歌写作提供了一种可能性的启迪。

诗人翟永明的位置

文学作品的命运大抵分为三个层次：一是作者比作品的寿命长，人还健康硬朗着的时候，作品却死了；二是作者和作品的寿命同样长，随着人的逝去，作品也逐渐被淡忘；三是作品比作者的寿命长，人虽离世多年，但作品仍一直被提及。一般说来，处于第一层次的人居多，能进入第二层次即是莫大的福分，至于达到第三层次者则少之又少。从这个意义上说，诗人翟永明是幸运而优秀的。她的成名作《女人》问世二十余载，非但没被历史无情地淘汰，反倒因时空距离的拉开成了公认的经典，令批评界的探究热情持续不衰。并且，不愿重复自己与过去的原创品性，又使她在创作道路上不断求变，日新月异，高潮迭起，从20世纪80年代、90年代到新世纪，每次探索均称得上先锋诗潮的航标，接连引发诗坛回响和震动。那么翟永明的诗歌写作到底有何"绝活儿"能始终吸引读者眼球，它隐含着哪些当代诗歌发展的趋向与成功秘诀，翟永明在新诗史上究竟占有什么重要的位置呢？

为女性主义诗学成功奠基

提到女性主义诗歌，1984年应该大书特书。它不论是对当代中国诗界，还是对翟永明个人来说，都值得铭记。这一年，翟永明发表了组诗《女人》，使她的写作"找到了一个可以继续下去的开端"①，女性主义诗歌也因之获得了成为话题的可能，晋升为独立的诗歌史概念。

在中国诗歌史上，女性写作的传统虽然稀薄，但始终不绝如缕，只是构不成严格意义上的女性诗歌。不肖说蔡文姬、薛涛、李清照等寂寥的古典声音，是实质上的失语，基本为男性"他者"话语的重复，性别意识淡漠；冰心、林徽音、陈敬容、郑敏等的现代歌唱，对女性主题有所拓展，可也远未改变女性写作边缘化的孱弱状态，昭示的多为女性的社会或政治解放内涵，女性性别和书写意识还很微弱，更匮乏自觉的悲剧意识，其优美的意境、温柔的情感和雅致的笔调，还没超出"温柔敦厚"的传统诗教观对女性的约束；就是林子、舒婷、傅天琳、王小妮等诸多诗人张扬女性意识、呼唤女性自觉的诗歌，那种"类"我精神与"个"我经验的融汇，那种从男权社会"离析"后的绮丽、温柔、婉约的力量，那种对美、艺术与优雅的张扬，是暗合了女性诗歌的情思与艺术走向，但说穿了仍是女性主义诗歌的早期形态，属于女人化的情感写作，她们关心的是整体的人的理性觉醒和解放，代表的还是一代人的觉悟，诗人主体缺失，在诗歌内质上仍受制于高贵典雅的古典主义、理性主义的理想。而翟永明的组诗《女人》及其与之相得益彰、稍后发表的序言《黑夜的意识》，则是改写女性写作历史轨迹的界碑，可视为女性主义诗歌诞生的标

---

① 翟永明：《阅读、写作与我的回忆》，《纸上建筑》，上海：东方出版中心，1997年，第229页。

志和宣言。

　　翟永明强调自己首先是一个女人，然后才是一个诗人，这种自我主体的确立，显示了女性生命意识和女性写作已由人的自觉进化到了女性的自觉。《女人》由四辑构成，每辑五首，《预感》和《结束》头尾呼应的结构安排，巧妙对应着女性从生到死的内在理路，其中抒情主人公形象一扫细腻、温柔的传统女人气，转换成了神采照人的现代成熟女性。正如一切优秀文本能够活下去主要凭借其思想一样，《女人》的最大价值在于从女性立场出发，对女性被压抑的精神命运和隐秘意识的深度"发现"，并最终建立了个性鲜明的主体形象。翟永明以为"每个女人都面对自己的深渊——不断泯灭和不断认可的私人痛楚与经验……这是最初的黑夜。它升起时带领我们进入全新的、一个有着特殊布局和角度的、只属于女性的世界"，"女性的真正力量就在于既对抗自身的命运的暴戾，又服从内心召唤的真实，并在充满矛盾的二者之间建立起黑夜意识……保持内心黑夜的真实是你对自己的清醒认识，而透过被本性所包容的痛苦启示去发掘黑夜的意识，才是对自身怯懦的真正的摧毁"①。显然，这个"黑夜"意象象征着女性生命的最高真实，它至少兼具表现女性在男性话语下深渊式的生存境遇，和在黑夜里摸索挣扎的双重隐喻功能。也正是在"黑夜意识"烛照下，诗人以矛盾的经验状态，洞穿了女性生命、感情和爱的复杂本质，逼近了女性压抑、幽暗与渴望的精神深处。

---

　　① 翟永明：《黑夜的意识》，吴思敬编《磁场与魔方》，北京师范大学出版社，1993年，第140–141页。

由于诗人童年离别记忆的心理积淀，内向型气质上的偏于忧郁敏感，更由于连住三年的"病房内外弥漫着的死的气息和药物的气味"①，滋养了翟永明的悲剧感和死亡意识，使她趴在病床上借着晦暗的灯光写下的《女人》，过多地折射着内心的黑暗与焦虑。诗人以比异性更直接的生命感觉，发现、经历、叙说着身边的晦暗和死亡情境。她意识到女性的命运如同轮子，没办法把握在自己手中，它"总在转/从东到西，无法摆脱圆圈的命运"，"不久我的头被装上轨道/我亲眼注视着它向天空倾倒/并竭力保持自身的重量……但我无法停下来，使它不再转"（《旋转》），神秘、强大的外在力量裹挟，使所有的女性都身不由己，生命的最终价值不过是个虚无的"圆圈"；并且这种被动、压抑的命运"没有开头，也没有结尾"（《夜境》），一代重复一代，单调而枯燥。在这样的心理底色支配下，诗人笔下的一切都是"变形"的。她时时感到"死亡覆盖着我"（《生命》），似乎已成为难以抗拒的宿命；《七月》也"是一个不被理解的季节/只有我在死亡的怀中发现隐秘"。黑暗更无处不在，稠密沉重得难以摆脱，"我换另一个角度/心惊肉跳地倾听蟋蟀的抱怨声/空气中有青铜色牝马的咳嗽声/洪水般涌来黑蜘蛛"（《臆想》）；在这样 "瞎眼的池塘想望穿夜，月亮如同猫眼"的黑暗的《边缘》里，她"不快乐也不悲哀"；更不知道"我最秘密的血液被公开/是谁威胁我？/比黑夜更有力地总结人们/在我身体内隐藏着的永恒之物？"（《生命》）；"面对这块冷漠的石头/于是在这瞬间，我痛楚地感受到/它那不为人知的神

---

① 翟永明：《面向心灵的写作》，《纸上建筑》，上海：东方出版中心，1997年，第197页。

性/在另一个黑夜/我漠然地成为它的赝品"（《瞬间》）……仅仅从接踵而至的"死亡""蟋蟀的抱怨声""瞎眼的池塘""血液"等令人悚然的语汇字眼，读者的感官即会产生一种压迫感，进而捕捉到诗人那种恐惧、无奈、绝望和悲哀情绪。女性处境和命运如此冷静的审视、认知，令人触目惊心。

爱情本和花前月下、美妙甜蜜相联，可在《女人》中也发生了苦涩的变奏。篇首的《预感》仿佛是组诗内涵的引领和概括，在黑暗、神秘境遇的展开中，充满着挣扎的情绪。"穿黑裙的女人夤夜而来/她秘密地一瞥使我精疲力竭……那些巨大的鸟从空中向我俯视/带着人类的眼神/在一种秘而不宣的野蛮空气中/冬天起伏着残酷的雄性意识"，单是精疲力竭、死、尸体、黑暗、野蛮、残酷等语汇和意象的交织，就氤氲着一股阴冷可疑之气，而那个有着向我俯视之鸟、制造压迫的"天空"，分明是男性世界和力量的代指，黑夜和白昼的对比中，闪回着诗人逃离"死洞"的意向。所以"外表孱弱的女儿们/当白昼来临时，你们掉头而去"（《人生》），摆脱"太阳"的掌控。《独白》把性别觉醒意向表现得更清楚，"我，一个狂想，充满深渊的魅力/偶然被你诞生。泥土和天空/二者合一，你把我叫作女人/并强化了我的身体"，"渴望一个冬天，一个巨大的黑夜/以心为界，我想握住你的手/但在你的面前/我的姿态就是一个惨败……太阳为全世界升起！我只为了你/以最仇恨的柔情蜜意贯注你全身/从脚至顶，我有我的方式"。这与其说是现代爱的经验传递，不如说是对爱情本质的质疑和追问。作为女人，"我"希望与男性建立良好的关系，被对方理解和接受，但在以男性为中心的传统社会文化语

186

境中，却常常事与愿违，原来爱的双方不但不平等，而且若即若离，永远无法有真正的默契，这就是女性的命运。因为诗人发现自己身上有"深渊"，整个世界到处都有"深渊"，因为"每个人都有无法挽回的黑暗"（《秋天》），对于女性来说，这种悲凉与生俱来，女性一辈子都要负载这种"生命中不可承受之轻"，取消它亦就取消了生命。人们常说现代诗人穆旦的《诗八首》把爱情的矛盾、复杂的悖谬性揭示到了极致，窃以为《女人》和它相比有过之而无不及。

诗人质疑的不止是两性关系，还有人们经验中一向和谐温暖的母女关系，并因这种爱的"残酷"本质诘问，使传统的母爱降了半旗。说来难怪，诗人说写作《女人》"那段时间，我和母亲处于一种冲突的状态"，"我无法达到母亲的期望值，也不想按照她为我设计的模式生活，我们之间存在着深深的代沟。我特别渴望获得母亲的理解，但无法沟通的痛苦笼罩着我"①。出于血缘的爱和不被理解的恨咬合，交织成诗人那些表现女性成长和女性关系的文本里一种复杂的情感结构。众所周知，任何精神个体似乎都应感激母亲把自己带到人间，可诗人却质疑"母性贵重而可怕的光芒"（《世界》），揭示东方女性传统美德的悲剧性及在"我"身上的延续。"你使我醒来//听到这世界的声音，你让我生下来/你让我与不幸构成/这世界的可怕的双胞胎"（《母亲》），开始了人世间孤独而痛苦的行旅，"那使你受孕的光芒，来得多么遥远，多么可疑"，母亲使"我被遗弃在世界上"，她不知道女

---

① 张晓红：《互文视野中的女性诗歌》，桂林：广西师范大学出版社，2008年，第274页。

儿的未来之路是怎样的迢遥、坎坷，没想过自己离世后女儿该如何孤单地面对一切，她这种无意间对女儿的"遗弃"构成了一种不可原谅的伤害。所以"我的眼睛像两个伤口痛苦地望着你"，悲哀而无助，这里有感激更有抱怨，有依恋更有淡漠，而"凡在母亲手上站过的人，终会因诞生而死亡"（《母亲》），将爱与死两个尖锐相克的因子置于一个时空框架里，愈见悲哀和痛苦的深度，反母性的视角使母亲一反慈爱和圣洁，而带上了平庸渺小、限制人、拖累人的沉重阴影。

《女人》提供了诸多的联想方向，貌似单纯明朗，实则繁复朦胧。一方面对身体、欲望和情绪的发现，使这组诗经营的是想象的、潜意识的世界，这个境域本来就缥缈不定，混沌无端；一方面对男性世界和秩序的对抗，并非源于方向明确后的清醒自觉，紧张纷乱的情绪借代自动倾向的自白语言表现出来，也加重了理解难度。应该说，《女人》中的情感和"自我"形象，因二元对立思维的渗透而充满复杂的张力，它是展示女性从女人到母亲各方面的性别体验、生命秘密，还是以潜在的心理情绪——性的张扬来制造女性命运过程的寓言？是表现女性心灵的骚动、渴望和对命运的悲叹认同，还是显露女人——母亲循环圈的忧伤和自卑？抑或是几种旨趣兼而有之？复调的情思意向让人很难说清，但诗中的抒情主人公形象还是比较明晰的。她不满男性的压迫霸权，勇于与之对峙、抗争，但并没走上两性关系极端对立的道路，歪曲甚或丑化男性，而是"看穿一切却愿分担一切"（《独白》），找到了自己处理男女关系的理性方式，仍相信爱和人间美好的一切；坦承"我是这样小，这样依赖于你/但在某一天，我的尺度/将与天上的阴影重合，使你惊讶不已"（《憧憬》），爱对方又不完全依赖于对方，而谋求以自身力量的获得和世界观标准的确立，实现人格和精神的独立。她在指认"黑夜"是女性遮蔽的"深渊"时，发现它也是女性自我救赎的创造性空间，所以不厌其烦地咏叹"黑夜"意象。笔者在一篇文章中曾分析过诗人有关"黑夜"的诗句。"我创造黑夜使人类幸免于难"（《世界》），诗人"渴望一个冬天，一个巨大的黑夜"（《独白》），她说"我想告诉你，没有人去阻拦黑夜/黑暗已进入这个边缘"（《边缘》），"你的眼睛变成一个圈套，装满黑夜"（《沉默》），"一点灵犀使我倾心注视黑夜的方向"（《结束》）。而且她赋予了"黑夜"以丰富的诗学内涵："黑夜"可理解成男性话语覆盖下的女性秘密空间，是女性命运的代指；诗人要创造的"黑夜"也可理解成对于女性自我世界的发现及确立，女性因两性关系的对抗、紧张，只能边缘化地另辟私人化的生存和话语空间，退缩到黑夜的梦幻中编织内心生活；诗人描绘的"黑夜"还能看作女性的一种自缚状态，"白昼曾是我身上的一部分，现在被取走/橙红色在头顶向我凝视/它正在凝视这世上最恐怖的内容"，这种《生命》感受，和《憧憬》中"我在何处显现？夕阳落下/敲打黑暗，我仍是痛苦的中心"的疑问，证明女人在自我确认同时自身也充满矛盾，创造黑夜同时却仍然无法消除内在的焦虑，因为女性的黑夜本身也是对自我的捆绑；另外"黑夜"也指向着任激情、欲望和幻想自由飞翔的自足而诗意化的世界，将其视为自我创造的极端个性化的心灵居所也未尝不可。

问题是一般诗人多瞩目太阳或月亮，翟永明缘何钟情于"黑夜"意象？这恐怕是诗人积极探索女性诗歌的出路造成的。她很清楚，在男性文化统摄下女性属于自己的只有身体，女性写作最有效的手段就是将躯体作为写作资源。而和女性躯体关系最密切的虽然有梦、飞翔、镜像、黑夜、死亡等，但最近的是黑夜。因为从诗学渊源看，太阳之神阿波罗掌管的白昼是属于男性为主体的世界，而作为中心边缘的配角女性，只能把视觉退缩到和白昼相对的世界的另一半——黑夜。黑色本身具有极强的包容性和遮掩性，和女性子宫的躯体特征及怀孕、分娩、性事的躯体经验的天然契合，能使女性回复到敞开生命的本真状态中深挚地体味；黑夜作为难以言明和把握的混沌无语空间，涵纳着女性全部的欲望和情感，全部的苦难和欢乐，那种万物融于一体的近乎"道"的感觉境界特性，与女性敏感善悟、遇事常隐忍于心、心理坚韧深邃的个性有着内在的相通，容易激发女性的想象力，实现心灵的自由飞翔，是没有自己历史的女性填补历史的最佳想象通道；黑夜的黑色在色彩学上代表色彩的终结，也意味着开始和诞生，黑色的黑夜则幽深神秘，时空交叠，没有干扰，宜于潜意识生长，它喻示着对白昼行为世界的一种逃离，和冲破男性话语幽闭的女性躯体的浮现与苏醒。所以翟永明找到并大面积地启用了"黑夜"意象。而这个"黑夜"意象面世后，迅速引发了女性写作群落的"集体共鸣"，很多诗人都心有灵犀地操起"黑色"的图腾，释放女性生命底层的欲望和体验，不但翟永明自己相继写下《黑房间》，伊蕾也写下《黑头发》，唐亚平写下包括黑色沼泽、洞穴、睡裙在内的《黑色沙漠》组诗。一时间，翟永明神秘的语言魅力，"使一代女诗人躲在了她的阴影下，只有少数人能

190

够幸免"①，"黑夜"意象被诗人们在诗中批量生产，用以对抗、缓解舒婷们的影响焦虑，"黑色"迅疾成为诗坛的流行色，翟永明从美国自白派那里援引过来的"自白风"也获得了广泛的认同。

《女人》对翟永明的女性诗歌宣言的文本实验，以性别意识、性别体验的矛盾性敞开，首次"触及女性问题"②，凸显女人之所以为女人的复杂诗歌内涵，建构同"白昼"并行的深度"黑夜诗学"，确立了女性主义诗歌的自我身份，为女性主义诗歌实现了成功的奠基。如果没有它高起点的拓荒问路，简直不敢想象后来中国女性主义诗歌会有连台好戏上演。在翟永明的《女人》和《黑夜的意识》出现同时或稍后，伊蕾、唐亚平、陆忆敏、张真、海男、林珂、林雪等诗人也纷纷在诗中标举女性意识，她们通过对女性深层心理的挖掘和女性角色的强调，反叛舒婷一代的角色确证，客观上支撑起了能够与男性对抗的话语空间，并最终促成了女性主义诗歌潮流在中国的正式诞生。

"常"中求"变"之道

翟永明是方向感很强的诗人。在近30年的诗路跋涉中，她接连遭逢过第三代诗歌、青春写作、中年写作、个人化写作等各种浪潮的冲击，但始终秉承独立、恒定的精神立场，以不变应万变，拒绝外在写作风气的同化和裹挟。翟永明诗中这种"常"的

---

① 钟鸣：《天狗吠日》，香港《素叶文学》，1996年4月，第49页。
② 海男：《那样的死》，《诗刊》1989年6期。

内涵，就是不论在任何时候，都坚持从个人真切的内心体验出发，关注、叩问女性的命运和境遇。

称翟永明为守"常"诗人，不是说她一直未超越《女人》的水准，处于平面"滑翔"状态；相反，不喜欢复制自己的性格，决定她没躺在功劳簿上睡大觉，而是心里总被一种深刻的焦虑所困惑，自省过去，期许"我将不断调校我的写作目标和写作姿态，尝试无限调整的综合能力"，从而"更逼近我内心所生长的一种更深刻的变化"①。在诗坛"黑旋风"刮起不久，她就意识到它在风光绚丽同时，也因过度的疯狂、肉感在某种程度上扭曲了女性形象，在喧嚣混乱中被效仿成了新的"写作模式"。"固定重复的题材、歇斯底里式的直白语言、不讲究内在联系的意象堆砌，毫无美感、做作外在的'性意识'倡导等，已使'女性诗'出现了媚俗倾向"②，这种倾向无法保证诗歌资源的持久丰富，也有损于诗的艺术质地。至于那次风云一时的"黑夜的自白"，更"充满了混乱的激情、矫饰的语言，以及一种不成熟的自信"，并要"思考一种新的写作形式，一种超越自身局限，超越原有的理想主义，不以男女性别为参照又呈现独立风格的声音"，预见"女诗人将从一种概念的写作进入更加技术性的写作"③。我理解诗人说的"技术性的写作"和"独立风格的声音"，当指语言意识的自觉，和将目光投向人类、历史、未

---

① 翟永明：《完成之后又怎样·回答臧棣、王艾的提问》，沈苇、武红编《中国作家访谈录》，乌鲁木齐：新疆青少年出版社，1997年，第339页。

② 翟永明：《"女性诗歌"与诗歌中的女性意识》，《诗刊》1989年6期。

③ 翟永明：《再谈"黑夜意识"与"女性诗歌"》，《诗探索》1995年1期。

来、理想和终极关怀的超性别写作。可贵的是，翟永明这些否定性思考源于自己的写作，又能统摄下一步的实践。进入90年代门槛特别是1992年后，她不断调整方向，求新求变，挖掘新语感、新结构、新主题，完成了由反叛男性词语世界的阶段向回到词语本身、直面词语世界阶段的转换，在关注"说什么"基础上，开始注意"怎么说"的技术问题。诗人就是通过这种"变"与"常"之间的创造活力克服自我重复带来的无聊感，寻求创作的快乐，并逐渐接近了一个大诗人的成熟境地。翟诗之"变"大致表现为三个方面。

一是超越性别立场的博大言说。一个诗人选择什么意象往往凝聚着他的精神个性和心理旨趣。翟永明初入诗坛时格外情钟于"蝙蝠"意象，"蝙蝠"同"黑夜"一样是她典型的心理镜像。具翼哺乳动物蝙蝠的双翼兼具皮肤和翅膀功能，眼睛和耳朵通用，它以闭眼倾听方式感知世界，惯于在黑暗中生活。翟永明反复咏叹"蝙蝠"，无意中道出了覆盖她80年代诗歌文本的一个秘密——内倾意识强烈，主要表现女性的内部生活和经验感受。《女人》自不必说，其后《静安庄》继续坚持性别立场，在身体的变化和历史场景的变迁结合背景下，书写女人个体的身体史。静安庄承载了诗人知青生活的一段经历和精神历险，那里的乡村极为庸常的物象和夜晚，以幻象形式进入诗人的眼睛和心里后，变得神秘恐怖，笼罩着死亡的阴影。全诗通过19岁的女性之躯觉醒、受压、变形但却不可阻挡的欲望凸现，冲击并改写了静安庄已有的文化构架，对抗男权神话的意向更为突出。长诗《死亡的图案》也是"女性之躯的历险"，母亲临终前七昼夜里的残忍和女儿为之送终的过程、感受交织，具现了母女间深爱又互戕的矛盾情感。

　　翟永明对"自己的屋子"内的女性历史、遭遇和经验的揭示，冲击了传统妇女的文化心理结构，别具精神高度。但她的嫉愤孤傲难免贵族化的落寞寡合之感，局限于女性个体的生活经验，也无法涵盖女性生理、心理和社会属性的全部特征，缺少对当下发言的机制。对此诗人极为警觉，她认定自己80年代的写作"总体上说是从个人感受出发，关注的实际上是自己，诗歌感受纯属个人化的"①，于是从《称之为一切》开始，观照重点由内心转向外部事件，初现突破自我的端倪。待到1992年创作《咖啡馆之歌》时，已在用戏剧性写法把普拉斯的自白语调还给普拉斯的同时，克服了性别对抗的狭窄局限，不仅言说女性的一切，还向女性之外的人群，女性问题之外的人类命运、人生价值与历史文化等做更为博大、普泛的超性言说。开阔的视野里，有《出租车男人》似的对身边乘车者断续意识流的随意捕捉，有当下婚姻生活中男女情感淡漠又多变的《双重游戏》，有探讨貌似离百姓很远实则休戚相关的战争、经济问题的《潜水艇的悲伤》……而且充满思想洞见。《咖啡馆之歌》主题虽显破碎，但怀旧的情调、表现现代精神痛楚的指向，却含蓄而深入地镌刻在场景、对话和叙述中了，那种"灵魂之痛"不是女诗人、女性才有，它已触及现代人普遍流行的心理疾病。《壁虎和我》里人和壁虎之间构成了一种对话，"隔着一个未知的世界／我们永远不能了解／你

---

　　① 张晓红：《走进翟永明的诗歌世界》，《互文视野中的女性诗歌》附录一，桂林：广西师范大学出版社，2008年，第276页。

梦幻中的故乡/怎样成为我内心伤感的旷野"，悲悯壁虎的经验出离了女性的情思范畴，一种笼罩全人类的伟大情怀，使诗上升到命运沉痛思索的高度。《小酒馆的现场主题》透过酒馆的灯红酒绿、五光十色，发现的是都市现代人精神的贫乏、无聊、虚夸和在困境中的无望努力。翟永明对现实的"深入"，也包括对过去的现实即传统题材和精神向度的回归。若说她写黄道婆、花木兰和苏慧的《编织行为之歌》，写孟姜女、白素贞和祝英台的《三美人之歌》，分别取材于中国小说、民间传说，在选材上有传统音响的隐约回应，偏重于古典素材、语汇和意象的翻新；那么取材于戏曲的写赵飞燕、虞姬和杨玉环的《时间美人之歌》，则侧重于传统人文精神和情调的转化和重铸。诗中"写到这个或那个女人，她们的命运与当代中国女性的命运是相通的，有一种从历史到现实的连续性"①。赵飞燕艺术一般的美、虞姬对爱的忠贞奉献、杨玉环临死前的温情缱绻，以及她们共同背负的大祸临头时"男人/乐于宣告她们的罪状"的悲凉，乃是将当下的成长主题镶嵌于古代故事之中，它表面还原女性的历史真相，实际上道破了女性无论何时都处于被窥视被牺牲的边缘的悲惨命运，它已跨过女性的性别地位范畴，进入人性、命运和存在等抽象命题的思考。

二是从自白话语到"对话""交流诗学"的转换。当年建构"黑夜诗学"时，翟永明悟出自白话语适合于女性的天性，和自己抒发的黑色情绪内质有天然的契合，所以在西尔维娅·普拉斯

---

① 张晓红：《走进翟永明的诗歌世界》，《互文视野中的女性诗歌》附录一，桂林：广西师范大学出版社，2008年，第276页。

的启发下，借助倾诉和独白来支撑自己和世界的基本关系，倾泻内心真实。第一人称"我"有时像居于诗歌中心的磁石一样，将周围的世界吸纳浑融一处，形成穿透力强烈的叙述气势和语气。如《独白》呼之欲出的激情烧灼，就使诗人抛开象征话语，起用直指式的"我"字结构，节奏语调急促，一连串决绝强烈的表白和倾诉，几乎取消了语言与审美对象间的距离，本色质朴地"直指人心"。与之同步，她多以自白和诉说作为基本语调，有时就把诗变成自言自语，结构弥散化，《静安庄》中那段"年迈的妇女/翻动痛苦的鱼/每个角落，人头骷髅/装满尘土，脸上露出干燥的微笑，晃动的黑影"，明显受了普拉斯非规范的个人化语法影响，好似在意象间的随意跳转，人头骷髅上竟然露出干燥的微笑，荒诞离奇得不可思议，但主客观世界沟通的幻觉，却使平淡静态的现象世界里容纳了心智的颤动。那时翟永明主要考虑如何释放激情，还未顾及到技法，自然酣畅同时也面临着失常、失控和近乎疯狂或贫乏单调的威胁。而到对词语本身的兴趣超过以往任何时期的90年代，她考虑那些体内燃烧的、呼之欲出的词语本身时，又考虑怎样把它们遵循美的标准进行安置组合的技巧问题，从自白话语走向"对话""交流诗学"，走向了"更加技术性的写作"。 这种对话与交流包涵意蕴和形式两方面，它不仅发生在诗人和自我之外的他者、日常生活及历史记忆之间，像与母亲交流的《十四首素歌》、与"疾病"交流的《盲人按摩师的几种方式》、与历史女性交流的《时间美人之歌》、与记忆交流的《称之为一切》等。它们共同拓展了翟永明诗歌的视域，强化了诗歌吞吐现实生活的能力。更主要指与其他文类之间的渗透和沟通，即为了消除自白话语的弊端，翟永明常以口语化的词语本身和叙述联姻介入生活细节，敲击存在的骨髓，喜欢旁采小说和戏剧的结构技巧，借助诗人与现代场景、生活和语言的交流、对话抒情达意，从而使诗由内心的剖述转为"一种新的细微而平淡的叙述"①。

如《壁虎和我》借助两个生物的互视，写心灵和文化的隔膜，写异邦的寂寞孤独，诗呈现为一种对话性的戏剧展开，有一定的跨文体痕迹。《咖啡馆之歌》《脸谱生涯》也一改单一的抒情视角和分行体，运用多声部的叙事体，"男人／用他老一套的赌金在赌／妙龄少女的／新鲜嘴唇这世界已不再新／凌晨三点／窃贼在自由地行动／邻座的美女站起身说／'餐馆打烊'"（《咖啡馆之歌》），仍关注人的精神世界，却出现了不少带情节的对话、细节与人物，人的动作、记忆和叫声混合，获得了短剧的效果。这种对话与交流文体很多时候有两种视点，一是情绪、体验、事物的直接体现，一是对前一部分情绪、体验、事物的观察、分析和评论。诗人说的"在我80年代早期的写作中，这两个'我'（肉体的我和意识中的我）相对混为一体。但在后来的写作中，两个'我'是有点分开的。分开之后，就带有了一个客观的视野，有一个自我观察的成分"②，就是这个意思。如《十四首素歌》的十四首小诗，奇数标题部分都描述回忆与场景，偶数标题部分则是诗人对上一节的评

---

① 翟永明：《〈咖啡馆之歌〉及以后》，《纸上建筑》，上海：东方出版中心，1997年，第204页。

② 谷川俊太郎、翟永明等：《"我"和"他者"》，帕米尔文化艺术研究院编修《触摸·旁通·分享——中日当代诗歌对话》，北京：作家出版社，2010年，第168页。

述，其中第九首是在和母亲的精神对话过程中，感同身受地观照、回放母亲的生命历史和诗人的记忆轨迹，第十首则同那段历史、记忆拉开距离，站在分析的立场上，对母亲的一生、自身的成长和家族内部的盛衰进行冷静客观的辨析思考，有种理性的彻悟。这种"对话""交流诗学"，因主观性叙述的减少、主体声音的扼制，有种客观的非个人化效果，它对现实主动自觉的迎迓和介入，在某种程度上实现了对诗歌本质的扩充和改写。

三是完成了平和从容对紧张含混的风格置换。翟永明80年代写的是困难的诗，只为"无限的少数人"的写作路线，使她根本不考虑别人的阅读。内心深处有关死亡、命运、生命等微妙恍惚的"黑色"感觉、体验喷涌而出时，多呈零散多变、模糊神秘的状态；受普拉斯创造语言理论的鼓动，对传统语言规范的"破坏"，又常使诗在表现过程中跳脱得厉害，不时出现"有个人返家/看见虚构的天空在毁灭/五天五夜向北/然后向西消融"（《称之为一切》）似的不合语法逻辑的自言自语，特别是对抗男权中心话语时，诗人的情绪亢奋激烈，甚至时有"疯狂"之嫌。几个因素聚合，形成了翟永明80年代诗歌紧张含混的风格，一些作品内涵读者很难真切地把握住。如表现对世界的认识和欲望的《静安庄》，用身体的感觉折射外界变化就很神秘，表现时又偏以一系列虚拟的幻觉和想象出之，这种以"朦胧"对"朦胧"的写法有种"谜"的味道。再如《荒屋》中"我来了，我靠近我侵入/怀着从不开敞脾气/活得像一个灰瓮"，那个灰瓮的比喻就十分感觉化，是想象力和虚构的神秘物件，而诗人在其中隐藏的幽闭的个人经验、内心的想象和潜意识，想要言说出来几近无法。

首先，随着90年代短制对以往组诗、长诗的替代，翟诗的句式也由冗长沉重的句子变为直接有力的短句，如"人须有心事才会死去/才会至今也认不清世界的面容/不然我们的祖先将反复追问/这凄惨的　集中了一切的命运"（《午夜的判断》），语言能指秩序的清晰、句式节奏的轻快，给人一种干净利落的简隽之美，流畅而规范。有时诗人还运用成语、引用或化用古诗名句，如《脸谱生涯》中的"穿云裂帛的一声长啸——做尽喜怒哀乐"，"穿云裂帛"和"喜怒哀乐"放在此语境里可谓十分贴切；《编织行为之歌》中反复运用并贯穿"唧唧复唧唧，木兰当户织"，既古典旨趣十足，又结实纯净得炉火纯青。这种语言走向和叙事因素结合，使诗的意蕴相对稳定明朗，语调也一改声嘶力竭，舒缓平静了许多。其次在词语选择上不同于早期黑色的"固定词根"，经过80年代后期对理想的《颜色中的颜色》即"白色"的观察后，诗人"意识到：除了颜色中的颜色，还有在一切颜色之上的颜色——无色"①，并开始对之进行书写，"坐在更衣室/从内到外我/感到一种热/从双眼到指尖/女人们相信/肌肤靠水供养"（《女子澡堂》），"看着'今天'它褪下它的各色内衣/它扭动它的胸部和盆骨/人是不可或缺的/它让这个世界飞了意外了"（《飞了》），诗人的确进入了无色世界。从黑色到无色的转换，对应的是从情绪激烈到观察冷静的变化，折射出诗人内心气定神闲的平静和从容。再次是语言更贴近世俗生活，向普通平民敞开的程度加深。此时诗人对幻象世界已无兴趣，目光更多逡巡于具体

---

① 谷川俊太郎、翟永明等：《"我"和"他者"》，帕米尔文化艺术研究院编修《触摸·旁通·分享——中日当代诗歌对话》，北京：作家出版社，2010年，第168页。

质感、充满生活气息的细节、场景上。"他们说：/红颜最好不解诗/他们在书桌上/堆满了墨盒、光驱和一些白纸/而我们/两样都要/苹果牌雅诗兰黛/打字机和化妆品"（《如此坐于井底·给女诗人》），诗人从最平淡的生活琐屑里，捕捉清新的诗意，在她那里，大的小的、雅的俗的、美的丑的、国家的个人的等一切事物和语词，已无诗性和非诗性之分，均可入诗。这固然源于诗人历经沧桑后的超脱练达，也是她的诗走向生活的必然痕迹。

翟永明多重探索的共同目的，是指向、服务于"常"，更好地传达变幻着的心灵世界，承载女性的精神和命运。她也正是借此获得了立身之本，找到了自己在诗坛的位置。

新的制高点上的启示

在《女人·结束》中，翟永明反复叩问"完成之后又怎样？"实际上诗人的创作道路就是一次次"完成"连缀的过程。经历八九十年代内数次否定性的蝉蜕和完善，新世纪后的"再出发"，使诗人探索的多重路向更加清晰、自觉和成熟，并登上了新的艺术制高点。诗人成功的精神探险为女性诗歌发展提供了有益的启示。新世纪的翟永明，依然从女性视角出发，在宏大叙事之外的日常生活海洋里拾拣诗的珍贝，但却能接通人类共同的精神命题和深层经验。一个偶然的机会，她被《南方周末》上刊载的有关妓女的文章触动，写下《关于雏妓的一次报道》一诗。"雏妓的三个月/算起来快100多天"，"300多个/无名无姓　无地无址的形体/他们合起来称作消费者"，"部分的她只是一张新闻照片/12岁 与别的女孩站在一起/你看不出 她少一个卵巢"。雏妓不幸际遇的客观叙述中，蛰伏着诗人的愤怒之火，诗无须直接指陈，对罪恶和无耻却自有尖锐的批判力。它是一个女性诗人对事件做出的直接反应，但又有强烈的去性别化倾向，或者说它是对一个族类的女人命运的思考，对人性和社会良心的深沉拷问，和对诗人的无奈忧郁和诗歌无力的感喟。再如作为女道士，唐代的才女鱼玄机女性意识强烈，因杀侍女绿翘而被处极刑，但也有人认为这是桩冤案。诗人设身处地地与这位杰出的女性"隔代交流"，写了无异于一篇别致辩护词的《鱼玄机赋》。"她没有赢得风流薄幸命/却吃了冤枉官司/别人的墓前长满松柏/她的坟上 至今开红花/美女身份遮住了她的才华盖世/望着那些高高在上的圣贤名师/她永不服气"，这段墓志铭的文字，道出女诗人再才华出众也摆脱不了"被看"命运的真相，其间也承载着诗人的不平之思。鱼玄机自由、坦荡而大胆的举动，触犯了传统道德对女人的规约和戒律，这恐怕才是她悲剧的深层根由，她生性傲慢，身为女人却和多名有地位的男性交往，饮酒、谈诗、对弈，"像男人一样写作/像男人一样交游/无病时，也高卧在床/懒梳妆树下奔突的高烧/是毁人的力量 暂时/无人知道 她半夜起来梳头/把诗书读遍"。诗仍从女性特有的视角出发，也融入了创作主体对女性心理、遭遇、命运的体悟和理解，一个"志不求金银/意不恨王昌/慧不拷绿翘"的女性怎么可能去杀婢女？一个女性选择自由的生活方式，吟诗作乐，又何罪之有？而最为可贵的是诗通过鱼玄机的悲剧展示与反思，上升到了女性群体生存主题和人类成长中受挫经验的探讨，那段将鱼玄机被杀的868年置于2005年的假想，意味深长也发人深省。又如"老家的皮肤全部渗出/血点　血丝　和血一样的惊恐/吓坏了自己和别人/全世界的人像晕血一样/晕那些针孔/我的老家在河南"（《老家》）。普通而勤劳的农民，在不知情中染上骇人的艾滋病，忍受非人的精神煎熬。诗对艾滋村农民的全方位扫描里，流动着诗人欲哭无泪的悲悯和大爱，那种对土地、土地上生灵沉重命运的担待，可视为传统人文精神的现代闪烁。这几首诗表明，翟永明的阔达难以用女性诗歌的概念涵盖。它们是诗人诗歌理想的形象阐明，也是女性创作的最好借鉴：女性诗歌应坚持性别立场，发出"雌声"，作者写作时不必刻意考虑自己的女性身份，但视角一定是女性的，对于女诗人来说"雌声"可能招致曲解、误读，"但是我们必须超越这个阶段才能达到和男性互相补充的阶段"①；只是在走进女性世界同时，不能被捆绑住手脚，还要再走出女性世界，瞩望更加高远的思想和精神"青空"。其实翟永明一直走着这条路线。当初《女人》时的诗学立场，不像同时期许多女诗人那样极度张扬和男性对立的"女权主义"，她找到"黑夜"也不是用之颠覆和解构"白昼"，而是为强调女性心理及生理的性别特征，唤醒女性被异化、被忽略的内心体验"真实"，所以她断定在女子气、女权、女性等三个层次中真正有文学价值的是女性。至于说它对抗了男性诗学，那也并非诗人的本意，而只是文本带来的客观效果罢了。因为她"倦于被批评家塑造成反抗男权统治争取

① 欧阳江河、翟永明等：《女性诗歌》，帕米尔文化艺术研究院编修《触摸·旁通·分享——中日当代诗歌对话》，北京：作家出版社，2010年，第110页。

女性解放的斗争形象",反感别人仅仅把她当作女性诗人,"我不是女权主义者,因此才谈到一种可能的'女性'的文学"①。正是和"白昼"诗学并行而非对抗的"性别"立场,才保证她避开"女权主义"潮流,传达出了东方女性复杂矛盾的内心真实。90年代翟永明再次跳出黑色经验,努力接通个体经验和群体意识、平凡对象和深沉诗意,以高质文本证明超性别书写不是不能实现的妄想。如《盲人按摩师的几种方式》和《时间美人之歌》"肯定是起因于具体的日常境遇,但并不是仅仅停留于此",但它观照的问题并不带性别色彩,"它只是带着一个女性特殊的视角去观照历史问题和人性中的普遍问题而已"②。或者说正是沿着这条路线,诗人最终才发出《关于雏妓的一次报道》《老家》等大气、沉稳的超性言说。

其次翟永明"好"作品意识的自觉和践行,既引渡出许多诗歌精品,又指明了女性诗歌的艺术方向。"1998年起我的写作也有很大变化,我更趋向于在语言和表达上以少胜多"③,她在此前后多次提及女性诗歌仅靠性别立场是不够的,还要兼顾文学维度,"我对我所写的诗的要求是一定要是'好'诗,而不仅仅是女人的诗。可以说,我对女性诗歌有两个观点,或者说是要求吧:一是它一定是女性立场,二是它要有较高的文学品质"④。翟

---

① 翟永明:《再谈"黑夜意识"与"女性诗歌"》,《诗探索》1995年1期。
② 翟永明:《与马铃薯兄弟的访谈》,《最委婉的词:翟永明诗文录》,北京:东方出版社,2008年,第199页。
③ 翟永明:《终于使我周转不灵·序》,石家庄:河北教育出版社,2002年。
④ 欧阳江河、翟永明等:《女性诗歌》,帕米尔文化艺术研究院编修《触摸·旁通·分享——中日当代诗歌对话》,北京:作家出版社,2010年,第111页。

永明主张女性诗歌之车要靠文学和性别两个轮子支撑，缺一不可，并且二者要高度协调，才能稳步前行。只是由于复杂的原因她80年代的诗多偏于疯狂自白的激情抒发，质胜于文，90年代的诗多偏于平和叙述的词语打造，文胜于质，新时期后则达成了文质的平衡相生，不但深邃大气，介入时代良知的思想穿透力"巾帼不让须眉"，艺术上也在延续优点的基础上，将优点进一步放大，先锋味为自然气悄然置换，更见成熟的练达和精湛。这里说的精湛一方面指诗人写得吝啬，她看重的是写作的质量而非数量；一方面指诗人在每首诗中都追求凝练简净的艺术极值，隽永异常，流畅从容的语境中恰适的反讽运用，增加了诗的诙谐和智慧色彩。如《鱼玄机赋》《我坐在天边的一张桌旁》《2008纽约》等皆为上一阶段对话体的延伸，特别是《鱼玄机赋》对鱼玄机的灵魂贴近和"重读"已令人侧目，而"一条鱼和另一条鱼的玄机无人知道""何必写怨诗""一支花调寄雁儿落""鱼玄机的墓志铭"和"关于鱼玄机之死的分析报告"五部分，将讲故事、戏曲对白、独白、分析报告等手段融为一炉，把诗演绎成各部分间驳杂搅拌、互相争辩的张力结构，暗合着质疑鱼玄机杀婢这一固有结论的内在肌理，在一定程度上深化了主旨的传达，交错的叙述情境与戏剧场面，使作者、叙述者、主人公三种主体层次的分离或重合，既有多声部的复调效果，单纯而丰富，又使诗的情感表现愈加节制内敛。向传统题材或精神回归的《秋千游戏》《炎花七月下扬州》《在古代》等作品，同样致力于思想、艺术的双向丰富和提高。"在古代 我只能这样/给你写信 并不知道/我们下一次/会在哪里见面"，"在古代 我们并不这样/我们只是

并肩策马　走几十里地/当耳环叮当作响　你微微一笑/低头间我们又走了几十里地"（《在古代》），轻松平常的诗意淌动，蕴含着一个现代人的"还乡"意向。似乎是一个悖论，生在古代有诸多不便，但人之间却没有距离和隔膜，分手也有期许与盼望；现代的高科技发达，但无法解决人的精神和存在困惑，手机和E-mail貌似便捷，实则把人的心灵和思想符号化了。诗之妙还不在古今比照，而在传达古意时平和、优雅、从容的气度和语感，古色古香，深得传统文化之韵味，以往凌厉尖锐的翟永明在这里仿佛脱胎换骨了。至于像"英雄必须去死/历史书这样说？正史和野史/教科书也这样说？褒义和贬义/畅销书同样这样说？正版和盗版/我们全都这样说"（《英雄》），"天书就是抖落掉这些骨头/这些精致、这些完美——就像天使必须抖落掉/他们身上的性态：阴性、阳性、雌雄性"（《白纸黑字》），这类充满戏谑、反讽的句子，更是俯拾即是，它们是诗人内心深处喜剧精神的外化，对一些事物的揶揄，借轻松的叙述和议论表现出来，新鲜亲切，朴拙可爱，有种幽默俏皮的美和智慧。翟永明新世纪的实践再次证明，诗没有大小之分，只有好坏之别，优秀的诗人不该借助性别、政治等外在力量，而应凭靠文本的优卓打拼天下，并且要时时注意艺术和情思共时性的融汇、呈现，忽视其中任何一维都将铸成不可逆转的倾斜。

再者翟永明坚守和求新的精神自身已形成一种传统，对后来者构成了不容低估的影响。这20多年的诗歌命运，一直没走出暗淡、残酷的现实。在诗歌贬值的困境中，有人皈依了实际和金钱，有人转场侍弄起小说与散文，也有人干脆移居海外或自赴黄泉，玩起"逃亡"的"勾当"。面对诗坛内外的风雨变幻，翟永明也有过短时间的搁笔或疑惑。但对诗歌乃寂寞行业的认识，和对缪斯的特殊挚爱，使她淡定自若，以独立写作者的身份在诗的阵地坚守下来，并以诗坛一棵葱郁的"常青树"姿态，宣告诗歌属于年轻人的神话不攻自破。翟永明这种视诗为宗教的虔诚，苦恋的坚守精神，以心血和生命写作的态度，对年轻写作者构成了一种内在的感召和绵长的启迪。不是吗，那些将诗当作养家糊口工具的"技艺型"匠人，肯定会忍受不了写作的清苦和贫困而中途放弃，唯有那些把诗当作生命和生存栖居方式的"存在型诗人"，才会抵达理想的诗歌圣地。不论任何人都只能以断代的方式加入、丰富人类文化的精神历史，在时间面前谁也无法走向永恒。一般说来，艺术的黄金时期对每一个作家、诗人都只有一次，并且非常短暂。可翟永明却在近30年的每个时期里都能引领诗坛风骚，这在新诗史上也属不多见的奇迹。那么她问鼎诗坛的法宝是什么？我以为除了超人的想象力、较好的悟性外，最主要就是不懈的求新、求变精神。她每登上一座艺术的山峰后都没去享用周边的风景，而是把目光盯准了远方更高的山峰，对自己的创作始终有一种新的期待。因为她深知只有不断地求新求变，诗歌才会永远为一潭活水，充满新鲜的生机，自己也才能从中感受到自己的创造力，"在使人厌倦的生活中找到某种兴奋点"①。正是这种心理机制，敦促她一直前行，殚精竭虑，苦心经营，频繁变换艺术方式，持续为读者输送鲜美的精神果实。按常规理解，一个

① 翟永明：《与马铃薯兄弟的访谈》，《最委婉的词：翟永明诗文录》，北京：东方出版社，2008年，第201页。

诗人能够形成稳定的风格即是成功。而翟永明非但作品的个性风格卓然，以独立的深度建构了汉诗的经典和新传统，在80年代开创一代诗风，影响、制约了同时代诗人乃至后来者的艺术走向，以至于诗人伊沙说第三代诗人都有翟永明情结；而且能够在创作道路上高峰迭起，始终站在中国当代先锋诗潮的前沿，被公认为当之无愧的先锋诗"头羊"和旗手，以日新月异的风云变化，赋予了"创造"一词以新的含义。

事实上，翟永明簇新的成长经验、辉煌的艺术成就和富有启迪性的当代价值，本身就堪称一本耐人寻味的"大诗"。

“要与别人不同”：1990年代西川诗歌论

　　从严格意义上说，新诗的发展历史也是一个大浪淘沙的过程。并且，随着淘汰节奏的日益加速，艺术更替周期的渐趋缩短，“各领风骚三五年”对某些诗人而言已经成为一种莫大的福分，一种无法逃避的命运。这种残酷的形势，注定真正经得起考验的“中流砥柱”不多，不少闻达者虽然也曾风云一时，但难以支撑久远，很快就蜕化为匆匆过客，悄然退隐，即便是个别诗人秉性坚韧，兴趣依然，其作品也往往旋即属于无效写作的“隔日黄花”了。

　　西川1981年涉足诗坛，如今算起来早过30载，幸运的是他始终没有被淘汰。“我要求自己不一定比别人写得更好，但要与别人不同”①，这条座右铭使他从不故步自封，耽于已有的荣誉簿，而是永葆清醒的探索精神，把创新作为诗歌艺术的唯一生命线；所以他能够一次一次地从1980年代中期的《在哈尔盖仰望星空》《母亲时代的洪水》《把羊群赶下大海》等高洁、优雅、精致的“纯诗”经典，从1990年代的《致敬》《近景与远景》《厄运》《鹰的话语》等即兴、松散又神秘的“杂诗”代表作再出发，直至新世纪仍旧在“大诗”路上长驱直入，锐气逼人，既有高起点，又持续不懈，一直雄踞于前沿的位置上，以超常的再生力，

---

　　① 谭克修：《语言的现实及其尊严：诗人西川访谈录》，《延安文学》2006年第2期。

不断地带给读者新的惊喜、冲击、震撼和启迪。尤其是1990年代对新诗可能性的探寻，已然晋升为知识分子写作乃至当代诗歌史上具有独特价值的重要学术话题。

"圣歌"的迷恋与终结

像有些人所说，西川看上去随和谦逊，实际上他在诗歌精神方面的个性相当独立。早在提出"知识分子写作"之前，《深圳青年报》和《诗歌报》联合举办的"中国诗坛1986现代诗群体大展"上，他以一个成员的身份鲜明地亮出"西川体"旗帜这件事本身，就表明他具有自己的艺术主见，绝非那种人云亦云的平庸之辈。客观地讲，他也正是凭借独到的眼光、胆识和创作选择，把自己和模糊的诗坛剥离开来，在喧嚣混乱得极容易被遮蔽的时代，放射出夺人的个性光点的。

1980年代初、中期相继走红诗坛的，一是朦胧诗的"社会批判，隐喻—象征"模式，二是第三代诗人的"日常经验，口语—叙述模式"①。或许是缘于独立思考的性情与深厚扎实的根基，或许是蛰伏于心底的焦虑情结在起作用，或许是身处北大那种中心位置的特殊环境势必滋生的责任与抱负使然，或许是几种因素兼而有之，西川的诗歌写作不但学徒期短暂得几近于无，一上手就是褪尽了青春写作的稚嫩热情的学院腔调，表现出沉静、老到、

---

① 陈超：《西川的诗：从"纯于一"到"杂于一"》，《华中师范大学学报》2012年第1期。

从容的气象，而且以与年龄不相称的自信和虔诚心态，避开习见、流行的趣味，选择了一条带有古典主义倾向的"圣歌"路线。具体说来，西川那时不像众多认为时代"无情可抒"的第三代诗人那样"玩"诗，也不过分贴近烟火气十足的日常生活，因为在诗人看来只有与嘈杂琐屑的尘世空间保持必要的距离，才能维护缪斯的纯粹与高贵。同时也有别于过分向时代、历史领域外倾的宏大抒情，而偏于弹奏个体的生命、精神音响。

如众口交誉的《在哈尔盖仰望星空》即是其典型范本："有一种神秘你无法驾驭/你只能充当旁观者的角色/听凭那神秘的力量/从遥远的地方发出信号/射出光来，穿透你的心……风吹着空旷的夜也吹着我/风吹着未来也吹着过去/我成为某个人，某间/点着油灯的陋室/而这陋室冰凉的屋顶/被群星的亿万只脚踩成祭坛/我像一个领取圣餐的孩子/放大了胆子，但屏住呼吸"。诗人不是教徒，但此诗却是一种精神朝圣，凝视星空，一股奇妙之光仿佛贯通了浩瀚无垠的宇宙与渺小之人，时间似乎已经完全静止，过去、现在和未来叠合一处，"我"紧张而专注地屏住呼吸，"领取圣餐"和天旨，"仰望"的事件里寄寓着一种对纯粹、神秘力量无法把握的敬畏，人和自然、永恒的交流体现的是虔诚的宗教情怀。再看《月光十四行》："人在高楼上睡觉会梦见/一片月光下的葡萄园/会梦见自己身披一件大披风/摸到冰凉的葡萄架下……而风在吹着，嗜血的枭鸟/围绕着葡萄园纵情歌唱/歌唱人类失传的安魂曲//这时你远离尘嚣，你拔出手枪/你梦见月光下的葡萄园/被一个身躯无情地压扁"。这里且不管那天籁般的境界是否会失落，也可无视都市文明对自然、诗性的挤压，更休要问这令人神往的景象是不是以梦幻的形式为依托，但它至少展示了一种美的存在，一片纤尘不染、毫无杂质的神性天地，哪怕"无情"的威胁到来，它仍留下了理想和美的纪念碑。还有像《你的声音》"这是花朵开放的声音/伴随着石头起立的声音/这是众鸟归林的声音/伴随着星星陨灭的声音//黄昏悄悄进门，门外/有人喝水。他喝水的声音/越来越大，终于/被雨的声音所代替……闪电照高空旷的远方/一辆黑漆马车在雨中奔/马蹄声声，车夫半睡，车上/坐着一个缄默的灵魂"①，这声音亦实亦幻，不一定是真有的，却是虚拟的存在，你可以说它虚无缥缈，却无法不佩服诗人想象力的超拔与奇崛。

不难看出，1980年代的西川时时觉得"生活在别处"，其诗歌理所当然地弱化了身边的存在，不无逃离现实的意味，而钟情于神秘和超验的事物，常常以接近、洞察事物内在不可知的秘密为最高宗旨，像《上帝的村庄》《凭窗看海的人》《在那个冬天我看见了天鹅》《海边的玉米地》《桃花开放》《雪》《体验》《起风》《读1926年的旧杂志》等作品，即均对自然、生命、神性、秩序、时间、永恒、终极一类的观念充满探询的兴趣与企图，超凡脱俗的高远境界建构中，甚至带有一定程度的宗教的神秘主义倾向。它们多启用浪漫的写法，但少直抒胸臆的大喊大叫，而是通过纯净、饱满的意象寄托情志，若干文本的象征和寓言色彩比较显豁，叙述克制内敛，语言优雅洗练，大量商籁体饱含的整饬，颇具绅士风度，高频、丰富的想象，常引人走入空灵

---

① 简宁：《视野之内：答简宁问》，《延安文学》2006年第2期。

虚静的福地，而高度协调的控制力和恰到好处的分寸感，又保证了艺术的沉静、简约、高贵和精致。

按理，诗的风格多种多样，西川提供的"圣歌"文本很"像诗"，诗完全可以、应该选择这种状态，如果诗人就沿着这个方向一路走下去，也肯定会抵达辉煌之巅，他没必要"改弦易辙"。事实上，至今仍有很多读者非常喜欢这些"圣歌"，希望诗人有朝一日能够回归这种写作状态的也不乏其人，诗人在八九十年代之交的《十二只天鹅》《夕光中的蝙蝠》《为海子而作》等少数作品，也承续了这种风格。同时，置于朦胧诗功德圆满后退却、第三代诗歌一股脑奔赴现代主义与后现代主义的悖谬与荒诞的氛围中，诗坛似乎也需要高蹈、超验、纯粹的品类坚守与制衡。但是，事实却是自1989年至1992年，确切说是从1992年的《致敬》始，处于抒情高峰状态的西川诗歌遽然发生了惊人的逆转和巨变，那个非常在乎"诗歌的形式，语言的那种文雅，语言的文化色彩"①的西川"脱胎换骨"了，一个试图创造和生活对称诗艺的诗人形象出现了。究其根源，一方面是由于一些个人生活的变故，当诸如海子、骆一禾、戈麦等诗人之死，和时代语境转换带来的精神震荡那种"历史强行地进入了我的视野"，诗人自觉反省到从前的浪漫式的写作"可能有不道德的成分"，"象征主义的、古典主义的文化立场面临着修正"②，由于它们"远远不够和生活相对称，和生活本身的力量相对称"③，所以必须调整、改变；

---

① 简宁：《视野之内：答简宁问》，《延安文学》2006年第2期。
② 西川：《大意如此·自序》，《大意如此》，长沙：湖南文艺出版社，1997年，第2页。
③ 西川：《我生活在国内，我最大的感受还不是流亡，是尴尬》，见《凤凰网访谈西川》，2010年6月10日。

另一方面则因为诗人深层的诗歌观念的革命，他从美国出版的、除了收录诗歌还收了卡夫卡和乔伊斯小说片断的《100首现代诗》一书悟出，"我们对于诗歌的观念太狭窄"①，传统的诗歌信条也不是一成不变的，它应该不断地调整、完善。在这种内驱力的促动下，能够容留多种生活与经验的诗歌在他的创作中自然出现了。并且以《致敬》为界点，西川经由《近景与远景》《芳名》《厄运》到《鹰的话语》，这种"杂体"诗歌一发而不可收，逐渐弥漫为1990年代乃至新世纪诗歌创作的主体构成。

那么《致敬》究竟是何种状态？不妨摘引一段：

> 在卡车穿城而过的声音里，要使血液安静是多么难哪！要使卡车上的牲口们安静是多么难哪！用什么样的劝说，什么样的许诺，什么样的贿赂，什么样的威胁，才能使它们安静？而它们是安静的。
>
> 拱门下的石兽呼吸着月光。磨刀师傅伛偻的身躯宛如月芽。他劳累但不甘于睡眠，吹一声口哨把睡眠中的鸟儿招至桥头，却忘记了月色如银的山崖上，还有一只怀孕的豹子无人照看。蜘蛛拦截圣旨，违背道路的意愿。
>
> 在大麻地里，灯没有居住权。
>
> ......

"杂体"诗歌《致敬》的生长，在某种程度上宣告了西川"圣

---

① 简宁：《视野之内：答简宁问》，《延安文学》2006年第2期。

歌"理想的终结，它从意蕴到形式对诗人的"纯诗"神话写作历史实现了一种颠覆。初看上去，它已经不太像诗，倒更似散文，排列上不再分行，句法相同或相近的句子集聚为一个个块状的句群，句群和短句相间，松散组合，断裂破碎，八节中的每一节都"各说各话"，彼此的叙述间相克对立，和谐、优雅不再，无内在的逻辑结构线索，伪箴言式的语体里，人称频繁转换，词汇雅俗"一锅煮"，悖论、矛盾、反讽、互否、纷乱、含混、驳杂，是它给人的整体印象。奇怪的是诗人就是用这样一种"叙事性、歌唱性、戏剧性熔于一炉"[①]的综合形式，去表现个人荒谬性的生存状态和困境，这种文体探索对于诗歌来说，究竟是耶非耶？福耶祸耶？它将带给西川诗歌一种什么样的影响呢？

寻找"杂诗"写作的可能

"如果你仔细读我的作品，你会发现，《致敬》《厄运》《近景和远景》《鹰的话语》等，每一篇都是一种不同的写法……我工作的每一次进展都是我对形式的一次发现"[②]。诗人这段自白，很容易让人产生一种错觉：和倾向于精神向度的打造的1980年代相比，西川1990年代在诗歌形式的探索上用力尤勤、尤深，是以文体家的身份在诗歌史上留下了辉煌的定格。其实不然。本来，出道早、起点高的西川，若一直在"圣歌"方向上持续滑行的话，会越

---

① 西川：《大意如此·自序》，《大意如此》，长沙：湖南文艺出版社，1997年，第3页。
② 谭克修：《语言的现实及其尊严：诗人西川访谈录》，《延安文学》2006年第2期。

写越精湛老到，越写越炉火纯青。可是，外在压力和内心反思的遇合，使西川在整个诗坛处于艺术沉潜状态的1990年代，却毅然革起自己一度张扬的"纯诗"之命，以"反诗"或者说"杂诗"的文体方式，求取和现实生活的呼应与同构。即崇尚"杂诗"绝非仅仅图谋形式创新，它既是在为一种诗体的存在寻找可能性，也是介入充满悖论的荒诞现实后的必然选择，或者说它是一个问题的一体两面。客观上，西川也正是靠"杂诗"创造，才逐渐使自己和"北大三剑客"的另外两位诗人海子、骆一禾有了区别，找准了诗歌生命力的艺术支点，在1990年代后产生了越来越大的影响。

西川"杂诗"之"杂"表现在诗行排列、篇章结构等外观形态上的"不像诗"，是有目共睹、毋庸多论的。至于它深层、内在之"杂"，首先是其书写对象与情感体验的非纯粹性。应该说，诗人反省以往纯诗的"不道德"虽然有些过于严苛，但却使他自己的创作陡增了"及物"的趋向与可贵的人间烟火之气。进入1990年代后，经历过精神震荡的西川，没有迷失于一些人的"玩诗"路线，也没耽于诗坛技艺打造的潮流之中，而是提倡："诗歌语言的大门必须打开，而这打开了语言大门的诗歌是人道的诗歌、容留的诗歌、不洁的诗歌，是偏离诗歌的诗歌"，这种诗歌应该容纳诗人死亡、自我负疚、世态冷漠等"生活的肮脏和阴影"[①]。诗歌与"人道""容留""不洁""偏离诗歌""肮脏和阴影"等因素结合，自然没法保持纯净、没法不"杂"了。但它也显示了诗人作为知识分子的一种良知和道义担当，它是在为

---

① 西川：《答鲍罗兰、鲁索四问》，《让蒙面人说话》，上海：东方出版中心，1997年，第271页。

"经验、矛盾、悖论、噩梦"①等现实"杂"象寻找一种恰当的艺术表现形式。此间的诗发展了《母亲时代的洪水》中初现的那种"从'个我'走向'他我',继而走向'一切我'"②的端倪,减少个人恩怨和情感,而完全敞开胸襟,尽量包容、涵纳世界上所有的声音、色彩和事态。如《厄运》由21个戏剧片段连缀而成,曾经的生活"在别处"的"云端"感,完全被生活"在此处"的"地面"感所替代,它客观自然,入骨的真实。下面是其中的一个片段:

E00183

子曰:"三十而立。"

三十岁,他被医生宣判没有生育能力。这预示着他庞大的家族不能再延续。他砸烂瓷器,他烧毁书籍,他抱头痛哭,然后睡去。

子曰:"四十而不惑。"

四十岁,笙歌震得他浑身发抖,强烈的犯罪感使他把祖传的金佛交还给人民。他迁出豪宅,洗心革面:软弱的人多么渴求安宁。

……

子曰:"七十而从心所欲,不逾矩。"

在发霉的房间里,他七十岁的心灵爱上了写诗。最后一颗牙齿提醒他疼痛的感觉。最后两滴泪水流进他的嘴里。

---

① 西川:《大意如此·自序》,《大意如此》,长沙:湖南文艺出版社,1997年,第2页。

② 西川:《关于〈母亲时代的洪水〉》,《让蒙面人说话》,上海:东方出版中心,1997年,第228页。

"泰山其颓乎！梁木其坏乎！哲人其萎乎！" 孔子死时七十有三，而他活到了死不了的年龄。

他铺纸，研墨，蘸好毛笔。但他每一次企图赞美生活时都白费力气。

面对这样的诗，谁都会滋生出一种强烈的无奈感。尽管你从年轻的30岁到老迈的70岁，一直都本分做人，认真做事，可是生活与生命却常常并不按着自己设计的轨道发展，反过来总是事与愿违，厄运如同影子一样伴随左右，驱不走，躲不开，所以人只能服从、接受命运的安排，任何挣扎都是徒劳的。这种命定的悲剧意识在诗中每个片段都有所渗透。而像"可在故乡人看来他已经成功：一回到祖国他就在有限的范围里实行起小小的暴政。／他给一个个抽屉上了锁。／他在嘴里含着一口有毒的血。／他想象所有的姑娘顺从他的蹂躏。／他把一张支票签发给黑夜。／转折的时代，小人们酒足饭饱。他松开皮带，以小恩小惠换得喝彩"（O09734）；"在一群人中间他说了算，而他的灵魂了解他的懦弱。／他在苹果上咬出行政的牙印，他在文件上签署蚯蚓的连笔字，而他的灵魂对于游戏更关心。／在利益的大厦里他闭门不出，他的灵魂急躁得来回打转"（H00325）。这些片段都将"他"置于社会、现实、历史、同类交织的网络之中，不仅暴露了人性的贪婪、残忍、懦弱又不乏向善意向的矛盾真相，也曲现了生活现实本身隐伏的荒诞和悖谬，还对人与各种环境错位的关系链中的复杂命运展开了探讨。想象的与真实的兼有，诗意的与琐屑的并存，对话、场面与叙述俱在，的确非常"包容"，它们和美丑错综、是非混搭的斑驳世界与人生达成了内在的对位、应和，或者说实现了"杂"的现实、情感和观照对象的诗性外化。档案的体式，尤其是第三人称"他"贯穿始终，分别用A、B、C、D、E、F等21个字母后加阿拉伯数字指代，并注明其中5个"身份不明"，既扼制主观情绪的介入，敦促诗彻底走出"自我"园囿，同时数字化的生命"他"，又暗喻着芸芸众生，"他"可以泛指"你""我"乃至所有人、一切人，诗人就是通过其透视人类普遍、共同的生活和命运的。

《鹰的话语》更是西川"杂体大诗中将深度智慧、悖论模式、语言批判、狂欢精神发挥到极端的代表性文本"①。尽管有不少读者对这首由99则话语间充满"逻辑的裂缝"的语言碎片构成的"综合创造"的诗很不适应，难以捕捉诗人寄寓其中的"精神隐私"，但并不影响它思想深邃优卓的事实。为说明问题，不妨跳跃性地引用数则。

1. 我听说，在某座村庄，所有人的脑子都因某种疾病而坏死，只有村长的脑子坏掉一半。因此常有人半夜跑到村长家，从床上拽起他来并且喝令："给我想想此事!"

12. 我在镜中看到我自己，但看不到我的思想；一旦我看到我的思想，我的思想就停滞。

19. 孤独，自我的迷宫。在这迷宫里，植物开花却不是为了勾引，不是为了出售（它另有）目的；植物结果却不见它欢呼，不见它歌舞（这内在的喜悦何由辨识）。

---

① 陈超：《西川的诗:从"纯于一"到"杂于一"》，《华中师范大学学报》2012年第1期。

40. 丑陋的面孔微笑，虽然欠雅，但是否可以称之为"善"？假嗓子唱歌，虽然动听，但是否"真诚"？崔莺莺从不打情骂俏却犯了通奸罪，卖油郎满面红光却没有女朋友。

64. 那么，一个不承载思想的符号，是鹰吗？但我还没有变成过一只鹰，但所有的狐狸都变成了人。我把自己伪装成一只鹰，就有一个人伪装成我。从诗歌的角度看，我们合作得天衣无缝。

99. 所以请允许我在你的房间待上一小时，因为一只鹰打算在我的心室里居住一星期。如果你接受我，我乐于变成你所希望的形象，但时间不能太久，否则我的本相就会暴露无疑。

可以断定，诗在这里不再仅仅是情绪的流露，也非对外在世界的客观性描摹，它已经成为一种饱含着诗人对人生、现实和存在等认识和看法的经验，一种充满着对立、矛盾又和谐、辩证因子的提升后的哲思与思想札记，有感性内涵的跃动和飞腾，更多理性智慧的凝结与支撑。或者说，诗在借助"鹰"之视点和话语，展开诗人亦乃众人灵魂之"探险"，呈现超越琐屑之后的关于思想、孤独、真假、是非、死亡、道德、真实精神等命题的理解和洞悉。如第六段"关于格斗、嘶咬和死亡"，即写出了"鹰"之灵与肉、神圣与平庸、形而上与形而下的统一性，它一方面"昂贵""智慧""高高飞翔""接近神性"，一方面也"饥饿""撕咬""僵硬""最终是死亡"，虽然"鹰在空间消灭的躯体，又在时间中与之相遇"，其蔑视死亡的精神不会泯灭，但其高贵品性与平淡尸身内在分裂的惨淡"真实"，仍透着沉重的悲剧意

219

味。而这种意识和全诗中密布的"悖论"结合，愈发强化了生活与生命的神秘色、荒谬性与宿命感。悖论性的情境和矛盾修辞叙述在陡增诗的张力同时，更暗合了生存现实和精神思考的繁复与矛盾的"杂"之本质，它给人的不仅仅是一种心智的启示。好在喜剧性的口吻和大量运用反讽手法造成的文本"快乐"，巧妙地化解了西川诗中厄运不断的人生沉重与悲凉，让读者在绝望中看到一种希望，这倒绝对是诗人智慧的表现。

人们往往称1990年代的西川为"文体家"，我以为绝不是没有根由的，它至少隐含了西川诗歌体式上具有某种非常态化特质的内涵。具体说，西川诗歌"不像诗"的第二个深层表现，是在题材、情感、思想之"杂"外，还存在着思维、手段、技巧之"杂"，即小说、戏剧、散文等非诗文体的成分不但堂而皇之地大量进入诗歌文本，并且获得了合理生长的可能性。其实，这种文体跨界、互渗的"综合性"写作，在许多先行者那里都被尝试过，北岛将电影的蒙太奇手法移至诗中、杨朔的《茶花赋》倚重诗的想象和意境等，已是公开的秘密，小说家汪曾祺甚至不无偏激地说，"宁可一个短篇小说像诗、像散文、像戏，什么也不像也行。可是不愿意它太像小说"[①]；但似乎谁也没有像西川那样自觉与彻底，他参悟出"偏于一端的写作虽然可能有助于风格的建设，却不利于艺术向着复杂的世界敞开"[②]，"既然诗歌必须向世界敞开"，"歌唱的诗歌就必须向叙事的诗歌过渡"[③]。西川清楚，

---

① 汪曾祺：《短篇小说的本质》，天津《益世报·文学周刊》，1947年5月31日。

② 西川：《大意如此·自序》，《大意如此》，长沙：湖南文艺出版社，1997年，第4页。

③ 西川：《大意如此·自序》，《大意如此》，长沙：湖南文艺出版社，1997年，第2页。

诗歌文体利弊混凝，它在处理复杂题材的幅度、表现当下生活的深度方面远逊于其他文体，尤其在诗意大面积流失、散文化日重的1990年代，如果诗歌闭关自守、一纯到底只能走向殆灭，而唯有打破传统的清规戒律，在坚持根性的基础上适度吸收其他文体的优点，才会立于不败之地。所以他开始大胆让几种文体之间互通有无，以缓解诗歌自身的压力，于是一种在文体属性上难以界定、归类的作品，在他笔下滋生了。《致敬》初露端倪即让人们惊骇不已，它外观形式上对传统的"冒犯"还是次要的，主要是它的内在构成既非话，也非抒情散文，既非诗，也非散文诗，令读者一下子无所适从，难以把握。而后的一系列作品中这种倾向愈加显豁。像由不同声部造成紧张争辩的《鹰的话语》，竟然被有关机构直接改编成话剧，在纽约戏剧车间演出，其戏剧化旨趣不宣自明。不少人认为是西川最好的作品却少有人深入论述的《芳名》，同样镌刻着诗人在文体上进行"综合创造"的印痕。

> 从那些我已知的姑娘们身上我认出了你：你蓝色的骨骼保持安静，你拳形的心脏被时间撞击……
>
> 你在不同的家庭里生活，你在不同的垃圾堆旁谈情说爱；
>
> 无论我呼唤你的大名还是乳名，都有众多的女人回头，我就从他们身上认出你……
>
> 在饭桌上，你瞪着小鹿的眼睛，但你只吃很少的食物。
>
> 当我向你描述一个憧憬的时候，你走神了。
>
> 你要穿坏多少双鞋，丢掉多少个钱包，才能变得专心致志?
>
> 你是明媚的也是幽暗的，你是需要推断的，也是需要考

证的……我不想说你已经死去。我不想说我已精力耗尽。

你读完这首诗，天就黑了。

月光照在你的脸上——一个银灰色的姑娘——月光至今照在你的脸上。

诗人写的本来是首文化批评色彩很浓的诗歌，意欲透视当时社会的林林总总、形形色色，巧妙的是他没有采用正点强攻的战术，而是"试图通过一个虚构的'爱人'进入90年代的大千世界"[1]，传达一个曾经的理想主义者的情绪与思考。这种构思方式本身就不乏戏剧性，而在诗歌的具体展开过程中更多小说、戏剧等艺术手段的援助，比如贯穿整个诗歌空间的"你"似乎带有了某种独特的个性，围绕"你"产生了众多的细节、场景、情境、对话等日常化的生存信息，"你"与"我"之间获得了"在你现身之前，我几乎不是我自己"[2]、"在闷热的、令人窒息的空气里，我求告于你绵薄的拯救之力"[3]、"在细菌横行的夏天，你悄悄学坏，而我用放大镜观看你的照片"[4]的复杂而微妙的关系，以及在这一过程中——"我"的情感状态与变化，所有这一切完全符合叙事性文学架构与陈述的要求，在诸多事件化、情节化因子汇聚的"河流"断续流动中，社会现实中庸俗真切、斑斓又凌乱的"波光"闪烁不定，饱含着诗人厌倦、不满、失望和戏谑等多元情绪的否定性意向"内核"不时浮出水面。

---

① 程光炜：《西川论》，《程光炜诗歌时评》，郑州：河南大学出版社，2002年，第205页。

②③④ 西川：《芳名》，《西川诗文集·深浅》，北京：中国和平出版社，2006年，第34、39、41页。

在西川看来，叙事性与歌唱性、戏剧性是一种兄弟姐妹的关系，是"综合创造"中彼此难以割裂、相生相克的三维，因此他极力追求戏剧性表达的客观、间接性，也就成了顺理成章的事情。这一特征不仅在《鹰的话语》《芳名》等个案中有所体现，而且几乎覆盖了诗人1990年代所有的大诗写作，像他以鸟、火焰、阴影、我、牡丹、毒药、银子、城市、国家机器、地图、风、小妖仙、幽灵、废墟、扑克牌、自行车、旷野、海市蜃楼等十八种意象为观照对象的《近景和远景》即十分典型。它调和了大与小、远同近、个人和民族的关系，在双线交织中凸显时代的精神面影和自我的复杂心态，思想意向、调侃立场上与《芳名》《鹰的话语》一脉相承，而在写法上则调动、融汇了诗歌、戏剧、随笔式杂文等文体的手段，十八个片段犹如十八个名词解释，相互间貌断实连，个体独立，内里却应和支持，达成了别致而浑然的"精神混响"。其中的《牡丹》这样写道："牡丹是享乐主义之花。它不像玫瑰具有肉体和精神两重性，它只有肉体，就像菊花只有精神。正因为如此，牡丹在开花之前和凋谢之后根本就不存在。刘禹锡诗云：'唯有牡丹真国色，花开时节动京城。'这是一种不得超升的植物，其肉体的魅力难于为人们的肉体所拒绝：富家子弟一向爱其俗丽，平头百姓一向爱其丰腴，是故《白雪遗音》有'牡丹花儿春富贵'之句。此外，该书又有'玉簪轻刺牡丹姣'之辞。这显然是以牡丹象征女性性器。牡丹本为雄性之花，'牡'者，雄性也。它之所以被改换性别，纯粹出于其自然暗示。为了使牡丹更加符合其'花中之王'的身份，为了向牡丹灌注精神因素，有人特传武则天尝命上苑百花于冬令开放，唯牡丹抗旨不从，被贬东都。可惜牡丹并未受此传奇魔法而摇身一变为玫瑰。牡丹鄙视玫瑰，此其天性。它貌似文艺复兴所需要的花朵，其实不然。"①面对这样的作品，熟读过诗歌的读者会感到异常奇怪，它通篇在介绍牡丹花的特性、历史，最多不过添加了古今中外与牡丹相关的一些文化知识罢了，叙述和议论是其主要的技术支撑，形式上连行都不分，它哪里还像诗，不过是散文或者论文，好像也构不成局部哲学，充其量也只能说是词语解释。

可见，西川1990年代诗歌的非诗或反诗倾向是非常强烈的，但它的目的不是毁灭诗，而是希望通过对传统诗歌或诗歌本体的"偏离"，实现诗的自救和新生。诗的字里行间因有想象力、象征化、书面语等诗的质素压着阵脚，仍然保持住了诗性的盎然。像《芳名》中虚拟的爱人"你"作为象征，既可是人也可是诗，还可是其他的什么，它和"我"、环境等结构成的形而上空间，同诗人神奇的想象力遇合，无疑使文本叙述虽然容留了许多现实的因素，但却都能最终指向诗性，有着恍惚迷离的"不确定性"的审美效果。《近景和远景》给词汇下定义时不按既定思维路线滑动，解释词语通常的含义，而总是努力和对象既贴近又超离，翻出新鲜的意趣，引人注意，同时貌似一本正经的态度和好笑荒诞的内涵对接，其"伪理性"的视角和出语本身就很滑稽，有种说不清的"好玩儿"的艺术感觉。西川这种以高难度的技艺应对复杂生活经验的"综合写作"，加强了诗歌适应题材幅度和处理纷纭问题的能力，从特殊的角度拉近了诗和现实的关系，并昭示了

---

① 克利安思·布鲁克斯：《悖论语言》，赵毅衡编选《"新批评"文集》，天津：百花文艺出版社，2001年，第354页。

诗歌与其他文体合理嫁接的可能，为叙事有效地介入抒情文学提供了经验性启示。

在论及诗歌语言的时候，新批评派理论家克利安思·布鲁克斯提出悖论是诗歌语言的基本特征，但同时也指出："我们只承认在警句诗这种特殊的诗体，或是讽刺诗这种虽有用，但几乎算不上是诗歌的体裁中，可以有悖论存在。"①这段话反证出一个现象，即西川1990年代高频率、大剂量使用现代性艺术手段的诗歌，已经和传统意义上诗歌的情调、风格大异其趣，这也可以视为西川诗歌第三个"杂"的表现。的确，虽然谁也没有明文规定诗歌的境界、趣尚应该如何，但中国诗歌多少个世纪以来始终在或庄重或优雅之路上行走，直到现代主义出现后，矛盾性的语汇、意向、情境在同一文本的有限空间里并行才渐成趋势。西川登上诗坛很长一段时间的写作，也都讲究结构的浑然、语汇的谐调、风格的纯净；但进入1990年代的逆转之后，他发现现实与社会生活远非诗那样美好，以往与其不对称的写作过于矫情，并且"一个自相矛盾的人反倒是一个正常的人。那么这个时候是谁在坚持这种自相矛盾的权利，是艺术家，是诗人"②，诗更应该呈现这种矛盾，于是在他诗中看似荒谬实则真实的悖论修辞铺天盖地而来，尤其是它已从一般的创作方法晋升为本体论层面的思维方式，伴随着诗人的"伪哲学"观念注入他的精神肌体，混杂、矛盾、散漫成了文本的第一现实。随意翻开一首诗，经常会碰到这

① 克利安思·布鲁克斯：《悖论语言》，赵毅衡编选《"新批评"文集》，天津：百花文艺出版社，2001年，第354页。

② 西川：《面对一架摄影机》，《西川诗文集·深浅》，北京：中国和平出版社，2006年，第260页。

样的句子或段落："我们采遍大地上所有的鲜花，而鲜花一经采撷便是死亡。/我们把死亡之花献给我们钟爱的人；我们觉得生活很有意义"（《芳名》）；"我在镜中看到我自己，但看不到我的思想；一旦我看到我的思想，我的思想就停滞"，"一位禁欲者在死里逃生之后变成了一个花花公子。//一位英俊小生杀死另外两位英俊小生只为他们三个长相一致"（《鹰的话语》）。可以看出，在西川的诗里悖论大量存在，它们或表现为格言警句，或结合于具体的语境之中，常常以似是而非的状态与方式，将固有的荒谬、矛盾和尴尬披露出来。不是吗，我们习惯于把采撷的鲜花献给亲近或钟爱的人，传递情意、祈祷健康、表达敬爱，可是谁又想到采撷后的鲜花意味着枯萎和死亡，献花的祝福中是否隐含着不祥的预兆呢？《芳名》的几句直觉式的感悟，也是"献花"原意的去蔽，和现有内涵的拆解，平常事态里竟然包裹着现象和本质间不易察觉的对立、冲突和违逆。《鹰的话语》中的几段诗，则有了一点玄学味道，它们同样捅破了荒谬、怪诞背后的事物真相。人可以通过各种渠道知道自己的外观，但深入骨髓地自知几乎是不可能的；人好像轻易不会从一个极端走向另一个极端，但要看经历了怎样的生命事件与过程；人有个性最可爱，彼此都个性相同自然就取消了个性，所以对相似的同类既爱又恨。充满诡辩、歧义、冲突的伪箴言之"思"，好似不十分靠谱，但却从另一个向度接近了世界和事物的本质，扩大了诗歌语言的张力。

西川1990年代诗中和悖论语言相映成趣并有更为突出表现的是反讽的运用。什么是反讽？克利安思·布鲁克斯认为"语境对于一个陈述语的明显的歪曲，我们称之为反讽"①，I.A.瑞恰兹则称之为"反讽式观照"，即"通常互相干扰、冲突、排斥、互相抵消的方面，在诗人手中结合成一个稳定的平衡状态"②。批评家们不论对反讽概念的解释如何不同，也不论是把反讽定位在语调、语义还是意蕴层面，但都无不承认反讽是现代主义乃至后现代主义诗歌的主要技巧，诸种因素的对立与不协调是反讽的核心内涵。西川1990年代的诗歌中反讽密集。如《厄运》写道："他有了影子，有了名字，决心大干一场。他学会了弯腰和打哈欠。/他寻找灵魂出窍的感觉：'那也许就像纸片在空中飞落。'/他好奇地点燃一堆火，一下子烧掉一只胳膊。/他必须善于自我保护，他必须用另一只手将命运把握。/教条和习俗拦住他，懒散的人群要将他挤瘪。他试着挥起先知的皮鞭，时代就把屁股撅到他面前。/在第一个姑娘向他献花之后他擦亮皮鞋。但是每天夜里，衬衫摩擦出的静电火花都叫他慌乱"（J00568）。诗混合了意蕴反讽、语义反讽与语调反讽，尽管每个人对生活都曾信心十足，跃跃欲试，有过理想的规划，但最终都将走向希望的反面，承担不愿承担的，这几乎是所有人都难以摆脱的"厄运"，那种滑稽、幽默的喜剧笔法虽然潜伏着一些好笑的因子，但仍难以从根本上改变悲剧的底色。再看《致敬》的片段："那部盖在雪下的出租汽车洁白得像一头北极熊。它的发动机坏了，体温下降到零。但我不忍心目睹它自暴自弃，便在车窗上写下'我爱你。'

---

① 克利安思·布鲁克斯：《反讽——一种结构原则》，赵毅衡编选《"新批评"文集》，天津：百花文艺出版社，2001年，第379页。

② 赵毅衡：《"新批评"文集·引言》，赵毅衡编选《"新批评"文集》，天津：百花文艺出版社，2001年，第379页。

当我的手指划在玻璃上，它愉快地发出'吱吱'响，仿佛一个姑娘，等待着接吻，额头上放光//疾病不在冬天里流行，疾病有它自己的打算"。 出租汽车本是一个没有生命的交通工具，雪下的出租汽车自然意味着冰冷、凄清和寂静，对之该以寒冷、死亡、战栗等语汇出之，但是在诗人的想象流转中，它却被美化为洁白的动物"北极熊"，成了额头发光、等待接吻的"姑娘"，兴奋、活泼、可爱，一系列的拟人修辞，使其具体语境构成了对前面叙述语的偏离和歪曲。它那种匪夷所思的构思，那种实际语境中的麻烦状态和心理臆想的美化对接，在悖逆中蕴蓄着一股强烈的张力，含蓄也艰涩。西川为什么如此频繁地启用反讽，显然已经超出1990年代诗坛崇尚技术打磨的单纯的技术层面，我想它至少包含着对日常生活现实琐屑、残酷的不满和无奈，抑或诗人对平淡生存的智慧化解之意。

时代在发展，诗人在变化，诗歌的形象也宜随之不断做出调整与拓容。西川的"杂诗"创作不能说尽善尽美，其有时过分的陌生、驳杂让人接受起来还不太习惯，颇具难度。但它创造性地丰富、扩大了新诗形象内涵，为自身的写作与存在找到了一种可能性，也对新诗的再度出发有一定的借鉴价值。

在"变"与"常"的互动中成熟

一个作家、一个诗人和运动员有相似之处，那就是他们都有自己的黄金时期。西川的黄金时期无疑是在1990年代。虽然他

1985年即写出《在哈尔盖仰望天空》等代表作，但并未产生持续性的高潮，直到进入1990年代后，他的地位和影响才无可争议地被凸显出来。尤其是诗意爆发的1997年，他竟在改革出版社、中国和平出版社、人民文学出版社、湖南文艺出版社、上海东方出版中心等相继推出《隐秘的汇合》《虚构的家谱》《西川诗选》《大意如此》和《让蒙面人说话》等五本诗文集，反响空前。只是他1990年代后诗歌的变化也给不少人造成了一种感觉：西川完全是另起炉灶，割裂了与过去的联系，自己彻底"革"了自己的命。其实，事实远非那么简单。

回望中外诗歌的历史不难发现，即使再优秀的诗人，无论他的起点怎么高，在创作之路上都不可能永远一成不变，否则就将和真正的大诗人境界无缘。同样，任何优秀诗人的每一次艺术嬗变，也都很难说是对其以往个性完全、彻底的清洗与否定。作为新时期的一位诗人，西川当然也无法逃脱这一规律和法则的制约。仔细考察他不同时段的作品，整体的印象是他从1980年代"太像诗"到1990年代"太不像诗"的两极互动，的确变化的速度之快、幅度之大超出了人们的想象，但绝非像有些人所说的那样，是对他自己前期创作的全面颠覆。或者说，西川在这中间撕裂的只是诗歌的形式"肉体"，而诗歌的内在艺术精神"血脉"则始终在文本的躯体里淌动着，他也正是凭借对这些相对恒定的核心质素的坚守，才在"变"与"常"的交错、互动中，使魅力增值，逐渐成长并走向成熟的。如在他的作品中，浓郁的学院气息持续地盘旋缭绕，知识分子独立的精神立场一直强劲，诗人远离文学史焦虑的淡泊心态从未消失，特别是其中几种突出而重要的品质始终贯穿、联结着八九十年代。

一是"思"之个性。大约在二十年前，刘纳先生断定西川的《黄金海岸》《星》《激情》等诗充满哲理内涵，一句"西川太喜爱思考了！"[1]道出了西川的人与诗的秘密。程光炜对北大三剑客的对比，"如果说海子是燃烧的，骆一禾在宽阔的胸襟中深埋着喷突的激情，那么西川正好综合了他们各自的特点。他长于用哲学的眼光来思考问题。"[2]同样隐含着西川之诗与智、思一致的学术指认。少言的西川属于静观默察的沉思型诗人，主要的生命经历和体验均在学院之内展开，深层的心理结构和学院派的知识化背景结合，加之冯至、郑敏、里尔克、博尔赫斯等中外诗歌渊源的内在塑造，决定和尽情地抒发感情相比，他更愿意凝眸人生、命运、自然、时间等一些抽象的事体，对宗教、哲学兴趣盎然，作品中也就多了些理趣。随着阅历的丰富和人生体味的深入，1990年代后西川诗歌这种个性愈加强化了。不肖说《近景和远景》《鹰的话语》等长诗彰显着诗人对世界、生活、现实的看法和思考，《另一个我的一生》《这些我保存至今的东西》《发现》《写在三十岁》《书籍》《重读博尔赫斯》等不多的短诗，仍时时泛出形而上的理性光芒，承续着诗人一直以来文化思考的长处。如"他有了足够的经验评判善恶，／但是机会在减少，像沙子／滑下宽大的指缝，而门在闭合。／一个青年活在他身体之中；／他说话是灵魂附体，／他抓住的行人是稻草……更多的声音挤进耳朵，／像他整个身躯将挤进一只小木盒；／那是一系列游戏

---

① 刘纳：《西川诗存在的意义》，《诗探索》1994年第2期。

② 程光炜：《西川论》，《程光炜诗歌时评》，郑州：河南大学出版社，2002年，第205页。

的结束：/藏起成功，藏起失败。/在房梁上，在树洞里，他已藏好/张张纸条，写满爱情和痛苦。//要他收获已不可能/要他脱身已不可能//一个人老了，重返童年时光/然后像动物一样死亡。他的骨头/已足够坚硬，撑得起历史/让后人把不属于他的箴言刻上"（《一个人老了》）。这首不乏唯美感觉的诗，冷静地叙述了人从衰老、垂死到死亡的过程、细节与感受。人不论贫富美丑、低微尊贵，最终都将面临衰老乃至死亡的结局，这就如同"像烟上升、像水下降"，难以遏止和避免，即便"一个青年活在他身体之中"，也无济于事，眼神、步态、反应都会像机器一样变慢，"静止"，你也只能任机会减少，日子溜走，"游戏"结束，空留无奈和沉重。这种每个人宿命和命运的平静揭示，还是会从心智上撼动读者的灵魂，因为它昭示了人的共性本质，暗合了许多读者的深层经验。再有他的《医院》也持续了西川1989年后常常涉足的死亡命题。医院乃生死可以互相转换的两界，生可以死，死可以生，死的直视和临终关怀虽然包裹着一层温馨的面纱，但更反衬出人在死亡面前的渺小和无力，而那个可理解为死神或上帝的身份不明的"隐身人"，则为诗平添了一种神秘的氛围。大量"思"的成分介入，自然使西川诗歌获得了比较理想的硬度，垫高了思维和意蕴层次，有效地控制了诗意的浅淡泛滥。

二是奇崛的想象力。一个诗人最基本的条件即要有超常的想象力，过于泥实的人恐怕永远成不了真正的诗人。在大家普遍崇尚技术的1990年代，想象力更成了测试诗人水平高下的主要指标。西川说由于自己在"相对单纯的环境长大，又渴望了解世界，书本便成了我主要可以依赖的东西……相形之下，现实世界

231

仿佛成了书本世界的衍生物，现在时态的现实世界仿佛由过去时态的书本世界叠加而成"①。封闭有时也意味着创造，没有见过的那部分历史、世界究竟怎样，是一种什么形态？除了书本提供的之外，只能凭借自己的联想和想象去建构、填充。而其中有现实基础的尚可真切地复现，相反的一些事物则需要靠假设和虚拟完成，这样它们在诗人笔下"再生"后，必然会带有某些批评者所说的幻象性质。如此说来，就不奇怪西川初入诗坛的《把羊群赶下大海》《方舟》《鸟》等诗多以想象性体验架构，写得神采飞扬、空灵浪漫，也不奇怪他进入社会、人生阅历相对丰富的1990年代后此倾向有所淡化了。需要指出的是，淡化不是消失，而是以变体的方式在诗中延续、流转。像长诗《芳名》《鹰的话语》已经"幻象"到都以梦抒情明志，"早晨你的头发留在枕头上，你的房间里弥漫着一股梦的气味，但你不记得你睡在这房间里"；"在黑暗的房间，我不该醒自一个好梦，当我父亲醒自一个噩梦。他训斥我一顿，他训斥得有理：我深深反省，以期忠孝两全。我把好梦讲给他，让他再做一遍，可他把这好梦忘在了洗手间"。梦的加入使本已怪诞的对象更恍惚迷离，不好把捉。《致敬》的第七部分居然真的以"十四个梦"作为主体，支撑诗思，梦与真交错，虚实难辨，因为诗人的想象不在同一联想轴上展开，转换迅疾频繁，众多联想轴并置，结构芜杂，它在敦促诗歌走向朦胧境地的同时，也让很多读者望而却步。再如"以梦的形式，以朝代的形式/时间穿过我的躯体。时间像一盒火柴/有时

---

① 西川：《大意如此·自序》，《大意如此》，长沙：湖南文艺出版社，1997年，第1-2页。

会突然全部燃烧/我分明看到一条大河无始无终/一盏盏灯，照亮那些幽影幢幢的河畔城……贩运之夜/死亡也未能阻止喘息的黎明/我虚构出众多祖先的名字，逐一呼喊/总能听到一些声音在应答；但我/看不见他们，就像我看不见自己的面孔"（《虚构的家谱》）。诗人对自己的祖先不可能都见过，但他却以梦的形式，按照朝代的顺序，依次把祖先、祖父、父亲想象，从特殊的角度切入了存在和亲情的本质深处，刘春认为它"似乎有点玄虚，却说出了生活的真谛。太阳底下无新事，'我'来自'祖先'，他们和'我'虽不能相见，却能够隔着时空呼应，这是一种血缘，更是一种冥冥中的心灵契合"[①]。可以说，幻象是西川诗歌的一个重要书写资源，也是西川诗歌的魅力之乡，它是诗人建构精神乌托邦不可或缺的手段与材料，也保证了诗人文本风格的绚烂多姿、诗意的丰沛与酣畅。

三是良好的文字和形式感觉。人们称西川为学院派代表诗人，一方面表明他的诗离知识、学问近，视野开阔，多书卷气，一方面则是肯定其综合能力强，语言功力深厚。西川早期文字的纯净、精准、灵动与形式的严谨，几乎有口皆碑，像《饮水》《眺望》《在哈尔盖仰望天空》等佳构中的语言可谓达到了增之一字太多、减之一字太少的境地，每个镶嵌在句子里的字都更换不得。那些个性化程度极高的言情符号，在作品中频繁闪现，仿佛就是诗人鲜明的精神印章。西川这种艺术追求到了"庞杂"的1990年代也没有中断，他坦承自己的"写作依然讲求形式。例如

---

① 刘春：《有一种神秘你无法驾驭》，《一个人的诗歌史》，桂林：广西师范大学出版社，2010年，第194页。

在段与段之间的安排上，在长句子和短句子的应用上，在抒情调剂与生硬思想的对峙上，在空间上，在过渡上，在语言的音乐性上"①。如《戒律》貌似散漫，实则遵循着内在的规则，"为了不淫欲/你当只同你喜爱的异性谈论悲剧或高深的学问/但不要将话题引向心灵的苦闷/淫欲是一个陷阱/最好只在它的边上转悠//为了不贪求/在黑暗的房间里自封为王也未尝不可/你且配一把万能钥匙在手中掌握/行走。停止，转身，在你日光下的都城/你将不屑于打开那一把把锈锁//为了不妄语/你可以在每个星期里选择一天/跑到荒郊野外无人的地方胡说一气/然后长叹一声/再回到屋檐下做一个谨慎木讷的绅士或淑女"。且不说意象化的语言思维一如既往，八段的每段开头均以"为了不××"领起、反复，层层递进，通过排比构成一种舒缓的旋律，将戒律者道貌岸然的本质讽刺得满爆而鲜活，读者一旦透过戒律者的表现看到其隐蔽的灵魂真相即会忍俊不禁，享受到智慧的喜悦，而渐次涌现的意象群和字斟句酌的语汇长短结合，又有着一种特殊的节奏快感，形式本身也获得了增值效应。非但在短诗中，即便是长诗写作中西川的结构和语言等因素也是很考究的，如《近景和远景》中的《火焰》，"火焰不能照亮火焰，被火焰照亮的不是火焰。火焰照亮特洛伊城，火焰照亮秦始皇的面孔，火焰照亮炼金术士的坩埚，火焰照亮革命的领袖和群众。这所有的火焰是一个火焰——元素，激情——先于逻辑而存在。索罗亚斯德说对了一半：火焰与光明、洁净有关，对立于黑暗与恶浊。但他忽视了火

---

① 谭克修：《语言的现实及其尊严：诗人西川访谈录》，《延安文学》2006年第2期。

焰诞生于黑暗的事实，而且错误地将火焰与死亡对立起来。由于火焰是纯洁的，因而面临着死亡；由于火焰具有排他性，因而倾向于冷酷和邪恶。人们通常视火焰为创造的精灵，殊不知火焰也是毁灭的精灵。"诗人结合人生体验，对火焰做出了自己的独到解释，认为火焰的存在纯粹、美丽，却不真实。这种解释虽然理性、贴近知识介绍，却不是科学的界说，仍有诗意。它尽管只是全诗的一节，但思路畅通，逻辑也比较严谨，字词的准确恰切好似科学论文，又浸淫着一定的诗性光彩，透出一股学院的气质。也就是说，西川的诗歌语言不论是1980年代的灵动纯粹，还是1990年代的铺张驳杂，都有出色的语言根基做后盾，都同样是创造性的诗学资源。从这个向度上说西川是最擅长语言"炼金术"的诗人，是当之无愧的。

西川的成功证明，太偏于"常"易蹈向守旧，太偏于"变"则会趋浮躁，只有在"常"中求"变"，"变"里守"常"，"常""变"结合，才会成为真正的创造，而创造乃诗歌的第一要义。在30余年的时间里，西川的持续写作没有抱残守缺，而是常谋原创"再生"之道，大小兼顾，长短结合，险中取胜，沉稳大气，既输送了若干经典，又打开了"杂诗"生长的可能性，更建构了一种能够影响时代的新的诗歌美学。尤为可贵的是后劲十足，其新世纪的《镜花水月》《小老儿》等长诗挺进，丝毫未现衰颓的迹象，可以说，发生在他身上的"一切，不仅仅是启示"。

人生究竟的诗意叩问：

——任白长诗《耳语》《未完成的安魂曲》读解

坦率地说，任白的两首长诗《耳语》（《作家》2009年第8期）、《未完成的安魂曲》（《作家》2010年第8期）是不易解读的"困难"之诗。它们那种陌生、迅疾的想象转换，那种随性、私密的情绪喷涌，那种间接、隐晦的意象寄托，将作者意欲表达的主旨之"核"隐藏得很深。如果对之以一目十行的方式阅读，恐怕难得要领。打个不很恰当的比方，读它们就好似吃橄榄，只有反复咀嚼，才能体会到其味道的甘美、隽永和绵长。

复调情感之上的诗意闪烁

我一直以为，不论诗歌的观念如何变幻，"情"始终是多数作品的出发点与生命力所在，因此优秀的诗人大都致力于情绪世界的营造。任白的长诗之所以撼动了不同年龄层次的读者，甚至让一些人产生大哭的冲动，首先就源于它们饱含着一股情绪的冲击能量。但凡真正进入他的诗歌世界者，都会因其情绪世界的丰富、特殊而着迷，因其情绪个性的灼热、峻急而使心灵无法自控，感同身受，进而心跳和血流速度随之加快。从文本提供的底层视像看，《耳语》《未完成的安魂曲》这两首长诗都有一定的情感线索可循。前者呈示出"我""你"和"你"死去的丈夫浩军之间的情感经历和状态："你"丧偶后和其他男人厮混之际，离婚的"我"正与三流女演员纠缠不清，突然的邂逅激发出"我"对"你"的爱，二人去丽江新婚旅行，本想可以净化灵魂，结果一场"派对"中"你"受伤、住院，"我"跪在床前全力向对方"耳语"，仍渴望实现灵魂的救赎。后者则复现了"我""你"和"你"的妻子丹阳三者之间微妙复杂的情感关系及其过程：由于无从知晓的原因，曾经充满力量、智慧和激情的"你"，渐趋厌倦消沉，像家庭暴君一样毁了丹阳的爱情，放弃了一切理想与责任，隐遁人间；作为"你"的朋友、丹阳的爱慕者，"我"在为酒后强吻丹阳、伤及友情而忏悔的同时，更在怀念、寻找、劝勉"你"，希望"你"重新振作，恢复作为"承担"者言说历史与现实的热情。不知是偶然巧合还是诗人有意为之，襟怀、气魄均佳的任白在这两首长诗中，都选择远离宏大叙事的个人情绪抒放路线，并都以二男一女的三人情感关系设置架构诗的情节，完成意蕴传达，并使二诗无形中形成了一种彼此互文的结构。

也许是诗人另有寄托，也许是诗中形象有超越作者思想的功能，也许是二者兼而有之，《耳语》《未完成的安魂曲》虽在字里行间充满夹杂着友爱的两性情感书写，表现两性情感也是它们创作的内驱力之源，但它们所蕴含的却已远远逸出两性情感，所以读者阅读时自然会穿越底层视像，读到两性情感之外的多重复调情思。

首先，这两首诗给人最直观的感觉是都充满着对逝去的青春、时光与美好事物的追挽。当两人沉浸于旅游胜地的温柔之乡，"我拉开窗帘／你说别看我／／然后跌跄着跑去卫生间／你需要半小时／变成一个香喷喷的熟女"（《耳语》）；面对心事冷漠的朋友，诗人坦承醉酒后"跳舞的时候我吻了她／她的头发，脸颊，还有嘴唇／可我吻的不是你老婆，兄弟／而是我风干的爱人／是留在岁月深处的一串结晶的泪水"（《未完成的安魂曲》）。岁月残酷，它带走了人的美丽、希望、爱情和一切值得记取的细节、情境，在它面前任何修饰和抗拒都是徒劳无力的，这种青春的记忆越是美妙，日后的触摸就越痛苦。当然时间也是公正的，它带走人最珍爱的事物时，也带走了虚荣、繁忙和焦虑，使人走向平和、闲适与从容。诗中对时光的敏感、对爱的追挽，乃人类最普泛的精神特质，因此也最容易引发读者共鸣。其次，对社会、教育、文化问题的洞察批判，对知识分子出于道德自律的自我审视省思，也给人留下了印象深刻。"什么时候开始／文字失去魔力"，"统统变成了华丽的印刷品和版税／变成签售仪式／变成新的出版合同／变成礼堂里漂亮的演讲"（《耳语》）；"我们华丽而又仓皇／手提电脑里存满钞票一样红光满面的文稿／在各种学术会议间优美地飞行／有一次你说得真好：我们意淫了神圣的母语／没有爱情，没有／那些残骸中一点精血也找不到"（《未完成的安魂曲》）。诗意在表明很多成功者的写作或演讲等庄严崇高的工作，已被利益、金钱绑架，成为只具形式而无生命的表演。其连续的诘问和质疑里，否定性指向昭然若揭。而诗人回眸和异性交往时也不掩饰、回避，而是大胆袒露灵魂深处正常乃至猥琐的隐私，"少年时我追逐你的眼神／并不总是那么纯洁／羞怯和牺牲的热望／压制住爱情初潮时肉欲的部分"（《耳语》）。想到丹阳的悲剧，

238

他痛恨"自己的怯懦和犹疑",更为"在她们早上的浅笑里掩埋惶惑"、"在你的酒杯里沉溺而死"(《未完成的安魂曲》)那段沉湎酒色的放浪生活而羞愧、自责,自我矛盾甚或"下作"性心理的揭示,可视为知识分子坦诚磊落人格的外化。再次,两首诗都流露着抒情主人公感伤、孤独、绝望的情绪。追求理想的过程中难免会滋生负面情绪,诗中的抒情角色也凭直觉和经验悟出了人生底色,所以不愿在社会秩序、黑暗面前闭上良知眼睛的他们,感到了"反抗"无力的悲剧性。"站在黑暗里/智慧只照见了身旁的一小块地方/站在风中/我们只守住了几十年的执迷","死亡一直和我们同在";友人以为爱情、苦难与死亡等都是"陈旧"的,在漫长的历史中,"我们都是匿名者/是蒲公英被吹散的梦想/是被时间留在旷野上的牺牲/连祭坛都没有"(《未完成的安魂曲》),普通平淡,默默无闻,所有的言说只能是哽咽的啜泣和遥远的尖叫。在俗世的悲剧性氛围中,"幻灭太多了",力量和爱情"它们刚刚照亮我们/刚刚从暮色中找到我们的脸/转眼就身陷黑洞/……我们这么快就衰老了/这么快就失去生命的光彩/这么快就被历史终结",就是入夜的狂欢,也"总有一种沉沦时的垂死味道"(《耳语》),因为在他们看来世界即将毁灭,一切努力都"来不及了",未来不过是多余的"垃圾时间",其绝望的滋味和深度不言自明。第四,最主要的感觉是一种上下求索的明亮、进取精神压着阵脚,保证了诗的主旨没走向倾斜。理想非轻易即可实现,悲剧或许不可避免,但诗人劝勉朋友:使命完成前不能闭眼,即便死也要"死于比自己更大的爱",尽管歌唱"像石头"一样沉重,"时间的衰竭"也让人感到来日无多,但"我

239

们还是梦想成为一个光荣的物种"，面对困难之山，"一点点靠近神和更高处的自己/是一件多么了不起的事"（《未完成的安魂曲》），其渴望超越平凡、渴望创造神奇的企图，足以震醒一切昏睡着的人。就是悟出必然的悲剧结局，也要让"荷尔德林，卡夫卡，萨特，加缪/这些哀伤的名字/带着我们一起逃亡"（《耳语》），用亲切温暖的"爱"和深刻智慧的思考做超脱、对抗的努力。这里自然的走笔中，堂吉诃德式的追寻理想的执着与韧性精神已力透纸背，悲怆却更催人奋进。难怪宗仁发先生说，《未完成的安魂曲》的"诗句中化入的经典性的旁征博引意在凸现人类文明的主旋律，也可以说就是崇高、信仰、神圣这类被污染过的词汇所应恢复的意义"①。

如果读者阅读时捕捉到上述滑动的文本信息，体味出几种意向相互依存、对话的复调倾向，应该说就没有违逆《耳语》《未完成的安魂曲》的旨趣。并且，两首诗中那种心灵情绪的真挚丰富性、少见的火山喷发式的激情喷发、坚守理想的高迈精神本身，就蛰伏着强大的召唤力。但要是仅仅把握住这些情感内涵，恐怕又只能说窄化、偏离了这两首诗歌文本所包孕的深意，或者说没有完全读懂它们。

正如海德格尔所说，在整个世界都陷于贫困的危机时，只有真正的诗人还在思考生存的本质和意义。进入新世纪后，技术主义、物质欲望等因素的驱赶，使浪漫主义、理想主义精神基本上消失殆尽。可人到中年的任白却觉得人在拥有此生之外，还应拥有诗意的生活，所以置身于日常繁杂，仍不时地眺望灵魂中一些

---

① 宗仁发：《风吹草低见牛羊——〈2010中国最佳诗歌〉》序，《当代作家评论》2011年第1期。

形而上的精神存在。这种不乏"浪漫"的精神冲动与50余年酸甜苦辣的人生历练因素聚合，使《耳语》《未完成的安魂曲》在一定程度上晋升为更高层的情思建筑，其情思核心最终归结为对生命本质、人生究竟等精神命题的深度叩问，对"怎样活着，如何死亡"这类永恒困惑的形象诠释。于是，它们一面激荡着多色调的情绪，一面又敞开了一片思想的家园，读者从中不时可以感受到高层的哲理闪光和情绪流淌中的智慧节奏律动。如诗人想到许多优秀的知识分子为理想殚精竭虑却"半途而废"，不由得从心底爆发出一连串悖谬式的疑惑："为什么发明越来越多/创造越来越少/为什么书籍越来越多/思想越来越少……为什么世界越来越大/天地越来越小/为什么爱人总是新的/爱情越来越老"（《未完成的安魂曲》)? 这一声强似一声的询问里，有对荒谬现实环境的指陈批判，更有理性思索的隐性积淀，他的疑惑正是世界本质的非常态所在，可以说没有深刻的体验和生活的捶打，这种思考是难以发现、表现出来的。"人类多少个惨烈的一生叠加在一起/只是为了完成一次迷失"，不是吗？人类探索的道路曲折，正是由于一次次的错误、矫正，才走向了今天的理性和深邃，"我的一生/我们的许多个一生/尽头没有故园和锦标/只有脚步/只有优美的（踉跄的?）奔跑/才会为我们定义时间的仁慈/定义我们忍耐的理由"，有时人生的价值不在于结果，而只寄寓于行走的过程之中，并且在寻找的旅途上，不论每一步是否通往成功都值得珍惜，"每找到一条路/都会丢失更多的路"（《未完成的安魂曲》)，有时选择同时就意味着放弃，这就注定人生的悲剧性，所以失败并不可怕，关键是不能输掉一种向前、向上的精神。再如

241

"有时候模仿就是谋杀／就是阉割渴望／就是咀嚼时间吐出的爱情残渣／直到它成为生命之殇／成为我们痛苦中最为坚硬的部分"，"生活在别处，青春也是／所有我们热爱的东西都是"（《耳语》），这段诗句也堪称独到精警的生命哲学阐释，是坎坷的青春心理戏剧生发的痛苦觉悟：一个人的追求可能失败，但必须活出自己的个性，不能和更多的人苟同。有时一切美好的事物和希望都可望而不可即，它们永远生长在你难以抵达的地方，越是难以获得越显可贵，这恐怕也是很多人觉得理想的真正的"生活在别处"的普泛心理症结所在。

也就是说，复调情绪之上理性诗意的开掘和追索，增加了诗的生命重量，更使《耳语》《未完成的安魂曲》在某种程度上成了一种心物对话的情绪哲学，一种经验、智慧的感性回味和阐发，兼具感人肺腑和启人心智的双重功能，它们以对诗歌本质内涵的改写、拓展，对许多读者心中的传统观念形成了一种拷问：诗歌真的是像以往人们说的那样，仅仅是生活的表现，或仅仅是感情的抒发吗？

化解异质对立因素的平衡追求

文本价值必须经读者的阅读才能最终完成，而作品要唤起人们的阅读兴趣，只能在艺术性上下功夫。《耳语》《未完成的安魂曲》的成功在于它们没有自动地再现诗人的情绪流动，或放映主体的理性思考过程，而是选择了一条非逻辑的、具体的诗之道路。这种选择包括许多方面，其中最能覆盖作品艺术个性的关键词当属"平衡"二字。即这两首诗注意调整、化解异质对立艺术因子之间的矛盾，使之达成一种充满张力的新的平衡、和谐状态。

综合传统与现代、直抒胸臆同具象表现交错的情思言说方式的启用，有种隐显适度的朦胧美。任白清楚理想的诗美状态介于晦涩和直白之间，所以应和《耳语》《未完成的安魂曲》的情感内质，他没完全倾向于西方传统史诗强调客体之实的路数，也没彻底臣服于东方抒情短诗传统崇尚主体之真的方法，而是努力协调主观表现与客观再现的关系，运用了以直抒为主兼容其他、融汇事物与心灵的表达策略。如当诗人想到使命未竟、友人却已倦怠，禁不住心潮澎湃，感慨万端，一股情绪热流喷涌而出："我们可以死去／但最好不要死于未被清洗的背叛／死于污秽未消的爱情／死于昏睡的灵魂／我们可以死于劳累……死于委身苦难／死于荣誉的荆棘／死于始料不及的牺牲／死于比自己更大的爱"（《未完成的安魂曲》）。直接率真得灼人的心理激荡和情思扩张，使昏睡的灵魂、疼痛、绿洲、星空、荆棘等一切事物均染上了诗人的主观化痕迹，洋溢着低抑而悲壮的精神气韵，真可谓做到了"登山则情满于山，观海则情溢于海"。这种对朋友的劝勉方式，自有不可拒绝的力量，这种恳挚的"真"状态，令虚伪造作者无地自容，反复的重叠，连续的排比，好似咆哮的波涛锐不可挡，其冲击力直逼读者胸怀。《耳语》第十节那段以第一人称方式直接介入，关于"来不及了"的充满恐惧、紧张感的内心祖露，同样带着一股强烈的情绪感染力。但是如果一味地直抒胸臆有时将伤及诗的筋骨，因为过于强烈的情感易使内容流于粗疏，信马由缰的传达也会导致情感的迷失与泛滥。作为人类情志精神的物化形态，诗必须通过感性走向成功，即便对那些知性思考而言，诗也"不能容忍无形体的、光秃秃的抽象概念，抽象——必须体现在生动而美妙的形象中"①。因此，深知此中三昧的任白在酣畅地抒情同时，又合理吸收了意象、象征等技术手段，将情思诉诸质感的意象，以意象的流动、叠加收敛、凝定感情，使情的表达趋于隐曲含蓄、幽婉，达成了意象、理性和情感三位一体的平衡。《耳语》开端意欲表达繁复的内心世界，但没沦为赤裸的生命流喷射，而是拥托出一片"物化"情境，"仲夏，满腹心事地从山脊后面现身/城里的三角梅依然在白日梦中沉默//沉默像山里的铁矿石/内心坚硬，脸色阴沉"，它把象征性意象"三角梅""铁矿石"作为情思对应物，以其色调的艳丽黯淡、质地的柔软坚硬等悖反品性的对比，和"沉默"内质的联通，曲折地表现、暗示诗人矛盾深沉的忧患意识，既不全隐也不全露，有言外之旨又可体会。为表现朋友经历"精神劫难"后的冷漠孤独，自己因失恋的"精神炼狱"留下的疼痛和伤痕，《未完成的安魂曲》写到："我站在那条峡谷的边上/时间掩埋了大地被撕裂时的吼叫/可是它的危险被永远留下来了/嶙峋的石壁和尖利的石笋/那些灌木无法掩饰的狰狞/围困美人松和云杉/兄弟，你在哪儿/在沉溺还是挣扎的宿命中？"峡谷、大地撕裂的吼叫、嶙峋的石壁、狰狞的灌木等意象的选择、跳动与转换，已外化出朋友和诗人自身

---

① 别林斯基：《别林斯基选集》第二卷，上海：上海译文出版社，1979年，第506页。

的情绪历程，或者说构成了他们萧索的灵魂画像。看来，直抒胸臆和意象表现这两种传情方式是能够相生互补的，正像前者能以自身的清晰脉络，让后者获得相对稳定的方向感和完整性、避免堆砌一样，后者也可通过自身丰富肌理的展开，让前者拥有质感坚实的依托与内敛蕴藉的美感，不至于蹈空，它们恰似诗歌之车的两个轮子，其中任何一维的薄弱皆会延缓乃至中断诗歌前行的进程。

　　诗外手段与诗内品质的平衡。《耳语》《未完成的安魂曲》均动用了非诗的艺术技巧，有相当显豁的小说、戏剧化痕迹。假如说《耳语》下半部中"我""你"与那个"阴沉的青年"演绎了一个地点、时间、人物、事件、环境等叙事文学要素一应俱全的故事，而且情节曲折惊险，气氛神秘紧张，《未完成的安魂曲》即是一出典型的心理话剧，"你""我"和丹阳之间的矛盾冲突激烈满爆，特别是"我"对朋友隐秘的心理运行，"我"在战胜自己过程中残酷的心理折磨，把人性的复杂、丰富性凸显到了最高限度。这是"叙事"倾向的整体辐射与介入，至于"叙事"倾向在诗中的具体渗透更比比皆是。如那个"阴沉的青年"用刀捅伤人后，"你在医院里/在ICU病房/世界变得遥远……（那家伙被抓起来的时候还在大喊：'我是销魂蚀骨的卡萨诺瓦，是罪孽深重的拉斯柯尔尼克夫，是一击致命的哈姆莱特'）/是啊是啊/总是这样/我们历尽艰辛/可是爱情功败垂成/我们的新生活功败垂成"。这里有玫瑰花、输液管等病房场景的铺设，有女友深度昏睡状态的呈现，有精神问题严重的"凶手"的辩白，有对爱情和生活"功败垂成"的评价，更有对病床上女友的深情呼唤，氛围、画面、个性兼具，动作、语言、心理并出。而《未完成的安魂曲》处理的男女三角情感关系，恐怕连小说、戏剧等叙事文体都感到棘手，但它却从容地以寥寥数笔就把事情的来龙去脉、因果关系和人物状态勾勒得清清楚楚，"你眼神中那种暗淡的厌恶／让我感觉某种我们一直纠结与依恋的东西永远地消失了"，"婚姻是不是成了一座幽暗的居所／你囚禁她……在我们最年轻的时候／我们合谋了这个悲剧"。它真切地写出了爱情、友情的样貌和流逝原因，以及复杂的感受。它们在逼仄的有限空间里竟综合了众多凌乱纷繁的因素，表现出诗人把握、描述生活与感情的能力之深邃之细敏，它们在此在经验的占有、处理问题的利落方面，都超出了一般的诗歌作品。对任白的诗外手段借鉴读者无须担心，它不会伤害诗歌肌体，因为任白始终坚守着诗之为诗的内在品质。具体说来，一是在叙述过程中，注意情绪、情趣对事件、细节等因子的渗透，因此构成的是一种诗性叙事、情绪化叙事，对理想的追寻、对人性的拷问、对美好事物的追挽等情愫，依然是两首诗的生命支柱。二是心理时空的建构和大幅度的想象跳跃，诗性浓郁。两首诗不约而同采用的追忆视角，既利于人、事的转换，熔历史、当下和未来于一炉，又在运笔上灵活自由，平添了诗歌浪漫、惆怅的情调；而且它们那种以第一人称"内聚焦"自述为主的话语方式，因思绪的瞬息闪现与纷至沓来，使诗人不自觉间冲破了脉络井然的线状物理时空，形成了随意识游走的心理时空和叙述结构。这在《未完成的安魂曲》的很多段落里都有表现。希望朋友"重生"的诗人，从历史中寻找启示："历史不是一次旅行／而是一次迁徙／从奔突的热望到惶惑之爱／从自新的诳语到沉溺的鼾声／从登顶的呼号到宿营的眼睑／从先哲的训诫到狂徒的酒歌/从领袖的手臂到群众的脚踝/从喋血的争斗到和解的眼神/从牙齿的辩难到唇舌的抚慰/从朝阳的蛊惑到夜幕的仁慈/从生命到生命/从死亡到死亡"，这段理性沉思完全是诗人精神的"逍遥游"，跃动的视角上天入地，溯古瞻今，在打开历史、心灵的宽阔视野同时，也灵性四溢，增添了诗之妩媚。三是大量排比句的运用，为随意、散漫的自由诗行赋予了情绪的节奏和旋律，浓化了情思氛围。这里撇开《未完成的安魂曲》的"死于……"段落不谈，单是《耳语》最后一节的铺排就令人惊叹。诗人跪在受伤的女友床前，全力"向你耳语/向你因失血而变得透明的耳朵/向你死一般的沉睡/向无声的世界/向命运的黑洞/向你的委屈和渴望/向你仍旧饱含汁液的肉体/向我们亲爱的迷途/向半途之爱……"一连46个"向"字结构句式，把对女友依恋、热爱的缠绵情思传达得无以复加，别致而有力，它们所造成的那种行云流水般的、一气呵成的情绪动势，酣畅淋漓，极具感染力。

主旨构思的宏大开阔与细部环节的精雕细琢统一。对两首长诗的构思作者颇费心思。追求自由的理想，也许是当下年轻人的一种奢侈品，但对于作者及五六十年代出生的同代人来说，却曾经是日思夜想的梦。在《未完成的安魂曲》中，它虽然于诗中人物属于未然态范畴，"未完成"凝结成了他们"在路上"的一个逗号和永远的遗憾，但他们并未就此投降，"我"以承担姿态冲破重重障碍寻找"你"就是明证。寻找"你"即可理解为寻找理想的振作过程，而且结尾处"看见你了/我看见你了"，也的确给读者昭示了一点"光亮"，那是青春不死的象征，那是希望不死的隐喻。诗笔写"你""我"，却指代着一代人的精神走向，是一代人希望、失望、再希望的心灵历史浓缩和雕塑。《耳语》好似诗人对女友而言，但他们的情感关系历程、他们各自的人生道路揭示，又何尝不是那一代人和共有的精神情结观照，特别是诗与语言极具张力的题记对接、碰撞后，更扩大了诗的形象、主旨的指代边界。应该说，为一代人的心灵立传，书写一代人精神追求的酸甜苦辣，对主情的诗歌文体是一种考验，《耳语》《未完成的安魂曲》都做出了很好的应对，它们没硬碰硬地正面强攻，而是以小见大，从个人化视点求得非个人化效应，这正是它们的精巧之处。同时它们又剔除了小家子气的拘谨和狭隘，诗里那种高迈悠远的精神旨趣，那种强悍深沉的情感震颤，那种语句反复的气势渲染，那种接通古今中外灵动思维大起大落的纵横开阖，那种囊括自然、社会、历史、人生的视野的博大缤纷，那种大量文学家、哲学家、思想家言论和圣经故事共生的书卷气的浓郁弥漫，以及那种规模宏大、有相当叙事长度的结构体式，无不宣显着浩瀚、阔达、浑厚的气象。而一般人以为长诗作者基本上都抓大处，对小节不怎么在意，或者说他们一心致力于诗的整体构思、主旨与气势创造，可能会疏于细部的打磨。其实不然。《耳语》《未完成的安魂曲》不但对结构与视野有良好的宏观把握，在一些微小环节上也有自觉打磨的精品意识，且不说意象化抒情对精炼传统的坚守、排比渲染对情绪节奏的强化，调弄得娴熟自如，哪怕细微到一个字、一个词、一个标点的运用，一句诗行的排列、一种语汇的色彩搭配、一段节奏的抑扬设置，诗人也都十分讲究。像《未完成的安魂曲》那种贯穿始终的"我"对"你"的情感，内涵是时而友善时而嫉恨，时而惋惜时而抱怨，时而诅咒时而劝勉，调式也时而高亢激越时而婉转低回，时而爆烈急促时而轻柔舒缓，时而大江东去时而晓风残月，多元缤纷、极富变化的节奏起伏，把诗人对"你"的复杂感情传递得贴切恰适，煞是到位，也表现了诗人上好的情感、节奏控制力。再如《耳语》第十节写到面对世界的沉沦，诗人觉得一切都"来不及了"：

> 来不及了天色已晚大师云集
> 精美思想无奈粗粝问题
> 来不及了
> 来不及了
> 来不及了

同样的句子"来不及了"连续反复三次的形式排列，在一些人看来或有叠床架屋之嫌，但它实有为内容增值的作用，或者说它的排列本身即是内容的体现，它一声紧似一声的感叹，以对一种心理内涵的不断深化，把"时不我待"的无奈、悲凉情绪渲染得独特而浓郁。

在一篇文章中我曾经谈到：作为泱泱诗国，中国的抒情短诗已臻出神入化之境，但史诗与抒情长诗传统却相当稀薄。因为史诗与抒情长诗既需历史提供机遇，又要诗人具备兼容大度的艺术修养，东方式的沉静与个人经验、承受力、客观理性的牵制，也决不允许中国诗人过分涉及艾略特《荒原》似的领域。而任何一个诗人或诗歌运动成熟的标志就是史诗与抒情长诗的诞生，否则都难以企及辉煌①。20世纪80年代以降，这一情形有所改观。杨炼的《诺日朗》、江河的《太阳和它的反光》和新传统主义、整体主义诗群的部分作品，在对历史遗迹、远古神话、周易老庄等的寻根中，把握住了东方智慧和民族精神的某些内蕴。而后，马合省、于坚、梁平、王久辛、李松涛、雷平阳、朵渔等中坚戮力拼搏，长诗渐成当代诗歌史上一股不可小觑的创作潮流。正是依托这种宏阔的诗潮背景，任白携着他的《耳语》《未完成的安魂曲》，一在长诗领地出手就留下了鲜明的定格。它们探询真理与生存究竟的精神质地及其高度，平衡矛盾相克因素的艺术风范与功力，在当下信仰模糊的年代，对那些能入乎其内却不能超乎其外的文化史诗、走轻软文化路数的"大诗"，也许会包含着一种抗衡、补充与启迪的质素。

不是按规矩行文至此必须挑些毛病才能"鸣金收兵"，《耳语》《未完成的安魂曲》的确不无缺憾。任白坚守的理想主义和长诗之间，存在着本质冲突，前者需要激情的热烈，张扬个人化，后者则强调严谨，注重类的意识提升。而这两首长诗中的激情，多的是诗人心象的呈现，这种和长诗背离的取向，自然会引起激情方式和宏大构思间的矛盾，使诗中不少段落的情感偏于虚空，有一定的碎片感。这恐怕是任白和所有中国当代长诗写作者都需要深思的问题。

---

① 参阅罗振亚：《在构想与实现之间：评海子的"大诗"》，《文学评论丛刊》2003年第1辑。

新世纪诗歌的突破及其限度

仿佛千禧祝福之声犹在耳畔回响，21世纪的年轮竟迅疾地划过了十圈。回望十年来路，新世纪诗歌虽然还没来得及将自己同20世纪完全拨离，仍处于朦胧、易变、繁杂的现在进行时状态，但其不同于以往的精神和艺术个性已经形成，并且越来越清晰。那么，新世纪诗歌是否出现了新的征象、新的质素？它和此前诗歌之间究竟构成了一种内在接续，还是一种本质断裂的关系？它到底是改变了诗歌的沉寂现实，还是加速了诗坛的边缘化过程？它为持续发展必须解决哪些"问题"？面对这一系列的拷问，逃逸是不负责任的，每一个诗歌研究者都应给出自己的判断。

喜忧参半的矛盾"乱象"

审美对象的纷纭，介入角度的多元，使人们对21世纪诗歌现状的估衡仁智各见，难以获得一致性的共识。其中有两种意见最为典型，也最为引人注意。

一种意见是指认新世纪诗歌被边缘化到了几近"死亡"的程度，其证据确凿：1997年五大城市里"只有3.7%的市民说诗歌是他们最喜欢的一种文学作品"，诗歌已"是受欢迎程度最低的一种文学作品类型"[①]；而至市场化程度日深的新世纪，江苏一位中学教师课前提问，让喜欢诗的同学举手，结果只有两个女同学，记者在北京街头对中学生随机采访，在被调查的五人中，特别喜欢诗歌的没有，根本不感兴趣的两人[②]。可见，诗歌在老百姓精神生活中的重要性已不复存在，它似乎成了可有可无的点缀，即便作品数量再多也只能算是无效的写作。另一种意见断定新世纪诗歌进入了空前"复兴"期，理由也很充分：如今诗歌写作队伍不断壮大，远不止"四世同堂"，每年5万首的作品数量十分可观；诗歌创作已得到了社会各界的高度重视，朗诵会、研讨会、诗会和诸种奖的评选频繁举行；为谋求自身的发展，诗歌努力向大众文化开放，以泛诗和准诗的碎片方式在日常生活中多点渗透，令人感到时时刻刻都"诗意盎然"；特别是网络与诗歌的媾和、民间刊物同自印诗集相遇，更令诗坛热火朝天，活跃异常。一切迹象表明，如今的诗坛氛围是朦胧诗之后最好的。

应该说，这两种意见都不无道理，它们分别看到了诗坛的部分"真相"，但也都存在着一定的偏颇，不同程度地遮蔽了诗坛的另外"真相"。二者之间视若南北两极的对立，则饶有意味地折射出了目前诗坛境况复杂，充满着喜忧参半的矛盾"乱象"。一方面，诗坛并非想象的那样一团糟，而是有诸多希望的因子在潜滋暗长，审美记忆中辉煌的古典诗歌参照系作祟，导致"死亡"论者高估诗歌的价值和功能的同时，对置身的诗歌现实下了

---

① 记者调查，《光明日报》1997年7月30日第5版。

② 参见《中学语文：诗歌遭遇尴尬》，《光明日报》2001年8月9日第2版。

过于悲观的结论。在这个问题上，对歌德那种谁不倾听诗人的声音谁就是野蛮人的论断恐怕要辩证理解，离诗最近的中学生疏远缪斯女神，也不意味着如今的人们就是野蛮的，他们有不得已的苦衷。其实，诗歌的本质是寂寞的，它充其量不过是创作主体心灵的载体而已，它没有直接行动的必要，不能解决具体的实际问题，任何诗人也无须再为之加载，更不该总把当下诗歌和古代诗歌的黄金时代相类比，因为现代社会抒放情志渠道的广泛打开，决定诗歌作为文学焦点和中心的古典时代已经一去不复返了，冷清、寂寞是诗歌生存的常态，那种人为地把诗歌创作和活动热闹化，乃是背离诗歌本质的行为。悟清诗歌这一存在机制后，就将会感到商品经济大潮冲击下诗歌的沉寂并不可怕，它反倒为诗歌写作队伍的纯净提供了一次淘洗的机遇，面对孤独、残酷的文学现实，那些仅仅把诗当作养家糊口工具的技艺型诗人，自然耐不住清贫的冷板凳纷纷撤退，而他们的"逃离"和"转场"，注定会使那些将诗歌作为生命、生活栖居方式的存在型诗人"水落石出"，凸显其真诗人的风骨。事实上，已经有郑敏、王小妮、王家新、于坚、臧棣、西川、潘洗尘、伊沙、朵渔等一大批优秀的诗人，一直坚守在诗歌现场，既瞩望人类的理想天空，又能脚踏实地地执着于"此在"人生，以宁静超然的艺术风度传达"灵魂的雷声"，他们和他们的作品都有许多可圈可点之处，为读者昭示了一种希望。并且人们也绝非不需要诗，而是需要好诗。如2008年5月12日汶川特大地震次日，沂蒙山一位作者创作的《汶川，今夜我为你落泪》贴在博客上后，点击率竟达600万人次，而后《妈妈，别哭，我去了天堂》《孩子，别怕》等诗也都不胫而走，几乎家喻户晓。这个事实证明即便是在当下的文化语境中，中国仍然有诗歌生长的良好土壤，仍然呼唤好诗的出现。

另一方面，诗坛不尽如人意处还有很多，出于对新诗的挚爱，某些"复兴"论者显然在一定程度上被热闹的表象所迷惑，乐观而信心十足，至于对喧嚣背后的隐忧则注意不够。其实，"热"多限于诗歌圈子之内，它和社会关注的"冷"构成了强烈的反差。稍加思考便不难发现，在政治、文学环境宽松的今天，写作不再神圣得高不可攀，人人都可"抒情"纸面与狂欢网络，孕育出多元共生自由格局的同时，也彻底把"创作"置换成了"写作"。据传一个网名叫"猎户"者发明了一个自动写诗软件，将不同的名词、形容词、动词，按一定的逻辑关系，组合在一起，平均每小时写出417首，不到一个月就生产了25万首诗，且不说其速度惊人得可怕，单就抽离了责任、情感和精神而言，他写的东西是否还能称之为诗就值得怀疑。而要深入诗坛内部考察，那种"事件"多于"文本"、"事件"大于"文本"的娱乐化倾向十分严重。谈及当下诗歌，很多读者马上就会联想到"民间写作"阵营内部论争、梨花体、裸体朗诵、诗人假死、诗公约、诗漂流、诗稿拍卖、诗歌排行榜等等，一宗宗让人目不暇接的事件，这些鸡零狗碎的外在表象和诗歌创作质量、品位的提升构不成任何关联，只能给人留下笑柄。而最能测试一个时代诗歌是否繁荣的创作呢？有很多文本更令人深深地失望。如本世纪初70后诗人的"下半身写作"，尽管一定程度上对抗了意识形态写作，增加了诗歌的世俗化活力，但其"诗到肉体为止"的贴肉状态的性感叙事，也败坏了读者的胃口。而后分别于2001年和2003年出现的"废话"写作、"垃圾派"写作，简直就成了盛装高级动物生理排泄物的器皿。口水四溅，屎尿遍布，休说给人提供什么崭新的精神、艺术向度或美感，单是那种丑陋恶心劲儿就是人类文明的大"倒退"，你絮絮叨叨、磨磨唧唧，你玩味大小便的刺激和快感，和读者又有什么关系？如此说来，就难怪有人小视诗歌不过是"口语加上回车键"、发出"诗歌死了"的感叹了。

也就是说，新世纪的诗坛态势不是平面的，它更趋向于喜忧参半的立体化，既不像"死亡"论者想象得那么悲观，也不如"复兴"论者鼓吹得那么繁荣，平淡而喧嚣，沉寂又活跃，所有相生相克的因子构成了一种对立而互补的复杂格局，娱乐化和道义化均有，边缘化和深入化并存，粗鄙化和典雅化共生。而就在这充满张力的矛盾"乱象"中，诗人们频繁地涌现和被淘汰，评论者的研究标准不断起伏与调整，诗歌以曲折摇摆的方式日渐寻找着、接近着理想的境地。

亮点，闪烁在文本之间

新世纪的诗坛虽然菁芜夹杂，"鲜花"与"野草"并生。但浮面之下的几点深层的脉动，还是以其"行动"的力量，影响了读者的日常生活，感染了不少国人的灵魂，在一定程度上挽回了80年代以来处于边缘、尴尬中的诗歌面子，并且似乎带来一种期许：诗在日常生活中并非是多余的，它理应具有重要的位置。

一是诗人们学会了承担，使写作伦理在诗歌中大面积地得以复苏。不可否认，如今的诗歌创作娱乐、狂欢化现象十分严重，网络写作更潜藏着许多伦理下移的隐忧。与之相反，大量优秀的诗人悟出诗歌如果不和置身的现实、芸芸众生生出关涉，就很难造就大诗人与拳头作品，自身前途也无从谈起。特别是经历了SARS、海啸、雪灾、地震、奥运、共和国六十华诞等一系列大悲大喜的事件之后，他们更懂得了承担的涵义，愈加注重从日常生存处境和经验中攫取诗情，最大限度地寻找诗歌和当代生活之间的对话、联系。其中对城乡底层的持续关注，对地震、雪灾中人的命运和苦难的抚摸，非但恢复了人的真实生存镜像，充溢着人性、人道之光，有时甚至具有针砭时弊的社会功能。如田禾的《春节我回到乡下》简直可视为"问题诗"：

春节我回到乡下

差不多与外出打工的民工兄弟

同时回到我们共同的村庄

或许比他们更晚一点

他们有的还在路上

回来的都在忙碌

比如：杀年猪、打糍粑、贴对联

没回来的他们在焦急地等待

四婶做泥瓦匠的儿子

和她在城里擦皮鞋的儿媳妇

被票贩子的假车票

滞留在广州火车站了

　　四婶和儿媳妇都在电话里啼哭

　　昨天新闻联播中一晃而过的

　　一对邋遢夫妇，像是他们

　　我后悔告诉了四婶

　　让她在电视机前苦守了一夜

　　典型细节的叙述外化了乡下人艰辛、盼望与焦灼的复合心态，更引出相关的社会问题，底层百姓的基本生存权利无法保证，连买车票、种子与化肥居然也被坑骗，诗对残酷现实的揭示令人愤然。底层出身的郑小琼那首《表达》：

　　过去的时光，已不适于表达

　　它隐进某段乌青的铁制品中

　　幽蓝的光照亮左边的青春

　　右边的爱情，它是结核的肺

　　吐出塞满铁味的左肺与血管

　　她像一株衰老的植物，在窗口

　　从灰色的打工生活挤出一茎绿意

　　拥挤，嘈杂的疲倦，她弯曲捡起

　　半成品和手工制件，偶尔的交谈

　　与长时间的沉默，剩下机器的轰鸣

　　多少铁片制品上留下多少指纹

　　多少时光在沙沙的消失中

她抬头看见，自己数年的岁月

　　与一场爱情，已经让那些忙碌的包装工

　　装好……塞上一辆远行的货柜车里

　　把"钢铁"与"肉体"两个异质意象拷合，外化出青年女工忙碌、寂寞而悲凉的残酷现实，令人震撼，其对人类遭遇的关怀，愈衬托出底层百姓命运的黯淡。

　　而且诗人超常的顿悟、直觉力，敦促他们在文本中不时突破事物的表面和直接意义，越过刹那的情绪感觉苑围，直接抵达事物的根本，显示出深邃的智慧和人性化思考。像被称为用善良、痛苦、血乃至生命向世界"奉献"的"好人"潘洗尘，所写的《这世界还欠我一个命名》，乃诗人心理念头的瞬间滑动：

　　我一直假设是我欠所有人的

　　所以我把所有的心都奉献给了亲情

　　把所有的爱都奉献给了爱情

　　把所有的美好都奉献给了友情

　　甚至对一个又一个的陌生人

　　我都能够倾尽所能

　　我可以不要好人的负累

　　可以不要诗人的桂冠

　　我只求这世界还我一个简单的称谓

　　这称谓只须从一个孩子的口中呼出

——父亲

　　但这个简单的生存愿望，却暗合了人类情感和经验的深层，触及了生命中最柔软也最深重的精神伤痛，所以最能击中人心。靳晓静的《尊重》展示了自己十二岁时手指被菜刀划破出血的场景，可是更是从母亲的话"你没尊重它，/所以它伤了你"悟出许多道理：创伤并不可怕，人都是在创伤教育中走向成熟的。所以"从那以后，我有多少次/被生活弄伤/从未觉得自己清白无辜"，琐屑的生活细节被人性光辉照亮后，玉成了一种精警的思想发现。新时期诗歌这种关注此在、现时世界的"及物"追求，进一步打开了存在的遮蔽，介入了时代的真相和良知，在提高诗歌处理现实和历史的能力同时，驱散了乌托邦抒情那种凌空蹈虚的假想和浪漫因子，更具真切感和包容性。

　　二是诗作处理生活的艺术能力普遍有所提高。和日常生活、现实接合，仅仅是一种题材立场，诗歌最后获得成功还必须依赖艺术自主性的建构，因此新世纪的诗人们应和题旨和情感的呼唤，都比较注意各个艺术环节的打造，在表达策略上注意生活经验向诗性经验的转化。其向度是多元的，主要表现有几个方面。

　　首先是依然在意象、象征的路上出新。如牛庆国的很多诗歌都以意象独创引人注目，他特别钟爱乡间的动物和植物，诗中多次出现驴的意象。如牛庆国的《饮驴》已走出形象粘连，获得了形而上的旨趣：

　　　走吧 我的毛驴

咱家里没水

但不能把你渴死

村外的那条小河

能苦死蛤蟆

可那毕竟是水啊

蹚过这厚厚的黄土

你去喝一口吧

再苦也别吐出来

生在个苦字上

你就得忍着点

忍住这一个个十年九旱

至于你仰天大吼

我不会怪你

我早都想这么吼一声了

"生在个苦字上/你就得忍着点",那"驴"分明成了忍辱负重、在苦难中挣扎的中国农民的化身。

其次是为增加表现力,适度向其他文类扩张的文体互渗。诗人们意识到仅仅运用意象和象征手法是不够的,并自觉挖掘和释放细节、过程等叙述性文学因素的能量,把叙述作为改变诗和世界关系的基本手段，以缓解诗歌内敛积聚的压力。如"九十三岁。她像一盏煤油灯/被一阵风吹灭了光明/从此　她的世界一片漆黑/关上窗户，再也听不到她喊我的声音了——//又要回广东了，她把五十元钱塞在我手/说：'用老年人的钱，会长寿，好运……'"（许强《婆婆》），没有涕泪横飞、捶胸顿足的悲情抒放，甚至没有直接表达怀念意向的字句，就是煤油灯、窗户、钱等稀疏的意象存在，似乎已引不起人们更多的注意。而婆婆塞钱的动作，婆婆和别人叨念的话语"强娃儿　回来看过我……"以及婆婆走后诗人的心理"事态"，却成了结构诗歌的主角。诗正是借助这种行为事象的散点叙述，节制而有分寸地表达了对亲人特殊的依恋、怀念和悲痛，同时随着叙述性和行为意象特征的强化，婆婆的性格要素也得到了一定程度的显现。

再次是大量去除晦涩朦胧后的朴素的文本姿态，有力地契合、贴近着表现对象。这既指诗中的物象、事态和情境饱蕴人间烟火之气，也指语言上的返璞归真，向清新自然"天籁"境界趋附。如江非的《时间简史》以倒叙方式观照农民工的一生：

他十九岁死于一场疾病

十八岁外出打工

十七岁骑着自行车进过一趟城

十六岁打谷场上看过一次，发生在深圳的电影

十五岁面包吃到了是在一场梦中

十四岁到十岁

十岁至两岁，他倒退着忧伤地走着

261

由少年变成了儿童

到一岁那年，当他在我们镇的上河埠村出生

他父亲就活了过来

活在人民公社的食堂里

走路的样子就像一个烧开水的临时工

　　不能再简单的句式，不能再泥实的语汇，似乎都离文化、知识、文采很远，可它经诗人"点化"后却有了无技巧的力量，切入了人的生命与情感旋律，逼近了乡土文化命运的悲凉实质，具有"直指人心"的力量，显示诗人介入复杂微妙生活能力之强。

　　三是实现了诗的自由本质，使个人化写作精神落到了实处。诗的别名是自由，它的最佳状态应该在心灵、技法与语言上都不受任何外在因素的羁绊。新世纪诗坛众语喧哗，人气兴旺，在一定程度上抵达了这一理想境地。心理的、历史的、社会的、审美的、哲学的、感觉的、想象的、现实的等每一种向度，都获得了自由的生长空间；40后、50后、60后、70后、80后、90后，每一代诗人都在各自的位置上施展功夫，谁也不挡谁的路；官办刊物、民办刊物和网刊各司其职，几个阵地、渠道间彼此应和，解构着写作的话语霸权；地方诗歌多点开花，和八九十年代诗歌大体只有南北之分、各省意识尚未苏醒相比，而今四川、江苏、湖北、安徽、山东、广东、甘肃、海南等，都渐次亮出旗帜，各地区间"呼朋引伴"，对峙又互补。诗学风格、创作主体、生长媒体与地域色彩等纷呈的镜像聚合，异质同构，"和平共处"，形成了诗坛生态平衡的良好格局，人气、氛围俱佳。特别是引渡出一批才华、功力兼得的诗人和形质双佳的优卓文本，以抒情个体的绚丽与丰富，创造了一片个人化精神高扬的文学奇观。可以毫不夸张地说，每一位诗人都在寻找着自己个性的"太阳"。如李琦的《下雪的时候》颇得传统的精义，看见雪花，心会有种隐秘的激动：

下雪的时候，世界苍茫
微弱的雪花
像最小的善意、最轻的美
汇集起来，竟如此声势浩大
一片一片，寒冬的滞重
被缓慢而优美地分解了

我钟爱这样的时分
随着雪花的舞动
我会一一回想友人的形貌
以及他们的动人之处
还有，那些离开的人
过去的好时光
一些铭心刻骨的时刻

我还是会不断地写下去
那些关于雪的诗歌
我要慢慢写出，那种白

那种安宁、伤感和凉意之美

那种让人长久陷入静默

看上去是下沉，灵魂却缓缓

飘升起来的感觉

它对雪的痴迷书写构成了一种美的隐喻，那清白、洁净、单纯、静虚之物，在貌似下沉实为上升的灵魂舞蹈中，对人生正是奇妙的清凉暗示，娓娓道来的平实叙述里自有一股逼人的美感。蓝蓝近年更多的是朝向现实，艾滋病村、煤矿矿工、酒厂女工、城市农民工等，都成为她执着于当下的见证，在描绘苦难与强调悲悯的背后，是她在语言和想象之外的一份现实承担，《我的笔》中一支笔的力量，似乎能穿透现实的迷雾，直抵生活的核心。翟永明的《关于雏妓的一次报道》在雏妓不幸际遇的客观叙述中，蛰伏着诗人的愤怒之火，它是一个女性诗人对事件做出的直接反应，但又有强烈的去性别化倾向，或者说它是对一个族类的女人命运的思考，对人性和社会良心的深沉拷问，对诗人的无奈忧郁和诗歌无力的感喟。冯晏愈发知性，伊沙机智浑然如常，李轻松的诗讲究情感的浓度和深度，王小妮澄澈从容，宋晓贤的思维与出语怪诞，杨勇的构思和意象精巧……诗人们多元风格的绽放，暗合了诗歌的个体独立精神劳动的本质，意味着写作个体差异性的彻底到位。这种自在生长的状态，保证了主体人格与艺术的独立，也构成了诗坛活力、生气和希望的基本来源。

"问题"依然纠结

必须承认，21世纪诗歌的突破并非是全方位进行的，也谈不上彻底二字。或者说它是有限度的，不但遗留的经典文本和大诗人匮乏的老问题没有得到根本性解决，还增加了一些更为困扰诗界的新问题。新老"问题"纠结，决定当下诗歌尚难以迅速出离低谷，而不时在跋涉路上左右徘徊，进展缓慢，要想真正走向繁荣，还得深入反思，有针对性地取长补短。这种现状令钟情缪斯的人们无法不牵念，无法不忧心忡忡。

如今诗坛最大的问题是整体感觉平淡，缺乏明显的创新气象与强劲的冲击力。客观地看，21世纪诗歌在写作方向上有一定的独到探索，可同20世纪90年代先锋诗歌的精神并无太大的区别，其叙事化、戏剧化、个人化、新口语、日常主义的表征，皆可视为前者写作策略的接续与延伸。和建立启蒙思想的朦胧诗、在内质上从破坏进入建设的20世纪90年代诗歌相比，21世纪诗歌为诗坛提供的显性新质并不是很多。我曾经多次提及，一个国家、一个民族的诗歌繁荣与否的标志，主要是它能不能拥有相对稳定的偶像时期和天才代表，就像郭沫若、徐志摩之于二十年代，戴望舒、艾青之于三十年代，郭小川、贺敬之之于五六十年代，舒婷、北岛之于七十年代那样，都支撑起了相对繁荣的诗歌时代。回顾新时期的诗歌历史，如果说八十年代尚有西川、海子、翟永明、于坚、韩东等重要诗人胜出，九十年代至少也输送了伊沙、侯马、徐江等中坚力量，而诗界整体艺术水平提高的新世纪诗坛呢？在它风格、趣尚迅疾流转的过程中，别说让人家喻户晓的，堪和马雅可夫斯基、洛尔迦、艾略特等世界级大师比肩的诗人，就是那种襟怀博大、诗魂高迈、极具终极追求的，能代表一个时代的诗人，也几乎没怎么显影。"群星闪烁"的背后是"没有太阳"，这无论如何也构不成真正的繁荣。虽然说2008年诗歌出现了"井喷"，急遽升温，给人造成一种复活的感觉，可惜它并非缘于创作品位的提升，而是借助、倚重地震这个重大事件的外在力量才"有所作为"。这种"国家不幸诗家幸"的"大灾兴诗"现象本身就不正常，倘若有人把诗歌的希望寄托在历史、国家、民族的"灾难"之上，那就更不道德，并且翻检那个时段的诗歌，尽管不乏《今夜写诗是轻浮的》那样撼人心魄的佳构，但多数作品艺术性普遍较低，甚至还留下了《江城子》一类矫揉造作、错位抒情的不和谐之音。尤其值得人们深思的是，一旦地震过后，社会生活又按部就班地运转，诗歌书写就恢复到原来繁而不荣的"常态"。我个人以为诗歌要实现突围，必须从自身寻找切口，而不该依靠外力的推助，那种"事件"大于"文本"的现实应该尽早成为历史。这种平淡的感觉源于多重消极因素的影响，其中主要和诗歌写作本身的问题密切相关。有些诗人或者在艺术上走纯粹的语言、技术的形式路线，大搞能指滑动、零度写作、文本平面化的激进实验，把诗坛变成了各式各样的竞技实验场，使许多诗歌迷踪为一种丧失中心、不关乎生命的文本游戏与后现代拼贴，绝少和现实人生发生联系，使写作真正成了"纸上文本"。像一度折腾得很凶的"废话"写作，像"口语加上回车键"的梨花体写作等等，不过是口水的泛滥和浅表的文字狂欢，生产出来的充其量是一种情思的随意漫游和缺少智性的自娱自乐，更别提什么深刻度与穿透力了。至于无节制的"叙事"、意象选择和构思上的艺术泛化现象，也是很多作品的通病，它们和大量底层诗歌、打工诗歌都急切面临着艺术水准的提高问题。或者在情思书写上完全深入到了日常化的琐屑之中无法自拔，无暇乃至拒绝精神提升。不少作者将"个人化写作"降格为小情小调的抒发，将诗异化为承载隐秘情感体验的器皿，而对有关反腐败、SARS、洪灾、地震、疾病和贫困等能够传达终极价值和人文关怀的题材却"搁置"不顾，生存状态、本能状态的抚摸与书斋里的智力写作合谋，使诗难以贴近转型期国人焦灼疲惫的灵魂震荡和历史境况，为时代提供出必要的思想与精神向度，最终由自语走向了对现实世界失语的精神贫血。吃喝拉撒、饮食男女、锅碗瓢盆等毫无深度、美感的世俗题材攫取，自然难寻存在的深度、大气和轰动效应，它们事实上也构成了诗性、诗意最本质、最内在的流失。当然，还有许多问题也都是21世纪诗歌发展亟待驱走的"拦路虎"。如传播方式上潜伏的危机问题。新世纪诗歌的民刊和网络书写热闹非凡，的确"藏龙卧虎"，但时而也是藏污纳垢的去处，时时助长着诗歌的良莠不齐、鱼龙混杂，使非诗、伪诗、垃圾诗获得出笼的可能。它的能指滑动、零度写作、文本平面化的激进语言实验与狂欢，反叛、质疑主流中心话语同时，也消泯了许多优秀的传统、意义和价值，造成诗意的大面积流失。表达过于随意、急躁、粗糙，众多不动脑子的集体仿写，造成了诗歌事实上的"假小空"，特别是屡见不鲜的恶搞、炒作、人身攻击等网络伦理下移的现象，更令人堪忧。

另外新世纪诗歌形象重构的事件化倾向又有所抬头。如今，人们一提及当下诗歌，很多人马上就会想到梨花体、羊羔体，想到裸体朗诵、诗人假死，想到多得让人叫不上名字的诗歌奖项与诗歌活动，这不能不说是让人悲哀的事情。特别是出于文学史的焦虑，这十余年玄怪的命名综合征越发严重，什么"70后"写作、下半身写作、"80后"写作、中间代写作、垃圾派写作、低诗歌写作、新红颜写作等等，连绵不断，你方唱罢我登场，频繁的代际更迭和集体命名，反映了一种求新的愿望，但也宣显出日益严重的浮躁心态，其中不少就是一种低级的做秀或炒作，它们极其不利于艺术的相对稳定性和经典的积淀与产生。我以为，在诗歌的竞技场上最有说服力永远是文本，那些诗歌大于文本、诗歌多于文本的现象应当尽早划上休止符。

看来21世纪诗歌虽然大有希望，但却还任重而道远。

"及物"选择与当下诗歌的境遇

新世纪文坛一个不争的事实，是出离边缘化低谷的诗歌境遇逐渐好转，开始回温。且不说呈几何倍数增长的创作者，在网刊和纸媒上多点开花，每年至少推出相当于《全唐诗》总数的大量文本；诸多朗诵会、诗歌节、诗歌奖和学术研讨，此伏彼起，魏紫姚黄，色调缤纷；以碎片化的准诗、泛诗形态悄然渗入手机短信、微信和广告、卡片文化的诗歌，也不时让日常生活"诗意盎然"，种种征候共同拥托出诗坛上一片人声鼎沸、热闹非凡的"复兴"景象。仅仅是诗歌自身内在重构的努力就足以令人兴奋，空前活跃的民刊、网络平台催生的书写与传播方式变革，带来了自由和创造的品质，从运动情结中淡出、冷静下来的诗人们，大多数自觉回归诗歌本体，致力于各种艺术可能性的挖掘和打造，提升着诗歌的品位。尤其是"及物"策略的明智选择，将诗歌和现实之间的关系调整到了相对理想的状态，甚至可以说，它是促成新世纪新诗境遇转换的最重要的动力之源。

说起"及物"，它的来路还颇为坎坷。1980年代中期之后，出于对意识形态写作、宏大叙事的反感和规避，许多先锋诗人将诗与现实的关系理解为过度贴近现实、时代写作，或许会在短期内引起轰动效应，但时过境迁后很容易沦为明日黄花，而与置身的生存语境拉开一定距离，偏于人类永恒情感和精神质素书写的文本，虽无速荣的幸运，却也少速朽的悲哀。所以在创作中迷恋纯诗，常常有意汰除社会层面的"非"诗因素，高蹈于优雅、和谐的幻想和神性世界，充满语言狂欢与圣词的气息，和现实若即若离。这种追求强化了诗意的纯粹及技巧的稔熟，但过于玄奥超然的所指却把一般的读者挡在门外，悬置了诗与现实深度对话的可能。基于"不及物"诗歌的诸多弊端，1990年代的"个人化写作"则格外关注"此在"，表现日常生活的处境和经验，只是有些诗人时而把"个人化写作"当作回避社会良心的托词，诗魂变轻。新世纪诗歌整体上延续了"及物"路线，但是经历过SARS、海啸、地震、雪灾、奥运、共和国六十华诞等一系列大悲大喜事件洗礼过的诗人们，更悟清了承担的伦理内涵和分量，知道诗歌非匕首或投枪，没有直接行动的必要，并不意味着要取消其行动的力量，而应以艺术化的方式进行，诗如果不去关涉人间烟火、芸芸众生，前途无从谈起，并在创作中表现出新的超越性品质。

一是诗人们不完全拒斥超验、永恒的情思元素，可是已注意讲究"及物"对象选取的稳妥、恰切，在典型、多维的日常处境和经验的有效敞开中，更接地气地建构诗歌的形象美学，与当代生活的联系更为广泛。随便翻开一首诗，就会发现从生活土壤中直接开出的精神花朵，"四个人席地而睡/像随意扔在地上的几根脚手架……一只麻雀跳下/啄乌云投下的影子/无意间啄到一个人的头颅/他醒了，睁开眼睛开始张望/朦胧得像初生的婴儿"（陈仓《工地小憩》）。普通镜头的摄取已介入社会一角，显示了诗人对人类遭遇的关怀，脚手架与人、麻雀的生动与酣睡的死寂交错，施以诗歌特殊的张力，底层的苦楚、劳累与艰辛不言而喻。不仅是琐碎细微的日常生活，严肃重大的社会问题也走进了抒情空间，面对河南许多农民因卖血染上艾滋病的惨象，翟永明写下《老家》："老家的皮肤全部渗出／血点　血丝　和血一样的惊恐／吓坏了自己和别人／全世界的人像晕血一样／晕那些针孔"，诗是对事件的直接反应，更是对人性和社会良心的拷问，冷静的审视与客观的叙述里，蛰伏着诗人的愤怒之火和悲悯的大爱，这种"问题诗"已有批评生活的直接行动力。并且因为诗人直觉力的超拔和感受的深入，很多作品穿越了对象的芜杂和表层，由灵性感悟的小聪明进入了事物的本质根部，闪烁着智性之光。如罗凯的《你主宰所有的空气》好似在扫描窗外的物象和记忆、幻觉交错的心象，"四面的玻璃为你隔绝迷局／重新结构你身影的一部分走出四端／你被虚幻的光亮勾勒轮廓／总有疑惑从暗处推演透明"，实则洞悉了人、人性与世界的局部本质，世上很多事物都乃矛盾而辩证的存在，隔乃非隔，界而未界，人被洗澡间"隔绝"却"主宰了所有的空气"，身体最受限制之时也许是灵魂最无遮拦之境。

二是没将现实因子直接搬入诗中，进行黏滞泥实的恢复与呈现，而是依靠能动的主体精神和象征思维等艺术手段的支撑，在呈象过程中充满灵性，获得一定的精神提升，甚至有时还能提供出某种新的精神向度。如李琦的《下雪的时候》："在人间逗留／见过太多的斑斓和芜杂／这单纯之白，这静虚之境／让人百感交集／让人内疚"。凝视着纷纷飘落的自然之雪，诗人是在雕塑、追慕着一种气质和精神，她痴迷的雪在心与外物的契合中已构成一种美的隐喻，那洁净、清白、单纯、静虚之物，在貌似下沉实为上升的灵魂舞蹈中，对人生有着奇妙的清凉暗示和启迪。侯马从庸常事物中发现诗意珠贝的《他手记》，没被凡俗生活的海洋淹没，而在恢复语词和事物的亲和性同时，让诗性之光将对象烛照得遍体澄澈，提纯了思想，如276则《老警察》："他的妻子一生喋喋不休/他最终只好选择沉默//那绝望的女人/无计可施//逢人便讲/这老头小脑萎缩//他默默的忍受这污蔑/嘴角浮着孩童般的笑"。字里行间的鸡零狗碎、家长里短世俗平庸，可诗却凭借围绕在老警察身边的日常片段、细节，寄寓了悲悯情怀，测试出婚姻与人生沉重、无奈的本质这样"庄重"的形而上内涵，指向遥深。雷平阳的云南书写里，也不乏现代性经验的体味，现场感很强的《集体主义的虫叫》貌似状写夜宿树上旅馆时听到森林里各种虫叫的过程和感受，实则彰显了诗人对自然的敬畏和从自然生命中获得的启示，"只有叫/才能明确自己的身份"，人亦如此，只有拥有宽阔或微弱的声音，才能证明自己的存在及其价值。

三是始终坚守诗之为诗的原则，决不放弃艺术性的前提。诗人们清楚"及物"说穿了只是解决了题材走向问题，文本要赢得读者的认同还需借助艺术技巧的支撑，以完成日常经验向诗性经验的转换，所以在创作手段上犹如八仙过海，各显神通。有人摒弃直抒胸臆的方式，启用带有象征色彩的意象进行物态化抒情，马莉表现对早逝朋友怀念伤痛的《我的朋友出发了》以路障、雪、雨、闪电、天空、血、蓝色的眼睛等驳杂意象暗示，揭示死亡冷酷却无法逃避的真相，"他们有一天/和我们一样也要出发"，情感、形象和思想的三位一体，统一了诗的抽象力和具象性。有人尝试借鉴小说、戏剧、散文的手段，把叙述作为维系诗和世界关系的基本手段，如李少君的《哀悼日过后，我看见的第一列婚车》，"阳光终于明亮，而且灿烂／可是我还是看不出你的表情／是忧伤还是欣喜。我只看到／长长的婚车队伍肃穆而庄重／在大街上缓缓穿行／终于有了鲜花、鞭炮声和红绸带／笑声，躲闪于清扫与接待的忙乱之间"。诗中有个人结婚的事件，有国家遭遇灾难的背景，有抒情主体的美好祝愿，场面、细节、情境、过程等叙事文学因子的穿插，将地震对日常生活的改变和影响传达得到位而简隽。有人以"离文化远一点"的态度，用素朴本色的语言"直指人心"，消除诗与读者的隔膜，如胡长荣的《在一树桃花面前》，"在一树桃花面前／我常常被一个词深深地打动：怀念／／在一树桃花面前／我至今还认为／一树的桃花中／开得最鲜艳／美得会说话会微笑的那一朵／就是我曾经深爱过的／一个叫桃花的／乡下姑娘"。独语式的语流仿佛从诗人的命泉里直接流出，拙朴自然，如风行水上，似白云出岫，把淳朴、真挚的情爱信息表现得苦涩又满爆，读着它即可直接走进诗人的生命内部。

新世纪诗歌的"及物"选择，以自己特殊的方式参与了社会精神个性的建设，在某种程度上改写了曾经略显空泛的新诗形象，使之不再是可有可无的存在，也让读者感觉到它比以往更容易接近。它对"此岸"存在遮蔽的全方位打开，使客观外宇宙与主观内宇宙均被纳入诗人的视野，最大限度地恢复了诗与现实的联系，以更为真切的姿态远离了浪漫、虚幻之圈，同时理性成分的渗入又提高了诗歌的骨质，唤起了人们对诗歌本体内涵的重新思考。它对精神提升的强调，保证了文本内部的诗性充沛和诗歌的高贵品质，遏制了诗意的萎顿和过度私密化，也因暗合着深层经验，提供了与其他精神个体沟通的契机，又因诗意在写实和象征之间的飞动，更贴近了含蓄凝练的诗歌本质。而它对艺术性前提的坚守，则敦促着个人独立风格的成熟和诗坛艺术水准的整体攀升，诗人们处理复杂微妙的日常生活能力普遍提高，叙述性文学手段的化用以及朴素化的艺术取向，无疑加宽了诗歌适应生活的幅度，对抗了"累"人的贵族气息，更为本色、清新与沉潜，缩短了诗和读者之间的距离。

遗憾的是，新世纪的"及物"诗歌在对象选择、精神提升、艺术品质坚守诸方面都存在着一个限度问题。比如"及物"意识的无限泛化，有时就模糊了选择的界限，使锅碗瓢盆、饮食男女、吃喝拉撒等题材没节制地大量涌入，没深入或清新的意味，也少必要的美感，做到"日常"化同时"审美"一维却被削弱了。又如很多"及物"作品完全倚重具体质感的"此在"，淡化甚或拒绝对有着高远境界的"彼在"世界的追逐，别说提供什么有价值的精神向度，有时连主体都彻底退场，诗无形中降格为情感偏瘫的世俗现象铺排和形而下的情思漫游，"诗歌何为"的终极问题被搁置了。再如有些诗艺术上态度散漫，结构芜杂，叙事枝蔓啰唆，"及物"诗歌蜕变为无难度写作，和配合时势的简单肤浅的"应时""应景"，或空洞，或矫情，很难引起读者共鸣。虽然诗歌境遇的真正转换，需要社会、读者、诗歌的"合力"作用，但主要还得依靠文本自身的良性运行，从这个向度上说，也正是由于"及物"及其限度的存在，新世纪诗歌的境遇才获得了明显好转，只是距离真正的繁荣还任重道远。看来，在怎样的前提下和范围内"及物"，应以什么方式"及物"，"及物"过程中该避免哪些问题，还需诗人们慢慢思量。

诗人与校园遇合

作为诗歌与大学教育的沟通方式,诗人驻校现象在海外的大学里十分常见,不胜枚举,并且有相当长一段时间的历史积累,而在中国尚属探索中的新生事物。2004年,首都师范大学中国诗歌研究中心和《诗刊》编辑部联合,首创驻校诗人制度,迄今为止,这一制度已相继惠泽江非、路也、李小洛、李轻松、邰筐、阿毛、王夫刚、徐俊国、宋晓杰、杨方十位诗人,在某种程度上已经具备了一种常态化的传统味道。

首都师范大学中国诗歌研究中心对驻校诗人的遴选模式和培养机制可谓用心良苦,别具特色。新世纪以来,随着诗歌的重新升温,有潜力、有个性的诗人不断涌现,灿若群星,选择哪些人作为驻校诗人是颇费思量的。如果说国内继起的其他几所开展驻校诗人项目的学校,多定位于名满江湖的大诗人,注重的是诗人的知名度和影响力,不论是叶维廉、余光中之于北京大学,多多、蓝蓝、顾彬、陈黎之于中国人民大学,还是欧阳江河、西川之于北京师范大学,洛夫之于江汉大学,走的都是"专家主导下的海选模式"①的话,那么首都师范大学在遴选原则上则不同于"锦上添花"路线,而是在谋求与它们交相辉映、共融互补之外,

---

① 王夫刚语,见舒晋瑜:《首师大驻校诗人成为中国诗坛中坚力量》,《中华读书报》2014年12月3日。

更侧重于"雪中送炭",即把眼光放在更需要扶植的有潜力的"青年"身上。其具体做法严谨而又仔细,每年先是由《诗刊》编辑部出面组织,经过读者推荐、专家评选、评委打分等若干环节,评出持久性与权威性兼具的"华文青年诗人奖",然后再从三位获奖者中遴选出一位到首都师范大学驻校,每年一位,十年恰好从三十位获得"华文青年诗人奖"的诗人中遴选出十位驻校诗人。有了《诗刊》编辑部的层层把关、严格筛选,就可以防止一般的平庸的"诗歌爱好者"的渗入,确保了每一届驻校诗人的高质量、高标准和"成活率"。

首都师范大学驻校诗人制度在培养方式上"奉献"色彩十分明显。诗人驻校时间为一年,每年暑假后随大学新生一同入校,入驻时中国诗歌研究中心会主动"牵线搭桥",为驻校诗人举行一个入驻仪式和一场诗歌朗诵会,让诗人尽早和研究中心的师生、北京诗歌界以及媒体的有关人员见面、熟悉。离校之前研究中心再为驻校诗人召开一次有关他们个人的诗歌创作研讨会,邀请谢冕、韩作荣、叶延滨、唐晓渡、张清华、王家新、西川、蓝蓝等享誉海内外的评论家与诗人到场,专门为他们的诗歌"把脉",研究中心的教师与研究生也会事先做充分准备,撰写文章,就诗歌问题与他们切磋。这种高规格的"待遇"在各省、市奋斗几十年的诗人可能都不容易得到,所以最为驻校诗人看重,效果也最为显著,甚至会影响他们数年、数十年的创作方向。中间研究中心不但为驻校诗人免费提供一室一厅的住宿条件,后几年还给予驻校诗人一定的生活补助,积极为驻校诗人开办讲座与沙龙、和研究生座谈对话、与中外著名诗人及批评家交流创造机会。而且出于为使驻校诗人再回学校安心"充电"的考虑，研究中心的有关人员会最大限度地联系、争取学校各单位以及社会有关部门的支持，一切为他们的写作、学习开道，以消除他们生活上的后顾之忧，如他们可以按需利用学校和研究中心的图书、网络资源，任选旁听学校各专业乃至北京大学、北京师范大学、中国人民大学的课程。而在驻校诗人创作内容、方法或者说写什么、怎么写的问题上，研究中心完全尊重文学艺术创造的规律，给他们以充分的自由的空间，在作品的创作数量、种类、发表方面不做任何硬性的规定和要求。研究中心对"诗歌研讨、讲座、对话、访谈、诗歌朗诵和给学生上诗歌课等形式"的系统安排，无疑"建立了诗人与学院、评论家、国内外研究者的立体联系和深层互动"①，堪称一种成功的探索。不难看出，"奉献"式的培养模式，需要人力、物力、财力等各方面的大量投入和付出。首都师范大学中国诗歌研究中心为何要做这样亏本的"买卖"，并有意识地不断使之完善化、常态化？研究中心副主任、著名诗歌评论家吴思敬先生的一段话道出了实情，他说设立驻校诗人制度"旨在给年轻诗人提供较好的写作条件、更充分的信息和交流的机会，实际上是为青年诗人服务"②，为新诗的未来发现和培养人才。而着眼于青年意味着什么？无疑就意味着抓住了诗坛的未来和希望，所以我觉得首都师范大学中国诗歌研究中心通过驻校诗人制度，进行沟通大学教学和文学关系的探索，即是应和现代

---

① 杨方：《在首师大每一个明亮而饱满的日子里》，《艺术评论》2014年第11期。

② 李静：《城市·诗歌·诗人——首都师范大学中国诗歌研究中心副主任吴思敬访谈》，《安康日报》2010年5月1日。

时势、同国际教育接轨的创新性举措，令人敬佩。

驻校诗人制度确立的意义和价值早就得到了强有力的凸显。青年批评家王士强断言，"驻校诗人与高校之间可谓是一种双赢的关系"[①]，其实，它带来的或许更是多赢的结果。由于驻校诗人很多没有受过正规的大学教育，通过驻校这一平台，年轻的诗人获得了理想的生长空间和环境，能够在一年的时间里得以敛心静气地思考、写作，自然会提升自己的写作经验与写作层次，拓展知识与交际的视野，补足、夯实诗学理论方面的修养。与之相伴生的必然是诗人对诗歌的思想看法，也会一点点地"从狭隘到宽阔，从浅表到深层，从零碎到完整"，成为"一个真正意义上的诗人"[②]，保证再写起诗来决不会像驻校之前那样，一味在情感上跑野马，而会逐渐走向理论自觉、逐渐底气充足。如杨方驻校期间阅读许多文学文化方面的书籍，尤其是受了穆罕默德·达维奇的启示后写下的《悲伤是这儿的，也是我的》《在伤口上建立一个故乡》等诗，写法上就"减少了情感的铺排，加强了思想性和语言的力量"[③]，她的感受恐怕也折射着驻校诗人共同走过的心路历程。事实证明，江非、路也、李小洛、李轻松、宋晓杰等驻校诗人，在校期间和出校之后，频频亮相于新世纪的中国诗坛，先后斩获中国屈原诗歌奖、徐志摩诗歌奖、郭沫若诗歌奖、泰山文艺奖、人民文学奖·诗歌奖、柳青文学奖、柔刚诗歌奖、上官军乐诗歌奖、汉语诗歌双年十佳奖等国内多种重要的诗歌奖

---

① 王士强：《诗歌与大学校园的牵手——"驻校诗人"在中国》，《光明日报》2014年7月7日。

②③ 杨方：《在首师大每一个明亮而饱满的日子里》，《艺术评论》2014年第11期。

项，实力强劲雄厚，已被视为当下中国诗坛不可或缺的中坚力量，其中的部分诗人完全具备了问鼎或者说冲击国内文学的最高奖项鲁迅文学奖的实力。甚至在某种意义上也可以说，驻校诗人制度改变了诗人的生存境遇，像江非、邰筐、徐俊国出校后都获得了一份相对稳定的工作，李小洛、李轻松的诗歌道路也越发开阔起来。而对学校来说，驻校诗人制度则浓化了文学气氛，丰富了校园人文建设，提升了文化竞争力和精神品位。诗人需要大学的另一面，大学也同样需要诗人，具体说来，在这十年的历史过程中，首都师范大学中国诗歌研究中心的历届研究生们，经过与驻校诗人的人与诗一次次的交流和碰撞，经过一次次驻校诗人学术活动的艰苦操练，逐渐崛起了一个由博士后王珂和博士生孟泽、霍俊明、张立群、张大为、王士强、连敏、崔勇、龙扬志、冯雷、林喜杰、王永、罗小凤、陈亮等组构的诗歌批评家群落，煞是引人注目，特别是霍俊明、张立群、王士强等几位骨干成员，更是同龄人中的翘楚和骄傲，其学术地位得到了学术界的广泛认同。如霍俊明当初在首都师范大学跟随吴思敬先生攻读博士学位期间，恰好赶上驻校诗人制度的创建，70后共同的年龄结构和经历爱好，使他和首届驻校诗人江非一见如故，很快成为无所不谈的挚友，也正是对同龄人江非诗歌的热爱，引发了他对70后诗歌深入、连绵的思考，并以之为契机，找准了自己的学术位置；最终写出第一部见证70后诗歌鲜活精神历史的专著《尴尬的一代——中国70后先锋诗歌》，全方位地把握了70后诗歌的思想脉动和深层实质，在中国先锋诗歌研究史上刻下重要的一笔，并在之后数年间一直追踪驻校诗人和当代新诗的精神之旅，连续出版《变动、修辞与想象》《无能的右手》《新世纪诗歌精神考察》等著作，成为新诗研究领域最重要的批评家。而这批当年优秀的研究生，从吴思敬、王光明、张桃洲、孙晓娅等诸先生那里承受学术的滋养后，又纷纷在天南海北的各地高校和文化机构中辛勤地播撒诗歌的种子，其"合力"的作用理所当然地使首都师范大学中国诗歌研究中心成了名副其实的中国新诗批评、研究的中心与重镇。

可以肯定地说，通过驻校诗人和诗歌研究者、广大学生的近距离接触与对话，在一定程度上缓解、消除了诗人与高校、创作界和批评界始终存在的紧张关系，对抗、遏制了日益程式化的诗歌教育弊端，为数年前曾经呼吁过的诗人学者化方向提供了一种可能。说起新诗创作和批评之间的关系，颇为令人感慨，本来新诗诞生之初，胡适、冰心、闻一多、徐志摩等诗人在学校任教就开了一个诗人学者化传统的好头，诗歌创作与欣赏之间的关系也相对协调，像胡适、郭沫若、闻一多等人的诗歌作品一经问世，诗坛马上就有正面的反响和回应。可是，后来这一优良传统却悄然出现了断裂，创作界和批评界的关系发展到严重隔膜、互不买账的状态，很多时候，诗人在闷头写自己的诗，从来不去关注评论，批评者多在做纯书斋里的学问，根本不问诗坛的风云走向，诗人和高校之间基本脱节。这种断裂、隔膜的直接后果是，高校与中学的大量教师所受的诗歌教育过于陈旧，面对新诗作品常常一片茫然，以至于一些人干脆"旧瓶装新酒"，用过于传统的诗歌欣赏理论硬套新诗作品，不但十分蹩脚，而且还闹出不少笑话。而驻校诗人制度的出现则从一个向度上改变着这一现状，它拉近了诗歌与大学之间的距离，改善、重建了创作和批评、大学与文学的关系，使写和评之间的界限不再那么壁垒森严，无形中让一些诗人和阅读、研究者慢慢地打成一片，成为情谊深厚的朋友、知音，影响了对方的审美乃至生活方式。在这个问题上，虽然说俄罗斯诗人布罗茨基在美国密歇根大学当驻校诗人时，美国评论家那句"一个驻校诗人胜过多少个教授"有点言过其实，却也道出了驻校诗人可以激发学生想象力、创造力的实情。一个个诗人"活体"驻校后的现身说法，把对创作、人生的理解直观地分享给学生，让学生接触到的不再仅仅是干涩枯燥的文学史知识，而会在不知不觉中感知到一种"诗歌味道"，知道诗歌、诗歌技巧究竟是怎么回事，觉得诗歌不再那么神秘玄奥，那么遥不可及，并在直观的对方中发现自我，使自身蛰伏的敏感、创造性的潜能与思维被唤醒、被激发，从而也就对以往刻板空洞、停浮于理论层面的诗歌教育现实构成了一种良性的冲击。如在与驻校诗人的日常交往中，本来即是诗人的霍俊明、张立群写得更多更好了，分别出版了诗集《一个人的和声》《白马——诗的编年史(2005—2012)》；龙扬志、罗小凤等从首都师范大学走出的学子，也拥有了诗人的身份，不断在《诗刊》等高档次的刊物上发表作品。与之同步，本来就直觉能力超人的诗人，和青年学子的大面积交流，使他们在获得源源不断的旺盛创作激情与动力同时，经过理论的熏陶、训练后，也具备了批评者应有的渊博、睿智、思辨的素质，纷纷以诗人批评者的姿态写起了评论文章，像江非的《作为诗人评论家的外围和内部》（《南方文坛》2009年第5期）、《中国新诗"第三浪潮"中的"女性身份"重建》（《诗歌月报》

2012年第7期），李轻松的《人与剑：呈现与隐藏的秘密》（《诗探索》2011年第2期），路也的《白洋淀诗群的漂泊感和放逐感》（《当代小说》2007年第11期）、《诗人徐俊国的"动物学"》（《诗探索》2012年第3期）等文章，都视角殊异，风采别出，由于有优卓的感悟力与艺术直觉作底，他们的文本细读功力超乎常人，往往比一般的评论者更能在本体层面找寻诗之内驱力，把握住诗歌复杂的内质与诗之为诗的奥秘，有着相当的深度和水准。

随着王蒙、莫言、贾平凹、王安忆、刘震云、方方、张炜、阿来、苏童、毕飞宇等"落户"各个大学，如今作家驻校在国内非但不再新鲜，而且似乎已经渐成趋势，很多学校也把它作为一种人才培养的补充模式。而作为一项有意义的尝试，"驻校诗人"制度虽然很有成效，提供了诸多经验，促发了人们对国内诗歌教育等问题的反思，可却并未得到广泛的认同。有人建言，在海外大学里敦促文学与大学教育沟通互补的诗人驻校制度，也应该融入国内文学教育体制，成为国内高校中文学科未来教学改革、人才培养的一种方向，诗人欧阳江河以为，"文学创作、学术资源、人才培养三个不同方向的联结，能够孕育出一个真正意义上文学的盛世"①。我觉得，由于旧有观念的积重难返，加上很多大学尚不具备理想的条件，大面积推行驻校诗人制度，实现文学创作、学术资源、人才培养的统一，或许在中国短时期内只能是一个美好的愿景，但是条件成熟的大学应该把之作为未来努力的教育方向，学习和推广首都师范大学驻校诗人制度的经验，

① 《大牌作家诗人驻校开讲，北师大"文学的春意"正浓》，《北京师范大学校报》，2014年3月21日。

积极谋求把诗歌创作科学纳入教育体系之道。至于首都师范大学中国诗歌研究中心的驻校诗人制度本身，仍有再继续完善的空间，笔者在这里提出几点看法仅供思考。

首先，这十年的驻校诗人入选者"北方的诗人多，南方的少"，平均年龄为38.4岁，"70年代后期及80后诗人尚未有"[①]。也就是说，入选者在地域分布上还可向南方延伸，年龄层次上也应往更年轻的人群倾斜，除了地域、年龄的分配需更为合理外，入选者的背景结构也可做适度调整。也许华中科大与武汉作协合办的中国当代写作研究中心开展的驻校作家活动能够给人一点启迪和借鉴，它定期邀请一位作家和一位评论家同时驻校两周，认为一位作家加一位评论家是最理想的模式。首都师范大学中国诗歌研究中心在主要吸收诗歌创作方面的优秀人才之外，也可以考虑适当地引入年轻的驻校诗评家，有很多不在高校又十分热爱、擅长诗歌评论的年轻学者，或者刚刚毕业的研究新诗方向的博士，同样也需要理论和思想的提升。其次，应该考虑如何将驻校诗人制度与研究生培养结合。顺应时势的发展，近些年北京师范大学、复旦大学等很多高校都纷纷招收写作或创意写作方向的研究生，武汉大学文学院前不久还获批了写作学博士学位点，首都师范大学中国诗歌研究中心作为国内最具实力的诗歌教研机构，也应该把自己独创的驻校诗人制度和研究生培养有效结合，考虑增设新诗评论与新诗写作的硕士学位方向，对创作成就突出、理论造诣深厚的特别优秀者采取特别政策，争取校方的支持，将之

[①] 王士强：《诗歌与大学校园的牵手——"驻校诗人"在中国》，《光明日报》2014年7月7日。

留做正式的教师。再次，很多人都以为作家尤其诗人都是凭借天赋走向成功，而不是靠后天的教育培养出来的。不用说，这是一个不攻自破的谣言。但它隐含的一个问题令我们必须正视，那就是每一届驻校诗人都应该像当年的沈从文任教青岛大学时由唯美湘西的摹写转向都市文明的嘲讽那样，把驻校当作新的创作起点，而不能仅仅靠吃老本过日子，更不能停浮于各种诗歌活动的参与层面，最终丢了诗歌只剩下活动，这就面临着一个在一年时间里，如何能够切实地使驻校诗人的创作获得实质性提高的考验，这一点恐怕还需研究中心的各位老师和驻校诗人仔细斟酌、探索。另外，给驻校诗人自由固然重要，但也不能一味地高门槛进低门槛出，甚至没有任何要求地无门槛限制，贻笑大方，至少应该为驻校诗人出校时制订一个相对合理的条件标准，或增加一个答辩环节，或要求拿出一本诗歌作品，或提交一份读书报告。

我相信首都师范大学以及其他大学的驻校诗人制度，只要能够注意不断扬长避短，使自身日趋合理完善，并保证持续、有效地运行，在中国当会拥有更为广阔的生命前景。

不该被历史遗忘的先锋群落：
"中国诗艺社"论

论及中国现代主义诗歌，通行文学史中几成定见的观点是：抗战的隆隆炮声一响，便"炸死了抒情"，宣告现代主义诗歌在中国从此步入消歇；直到经冯至导引的"九叶诗派"在1940年代中期横空出世，它才重获自己的声音。其实，这是一种必须纠正的错误认知。

诚然，战争的残酷容不得柔婉的娱性诗生长，而迫切地呼唤杜鹃啼血与鼓手迭出。于是，由象牙塔走向十字街头，从崇尚竖琴之音到标举匕首投枪之力，成为众多饱具良知的诗人的不二选择。在这样的时代语境下，现代主义走向衰微以至沉落乃是必然。但是，沉落并不意味着彻底消失，它"并没有中断，它的影响依然存在"[1]。其具体表现为三股力量：一是卞之琳、何其芳等现代派诗人，皈依时代后在解放区写下的反映抗战的爱国热忱之作，仍未割断和现代主义的思想与精神联系；二是沦陷区在战前已成名的南星、路易士、朱英诞以及战后崛起的黄雨、闫青、顾视、刘荣思、成弦、金音、沈宝基、黄烈等为代表的诗歌群体，基本上继承、延续了战前的"现代派"诗风[2]；三是在国统

---

① 龙泉明：《中国新诗流变论》，北京：人民文学出版社，1999年，第373页。

② 参见吴晓东：《抗战时期中国诗歌的历史流向》，《文学评论》1995年第5期。

区出现的既能接通古典传统、又具有向现实开放品格，艺术水准较高却鲜有人从整体上论及的准现代主义诗歌流派——"中国诗艺社"。

向"蔽塞的小天地"外放眼

自1938年春天开始，长沙的诗歌空气日渐浓郁，先是常任侠、孙望与力扬主持的《抗战日报》副刊《诗歌战线》面世，随后寄居当地的常任侠、孙望、吕亮耕、林咏泉、葛白晚和陆续途径长沙的程千帆、绛燕（沈祖棻）、汪铭竹、吴奔星、李白凤、徐愈等诗人，不断召开诗歌座谈会和朗诵会。尤其是在此基础上，孙望、吕亮耕等人，还组织成立了"中国诗艺社"，于1938年8月10日出版《中国诗艺》月刊，撰稿人即以上述诗歌活动的参与者为主体。可惜，由于战火纷扰，刊物只出了一期就被迫中断，好在没过多久徐仲年又领衔主编了"中国诗艺社"丛书[①]，并且时隔两年多后的1941年，大部分诗社成员纷纷转移、积聚到重庆，经汪铭竹、孙望、吕亮耕的多方筹划和常任侠、林咏泉、徐仲年、徐迟的热心赞助，刊物又于6月在渝复刊，至同年10月

---

① 由徐仲年主编，在重庆的独立出版社陆续出版，其中包括李白凤的《南行小草》（1939年11月）、常任侠的《收获期》（1939年12月）、绛燕的《微波辞》（1940年2月）、汪铭竹的《自画像》（1940年3月）、孙望的《小春集》（1940年）、吕亮耕的《金筑集》（1940年5月）、杜蘅之的《哀西湖》（1942年1月）、李长之的《星的颂歌》（1942年7月）、程锵的《风铃集》（1943年8月）、莫文来与徐愈的《黑鸟的歌》等。本文引用的例诗均出自《中国诗艺》杂志和"中国诗艺社"丛书，不再单独标示。

分别在重庆、贵阳各出两期。虽然诗社的刊物最终没有摆脱再次停刊的命运，但是"中国诗艺社"仍在抗战文学史上留下了绚烂的一笔，它在无意中修补、弥合了国统区现代主义诗歌谱系的断裂，架起了一道从"现代诗派"通往"九叶诗派"的先锋桥梁。

明眼人极容易捕捉到一个信息："中国诗艺社"并非突然拔地而起，乃是从《诗帆》与《小雅》①自然衍化过来的一个诗歌群落。事实上，在活跃于《中国诗艺》杂志和"中国诗艺社"丛书的抒情分子中，有施蛰存、冯至、李广田、柳无忌等"老诗人"亮相，也有上官柳、严小章、郭风、郑广游、邹荻帆、杜运燮、刘北汜等"新诗人"闪回，频繁出镜的中坚力量，却还是汪铭竹、程千帆、常任侠、绛燕、李白凤、林咏泉、孙望、吴奔星、徐迟、吕亮耕、徐愈等构成的《诗帆》《小雅》的核心层。只是有别于"久居书斋，与当时的现实距离较远，对整个民族的深重灾难缺乏痛切的体验"②的《诗帆》及《小雅》倾向，"中国诗艺社"成员蛰伏于记忆深处的"好诗"经验，使他们一方面对抗战诗坛情感直露、思想薄弱、停浮于标语口号的非诗盛行的流弊强烈不满，一方面更积极反思前辈"现代诗派"和自身以往脱离现实的过度个人化写作的过失，而且在刊物创刊号的《征稿小笺》

---

① 《诗帆》为南京"土星笔会"的同仁刊物，1934年9月创刊，1937年5月停刊，共出版17期，主要作者有滕刚、章铁昭、程千帆、孙望、常任侠和当时中央大学、金陵大学的学生霍焕明、绛燕、李白凤、吕亮耕等。《小雅》1936年6月于北平创刊，由吴奔星、李章伯主编，主要成员有吴奔星、林庚、李白凤、陈残云、锡金、柳无忌、吴兴华、路易士等。两个刊物上的诗人大多旧学修养深厚，注意吸收西方诗风，兼具古典与现代的风韵。

② 汪亚明：《现代主义的本土化》，《文学评论》2002年第6期。

中断然表明，那种"老是在蔽塞的小天地中回旋"的作品，乍看起来"虽冠冕堂皇而实际上却空无一物"，因此明确地将办刊宗旨和原则定位为"内容与艺术并重"，"只刊反映时代的好作品"，复刊号的"社语"再次强调，"凡是反映（讴歌）时代的好作品，我们绝对破除门户之见"，一概欢迎。在这种企望重新调整诗与时代、现实关系的观念统摄下，"中国诗艺社"的诗歌尽管仍然沿袭着"走心"的路线，把内在小宇宙喜怒哀乐、风雨潮汐的咀嚼作为诗思资源的发祥地，如绛燕的《水的怀念》："你的梦应当是一只小船，/扯满了风帆驶人我的梦里"，"让浅紫的夜色掩上桅杆/你在温柔的河流里放棹吧/或者停泊在无风的小巷/静静地做一次平安的晚祷"，诗复现了一段缠绵的青春心理戏剧，是男女至上爱情的曲折书写，夜阑之际，诗人从满地月色联想到澄澈之水，心中顿起怀人念远之意，走笔温婉沉静而含蓄美丽，蕴含着慰安、净化生命的神奇力量。再如葛白晚的《囚人》："窗外有一片白云，/我被雨囚在室中，/而心已乘白云去了，/飞向万里以外之家乡。//家乡也在濛濛的雨里，/心乃似铅魂已坠落了，/白云已任自飘去，/于是我永远作个囚人。"诗中的思乡意蕴也乃创作主体瞬间的情绪滑动，流露出诗人对故土的爱之深切与真挚，容易唤起羁旅异地的浪子的共同惆怅。这些小儿女的微妙心理、人类永恒的情愫等纯粹内涵，在意象化艺术手段辅佐下的揭示，皆可视为"现代""诗帆""小雅"诗风的隐现和延伸。

但是，"中国诗艺社"的一个有目共睹的价值取向更值得人们注意，那就是他们在观照生命情绪的律动体验的同时，均不同程度地开始向"蔽塞的小天地"外放眼，关注、表现时代的现实语境，拉近诗和生活、政治的距离，有的诗人甚至将从亲身体验的生活、斗争里攫取的诗情真实作为艺术的生命。"就其内容而言，则比当年的《诗帆》更接近了现实，更受到读者的欢迎"[①]。可贵的是他们的介入始终坚守着艺术的独立性和诗性方式的前提，很少去直接摹写现实，而是审美地把握对象，以内视性的"我"之角度去折射外部世界，写现实在自己心灵中留下的投影或回声，既立足现实的具体形态又不为其束缚，因而获得了一种超越性的提升。这种开放的现代主义诗歌姿态，使"中国诗艺社"笔下的现实比纯粹现实主义诗歌中的现实更灵动与内在，也比现代派诗歌的现实更广阔和繁复。同是那位女诗人绛燕，一边吟诵温热的爱情，一边诗境却在逐渐地扩大，《芦沟桥》写道，"三年不是短短的日子，/让岁月负起沉重的记忆，/芦沟桥还有如霜的月色吗，/怕也像泪水一样凝成冰了"，"但桥塊月光下长眠的战士，/曾在这桥上发出第一声怒吼"，"月色曾描绘下这悲壮的图画，/流水也永远记住这伤心的故事；/更让我们趁着每年初夏的南风，/召唤桥下百万不死的英魂"。由月色、流水、石阑等组构的芦沟桥，一直是大气与美之所在，在此却因泪水、伤心、长眠等意象或语汇的因子融入，幻化成仇恨、抗争和血的见证，对英魂悲凉壮举及其背后同仇敌忾精神的标举不宣自明。如果说绛燕的《芦沟桥》还是在传达着战争期诗人的特有感受，那么孙望的有关"江南战后"组诗就更接"地气"，战后乡村破败、

---

① 魏荒弩：《悼诗人孙望》，《文艺报》，1990年12月1日。

荒凉景象的描绘，仿佛使一草一木、一砖一瓦都满贮着控诉的意愿和呼声，如"野寺没有钟声，/焚香炉的僧侣已经十月不归，/山花松子，也随流泉杳然了，/倾圮之禅房乃一夜牵满蛛丝。//如今朝山节又近，/而朝山人却已绝迹了，/我因此想见一片青苔，/深闭着寂寂的院子"（《野寺》）。禅房倾圮，院子深闭，青苔蛛网遍布，日本侵略者的烧杀掠抢连乡野寺庙都不放过，其残暴程度和损害幅度可见一斑了，野寺而无钟声、朝山节该有的热闹喧腾与朝山人的杳然绝迹的悖论呈现，隐含着强烈的愤慨与同情。至于吕亮耕的《望金陵》、白鹤的《志愿军出征》则完全在抗战时期的现实风景线上采撷诗意，已经进入民族劫难和抗争的政治中心。前者有"哀思是千里芊芊的青草，/从湘江畔绿到了凤凰台"的新愁，更有"而我伫视着，哪一天——壮士血去染透栖霞的红叶，/火树千嶂里，龙盘虎踞的雄城上/重飘起红旗一面"的吁求和渴望，已无哀怨情调的踪影；后者写志愿军"负满头明月，/夜继日顺流波而下，/像一支箭。/二百一十只不倦的眼，/一百单五个头脸，/红的佩徽在人心里头发亮，/你可不必知道去的方向"，那份机警专注，那份敏锐迅疾，那份燃烧的斗志，昭示着一种令人肃然起敬的希望，字里行间氤氲着向上、必胜的情绪气息。可见，"中国诗艺社"没有沉湎于私人性体验而向身外世界放眼选择，不但沟通了诗人的内心波澜和广阔的历史图景，使始终悬而未决的诗与现实关系被协调得愈加紧密、深入，克服了诗思狭窄枯涩的窘境，而且诸多从个人与心灵出发的诗歌汇聚在一处，客观上起到了构筑风雨与愁云交错的民族心灵历史的作用，使个人化的情思鸣唱竟获得了非个人化的效能。

正如吴晓东先生所言，"哲理化的倾向构成了抗战时期一个带有普遍性的特征"①，理趣化的特质在汪铭竹的《致苏格拉底》、李长之的《人生几何》、常任侠的《列车》、丹丁的《拉纤夫》等大量"中国诗艺社"的诗作中也相当显豁。如"弃置道侧，闲静地自观，/吐出之灰白吁叹，随风倾斜。//反正当年生命，/曾辛辣地燃过她的红唇。//可瞑目无声息而熟睡了，/于此暮秋天之霜夜。//新的默契突来心头，/一如渊明当年悠然见南山"（汪铭竹《烟尾》）。说的是烟尾，实则在隐喻人生，一个人不论最终的结局如何，是被人弃置还是珍藏，是辉煌还是永久寂灭，只要曾经拥有灿烂、幸福的时刻，和人爱恋抑或事业成功，就是生命价值的一种实现，而比之更重要的人与万物的交融，那是人类生存的终极价值，诗在凡俗意象观照中旋起的积极生命哲学启人心智。再如"明窗净几/脑海里另植珊瑚树/移我储温玉的手心/笔底下/掀拨大海的尾巴/鳞甲辉耀日月/缀一颗眼珠于 一声叹息/添几朵彩云/借一份蓝天的颜色吗/梦与眼波与轻喟的惜别//水是够了/忘却就忘却罢/我卑微的圈子内 生或死/都为装饰别人的喜悦"（林蒲《鱼儿草》）。很多人或物看上去光鲜美丽，但有时骨子里早已失却自我，成为任人摆布操纵的玩偶，只配充当他人生命甚至情感变化的装饰。诗由此所触及的生命的悲凉，无形之中暗合了很多人的深层经验，揭示了生命的实质。好在诗人们对事物的凝思和顿悟没有"单凭哲学和智力来认识"，而是依靠感性化的诗歌方式完成的。为什么"中国诗艺社"的创作具有如此充盈的理趣，这说起来一点也

---

① 吴晓东：《记忆的神话》，北京：新世界出版社，2001年，第318-319页。

不奇怪。这既是由于国统区放逐抒情的时代黑暗背景，必然淡化诗人们青春期的浪漫和感伤，又是因为抒情主体具体生活的平静淡泊、清苦寂寥，时间久了会养就他们注意对个体生命凝视、沉思的品性，加之后期象征主义那种象征性思维、意志化文化特征的影响，也垫高了他们抒情的品位，几个原因聚合，使他们的诗歌自然多了理趣和思考的力度，常常充满一种形而上的内涵。而这种理趣化特质，实际上又增加、拓展了新诗本体观念的内涵，质疑了诗歌仅仅是生活、仅仅是情感或仅仅是感觉的传统观念的合理性，让人感到诗歌有时也是一种主客契合的情感哲学，并在某种程度上催化了继起者"九叶诗派"关于诗是经验的提纯或升华观念的萌生进程。如此说来，就难怪在《中国诗艺》上发表过作品的杜运燮，后来直接转向"九叶诗派""中国式的现代主义"诗歌的创造了。

出入于传统与现代之间

抗战后相当长的一段时间里，新诗都没有走出困惑，它在主流的大众化驱使下，进入了一个探索误区。很多人以为当时配合政治的鼓动宣传才是一切文学艺术的最高旨趣，诗歌的功利观念被推崇到至高无上的程度，而审美价值被降为附属、次要之维，于是不少非诗因素乘虚而入，"最普遍的现象则是情感的不够深沉，思想力的薄弱"①，也就是说，所谓的抗战诗歌并未传达出

---

① 艾青：《论抗战以来的中国新诗》，《艾青全集》第3卷，石家庄：花山文艺出版社，1994年，第172页。

抗战丰富而复杂的本质。在广阔而严酷的时代拷问面前，如果沿袭"现代诗派"以及《诗帆》《小雅》群落的诗风去抒情表意，就更难以奏效。因为如前者走进人生同时却走出了艺术一样，他们在走进艺术同时却走出了人生。正是在诗坛深陷迷茫之际，"中国诗艺社"应运而生，并开始了综合人生与艺术、平衡现实与诗歌的艺术之旅。诗社成员难以苟同抗战诗歌重功利、轻艺术的内在矛盾，认为唯有美的灵魂与美的形式统一，诗才会获得真正的生命，所以倡导"内容与艺术并重"，并且在艺术反思同时，由于他们曾经在古典诗歌和西方现代派诗中多有浸淫，受过先锋艺术的系统训练，起点较高，所以在创作中能够以上达的现代技巧抒放现实的心理感受，为现代主义艺术赢得了在新历史条件下生长的可能和空间，也为新诗的再度发展提供了诸种艺术启迪。

　　"中国诗艺社"诗歌古典风和书卷气浓郁，与延伸感时伤世的传统忧患同步，启用了意象化的思维方式，它的独特之处在于善以积淀着深厚民族审美意识的意象表现感情和生活体验，暗合着古典意境范畴，朦胧洗炼。调和异域营养与古典传统的关系，是新诗诞生以来就面临的一个难题，缘于新诗和传统诗歌乃对立的"敌人"的认识，不少诗人常下意识地排斥古典，更多时候偏于向西方取经。直到1930年代的"现代诗派"才开始自觉反观传统，寻求传统和现代的融汇途径，而"中国诗艺社"中孙望、程千帆、绛燕、汪铭竹、常任侠、吕亮耕等许多人都有学院背景，古典文学修养超群，曾经"鼓吹风雅，追踪唐宋"①，落笔时自

────────────

　　① 郭淑芬、常法韫、沈宁：《一瓣心香》，《常任侠文集》卷六，合肥：安徽教育出版社，2002年，第606页。

然不乏典雅的氛围。如吕亮耕的诗从不赤裸抒情，而选择了意象派的技巧，故是感情的而非滥情的，《索居》念远情怀的传递就是靠情思对应物"远远的秋砧"完成的。"当寒霜堆上土蟀的破琴／老松也噤无一言／而朔风偏为人送来感慨／你听：远远的秋砧／／仿佛记起那一个人的叮咛／一句句从砧声里透／梦回后：还塞一声鸡——啼湿了梦中人手绣的枕头"。寂寞又单调的捣衣砧声在萧索的秋日回响，令孤寂之人无法不起愁思，惨淡、苍茫的意趣借秋砧意象寄托，隐显适度，可解又朦胧，含蓄却不晦涩，"一个人"究竟是代指情侣还是代指母亲，诗人并不直说，随你想象，韵味陡增，理想地统一了古典意象与现代情绪。汪铭竹的《苦春雨》情感、语象和韵味都是典型的"中国制造"，"菜花又黄了；我所履的／却非故乡之熟径了……我想念一个响晴的天；／蓝天下，看我们铁鸟去长征"，走在异乡的路上，想起家乡稔熟的小路，尤其是那一片一片的金黄的菜花，怀念的惆怅和回忆的温暖兼有，这种典型的家国情怀含蓄温婉，清丽浏亮而又不无感伤的情境，浓淡相宜，极易唤起读者心中蛰伏的审美积淀和情绪记忆。"中国诗艺社"的传统意象和现代意象不但不抵牾，而且常常相得益彰，如孙望的《舞乐》写道："华尔兹慢展于掌上，／足的回旋，击出清越之节拍……眯起海伦迷人的眸子、温柔的发上，／翩然飞来只蝶绛色之轻翅。／彻旦疲欢的舞伴呀！明午／会烂醉于流线式之梦境里。"时髦的移植意象华尔兹、海伦，和温柔的发、轻翅、梦境等中式意象熨帖地交织在一个共享空间里，外化出都市的腐化与堕落，仍朦胧婉约又透明可鉴，给人一种古典韵味十足的和谐亲切感。至于绛燕的情诗，则"既有传统的矜持与含蓄，又富有现代的新感觉和新气息"①，打通了传统和现代间的甬道。"中国诗艺社"的古典意象传达，因有西方象征诗的制衡、牵拉，没蹈入泥古的深潭，反而相对自然活脱，获得了现代的品质与创造的风采。

随着结构意识的觉醒，大剂量地运用象征和隐喻，以在文本有限的空间内收获最丰富的诗意包孕，也是"中国诗艺社"诗歌的醒目特征。古诗魅力之一在于象征之道，以此言彼，用具体代抽象，其中颇多原型象征意象，西方现代派诗歌也擅长象征思维，求暗示和间接的表现。对中与西、传统与现代融合、参悟的结果，敦促"中国诗艺社"的诗常在写实和象征之间飞腾，底层写实视象上浮动着形而上的象征光影。如常任侠收在诗集《收获期》中的抒情长诗《列车》，通篇写四等车厢里的人们——一等车里的贵人，二等车里的大腹贾，三等车里的小市民、学生、浪子和四等车里的工人、农民，在列车向前奔驰过程中的种种表现情态，贵人与大腹贾生活的苍白、贪欲与空虚，下等人的疲惫和希望。"一等二等只有少数人的舒适，/三等你再动摇也得向着同一方向走，/四等只有这样一条长长的路，/走尽了黑暗总有光明的日子"，但无论贫贱富贵、男女长幼，都只能随"机关车的力"前行，"谁都不能转过一个方向，/只有这一条铁的轨道/不停止地奔驰奔驰"。仔细发掘即会发现，它是在表现现代机械文明对人类命运的操控，尽管在前行过程中每种人的承受有所不同，但"走尽了黑暗总有光明的日子"乃是历史和人类的未来的

---

① 解志熙：《摩登与现代：中国现代文学的实存分析》，北京：清华大学出版社，2006年，第46页。

现实，从容客观的走笔里，对都市机械文明的礼赞已溢于言表。吕亮耕的《眼》也以象征思维营构全诗，多言外之旨，"比目鱼，比目鱼，——神话中曾传说的名字。/我不敢轻道临渊的羡语，/袖手看盟鸥自来去。//哪是洋洋的鱼乐园？——我亦志在乎水。/愿思维是一笠帽，一垂纶，/我好肩一肩细雨不须归"。诗发于此处之兴归于彼处，从传统意象比目鱼之"目"写开，转看鸥鸟自由的来去，婉转地寄寓着对自由境界的神往，结尾处由旧体诗词衍化而来的佳句，同"鱼乐园"关系的建立，愈见出渴慕自由情意之深切。吴奔星的《汗之颂歌》中的"汗"意象，"它是成串的珍珠，/一颗更换一粒谷子，/它是连纲的炮弹，/一颗要拼掉一个敌人"，显然人身体上的实在之"汗"因农业背景和战争语境的介入，已成象征之"汗"，因之结构的文本空间也就有了更多的象征内涵。而绛燕在《诗帆》时期多以"燕子""紫色""萝蔓"自指，以"小白帆"喻恋人程千帆，并由其引出航海、水等意象象征离别和相思，则是公开的秘密。她进入抗战后象征的诗思维仍在，如"燕子还飞到屋檐下筑巢吗，/但主人流亡到何处去了呢？/三月的江南是可怀念的，/梦中已迷失旧日的家园；/春之羽又一度掠过游子的心，/但春风知道她眉宇的重量"（《忆江南》）。句间的燕子与未直接出现的"我"已不分主客，泾渭难辨，象征性意象燕子的启用，使诗人对家乡故土的怀念、担忧和复杂的爱有了可以触摸的重量和形状。"中国诗艺社"的象征、隐喻思维术，为诗之山峦罩上了一层朦胧的轻纱，亦真亦幻，虚实相生，余味缭绕。

在向融汇传统和现代、平衡诗与时代关系的精神共同趋附的过程中，"中国诗艺社"的成员之间没有走完全相互求同的道路，而是每人都保留自己个性追求的"太阳"，姚黄魏紫，各臻其态，达到了主体风格与多元个性的统一。成员个体间性别、地域、年龄、性格、文化等因素的不同，决定他们不由自主地将差异性凸显出来，或者说使诗歌创作的个人化本质落到了实处。如同样是寻找理趣，大家走的路线却千差万别。程千帆善于冷眼观照，在事物悖谬性的发现中展开睿智的思维，《一个"皇军"的墓铭》写道："何所闻而来，何所见而去，/帝国的臣民？可是/你的手册使来者翻开了/日本现代史……或许有一个怜悯的会晤，/你和你卧轨的妻"，以第二人称谴责日军的侵略，从凄婉的人道观照角度表达反战主题，已属别具一格，而将肃穆、庄重的墓志铭和侵略的"皇军"扣合，顿然露出了复杂的况味，戏谑、揶揄的运笔更平添了滑稽之感。绛燕尽管比一般的女性诗人大气，抗战后诗中又多一份理性思考的苍凉，但仍以精致幽婉做底色，像"于是我有五百年的寂寞/对浩荡的大漠风而高歌/将一双泪珠寄与流水"（《寂寞》），那种深入骨髓的寂寞人生滋味品味，堪称"不见前人"也少"后来者"，但"流水"意象的引入则浸染了一丝温情。汪铭竹的理性常潜伏在现代、前卫艺术技巧的外衣之下，跳跃、隐约，与悖论式的机智连接，《控诉》阐释了血债总难泯灭、它会滋养仇恨和坚强的道理，"然而埋在这死城里之尸身们/是不会不萌起芽来的//指着这作证吧，长江里一个浪花，/悄语着一个尸身：朋友，我们明天见"，尸身萌芽，与尸身相约，这怪诞反常的思维既给人陌生的美感刺激，更强化了反抗和仇恨的力度。而到了李白凤那里则又是一番模样，"被钉在虚无的十字架上/命中注定要你终生寂寞……没有朋友的环境里/你高歌宇宙生命的久长吧/在没有了解的人群里/写诗乃终生的苦行"（《诗人》），虽然也有意象的帮衬，但它对诗人命运和遭遇的凝眸基本是在直抒胸臆的状态下进行的，所以透明质朴，易于把握，诗和诗人一样老实。诗人们个性的缤纷绽放，是自由心性的张扬与象征，而诗人之间多色调、多风格的对立互补，则使"中国诗艺社"的风格肌体更增添了绚烂的活力。

未完成的探索及其启示

客观地说，由于现实的战乱环境牵拉和存在持续时间过短的限制，"中国诗艺社"在它生长的过程中并没有得到太大的发展，形成什么显豁的潮流，甚至尚未脱尽稚嫩之气的艺术形态，还未完全将自己从《诗帆》诗群那里剥离开来。比如它努力想沟通个体内心和大众的心灵，也因之留下了不少珍贵的民族情绪记忆，但是由于作为抒情主体的诗人都是相对弱质的知识分子，对进行着的社会图景这种陌生的表现领域不够熟悉，难以很快适应，所以在赋予其形式能力方面经常捉襟见肘，特别是仅仅具有一定的思考力而匮乏坚实的哲学意识支撑，决定诗人们自然无法从微小事物和日常生活的细节中发掘诗意之美，使情感与表达泛化、形和质硬性焊接的痕迹不时显露，也就失去了走向大诗人的可能。像常任侠的长诗《麦秋》，对土地"母亲"的热爱之情真挚而热烈，有着感动读者的机制，只是这种情感及其传达上都存在着明显的同质化倾向，很多地方都没有走出郭沫若的《地球，我的母亲》的荫蔽，因为过于拘泥而少绵长旷远的韵味。再像汪铭竹有时还停浮于本能欲望的渲染和"官能的爱"，他不厌其烦地礼赞贵妇人之"乳"，像《三月风》写"三月的风，溜入／少妇之胸际／双丘更毓秀了"，《乳》写"春风昨晚在你胸前作窠／一双小斑鸠／乃得比邻而居了"，都无太多的深意，也看不出表情达意的需要，有的还不无为写性而写性的嫌疑。同时，还有像《往者》（孙望）、《猫之恋季》（汪铭竹）等不少作品因为作者长期在旧体诗词中浸淫，知识分子腔和书卷气过于浓重，内容相对比较私密，固然有传统色彩的辉光闪烁，但也让一些读者体会到一种深深的隔膜。

可是，不论"中国诗艺社"有多少缺憾，我们都必须承认，它的存在本身即昭示了一种不可替代的价值。在写实与呐喊风气盛行的抗战最初几年，服务于政治几乎成为所有具有正义感的诗人的不二选择，战前还十分活跃并且很有市场的先锋和现代潮流悄然分化，部分作者投入时代的合唱，有些人则关闭了歌喉，"提倡通俗晓畅的大众化语言，注重节奏和朗诵的自由体形式，构成了沦陷区和大后方共通的诗歌艺术标准"[①]，诗人们俯就与走低的做法使中国新诗的艺术水准事实上呈现出一种整体下滑的状态。值此现代主义严重受损受压的时节，"中国诗艺社"没有在原有的现代派诗歌的老路上前行，而是以反思立场和开放的气度，努力融汇中西，综合艺术和人生、形式和内容，向现实主义

---

① 参见吴晓东：《抗战时期中国诗歌的历史流向》，《文学评论》1995年第5期。

的广阔空间放眼，不啻弥补、修复了现代派诗歌存在的断裂，打破了抗战到1940年代中期现代主义沉落的迷信，让人们感到现实主义诗歌君临天下的一片雄浑激越的战歌之外，当时的诗坛还有这样一种鲜活、深沉的诗歌景观存在，对主宰诗歌命运的大众化的偏狭、平庸之风有一定的抗衡和矫正作用，和现实主义、浪漫主义诗歌达成了互惠共赢的诗坛生态平衡格局，在保证自己活力的同时，丰富了现实主义诗歌的艺术表现力。或许，和思想意蕴上的探寻相比，"中国诗艺社"的诗学价值和启示意义更高一筹，它那种兼顾意味和形式二维因素的浑然的诗歌观念，那种带有理趣化的诗歌形态，那种调整现代主义、力图建立中国式现代主义诗歌的探险，尤其是敢于在艺术上取法海外、稳妥而超前地"提倡中国新诗在世界诗坛的地位"，"给标语口号化的浅薄的恶习以纠正"[1]，它独特的艺术语言和表达，和对人民、自我的体验思索结合，不仅常常能够沟通个人体验和民族意识与情感，超越了20世纪二三十年代象征诗派、"现代诗派"的纯诗追求，而且和大量的粗豪也粗糙的抗战诗歌比较，又表现出了感受方式和传达技巧上的优越性。因为诗社多数成员具有古典文学的深厚功底，又注重民族诗歌精神的体现，所以诗歌的情感、思维和语汇都有浓郁的中国化色彩，少欧化的弊端，加强了处理日常生活和审美对象的能力，促进了人们对新诗本体内涵丰富而绵长的思考。最重要的是，"中国诗艺社"的探索对未来的诗歌方向构成了一种引导和启迪，它虽然没有在中国式的现代化之路上走多

----

① 常任侠：《五四运动与中国新诗的发展》，《中苏文化》第6卷第3期，1940年5月5日，见《常任侠文集》卷六，合肥：安徽教育出版社，2002年，第404页。

远，但至少提供了一个路向、一种可能，而这些质素的输送对新诗来说，比一般性的"锦上添花"更有价值，或者说"中国诗艺社"启示于后人的远远超过它已经呈现出来的。

从1938年8月创刊，到1941年10月停刊，《中国诗艺》杂志只断断续续地出版过五期，存在了三年零两个月，即便后延至诗社丛书的最后一部，即程铮的《风铃集》1943年8月出版，"中国诗艺社"的历史也仅仅刚满五年。除了刊物的发刊词外，它甚至没有自己的纲领、组织和宣言，只是相近的艺术主张与美学追求，将诸多诗人聚拢为一个相对自觉的诗歌群落。如果说"中国诗艺社"在新诗史上具有怎样特别重要的位置，显然是不现实的，同样，说它不过是可有可无的点缀，恐怕也是违背历史主义批评原则的估衡误差。对它准确的态度就是打开存在的遮蔽，还其本真的历史面目。在文学社团和文学期刊研究渐成显学的当下，中国现代主义诗歌史上的重要一环——"中国诗艺社"与《中国诗艺》杂志，也理应进入更多人的观照视野。

罗振亚教授访谈录

上篇：中国新诗的现状与走向

刘　波：罗老师，您好！很高兴能跟您交流关于诗歌创作与诗歌研究的话题。现在，有些人持有一种观点：现当代文学史上，诗歌的成就要比小说大。您对这一观点怎么看？而相对于小说家来说，诗人没有那么多世俗功利之心，他们更纯粹一些。您认为是这样吗？

罗振亚：你好！倒不是因为个人的偏好，我一直觉得新诗的成就是比较高的。虽然毛泽东1958年用戏谑的口吻说，"现在的新诗不能成形，我反正不看新诗，除非给一百块大洋"，1965年给陈毅的信中还坚持"用白话写诗，几十年来，迄无成功"的观点，朱光潜也表达了类似的意见，认为新诗给人一种一览无余之感，缺少"言有尽而意无穷"的胜境。客观说新诗也的确尚有许多不尽人意之处，如它最早从旧文学的堡垒中冲杀而出，可至今仍很难说彻底打碎了旧体诗的艺术镣铐；它能经得住历史考验的经典之作不多，至于让人家喻户晓的大诗人几乎没有出现；它还没有真正走进大众的生活，人们偶尔引用的诗也多为古诗。但是毛泽东、朱光潜的判断也有悖于历史的真实，他们这样指认是因为有一个辉煌的古代诗词潜在参照系存在。其实，新诗和古诗是不能硬性比较的，文学创作不像拳击比赛，非得一方把一方打下去才行，大河奔腾是一种美，小溪潺潺也是一种美，不能以这种美偏废另一种美，每一种美都有它存在的权利与自由。

若抛开古诗参照系，新诗的成就是不容置疑的。且不说它用一百年就走完了西方诗歌几百年才走过的路程，也不说在现代时段，新诗在每一次文学运动中都打头阵，社团流派繁多，最富于个人的创造性，与时代脉搏扣合得最紧，对西方艺术思潮的感应最敏锐，仅仅是新时期的成绩就令人刮目。这期间多数诗人都能把诗歌视为自己的精神家园，摆脱"文革"乃至十七年诗歌的工具论窠臼，致力于对自身本质和品性的经营；以人性与心灵作为书写对象，又能执着于人间烟火，寻找诗歌介入现实的有效途径，使心灵走过道路，在某种程度上成为历史、现实走过的道路的折射；以多元审美形态的并存竞荣，打破了现实主义被定于一尊的诗坛抒情格局，引渡出一批才华、功力兼具的诗人和形质双佳的优卓文本。因此关于新诗的成就估衡问题，我赞成陆耀东先生的提法"六分成就，四分遗憾"。有人提出三七开，我还是觉得六四开要好些。

说到诗人比小说家更纯粹，更少一些世俗功利之心，我觉得这太绝对了。大凡真正的人类精神生活的建构者，不论是小说家还是诗人，在心灵深处都是把文学当宗教看待的，有极其虔诚的写作态度。当然程度上可能不同，相对而言诗人一般都有异于常人的特殊心理结构与气质，聪敏深邃，有超人的想象天分，最主要的是多数时候不从功利出发考虑问题，而听命于情感和心灵的律令。也许正是因为这一点，诗人身上的那种浪漫与激情只适合于创作，却很难见容于社会，和小说家的理性稳健使他们在生活中常常如鱼得水完全不同，写诗的很多人被碰得头破血流，有的甚至被人称为异类和疯子。所以我一直以为，诗人写诗时应进入诗状态，像郭沫若似的赤足在地上打滚也没关系，可是不写诗的时候最好恢复为常人的状态，别动不动就把自己弄成诗人的样子，能不能成为真正的诗人关键在作品，而不在姿态。

刘　　波：在世纪之交，一些20世纪80年代就出道的诗人，又纷纷拾笔重新写诗，而各种民刊也凭借资讯时代的优势陆续出笼。有人据此以为诗坛又走向了繁荣，您觉得当下诗坛是真的繁荣还是"虚假繁荣"？如果说是"虚假繁荣"，那造成这一局面的原因又是什么呢？

罗振亚：我觉得，真正的艺术繁荣，总有相对稳定的偶像时期与天才代表。郭沫若、徐志摩之于20世纪20年代，戴望舒、艾青之于20世纪30年代，郭小川、贺敬之之于20世纪五六十年代，舒婷、北岛之于20世纪70年代，无不有力地印证这一点。可是现在的诗坛呢？旌旗纷飞，山头众多，每个人都自诩为观念奇特、诗坛正宗而各不相让，互相攻击，空前混乱。貌似派别林立，新人辈出，众声鼎沸，热闹喧腾，缪斯与读者日渐隔膜却是不可否认的痛苦现实，诗歌正一步步堕入繁而不荣的疲软低谷。在诗的原野上，大手笔的"拳头"诗人与力透纸背的"拳头"诗作寥若晨星，屈指可数。若干年前摇旗呐喊的才子才女们已云散星消，不再关心派的名分，渐成散兵游勇的沉寂，一切的主义与流派转瞬间成为过眼烟云。很多诗人是屈原、李白的不肖子孙，他们既没体验过横刀立马的伟大感受，又没经历过人生盛宴的蓬勃情境，所以只能与黄钟大吕、恢弘警策失之交臂。当年汪国真、洛湃等肤浅媚俗的"塑料诗"文本乘虚而入，以一种虚假的热闹使本已十分虚弱的诗坛愈加苍白和荒芜。群星闪烁而无太阳，多元并举但少规范，无论从哪种意义上说都无法递进出一个真正繁荣的艺术时代。

如今诗坛的繁荣是一种表面繁荣、虚假繁荣，这种的局面并非一日积成，而有着深远内在的发生背景与发生动因，可以说它来自多种因素的消极辐射。影视业的高度发达强劲地占据着人们的兴趣热点，牵扯着无数年轻或不年轻的视线；"文凭"潮流的冲击使一些青年不得不忍痛放弃神往倾心的诗世界，而强迫自己捧起不太喜欢的教科书；最重要、最本质的是中国经济改革，商品经济大潮的激荡，使缪斯的钟情者们渐渐失去了青春的浪漫，含泪向诗歌女神挥手告别，趋向实际与"孔方兄"……但上述这一切还都只是外在的浮面的条件，最根本的症结还在于诗歌本质的失重与倾斜。比如说"文化诗"，在文化热论的隐性统摄下，充斥文本视野的感官意象是驿站古道、易经悬棺，是古遗迹旁沉闷的劳作"号子"，是亘古江边的化石传说，是野性与神秘交混，是粗犷与荒凉共在，仿佛文化仅仅存留于历史古迹中。忽而易经，忽而恐龙蛋，大量的地名、景观、风俗罗列一处，犹如块块石头堆在一起呼风唤雨，天玄地黄，缺少生气灌注。这样不可避免地疏离、淡化了社会现实，失落了时代制高点，结果让读者嚼了一通倒胃的传统文化的药丸。相反一些"反文化诗"目下却是渐趋下流。不少女性诗人的某些诗篇除挥洒现代女人的病态隐私，展露性压抑、性意识与性行为外，并没给人什么美的感受。再看看海子《思念前生》的情怀与其卧轨自尽的举动，想想贝玲《死亡是我们的一个事实》，听听欧阳江河的《肖斯塔科维其奇：等待枪杀》的声音，这是"第三代"诗人阴暗无望的心灵脉动，是西方存在主义哲学的翻版移植，并不能在热爱、钟情人生的中国读者间觅得天然市场。这些诗歌都不同程度地隔绝了与时代、现实的联系，使之精神极度贫血，这种远离人类的艺术自然会被人类冷落。更有一些作者将写诗作为一种语言游戏，将诗内在的东西丢掉了，这是诗人的悲哀，更是诗的不幸。诗歌是需要诗人付出他们终生的心血的，而现在将诗作为一种生存方式的诗人太少了。大部分诗人将诗作为养家、糊口、成名的工具，而没有将它作为生命与生存的方式。为才气而写，为玩而写，为技艺而写。因此，在市场经济的语境下，自身本质的失重与失斜，使当代诗歌走向边缘化恐怕是必然的宿命。

刘　波：新世纪这近十年，互联网对诗歌的影响非常大，现在看来，已成定局。从外部影响上来说，新世纪的一些诗歌事件，绝大多数都与互联网有关，比如各种网络诗歌论战、诗歌写作软件的开发、赵丽华与苏非舒诗歌事件等，都对诗歌有着或大或小的冲击。而从内部影响来说，互联网对诗歌的形式与题材也有一定的改变，尤其现在很多诗人都直接在网上写诗，受时间或其他条件所限，这种诗歌一般都比较短小，语言粗糙，有速度感，但无耐性，不忍细读，这是网络诗歌的一个特征。正在流行的手机诗歌，也有这方面的缺陷。请您谈谈互联网和高科技通讯对当下诗歌的外部与内部影响。

罗振亚：互联网和高科技通讯对当下诗歌影响巨大。一个直观的感觉是它造成了诗歌存在状态和格局的突变。以往诗歌文本基本只在体制内的刊物和写作者的纸面上生长，民刊传统的开辟已掀起一场不小的革命，使"好诗在民间"的观念渐入人心，而这近十年网络更是大张神威，如今差不多支撑起了当下诗坛的半壁江山。并且早就跨越了小打小闹的零乱、散化阶段，网络诗刊此伏彼起，星罗棋布，如重庆李元胜的"界限"、北京师大李永毅的"灵石岛"、湖南吕叶的"锋刃"、福建康城的"甜卡车"，还有北京的"诗江湖"与"诗参考"、广东的"诗生活"、黑龙江的"东北亚"、四川的"终点"、广西的"扬子鳄"、江苏的"南京评论"和"第三说"……像70后诗歌的大本营和栖息地，从某个角度说就是网络上的集体狂欢，"下半身"的成功出场即得力于"诗江湖"与"诗生活"两块阵地。甚至凭借互联网舞台的自由，大量诗人干脆不再理会所谓的官方刊物，"江湖"对"庙堂"的取代，使原有约定俗成的写作秩序和规范宣告无效，这种写作方式和心理，助长了诗歌的大面积生长。最主要的影响是改变了写作者的思维和心态。因为网络天地阔大，每个人的心态都十分自由与放松，从冷面狗屎、七窍生烟、恶鸟、巫昂、轩辕轼轲、浪子、王子、竖、花枪、魔头贝贝、CMYPOEM、巫女琴丝等笔名的运用，即可窥见一斑。在网络的虚拟世界里，人人都可以卸下职业抒情者的面具，加入诗歌写作的"假面舞会"，像隐身人一样恣意狂欢，像排泄大小便一样随意处理生活、心理、意识和诗歌的关系，难度的降低与好玩的引力，从两个向度刺激着诗人们的热情，诗歌成了传播迅疾的一次性消费的流行艺术。

互联网和高科技通讯对诗歌写作的积极作用有目共睹，网络有时的确是藏龙卧虎之地，一些优秀的诗人就从网络起家，影响又远远超出网络，像轩辕轼轲的《要想知道梨子的味道》和《是××，总会××的》等诗，在韵味、意向和语感的进逼上，令很多专业诗人汗颜。但网络写作也是藏污纳垢的去处，它经常是"拔出萝卜带出泥"，一些好诗被发掘出来的同时，一些非诗、伪诗、垃圾诗也鱼目混珠地面世了，写作的即兴性和高速化，使它的表达过于随意、急躁、粗糙，帖子、段子、卡通式的游戏文本泛滥成灾，众多不动脑子的集体仿写，造成了诗歌事实上的"假小空"，其过度明白、冗长、散化的传达，不但无法整合语言和经验的复杂关系，就是和诗歌原本的含蓄凝练要求也相去甚远。所以对网络诗歌要学会甄别，保持清醒的评价。

刘　波：我不止一次听到有小说家说，他们虽然不写新诗，但经常读诗，至少也对新诗保持一份敬畏和尊重。而且很多小说家，同时也是诗人，有些作家在从事文学创作时，第一步走的就是诗歌之路。这些现象从一定程度上说明了新诗在各种文学体裁中的重要性不容忽视。但事实怎么样呢？新诗终究还是让许多人望而却步，这是读者的文学素养问题？还是当下诗人的表达问题？

罗振亚：是啊，写诗几乎成了所有热爱文学的人们最初必须温习的功课。诗歌可以磨砺出一个人观察世界和使用语言的最佳感觉，当然获得这种感觉不一定就能够成为诗人，因为写诗、出版诗集和诗人的称谓之间构不成必然的联系，诗的魅力本质就在于它有一种近乎唯心的天赋灵性，它比不得小说、戏剧等叙事文学品类，可以通过后天的勤奋与功夫奠起成功底座，而它更讲究天分，没有天分或天分不足者即便诗集等"膝"，充其量也只能算个二三流的诗匠，成不了大气候。真正有天赋的人，哪怕只写过几首乃至一首诗也会声名俱佳，影响广远，张若虚的《春江花月夜》即是。这里还有一个现象，诗人出身然后转向小说创作的，大部分品位都比较高，而有些小说家回过头来写诗却基本都失败了，这恐怕不是因为诗歌在文类上高于小说，其内里的缘故值得深思。

小说家不写诗但经常读诗，一方面是敬畏和尊重新诗，一方面也许是在读诗过程中，他可以对世界、语言和人性保持一种鲜活的诗性感觉吧。你说的诗歌和小说写作能够并举的，就更理想了，把"向上"的想象、浪漫和"向下"的沉实、理性结合，他就会进入一种潇洒地出入于诸类文体、自如往返于理想和现实之间的境地。至于说新诗让许多人望而却步，很难说是因为新诗门槛高，一般读者不容易进入，当初古典诗歌的解读对人的修养不是更大的挑战吗？也不能完全归结为诗人的表达问题，不可否认诗坛确有粗制滥造者，但很多新诗人的艺术感觉是相当优秀的，他们打磨出了不少经典之作。我想这个问题的深层症结应该在读者和作者之外的社会、文化语境吧，随着20世纪90年代"无名"文学时代的到来，在市场、经济和商业主流话语的压迫下，精神渐轻，技术上扬，始终处于中心的诗歌自然会面临边缘化的命运，很多人远离诗歌不是不喜欢诗歌，而是迫于无奈或更现实的考虑，忍痛把诗性留在心底、梦中，这样诗坛沉寂也就在所难免了。但这并不是什么坏事，写诗本来就应该是一项寂寞的事业，搞得很热闹反倒走向了它本质的反面。

刘　波：很多学者都认为，中国诗人的师承，绝大部分来自西方经典诗人，从20世纪的二三十年代开始，一直到90年代，都是如此。到了世纪末，这一唯西方是从的现状，才在一些民间诗人的创作中得以改观，他们开始讲求本土化的中国式创造。而新世纪以来，一些诗人又开始向中国古典传统寻求资源了，比如柏桦、杨键等，这一现象值得关注。对于新诗与古典诗词之间的关系，您也曾专文有过论述。在您看来，一个诗人的古典文学修养，到底能对其创作有什么样的影响呢？这种影响是至关重要的吗？

罗振亚：你提出的是新诗发展中一个重要问题。新诗的引发模式特征，使很多人误以为它和古典诗歌无缘而对立，其实这是错觉。一个诗人之所以成为诗人，除了天分、生活的根基外，传统的滋养也不可或缺。艺术传统正如一条割不断的河流。每个探索者都必然置身其中，在承受上游之水冲洗的同时又关涉到下游之水的走势。所以不是到20世纪90年代，早在二三十年代就有很多诗人力求结合西方影响和本土资源，做民族化的创造，90年代这个特征更为突出。我个人觉得一个诗人有无古典文学修养，会决定他的创作是否会获得读者的认同以及认同的程度，有了深厚的古典修养做支撑，才能保证诗人摆脱对外来影响的搬弄和模仿，走向艺术自立和创造，很难相信传统文化根基浅薄的人能做出什么大的成就。对待传统最可取的态度是不做死守传统的"孝子"，也不做完全背离传统的"浪子"，既能合理汲纳又不为其限囿，能入乎其内又可超乎其外，尤其是要注意传统的创造性转换，把传统的因子化为自己的艺术血肉。在这方面，郭沫若、徐志摩、戴望舒、辛笛、郑敏、余光中、舒婷等众多的成功者的经验，已为新世纪的诗人提供了很好的启示。

刘　波：互联网改变了诗歌在新世纪的状况，这已是不争的事实。而近几年来，新诗批评与研究相比于小说、散文和戏剧研究，有突起之势，各种文学批评和学术期刊也专辟版面来刊登新诗研究论文，您认为是哪些因素促成了新诗批评与研究渐成显学？而对于当下诗人的创作，诗歌批评对其会有什么样的影响呢？这二者的互动性体现在何处呢？

罗振亚：这一点我有明显的感觉，前些年不光有关诗歌研究的文章不好发，就是在硕士、博士招生时新诗研究方向也比较冷清，近来形势可以说是出现了"逆转"，诗歌研究的风头直逼其他文类研究，并大有赶超的迹象。这固然和海外汉学界的声音有关，在很多研究中国新文学的异域学者看来，新诗的成就是最高的，他们也最认可新诗。但更主要的恐怕还是源于国内理论界的学术自觉，随着新诗的成就和贡献绝不弱于甚至超过小说、散文观念的确立，人们发现以往研究界对新诗投入的热情过少，对象的"重要"和研究"薄弱"的反差，使很多研究者把目光果断地转向了新诗。同时，新世纪以来诗歌界的日渐升温加速了新诗研究的突起、深化。20世纪末至今诗坛仿佛像打了一针强心剂，活跃异常，行情看涨，吸引着众多受众的目光，其间虽然也和两个阵营论争、梨花体、诗歌朗诵会等诗歌"事件"有着扯不清的千丝万缕的干系，但也还是表明诗歌又获得了重新走向辉煌的可能，特别是在去年的地震事件和奥运事件中，诗歌都有不少可圈可点的出色表现。这种诗歌氛围和不断出现的理论命题，在一定程度上刺激了诗歌研究的"繁荣"。另外还有一点就是一些有识之士积极稳实的倡导也功不可没。程光炜、林建法等多次谈及当代学界对新诗的评价偏低，有悖于历史和诗歌发展自身，不利于当代文学健康生态的生长，《当代作家评论》《当代文坛》等刊物还专门开设汉诗研究的专栏，都产生了很好的社会影响。

尽管有些诗人一再表白对诗歌评论从来不看（他们甚至不看自己以外他人的诗歌），每个诗人或诗歌群体和诗歌批评的联系多少不一，或深或浅，但我相信优秀的诗歌批评对诗人的创作还是有很大影响的，当然前提是这种诗歌批评得让他们认可。好的批评应该是从创作的现象中生发而出，然后回过头再对创作实践发生作用，及时地描述诗坛的品相风貌，评判创作的优劣得失，指点诗人的迷津和前行的方向，让广大受众对诗坛、诗人、诗作的复杂情形获得深入、全面的了解，消除他们对新诗的偏见与误解，以及对新诗所持的悲观情绪，为当下诗歌创作的繁荣提供有益的参照，正如大学课堂一样，诗歌评论也是诗人及其作品成为经典的方式或渠道之一。诗歌评论和创作本来应该是一种平等真诚的对话、交流关系，互相促进激发，良性结合，携手并肩，最终达到双赢的目的。可是长久以来很多批评只是跟在创作的屁股后面，被动地阐释，或者居高临下地站在诗人前面挥舞着大棒，一味地挑剔滋事，那诗人不远离批评才怪呢。

刘　波：我有一种感觉，就是当下的诗歌还是缺乏力量，而造成这一现状的原因，除了时代和社会的因素，其本质还是在于诗人自身。您能从这两方面谈谈是什么原因制约和限制诗人们的创新吗？您认为诗人怎样做才能改变一下目前诗歌整体乏力的现状？

罗振亚：这个问题在咱们做的2008年下半年诗歌刊物观察中已涉及过。力量感的匮乏是目前诗坛很大的困惑。当下的商品经济大潮和拜金化语境，令无数诗歌写作者心浮气躁，难以敛神静气地打磨艺术，深入到精神世界的最底层去做思想的开掘，这是不争的事实。但这还仅仅是外在的原因。近些年先锋意识的逐渐削弱，理想主义精神的日益萎钝，导致诗人们太局限于一己之私，境界狭窄，在平淡无奇的词语堆砌中，仅仅满足于小情小调的抒发，无法深入抵达精警智慧的思想福地。这或许是当下诗歌缺乏力量的主要动因所在。同时诗坛长久以来形成的泛化艺术现象也颇令人头痛，很多诗人常常沉迷于传统诗歌中习见的自然意象，疏于对人类的整体关怀，满足于构筑充满风花雪月和绵软格调的小型抒情诗，或者在艺术上趋向于匠人的圆滑世故与四平八稳，诗作固然也很美，但却没有生机，缺少批判的力度，精神思索的创造性微弱，严格说是思想的"原地踏步"。两种因素的聚合，注定了很多诗歌必然缺乏震撼人心的力量。

这里面说穿了还是抒情主体哲学意识淡薄的问题。诗是什么？诗是主客契合的情思哲学，它的起点恰是哲学的终点，优秀的诗要使自己获得深厚冲击力，必须先凝固成哲学然后再以感注形态呈示出来。而我们的诗人恰恰很少做到这一点，他们的笔在每一次景象过程中很少受到理性对诗的规律性认知的控制，无法潜入生命本体、博大宇宙等空间进行形而上思考，究明人类本质精神，进行一种智力操作，而只能降格为一种情思漫游，生产缺少智性的自娱诗。诗的肌体失去了哲学的筋骨，自然也就失去了深刻度与穿透力。我们的诗歌要想改变缺乏力量的现实，就应该在最大限度内减少那种无病呻吟、无关痛痒的概念与符号写作，提倡与现实、灵魂交合的"及物"写作，我们的诗人也该不断地强化哲学意识，实现对存在和生命本质的深入发掘。

下篇：新诗批评需要一定的天赋

刘　波：开始从事新诗研究之初，您的主要兴趣点是在现代新诗这一块，世纪之交，您从现代新诗研究领域逐渐向当代先锋诗歌研究转型，在这一转型过程中，您是将现代和当代打通了的不多的新诗研究学者之一。比如在最新专著《20世纪中国先锋诗潮》里，您将现代先锋诗潮与当代先锋诗潮进行了整合，建立了整个20世纪中国先锋诗学的体系。您认为现代新诗与当代先锋诗潮之间，有什么样的内在传承或断裂关系？

罗振亚：我真正进入诗歌研究，是从做硕士学位论文《严肃而痛苦的探索：论四十年代的"九叶"诗派》开始的。但那时我对朦胧诗、后朦胧诗就比较感兴趣，也发表了几篇文章。待到1993年写第一本专著《中国现代主义诗歌流派史》，我开始有意识地打通现代、当代诗歌的界线，尝试把新诗作为一个完整的学术板块进行研究，新近出版的《20世纪中国先锋诗潮》更是这一实践的产物。不论现代的或当代的，作为先锋诗歌始终都充满超前意识和革新精神，它们至少都具备反叛性、实验性和边缘性的特征。以象征诗派为开端，中经"现代诗派"、"九叶诗派"、台湾现代诗、朦胧诗、后朦胧诗、90年代先锋诗歌，一直到70后诗歌，每一阶段的先锋诗潮都对前一阶段的先锋诗潮有所承继，但却也都因前一阶段先锋诗潮"影响的焦虑"而萌动，都以对前一阶段先锋诗潮的反叛与解构而崛起，这种叛逆性可视为20世纪先锋诗歌甚至整个新诗发生成长、壮大成熟的原动力。先锋亦是创造的同义语，它在对抗现实文化的同时都以艺术的创造为使命，这一点在新时期的后现代主义诗歌那里比以往的现代主义诗歌更为明显。要说断裂也是存在的，其表现不仅仅是"九叶诗派"在

40年代的"回光返照"之后，大陆的现代主义诗歌基本粉失灭绝，70年代中、后期前朦胧诗和朦胧诗的出现才又勃发生机（中间在台湾曾经别发新芽），接上了这一断裂的传统，更内在的是先锋诗歌在现代时段和当代时段的思想、艺术属性上具有本质的差异。

刘　波：无论从您的专著《20世纪中国先锋诗潮》，还是从您在学界引起极大反响的文章《一九八四—二〇〇四先锋诗歌整体观》（《当代作家评论》2006年第3期），从"文学整体观"的方法入手研究中国先锋诗歌，已经成为了您在近十年来学术之路上的焦点和亮点。您能否根据您的研究简要阐述一下"先锋诗学整体观"？也谈谈这种"先锋诗学整体观"对当下诗歌研究界的意义。

罗振亚："先锋诗学整体观"可不是几句话可以说清楚的，我简要地讲讲吧。首先，先锋诗学最首要的特征是充满反叛性，20世纪先锋诗潮的每一次崛起无不肇源于对诗坛庸俗化秩序的反叛，这种反叛证明诗人们置身的文化存在着多种维度、声音和价值体系，这是文化弹性和活力的保证。第二，20世纪中国先锋诗歌的质地构成，不仅仅来自现实土壤的艰难孕育，还导源于古典诗歌与西方现代主义、后现代主义诗歌的双向催生。1984年以前的中国先锋诗歌属于现代主义范畴，对西方现代派诗歌的接受带来了知性强化、诗意的凡俗化和张扬象征意识与暗示效应的变化，古典诗歌的影响使之精神情调延续了传统一脉，陶冶了含蓄蕴藉的意境审美趣味，崇尚音乐性与绘画美。1984年以后中国先锋诗歌在艺术上置疑、瓦解意象与象征艺术，重视日常性叙述，注意多元技巧综合的创造与调试，它使宏大叙事消歇，历史深度式微，情感表现零度化，价值形态平面化，结构零散化，语言日常化，已进入后现代主义时代。第三，是从边缘出发的20世纪中国先锋诗歌命运不佳，经历无数次的拼搏和撕杀，至今仍没有完全接近中心，不但没有像浪漫主义潮流那样蔚为大观的幸运，更没有像现实主义潮流那样统领诗坛主潮风骚的殊荣，从未取得过举足轻重或与后两种潮流分庭抗礼的主导地位，并且和边缘的生存状态相连，在生存与传播方式上只能选择民刊策略，还带有明显的亚文化特征。先锋诗歌至今仍存在很多缺憾，但不能断言它将就此终结或灭绝，它还会继续影响21世纪的生活和艺术。同样很多人预言诗坛的明天必定是现代主义、后现代主义的天下，也是缺乏依据并且迂腐可笑的。

对20世纪中国先锋诗歌的研究早已是学术热点，也出现过一些优秀的成果，但大部分还显得琐屑、零散、肤浅，"见木不见林"，停留于现象描述而较少现象背后的规律总结。我的研究是尽量将其视为一个相对完整自足的艺术系统加以"历史化"，按时空序列与历史脉络，兼及它们前后间的承上启下、互渗互动、演化变异，还原其全景图，把握其动态组构、递进融合的矛盾运动与内在规律，探讨其与20世纪文学的复杂关联，及其在新文学史上的独特地位，试图建立20世纪中国先锋诗歌的谱系，完成一部特殊诗歌史的写作。这种研究应该说有整合和系统的深度特色，成果问世后得到了十余位诗学专家的肯定，认为其填补了新诗研究的学术空白，研究难度大，创新程度高，视野开阔，持论严谨，令人信服，理论性强，在各种方法交叉中呈现研究对象的面貌，改变了以往研究者只把官方刊物的经典文本作考察对象的模式，把在民刊上发表的边缘性的第一手文本资料，经过仔细爬梳、整理、甄别、筛选纳入到研究视野里来，在方法和材料上有所创新，将现代主义、后现代主义新诗的研究水平推进了一步，能够引导读者对先锋诗歌、诗学的理解和欣赏，为当下新诗创作和理论的繁荣，提供了一定的历史经验、教训与启迪。

刘　波：从您新诗批评的字里行间，我们总能感受到一种汪洋恣肆的文风，这种文风总能在瞬间唤起读者的阅读激情，在我看来，这一方面与您深厚的学养有关，另一方面也与您的诗人性情有关，您认为当年的诗歌创作经历对您后来的研究有影响吗？能否说说您在这方面的体会？

罗振亚：一个诗歌研究者不一定非得是诗人，但最好有过写诗的经历，有没有这种经历大不一样，你写过，哪怕写的不好，但总还是比没写过的人更能够熟悉诗歌的肌理、修辞、想象方式，走进研究对象的本质深处。我20岁大学毕业后疯狂地写过两年诗，还获过任教的那个地区的创作一等奖（后来出过一本诗集），这也是在考取硕士生后以新诗为研究方向的潜在动因。这段经历对我日后的学术研究潜移默化地产生了很大的影响，诗人兼诗评家邢海珍先生在评价我的《朦胧诗后先锋诗歌研究》一书时，说到"读罗振亚的学术研究著作也如在诗中行走，颇具艺术气质的语体方式，长于情境化的描述，追求语言的美质效果，他的议论充满了灵动机敏和诗性的感悟，这大约与他当年写诗，与他有着很深厚的文学修养有关。一个容易陷进抽象枯燥中的理论问题到了罗振亚的笔下就可以妙趣横生、诗意盎然，既能保持一种优雅从容的叙述风度，又能在提炼和概括中保证说理的准确和严谨。也正是因为诗歌创作的实践及文学上的艺术性陶冶，强化了罗振亚作为一个文学学术研究者的内功，他具有了比一般人更容易领悟和进入文学深度的条件。他的艺术感悟能力和足够的文学修养使他能够驾驭先锋诗歌内质的复杂性"（《深入解读中的历史性清理和总结》，《文艺评论》2006年1期）。

刘　波：在学院派批评家普遍不重视批评语言的锤炼时，您却对这方面非常敏感，对批评语言很讲究，并且形成了自己独特的风格，准确、诗意、富有美感和活力，他人根本无法模仿。在语言的呈现上，别人料想不到的地方，您却能写得异彩纷呈，这或许就是您个性化批评语言的表现，也是您在新诗批评上的与众不同之处。您是怎样看待当下新诗批评语言现状的？

罗振亚：这一点你看得很准。有一次一个研究生和我说："老师，您的文章语言自带防盗功能，别人不好模仿。"的确，我在进行诗歌研究的时候比较重视批评语言，不论是好是坏总算有着自己的语言特点，对此不少诗歌研究者先后都有所指认。我常想诗乃各种文体中的尖端艺术，美和凝练是它的别名。如果用白开水一样淡的语言去阐释它，不只会倒读者的胃口，就是对诗美本身也是一种损害和破坏，所以我对研究语言总是心怀敬意，从来不敢怠慢，基本上要字斟句酌，选择哪个词语，用什么句式，都费一番掂量，写成之后再反复推敲，尽量让它贯通酣畅的文气，看起来舒服，读起来也上口、畅达，自然而有一定的诗意。这种追求使自己的书和文章语言相对来说比较美，但是也有那种辞采过于华美湮没思想的时候，在语言美的表达问题上不及或过都是应该避免的。当下的新诗批评语言大多注重学理性和思辨色彩，充满令人激赏之处，当然有些就太累人，枯燥干涩，让读者很难有耐心读到底，好端端的观点活活给糟蹋了。最好的评论语言应该把具象和抽象、感性和理性、美和思辨结合得恰到好处，孙玉石的语言就达到了这种境界，我从他那里悟出了很多东西。

刘　波：有的学者擅长个案批评，而有的则擅长作整体研究，您在这方面是二者兼顾，并相得益彰。无论是个案解析，还是综合评价，您总能准确地抓住某一诗人或阶段性诗潮的特点，这种阐释，既不失客观，又令人信服。您是如何做到个案批评与整体研究这两方面有效结合的？这二者之间有什么必然的联系吗？您对当下学界个案批评和整体研究这两方面的现状有什么看法？

罗振亚：我在平素研究过程中尽量兼容"显微镜"的透视之功和"望远镜"的统摄之力，协调微观细察与宏观概述，做到既见"树"又见"林"。常常是在仔细爬梳、整理、甄别、筛选第一手资料的基础上，注重文本细读，一切从文本出发，而不为诗人的言论迷惑，无论是对每位诗人、每个流派乃至一种诗潮的研讨，都力求在对文本有相当准确把握的前提下，先有真切的"感觉"和豁然的"感悟"，再求得系统性、学术性的概括，提出自己的理论观点与见解，在将不同阶段流派诗人的不同特点的宏观扫描囊括于心后，进而归纳提炼出20世纪先锋诗歌的内在演化动力、流变规律和整体特点。在还原历史、综合评说的过程中对20世纪先锋诗歌在文学史上的意义做出恰切准确的定位，从而达成诗潮诗派和诗人诗作的互相照应与印证，以超越从概念到概念，从抽象到抽象，貌似洋洋洒洒实则不着边际的研究路线。

其实如今诗学界不少人能够兼顾好个案批评和整体研究的关系，只不过一般的学者是在二者之间有所侧重罢了。个案批评恐怕是一个学者必须练就出的基本功夫，没有这个扎实的环节垫底，所有的整体研究也就都是蹈空的东西，只不过个案批评也不能太拘泥，而应该既立足对象又超越对象，在宏阔的视野和语境下做更高层次的理论提升，切口可以小，但必须挖掘得深，透视出的问题不能小。整体研究的学术要求略高一些，它需要研究者的一种综合实力，眼界、功底、问题意识和理论抽象力兼具，它最好有诸多个案批评的积累做支撑。可是放眼学界，很多宏观研究文章的话说得太"大"、太"空"，让人感到是满嘴跑火车，怀疑其是否仔细研读过论题涉及的诗歌文本和诗人著述。整体研究的过于粗疏和个案批评的过于拘泥是同样可怕的。

刘　波：从您近期的一些文章中，像《三十与十二》（《名作欣赏》2008年第11期）、《飞翔在"日常生活"和"自己的心情"之间——论王小妮的个人化诗歌创作》(《当代作家评论》2009年第2期)等,我们会明显感到一种文风的变化,那就是从容自如,似乎进入了一种"生命的学问"的创作境界。我觉得,这是您的各方面积累达到一定程度后,所呈现出来的一种自然的轻松,比如人生阅历、知识储备与理想信念等。能否谈谈您最近两年在新诗研究与批评上的风格变化?

罗振亚:已经有几个人和我谈到我近期批评风格变化的问题,我自己倒是没有什么明显的感觉。出于对以往过于雕琢、讲究语言习气的反拨,这几年我在写作中有意识地遏止过多的形容词出现,尽量使文字枯瘦,向枯瘦到只剩下灵魂的程度和方向用力,同时在表达上以自然干净为追求的目标。再有就是不断地去除感性化的色彩,觉得30岁以前做学问可以凭才气,而30岁以后就得靠功夫了,当初写《中国现代主义诗歌流派史》《中国三十年代现代派诗歌研究》的时候,很多地方耍小聪明,想当然,现在是严谨了许多,说话讲根据和学理了。但是同时在心态上又很放松,好则说好,坏则说坏,实事求是,敢于为自己负责,敢于承担。另外,我写作的速度大不如从前了,一挥而就的情形少了,一个学者和一个作家有些相通的地方,要学会"快"起来,更需要学会"慢"下来。

刘 波:您从上世纪80年代中期开始进入新诗批评与研究领域,到现在也走过了20余年的历程,其间感受想必也是五味杂陈,感慨颇多。能否谈谈您从事新诗批评与研究20余年来,这一事业对您的人生心态产生了什么样的影响？是什么动力能让您一直坚守在这寂寞的新诗研究阵地上而没有厌倦和疲惫之感？

　　罗振亚：从1987年1月第一篇真正的论文《北大荒诗与西部诗的美学差异》在《当代作家评论》杂志发表算起，至今我在学术道路上的跋涉已过二十二载。此间的斗转星移，让我饱尝了酸甜苦辣的各种人生况味，但文学尤其是诗歌的滋养，始终不断地给予我"在路上"行走的力量，我感谢它们。记得在当选"中国十大新锐批评家"的获奖感言中，我曾经无意间写下这样一段话："与诗结缘，是我的痛苦也是我的幸运。她让我不谙世故，难以企及八面玲珑的成熟；让我的心灵单纯年轻，不被尘俗的喧嚣烦恼所扰。她教我学会了感谢，感谢上苍，感谢生活，感谢生我养我的父母和土地，感谢那些曾经遇到、即将遇到的或亲切或温暖或美丽的名字；她教我在漫长的人生路上走得淡泊自然，走得快乐永远。"的确，出于热爱的快乐原则，是我从事诗歌批评活动的偏好和旨趣。

　　当然，我更清楚思想的独立和自由在心底的分量，它是一个学者即便失掉一切也必须坚守的底线。为了坚持独立、自由的思想言说，我尝过甜头，也碰过壁，只是面对一次次不大不小的代价，我一直都心怀坦荡，无怨无悔，依然笑对世间的一切炎凉冷暖、花开花落。本着独立和自由的精神，我尊重、善待每一个值得人们敬佩的学者、诗人、作家，和许多年轻或不年轻的思想者建立了珍贵的友谊，却从不加入任何学术帮派或学术圈子，而是长时间甘居一隅，以"边缘"为苦，以"边缘"为乐，秉承学者的良知，轻易不放弃自己的判断，人云亦云。因为我深知学术研究不是空转的"风轮"，它必须严肃地承担一些什么，坚守一些什么。我清楚文学评论文章大致有三种情形：一是作者比文章寿命长，人健康硬朗着的时候文章却早死了；二是作者和文章同龄，人不在了文章也渐渐被人遗忘了；三是文章比作者寿命长，人去世多年文章还一直被人提及。我不敢奢望达到第三种境界，唯愿不陷入第一种境地即足矣。

在新诗研究这个一向冷清的领地上说没有过厌倦和困惑是骗人的。夜阑人寂、孤灯独对的凄清，腰酸背痛、眼干舌燥的疲倦，学术风气反复无常的腐化，特别是商品经济大潮车轮的碾压，曾使我的学术信念之舟几经飘摇，起起落落，走走停停。但每当这时，从农民父母那儿承继来的本分坚韧，就会殷殷提醒我，"你只是城市里的一个'农夫'，除了种植、侍弄自己的庄稼之外，一无所长"，于是我浮躁的心也随之沉稳下来，意识到自己也只适合放牧那些文字，经营学术研究的"菜地"，否则只能像个残废似的慢慢饿死。那一小片精神空间，是我活命的家园，是我生命的根啊！

刘　波：最后，有一个很现实的问题想问问您：当下中小学对新诗教育并不太重视，古典诗词仍然是中小学生们语文课本里的重头戏，而大学里的新诗教育，也没见有多么明显的改观：一些高校的《大学语文》教材里，绝大部分是古诗词，即使有新诗，也是一两首现代诗作点缀，有的教材里甚至都没有新诗。而在一些高校的中文系里，由于学生兴趣、师资力量等因素，新诗教育仍然显得薄弱。您能根据您的从教和研究经验，谈谈中小学和大学新诗教育的现状与未来走向吗？作为新诗研究和教育者，您觉得我们能在哪些方面为普及新诗做些事情呢？

　　罗振亚：如今学校里的新诗教育现状令人堪忧，经一些有识之士不懈的努力，大、中、小学课本里的新诗比重虽仍然无法和古典诗词抗衡，但总算加大了许多。只是一些人以为新诗使用现代汉语，其工具白话文在接收过程中没有文化和语言的障碍，因此新诗不存在读不懂的问题，也无需诠释，这种思想偏见和诗歌创作与欣赏之间协调传统的断裂，使我们的新诗鉴赏理论和日新月异的作品文本相比严重滞后，高校与中小学的大量教师所受的诗歌教育过于陈旧，面对新诗作品一片茫然，以至于一些人干脆"旧瓶装新酒"，用传统的诗歌欣赏理论硬套新诗作品，不但十分蹩脚，而且还常出笑话。上述情形以后应该也能够有所改变。在这个问题上新诗研究和教育者可以尝试去建构一种恰适的新诗解读理论，帮助学生确立、认识新诗的经典，通过朗诵会、读书会方式让人们更多地了解新诗等等，任重道远，也大有可为。

图书在版编目（CIP）数据

与诗相约 / 罗振亚著. — 2版. — 成都 : 四川文
艺出版社，2019.4
ISBN 978-7-5411-5294-8

Ⅰ.①与… Ⅱ.①罗… Ⅲ.①诗歌评论—中国—当代
—文集 Ⅳ.①I207.22-53

中国版本图书馆CIP数据核字（2019）第059986号

YU SHI XIANGYUE

与诗相约

罗振亚　著

责任编辑　程　川　奉学勤
封面设计　鸿儒文轩·书心瞬意
内文设计　史小燕
责任校对　祝子民

出版发行　四川文艺出版社（成都市槐树街2号）
网　　址　www.scwys.com
电　　话　028-86259285（发行部）　028-86259303（编辑部）
传　　真　028-86259306

邮购地址　成都市槐树街2号四川文艺出版社邮购部　610031
印　　刷　三河市华东印刷有限公司
成品尺寸　142mm×210mm　　　　开　本　32开
印　　张　10.5　　　　　　　　　字　数　230千
版　　次　2019年4月第二版　　　印　次　2021年4月第三次印刷
书　　号　ISBN 978-7-5411-5294-8
定　　价　48.00元